Über dieses Buch Unter dem programmatischen Titel ›Das Wahr-Lügen‹ sammelte Louis Aragon 1980 seine kleineren Erzähltexte – Novellen, Romanfragmente, Szenen, Skizzen. Die deutsche Ausgabe bietet eine repräsentative Auswahl aus dieser Sammlung als Kostprobe und Einführung in das Werk des brillanten Stilisten und Verfassers großer Romane vor dem Hintergrund des sozialen Wandels im 20. Jahrhundert, die bei uns von einem breiteren Publikum noch zu entdecken sind.
Stil und Struktur der Geschichten wechseln wie ihre Sprache. In atmosphärisch dichten, poetischen Bildern läßt Aragon das Rom des Jahres 1814, seine eigene Kindheit zu Beginn unseres Jahrhunderts, den nächtlichen Montmartre der zwanziger Jahre, das französische Alltagsleben der sechziger und siebziger Jahre erstehen. Historische Gestalten erscheinen neben erfundenen; private Schicksale haben als Hintergrund historische Ereignisse. Die Erzählung ›Das Wahr-Lügen‹, die dem Band den Titel gibt, ist als eine Poetik des Romans und der Novelle gedacht. Anhand autobiographischen Materials illustriert hier der Autor seine Auffassung, daß Erzählen eine Mischung von Erinnertem und Erfundenem, von Wirklichem und Imaginärem ist, die eine fiktionale Komposition ergibt, deren »Lüge« die Wahrheit der Realität enthüllt oder stiftet.

Der Autor Louis Aragon, geboren 1897 in Paris und dort 1982 gestorben, war bis 1932 einer der Hauptvertreter des französischen Surrealismus (›Die Abenteuer des Telemach‹, 1922; ›Pariser Landleben‹, 1926), veröffentlichte von 1934 bis 1951 den Romanzyklus ›Die wirkliche Welt‹ (›Die Glocken von Basel‹, ›Die Viertel der Reichen‹, ›Die Reisenden der Oberklasse‹, ›Aurélien‹), war während des Zweiten Weltkriegs als Lyriker eine der wichtigsten Gestalten des literarischen Widerstands und trug auch nach dem Krieg als Romanautor, Lyriker, Essayist und Herausgeber der Kulturzeitschrift *Les Lettres Françaises* entscheidend zur Prägung der französischen Gegenwartsliteratur bei.

LOUIS ARAGON

Das Wahr-Lügen

Erzählungen

Aus dem Französischen
von Lydia Babilas

FISCHER TASCHENBUCH VERLAG

Der vorliegende Band enthält eine autorisierte Auswahl
aus der französischen Ausgabe.
Originaltitel: Le Mentir-Vrai

Ungekürzte Ausgabe
Veröffentlicht im Fischer Taschenbuch Verlag GmbH,
Frankfurt am Main, Dezember 1984
Lizenzausgabe mit freundlicher Genehmigung
der Claassen Verlag GmbH, Düsseldorf

Umschlaggestaltung: Jan Buchholz/Reni Hinsch
Gesamtherstellung: Clausen & Bosse, Leck
Printed in Germany
980-ISBN-3-596-25831-6

INHALT

Das Wahr-Lügen
7

Das schwarze Heft
46

Ein komischer Heiliger
73

Das heilige Rußland
107

Römische Begegnungen
113

Chproumpph
144

Die Unbekannte aus dem Printemps-Kaufhaus
157

Damien schüttet sein Herz aus
165

Shakespeare im Hôtel meublé
170

Die Geschichten
179

Der Blinde
186

Töten ist kein Spiel
192

Mini mini mi
198

Das Wort fürs Gegenteil
208

Der Abschiedswalzer
238

DAS WAHR-LÜGEN

Natürlich ist Paul mein bester Freund. Ich weiß schon, was los ist: ich habe ihm gesagt, Youn sei mein bester Freund, dabei ist das nur eine Feriengeschichte. Youn wohnt in Saint-Malo, er schreibt mir nicht einmal. Und außerdem ist Paul auf Guy eifersüchtig, was absurd ist. Schließlich kennen Paul und ich uns schon von klein an, seit fünf Jahren etwa, als wir noch gar nicht in den Kurs von Melle Boulanger gingen. Die Beziehungen zwischen uns haben sich zwar etwas verändert, seit jeder von uns einen anderen Zweig der Schule besucht. Paul ist in die B eingetreten, er versteht nicht, daß ich mich für Latein interessiere, und dann ist's vor allem der Religionsunterricht. In seiner Familie ist man nicht sehr religiös, und er wirft mir meinen Gefühlsüberschwang, meine Frömmigkeit vor. Er behauptet, ich schmeichle Abbé Prangaud. Und warum eigentlich nennt der mich Jacques? Paul liest nicht die gleichen Bücher wie ich. Er lacht gern. *Der Pionier Camember** ... Gut, ich auch. Aber wie soll ich ihm erklären, daß im Leben die Dinge nicht so einfach sind? Mit Youn dagegen war es ein Laufen, Springen, Spielen in den Dünen, Gustave Aymard, Curumilla, die Araukaner, wir schnitten den Disteln die Köpfe ab, töteten mit einer scharfkantigen Holzlatte Schmetterlinge und Fliegen mitten im Fluge, massakrierten Heuschrecken ... Guy, das ist einer aus der fünften Klasse, doch er macht keinen Unterschied zwischen sich und mir, was prima ist, er behandelt mich nicht wie ein Kind, wir sprechen über ernste Dinge. Guy ist für den König, das heißt für den Herzog von Orléans; das müßte uns eigentlich trennen, da er ja sehr wohl weiß, daß ich für die Republik bin. Clemenceau, gut, den schenkt er mir, über den sprechen wir nie, meiner Familie wegen, aber über Fallières sind wir einer Meinung, und wir kritzeln gemeinsam auf Mauern, mit Kreide

* Populäre Bildergeschichten (1890–1896) von Georges Colomb alias Christophe (Anm. d. Ü.).

oder Kohle, alle möglichen Spottverse, wie er sagt, auf diesen Präsidenten, dem es allzusehr an Haltung fehlt. Von der Phosphatine* regiert werden! Ich habe Phosphatine nie gemocht, Racahout** war mir lieber. Mit Paul hingegen ist es anders: wir spielen Spiele, bei denen kein anderer mitmachen dürfte: wie diese Reise zum Nordpol in dem Unterseeboot, das in ein Auto umgewandelt werden kann, eine Erfindung von ihm. Was sag' ich da, ein Spiel! Es ist ein Projekt. Er läßt nicht zu, daß ich mich »teile«. Ich möchte ihm nicht weh tun. Ich muß ihm verheimlichen, daß ich nicht der Mensch für eine einzige Freundschaft bin. Und was würde er sagen, wenn er wüßte, was ich im Innersten denke? Nun, ich werde ihm nicht erzählen, daß mein bester Freund Gott ist, weil ja dann ... Übrigens würde ich es niemandem gestehen.

Daheim wollte mich Mama sogleich aufs Gymnasium tun, da ich ja zu groß sei, um noch länger in einem Kurs mit Mädchen zu bleiben. Aber das hätte einen weiten Schulweg ergeben, und da hat Großmutter sie schließlich überredet, und man schickte mich in die Notre-Dame-Schule, die den Vorteil hat, daß sie auf der anderen Seite des Häuserblocks liegt, in dem wir wohnen, so daß ich für den Hin- und Rückweg das Trottoir gar nicht zu verlassen brauche, ob ich nun über den Boulevard rechts oder die Avenue links gehe. Mama hat nichts gegen die Religion, aber immerhin geht sie an Ostern nicht zur Kommunion, es kommt vor, daß sie die Messe versäumt. Eines Abends, als sie sich mit Großmutter gestritten hatte ... Großmutter will nämlich nicht, daß Mama ohne sie ins Theater geht, sie läßt sie abends nicht alleine aus dem Haus, und das ist doch wirklich übertrieben! Mama ist nicht alt, aber schließlich ist sie erwachsen. Nun, sagte ich, Mama war mit Freunden ins Theater gegangen, nach viel Gezeter, das war letztes Jahr, als es warm war, die Fenster standen auf, Großmutter kam zu mir, sie wollte mit mir reden, ich lag bereits im Bett, das Licht war ausgelöscht: »Schläfst du schon, Pierre?«, und dann hatte sie ausgepackt, ausgepackt,

* Anspielung auf die Phosphatine Fallières, ein Kindernahrungsmittel (Anm. d. Ü.).

** Nahrhafte Mehlspeise türkisch-arabischen Ursprungs (Anm. d. Ü.).

daß Marthe … Marthe, das ist Mama … daß sie eine solche und eine solche sei, eine Herzlose, daß sie sie aus Geiz keine glacierten Maronen kaufen ließe, daß sie wie ihr Vater sei, eine Egoistin … und vor allem daß sie ein Mädchen ohne Religion sei! Plötzlich, kaum war sie damit vor mir herausgeplatzt, bekam sie's mit der Angst zu tun, mit der Angst, ich könnte es weitererzählen, und sie fing an zu weinen, in das kleine Kopftuch hinein, das sie sich für die Nacht unter dem Kinn zusammenbindet, und sie warf sich neben dem Bett auf die Knie, einem sehr hohen, breiten Kupferbett, und packte meine Hand und bedeckte sie mit Küssen und Tränen, und schluchzte: »Schwör mir, schwör mir, daß du es niemals Marthe weitererzählst, und auch sonst niemandem … vergiß, was ich dir gerade gesagt habe … denn sollte Marthe es erfahren, wäre das schrecklich, dann könnte ich mich nur noch in die Seine stürzen!« Was hätte ich tun sollen, ich habe es natürlich geschworen. Trotzdem halte ich zu Mama, und wenn sie keine Religion hat, nun, dann werde ich eben für zwei beten.

Armer Junge im Spiegel. Du siehst mir nicht mehr ähnlich, und dennoch siehst du mir ähnlich. Ich bin es, der spricht. Du hast nicht mehr deine Kinderstimme. Du bist nur mehr eine Manneserinnerung, später. Wenn das hier dein Tagebuch wäre, stünde da der Preis deines Kreisels drin, das Thema des französischen Aufsatzes, die Besuche im Louis XVI-Salon und die kleine Zwergdominoschachtel, die du gestern abend aus Vernis-Martins Vitrine stibitzt hast. Ich wiederhole mich. Fünfundfünfzig Jahre später. Das entstellt die Wörter. Und wenn ich glaube, mich zu betrachten, imaginiere ich mich. Das ist stärker als ich, ich bringe Ordnung in mich hinein. Ich rücke Fakten zeitlich zusammen, die sich ereignet haben, doch getrennt voneinander. Ich glaube mich zu erinnern, aber ich erfinde mich. Ich erfinde nicht diese Geschichte von Großmutter, doch wann war das? Diese Erinnerungsstückchen, schlecht und recht zusammengeflickt, wie sie sind, ergeben nicht eine Photographie, sondern einen Karneval.

Übrigens hieß ich nicht Pierre, lediglich Abbé Pangaud (und

nicht Prangaud) nannte mich Pierre, er nannte mich nicht Jacques. All das ist wie Kartenmischen. Am Ende hat der Mogler heimlich das Herzas zurückbehalten, und der, den man Romancier nennt, läßt immerfort die Karten abheben. Was für ein Fortschritt besteht darin, wenn man der Saint-Louis-Schule den Namen Notre-Dame-Schule gibt? Ah, das ist stärker als ich, ich spiele mit Monsieur l'Abbé das Spiel des Namenvertauschens! Aber Guy hieß wirklich Guy, bevor er, wie man sich erzählt, in eine Viehzüchterei nach Argentinien ging, du bewahrst ihm wahrscheinlich in deinen Erinnerungen zu viel Sentimentalität, als daß du ihm seinen Namen verändern könntest, diesem kleinen Royalisten.
Diesen Guy da pflückst du obendrein von einem merkwürdigen Baum. Wer weiß, wie er sich jetzt sieht, seine Pelerine ... Und jedenfalls dachtest du (ich meine »ich«), dachtest du (ich) nicht »Mama«, mit elf Jahren. Das ist eine abgekartete Lüge, glauben zu machen, daß du ein Doppelspiel zwischen dir und den anderen triebst. Das kommt dann später. Im Augenblick legst du die Dinge übereinander. Ich ... nun, der Grundstein ist gelegt, wir posieren.

In der Notre-Dame-Schule hatte ich anfangs Angst vor der Pause, die Großen schlugen mich. Guy ergriff meine Verteidigung: »Laßt ihn doch in Ruh, den Kleinen!« Und Guy ist stark, er ist der beste Torwart beim Fußballspiel. Er sieht gut aus, das Gesicht immer braun gebrannt, als ob es Sommer wäre, mit hellen Augen darin, die Schirmmütze im Nacken, mit seiner kurzen Pelerine und seiner Aktentasche, nicht so eine einfache Umschlagmappe, wie ich sie habe, die seine hat ein Nickelschloß und einen Griff, wenn die voller Bücher und Hefte ist und er mit ihr auf die Jungen einschlägt, die Streit mit ihm suchen ... Daß er zur Action Française gehört, ist ganz natürlich, da er ja in männlicher Linie von Jeanne d'Arc abstammt! Er wohnt hier bei seiner Tante, weil man ihn von seiner Familie isolieren mußte, zehn Kinder, ihn nicht mitgerechnet, alle tuberkulös wie seine Eltern: ihn wollte man nun abhärten, und so läuft er sogar im Winter mit nackten Beinen herum. Wir gehen zusammen von der Schule nach Hause, trödeln ein bißchen, und manchmal, was macht's schon, verlasse ich das Trottoir, um ihn bis zum Rathaus zu begleiten, er wohnt gleich daneben, und das ist ja auch nicht besonders weit. Wenn wir ein paar Sous haben, kaufen wir in dem Lebensmittelladen, der an der Ecke unserer Straße zum Boulevard hin liegt, Mohnbonbons. Dort treffe ich manchmal Solange oder Marguerite, Mädchen aus dem Boulanger-Kurs. Ein merkwürdiger Gedanke, daß ich noch vor ein paar Monaten in einem gemischten Kurs war, Guy zieht mich deshalb ein bißchen auf, nicht sehr.

Und außerdem kann ich Guy ohne weiteres zeigen, was ich schreibe, meine Verse. Paul gegenüber schäme ich mich, Verse zu schreiben: auch hab' ich Angst, ihn zu verletzen, als ob ich mich dadurch von ihm unterscheiden wollte. Mit Guy kann ich ungezwungen über Romane und Dichtung sprechen. Und daß ich, obwohl er schon zwölf ist, während ich gerade erst elf bin, mehr gelesen habe als er, erstaunt ihn, und er bewundert mich ein bißchen, obgleich es ihm komisch erscheint, daß ich von Jean-Jacques Rousseau spreche in dem Jahr, in dem ich mich auf meine Erstkommunion vorbereite. Aber das ist es ja eben! Es ist wie bei Paul, der weder Youn noch Guy versteht: ich teile mich, es gibt das, was ich für mich alleine habe, meine Lektüren, und dann, was ich mit dem einen, mit dem andern gemeinsam mache, jeder hat sein bestimmtes Reich: ich will sagen, mit dem einen sind's die Reisen, die Wissenschaft, wir lesen zusammen Paul d'Ivoi (Pauls Eltern spendieren ihm nämlich *Die fünf Sous von Lavarède* oder *Miss Musketier*, der Band kostet elf Francs, stellen Sie sich mal vor!, und bei uns zu Hause hat man für so was kein Geld, man gibt mir die reichlich abgenutzten alten roten Schmöker, die Louis-Boussenard-Bände von Onkel Edouard ...), mit dem andern sind's die Politik und die Literatur ... aber dann gibt es auch noch den Bereich des lieben Gottes, den Religionsunterricht und Abbé Prangaud, Abbé Flynn, der mein Beichtvater ist und den ich sehr bewundere ... aber denen sage ich natürlich nichts von Rousseau! Bei uns zu Hause stehen nämlich im Eßzimmer zu beiden Seiten des breiten Fensters Regale, das ist die Bibliothek von Onkel Edouard, und dort stibitze ich die Bücher, die ich lesen will, ohne daß man mich dabei ertappt. *Die Bekenntnisse* von Rousseau, die habe ich nicht ganz verstanden. Im Grunde mag ich Charles-Henry Hirsch lieber und *Das Bekenntnis von Nicaise* von diesem M. Valdagne, der einmal zu uns zum Abendessen gekommen ist, weil es ausschließlich von ihm abhängt, ob man bei Ollendorf Edouards Romane nimmt oder nicht. Er hat Großmutter nicht gefallen, dieser Herr, aber sie sagt, ihr sei das noch lieber, als wenn Edouard ihnen seine Mätressen herbrächte. Zu Hause sagt man immer »die Mätressen Edouards«, er scheint sie haufenweise zu haben.

Zunächst einmal erschienen diese Bücher eben gerade nicht bei Ollendorf, sondern bei Juven oder bei Calmann, ich vermische das alles. Ich will sagen, es handelt sich hier um ineinandergeschobene Bilder. Es ist notwendig, daß meine Gestalt (Pierre) mit elf Jahren Rousseau und Valdagne gelesen hat. Wenn das ich wäre ... Mir natürlich würden Sie alles durchgehen lassen. Ich bin eine ungewöhnliche Gestalt, nicht jeder hat *Der Bauer von Paris** geschrieben, nicht jeder hat im *Telemach*** lesen gelernt. Es ist notwendig, daß Pierre mit elf Jahren Valdagne und Rousseau gelesen hat und vieles andere mehr, Marmontel, *Der Geist des Christentums****, Homer, Shakespeare ... damit sich diese Sprache erklärt, die ich fünfundfünfzig Jahre später spreche – mit diesem halben Jahrhundert Lektüren auf dem Buckel, zwei Kriegen, mitten im Yeah-Yeah, mit Jam Session und so weiter –, wenn ich 1908 erstehen lassen will, das heißt, eine Zeit, in der die Sprache eine gänzlich geschriebene war, sogar bei Colette: *Die Klettersprosse der Rebe*, oder bei Bataille: *Die nackte Frau*, bei Abel Hermant: *Die Luxuszüge*, oder Bernstein: *Israël* ... niemals würde jedenfalls dieser Junge dieses synkopierte Sprechen schreiben, dieses mündliche Französisch, das meiner Generation eigen ist. Ich kann ihm indes nicht, unter dem Vorwand, wahr zu lügen, das imaginäre Schreiben zudiktieren, das er *hätte* haben *können*, nur damit das zu den Texten typischer kleiner Jungen paßt. Die Worte dieses Schülers, der mir ähnlich ist, dürften eben gerade nicht den meinen von

* Surrealistisches Werk Aragons (1926) (Anm. d. Ü.).
** Fénelons Werk *Die Abenteuer des Telemach* (veröffentlicht 1699) (Anm. d. Ü.).
*** Von François-René de Chateaubriand (1802) (Anm. d. Ü.).

damals ähneln, oder es wäre aus mit der Wahrscheinlichkeit. Soviel ich mich erinnere, sagte mir mein Lehrer in der sechsten Klasse A, ich schriebe *wie Dickens,* es war jener Lehrer, der mir im Juli 1909 als Preis für den besten Französischaufsatz eine Barrès-Anthologie geschenkt hat. Was soll das heißen? Die Mischung von Montaigne, mit dem ich mich, soviel ich mich erinnere, damals herumschlug, und *Die Familie Fenouillard** – mein damaliger Freund, den ich hier Paul nenne, und ich lasen das mit Begeisterung –, das mag vielleicht Dikkens ergeben, alles *zusammenaddiert,* ein Wort, das damals nicht im *Larousse* stand und das Pierre dennoch arglos verwendete, er hatte ja nicht Faguet** gelesen. Ich versuche, als ob Pierre es schriebe, wiederzugeben, was ich heute über ihn damals denke: ich bin mir wohl bewußt, wie sehr das hinken muß, wie ein im Troubadourstil von 1820 beschriebenes Mittelalter …

Abbé Prangaud nennt mich Jacques. Niemand hat jemals erfahren, warum. Dieser Name gefällt ihm offensichtlich, und da ich immer der Beste im Religionsunterricht bin … Ich habe eigentlich keinen Rivalen, ehrlich gesagt, alle, mit Ausnahme eines Mädchens, denken nur ans Raufen. In der St.-Antonius-Kapelle, in der sich das abspielt, ist es vom Herbst an ziemlich dunkel, mit nur diesem roten Lämpchen über dem Altar, und in der rechten Hälfte des Kirchenschiffs stellt man die Stühle zu beiden Seiten eines am Fuße der Kanzel frei gemachten Raumes auf – manchmal besteigt der Abbé die Kanzel, doch lieber lehnt er sich während seines Unterrichts an den unteren Teil der Treppe –, so daß hier nur Jungen sind: die Mädchen sitzen rechts von mir auf der anderen Seite des Kirchenschiffs, im rechten Winkel zu uns. Ich weiß nicht, ob ich mich verständlich mache, da ist ein leeres Viereck, die Jungen sind in zwei Pakete geteilt, die sich einander gegenübersitzen, und die Mädchen bilden einen einzigen Block, der Kanzel gegenüber. Also kann ich sie schlecht erkennen, so von der Seite, und außerdem müßte man den Kopf drehen,

* Populäre Bildergeschichten (1889–1893) von Christophe (Anm. d. Ü.).
** Französischer Literaturkritiker (1847–1916) (Anm. d. Ü.).

wollte man sie anschauen, aber was für einen Eindruck würde das machen? Die Kleine, die einmal genauso gut wie ich war, habe ich niemals so richtig gesehen. Sie ist dunkel gekleidet, mit einem schwarzen, glänzenden Strohhut, und hat eine Stimme, die das r rollt, das ist bizarr. Der Abbé nennt sie Sonja, wie in einem Roman von Hector Malot. Das ist vielleicht der Name, den er ihr gibt, wie er mir den Namen Jacques gibt. Anscheinend ist sie Russin, sie hat leichte Schlitzaugen, und ihr Teint ist sehr blaß, nicht weiß, blaß, ohne Farbe. Ich nehme mir immer vor, sie das nächste Mal anzuschauen, und dann vergesse ich es. Wenn man das wirklich vergessen nennen kann. Sie wird am Ausgang abgeholt, von ihrer Großmutter, sagt man, und sie gehen sehr schnell davon, wollte ich ihnen folgen, müßte ich laufen, man würde dann zu mir sagen: was ist denn mit dir los? Eine kleine, ziemlich dicke Dame in Schwarz, ein mützenartiger Hut mit Flügeln, diese Großmutter. Sie sieht nicht wie die meine aus.
Ich mag den Religionsunterricht sehr gern, ausgenommen das Liedersingen, dafür habe ich nicht die richtige Stimme, also öffne ich den Mund, tue so, als ob. Ich frage mich, ob ich eine gute Erstkommunion ablegen werde. Jetzt natürlich bin ich im Schwung, ich kenne meine Zehn Gebote aus dem Effeff, und außerdem, wenn ich Abbé Flynn meine Sünden beichte ... Er ist Ire, das erklärt sich eher als bei Sonja ... ich sage ihm natürlich nicht alles (ich habe den Eindruck, daß er für gewisse Einzelheiten etwas zu jung ist), das würde übrigens zu viel Zeit kosten, außerdem wäre es unbescheiden. Wie sollte ich ihm etwa meine familiäre Lage erklären? Auch da teile ich mich, genauso wie zwischen Guy und Paul. Es gibt Bereiche, die für den lieben Gott da sind, und solche, die nicht für ihn da sind. Wichtig ist, daß man aufrichtig ist, alles sagt, innerhalb der Grenzen, in denen man seine Gewissenserforschung vornimmt. Ich werde Monsieur Flynn nicht erzählen, wie ich mit Tom und Mildred spiele, zum Beispiel, sie haben mir nicht die Erlaubnis dazu gegeben. Und außerdem würde sich der Abbé über mich lustig machen. Nein, was für ihn da ist, sind die schlechten Gedanken. In der Beichte lasse ich keinen einzigen aus. Vielleicht unterschiebe ich mir sogar manche, aber muß man die Absolution nicht verdienen? An dem Tag

jedoch, an dem ich ihm sagte, daß ich Bertin d'Azy am liebsten in kleine Stücke zerhackt und ins Salzfaß gesteckt hätte, wie in dem Lied vom heiligen Nikolaus, protestierte er. Er hatte unrecht, weil ich, wenn ich das in Wirklichkeit, bevor ich es ihm sagte, gar nicht gedacht hatte, es jedenfalls hier auf den Knien, während ich es ihm sagte, fest dachte und Vergnügen daran fand, mir Bertin d'Azy kleinzerhackt vorzustellen, mit allen möglichen Einzelheiten. Das ist ein gemeiner Petzer, und Guy sagt von ihm, er stamme von einem Königsmörder ab.

Ich habe den Religionsunterricht sehr gern, nur verpasse ich seinetwegen leider den Fechtsaal; denn bevor ich mit dem Religionsunterricht anfing, begab ich mich ab meinem sechsten Lebensjahr jeden Donnerstag und jeden Sonntagvormittag durch den Bois de Boulogne in Richtung Place Victor-Hugo zum Fechtsaal meines Vaters. Mein Vater, muß ich Ihnen sagen, ist mit einer alten Dame verheiratet, die ich nicht kenne. Er wohnt also nicht bei uns. Er hat Duelle gehabt, ah, massenweise, wie mir Mama erzählte, und er würde es nicht ertragen, wenn ich mich nicht mit dem Degen schlagen könnte. Im Augenblick übe ich mich erst noch im Florett, die Begrüßung, battez, contre-de-quarte, battez, contre-de-sixte, fendez-vous, los, los, den Kopf zurück ... Aber seit dem Religionsunterricht konnte ich da nur mehr einmal in der Woche hingehen. Auch das Fechten ist ein Bereich für sich, den ich weder mit Guy noch mit Paul noch mit Abbé Flynn teile.

In der Öffentlichkeit nenne ich meinen Vater meinen Vormund und Mama Marthe: es ist abgemacht, daß ich für die anderen ein Adoptivkind von Großmutter bin. Meine Mutter hieß Blanche und ist gestorben, ihr Mann ist nach Spanien oder Südamerika gegangen, das ist nicht recht klar, da hatte Großmutter mich zu sich genommen, und dann kamen schlechte Nachrichten. Als ich klein war, wußte ich nicht Bescheid: dann trat eines Tages, als ich krank war, mein Vormund in mein Zimmer und bemerkte an der Wand, rechts vom Kamin, unter dem Jesus von Prag das Photo dieses Herrn, der für jedermann mein Vater war, ein Herr im zweireihigen, mit einem breiten Seidenband bordierten Gehrock, mit einem Kopf, wie man ihn bei Friseuren sieht, mit schwarzen, von einigen weißen Fäden durchzogenen Haaren, die rechts ein Büschel bilden und an ihrem Ansatz einen Scheitel, mit einem ebenfalls zweigeteilten Bart, der so aussah wie diese Unterschriftsschnörkel, die Visitenkartenhändler als Muster ausstellen. Mein Vormund fragte mich: Was ist denn das, und ich sagte, das ist Papa, und er geriet in Zorn, in einen unglaublichen Zorn! Das Photo verschwand in seiner Tasche, und angesichts meiner Proteste versprach er mir, mir sein eigenes Porträt zu bringen, mit dem ich den kleinen ovalen Rahmen ausfüllen könnte. Danach gab Marthe mir Erklärungen, und an die Wand, oberhalb des Jesus von Prag, hängte man diesmal ein großes, etwas verschossenes, vergilbtes Bild meines wirklichen Vaters, als ob es dort immer schon gewesen wäre. Jünger als ich ihn gekannt hatte, stehend, mit kämpferischem Schnurrbart, nur eine Hand im Handschuh, die andere hält den Handschuh zusammen mit dem Spazierstock. Trotzdem sage ich vor den Leuten zu Mama weiterhin Marthe ... Mama, das ist für uns ein Geheimname, hinter verschlossenen Türen. Sogar vor Großmutter. Mama mag Großmutter nicht. Einmal sagte sie zu mir: »Hör zu, an deinem achtzehnten Geburtstag, das mußt du mir versprechen, da gehen wir beide auf und davon, die anderen lassen wir zurück, dann sind sie dran, sich um Großmutter zu kümmern, wir gehen irgendwohin, nach Ägypten ...« Ich habe natürlich versprochen. Und auch darüber rede ich mit niemandem, weder mit meinem Beichtvater noch mit meinen Freunden. Ich habe Bücher über Ägypten gelesen. Aber als das im Erdkundeunterricht einmal behandelt wurde, ließ ich mir eine schlechte Note verpassen, weil ja Ägypten ein Königreich ist, das Mama und mir gehört, und ich Angst gehabt hätte, daß man zu mir sagen könnte: Sieh mal einer an, du kennst dich aber gut in Ägypten aus, wo hast du das denn alles her?

Plaudere ich etwa aus, was ich über die Eltern von Tom und Mildred weiß? Mama hat es mir erzählt, weil ich nämlich von Edouards Anspielungen bei Tisch nichts verstand, und als ich Fragen stellte, hatte er mir wie immer geantwortet: »Das geht dich nichts an, du Lausebengel ...«, ich kann ihn nicht ausstehen, diesen Edouard! Man kann sie mir ruhig verbieten, ich habe gar kein Verlangen danach, seine Romane zu lesen, die ich mir so leicht im Eßzimmer holen könnte, er läßt sie sich in getriebenem Leder binden, mit Reliefs, die nackte Frauen und Schwertlilien darstellen. Mama, die Bescheid weiß, hat mich also beiseite genommen und mir die Geschichte der Bedfords erzählt. Madame Bedford ist in Wirklichkeit eine gebürtige Deutsche, auch wenn ihre Mutter in zweiter Ehe einen Franzosen geheiratet hat; sie sagt lieber, sie sei Schweizerin, aber nicht das ist das Wichtige. Nach dem Tod ihres Stiefvaters waren die beiden Damen an die Côte d'Azur gezogen, in ein Hotel in Hyères, und der Sohn des Hotelbesitzers hatte dem jungen Mädchen den Hof gemacht, um ihre Hand angehalten. Sie war mit einem blauen Auge davongekommen. Denn Leopold, der Bräutigam, war allem Anschein nach ein ehrenwerter Mann, zumindest (sagte Mama) wird das so erzählt, aber dann, bums!, wurde er eines Tages verhaftet. Er hatte ein Doppelleben geführt. Nachts verschwand er nach Toulon oder anderswohin, er hatte Geschichten mit Dienstmädchen und brachte sie dann in Mansardenzimmern um. Siebzehn hatte er getötet. Ein aufsehenerregender Prozeß. Die arme Braut war nur mehr der Schatten ihrer selbst, und außerdem hatte ihre Mutter ihr ganzes Vermögen in dem Hotel angelegt, und die Familie des Mörders wollte es nicht wieder herausrücken. Damals war ein Hotelgast – es war ein englischer Herr über fünfzig, ein großer, magerer Typ mit S-förmigem Hals, einem kleinen, grauhaarigen, auf der Deckplatte kahlen Kopf, mit einem Spitzbart und einem Aussehen wie ein geprügelter Hund und immer mit einem schottischen Plaid über dem Arm – schrecklich in Rührung geraten ob des Unglücks dieses so dürren Mädchens mit seinen vom Weinen geröteten Augen, und er hatte ihr die Heirat angetragen. Sie hatte eingewilligt, bewahrte aber in ihrem Zimmer weiterhin, ja sogar noch nach seiner Enthauptung, das eingerahmte Photo Leopolds auf, obwohl er ein solches Ungeheuer gewesen war. Monsieur Bedford war der Bedford von den Bedford-Werken in Manchester. Tom, dann Mildred waren die Belohnung für seine Güte. Madame Bedford hatte sich von ihrem Kummer erholt. Sie war fülliger geworden. Die Familie lebte, ohne die Schwiegermama, in unserem Viertel in einer kleinen Privatvilla mit einem Garten, bestehend aus Rasen und sich an Bäumen emporrankenden Kletterrosen, drei Kastanienbäumen, einer Weißbuche und zwei kleinen blauen Koniferen mit kompliziertem Namen, mit einem großen, langhaarigen und stumpfsinnigen Hund, der so aussah, als sei er mit dem Hausherrn verwandt. Auch die Bedfords bildeten in meinem Leben einen Bereich für sich. Und daß wir bei ihnen mit Einbruch der Nacht, nach dem Crocket, im Dunkeln Versteck spielten, auch das ging niemanden etwas an, und auch nicht, daß Mildred sich bei ihrer Mutter beklagte, ich würde ihr all ihre Höschen mit meinen Händen zerreißen ... was diese verträumte Dame, die schon ganz geneigt war, mich als ihren zukünftigen Schwiegersohn zu betrachten, zum Glucksen brachte. Ich werde das weder Guy noch Paul erzählen und schon gar nicht Abbé Flynn.

Die Bedfords gehen sie nichts an. Auch nicht, daß Madame Bedford, die immer mit großer Hochachtung von den »Herren« spricht, von dem, was sie mögen, was sie nicht mögen, jetzt mehr als rundlich ist, sie hat Arme, so dick wie meine Oberschenkel, ja, sagt Großmutter, und daß, während Monsieur Bedford den Garten pflegt, den Rasen mäht, seine Rosenstöcke schneidet, die Berieselungsanlage laufen läßt, sich bei seiner Frau ein junger rumänischer Arzt aufhält, der eine Opernstimme hat, die er in Abendgesellschaft auch vorführt. *Werther* oder *La Tosca*. Werther, den stellte ich mir nicht so vor, so laut ...

Gut. Glauben Sie, daß Pierre, da es ja nun einmal Pierre gibt, wirklich das zuletzt genannte Detail hervorheben würde? Es sei denn, er wollte damit den Fisch ersaufen, ich will sagen, von seiner eigenen Geschichte ablenken. Denn wenn ich Pierre wäre, dann wäre die Lüge hier offensichtlich, ich will sagen, das Zurechtschminken der Brassen. Ich habe während meiner ganzen Kindheit niemals die anderen belogen; wenn ich *Marthe* sagte oder, nun, legen Sie doch nicht alles auf die Goldwaage!, irgendeinen anderen Namen, dann sagte ich das nicht anstelle von »Mama«. Gewiß gab ich der, von der ich nicht wußte, daß sie meine Mutter war, Kosenamen, die ich vor anderen nicht verwendet hätte, aber darin zeigte sich nur mein Schamgefühl. Ich sagte *Patenonkel* zu der Gestalt, die mich auf ein Duell-Leben vorbereitete und es schlecht fand, daß ich mich weigerte, reiten zu lernen. Ich wußte nichts von ihrer Geschichte. Ich habe niemals etwas davon gewußt, selbst wenn ich, schon etwas größer, manche Zweifel bekommen hatte, die zu vertiefen ich mich aber hütete. Erst als ich zum Militär eingezogen wurde, mußte sich meine arme Mutter entschließen, mir zu gestehen ... Dieser Mann wollte nicht, daß ich getötet würde, ohne erfahren zu haben, daß ich die Frucht seiner ungebrochenen männlichen Kräfte war. Er hatte verlangt, daß man mir die Wahrheit sagte. Ich trug bereits die Uniform, weil Mama den Tag Ihres Geständnisses immer wieder hinausschob. Hier natürlich, wo es sich nicht um mich handelt, um ein Ich, das nicht mehr existiert, ein nicht mehr auffindbares Ich, sondern um einen kleinen Jungen, den ich ganz und gar erfunden habe, nach meiner Art natürlich, um seine Geschichte zur Zeit des Schuljahres 1908/1909 in geraffter Form vorzuführen, hier natürlich habe ich angenommen, daß seine Mutter, nicht die meine, dem Kind gleich nach dem Vorfall mit dem Porträt alles erzählt hatte. Das erlaubt es mir, diesen Charakterzug Pierres deutlicher herauszustellen, diese Art, sich an all diejenigen, die er kennt, zu verteilen wie eine Brioche, und ganz selbstverständlich sein Geheimnis allen zu verbergen, da jeder nur eine Seite von ihm kennt. Ich hingegen hatte diese Komplexität im Verhalten nicht, da ich ja nichts wirklich zu verbergen hatte. Einmal jedoch, oh, das war schon vor 1908, während der Ferien in Donville: da wohnten im Hotel Gäste aus Lyon, der Sohn hieß Noël, und wir hatten in den Dornbüschen auf den ersten Dünen ein Versteck gefunden; wir hatten Sand ausgebuddelt, und so konnten wir uns da im Sitzen aufhalten, im Schutze einer natürlichen Laube, und niemand wäre auf den Gedanken gekommen, uns unter den Dornen zu suchen. Wir schafften unsere Spielsachen dorthin, einen Bogen, Pfeile, was weiß ich? Wir blieben da stundenlang, um zu plaudern, Geschichten von Rothäuten, in Wirklichkeit hatte ich ihm nicht viel zu sagen, diesem Noël. Auf die Dauer langweilte ich mich mit ihm. Da kam ich eines Tages auf die Idee, ihm eine Geschichte zu erzählen, die Geheimnisse meiner Herkunft. Daß man sagte, ich sei in Madrid geboren (tatsächlich hatte man mir das erzählt), daß ich meinerseits aber glaubte, ich sei in Algier geboren (die Familie hatte in Algerien gewohnt, als mein Großvater, der, den man in den *Reisenden der Impériale** sieht, Unterpräfekt von Guelma war), und daß ich vielleicht der Sohn jemandes anderen sei, und diese Geschichte mit dem Photo in der Tasche meines Patenonkels ... All das war reiner Roman. Ebenso um Noël zu verblüffen wie um mich von diesem grauen, trüben Sommer abzulenken, in dem es entsetzlich stürmte. Dieser kleine Esel von Noël hatte nichts Eiligeres zu tun gehabt als das sofort seinem Lyonnaisen von Vater zu erzählen – der wohl eine kleine Fabrik und einen katholischen Club für seine Arbeiter hatte –; er spürte mich in unserem Versteck auf (sogar das hatte ihm Noël gepetzt), um mir zu sagen, ich sei ein Schmutzfink, ein verdorbener Bengel, ich würde im Gefängnis oder noch Schlimmerem enden, ich hätte kein Schamgefühl, und ich sollte mich nicht unterstehen, so etwas noch einmal zu erzählen, weil er sonst alles Mutter sagen würde (das heißt Großmutter) und man mich aus dem Hotel hinauswerfen würde ... Ich hatte deswegen drei Tage lang geschmollt. Aber weder Paul, der anders hieß, noch Guy noch sonst jemanden habe ich jemals belogen: ich meinerseits glaubte, was man mir sagte, ich stellte das Leben nicht in Frage, es war so, wie es mir gegeben wurde. Und diese Erfahrung von Donville hatte mich noch nicht zu der Erkenntnis gebracht, daß man auf solche Weise unmerklich von der Banalität der Alltagsdinge zur Romanerfindung übergeht, zu dieser Verkürzung von uns, in der man den Namen ändert, sich eine Kulisse wählt wie im Theater, und plötzlich bekommen die Ereignisse einen Sinn, werden zur Beleidigung für diesen Lyonnaiser Sommerfrischler mit seinem Panamastrohhut und könnten vielleicht eine dahergelaufene Rotznase von Noël gefährlich zum Nachdenken bringen, anstatt daß er zu seinem Papa geht und ihm alles petzt.

* Roman Aragons (1942) (Anm. d. Ü.).

… Ehrlich gesagt, sehne ich mich … *hier spricht Pierre, wohlverstanden* … nach dem Kurs von Melle Boulanger zurück, wegen Solange, deren Augen ein bißchen denen der kleinen Russin vom Religionsunterricht ähnelten und die die Tochter eines Zeichners war (Solange), dessen Zeichnungen ich jede Woche in der Zeitschrift *Le Jeudi de la Jeunesse* sehen konnte, und zwar auf dem Titelblatt in Farbe und im Innern in Schwarz. Ich hätte viel lieber Solange geheiratet als Mildred (sie war zu klein), obgleich die Intimität zwischen uns niemals über jenen Tag hinausgegangen war, an dem ich aus dem halboffenen Schrank von Großmutter zwanzig Sous stibitzt hatte, um ihr bei einem Konditor in unserer Straße Windbeutel mit Schlagsahne zu kaufen. Sie hat davon nie eine Ahnung gehabt. Aber sie wagte ich einmal im Lebensmittelladen auf die kleine Russin anzusprechen. Sie kennt sie ein bißchen, weil sie im Religionsunterricht ein paar Worte mit ihr gewechselt und sie zu einem Kostümfest bei sich zu Hause eingeladen hat. »Und«, fragte ich mit zugeschnürter Kehle, »als was war sie verkleidet?« Als Zigeunerin, selbstverständlich, mit einem völlig zerrissenen Kleid und heruntergerutschten Strümpfen. Ich tat so, als fände ich das ganz natürlich. Dabei war ich erschüttert. Als Zigeunerin, dieses so zurückhaltende Fräulein, das auf der Straße keinen Schritt allein zu tun scheint. Das muß auf irgend etwas hinweisen. Letztlich sind die Mädchen wie wir: sie haben ihre Geheimnisse, ihre Doppel-, Dreifachleben … Auch in den Romanen Hector Malots kommen Zigeunerinnen vor.

Im Augenblick beschäftigt mich vor allem die mit Paul geplante Expedition. Die Entwürfe für die Maschine hat er mit Tusche gezeichnet. Das ist eines der Dinge, die Paul mir voraus hat, die Architektur-, die technische Zeichnung, da weiß er Bescheid. Ich bin darin so ungeschickt! Natürlich spielt dabei eine Rolle, daß mir meine Familie, als ich in die sechste Klasse kam, keinen Zirkelkasten spendieren wollte, so was ist sehr teuer, um so mehr, als mein Vormund sagte, er würde mir einen bringen, den schon seine Söhne benützt hätten, er sei etwas verschlissen, aber er dürfte noch gehen. Niemand kann sich vorstellen, wie ich mich dieses Kastens schäme, mit seinen schartigen Linealen, die es einem unmöglich machen, einen sauberen Strich zu ziehen, mit seinem verschossenen violetten Samt, und außerdem fehlen verschiedene Teile. Indes hätte ich gern zeichnen gelernt, aber die Hand zittert mir dabei. Alles, was auf diese Weise zu mir gelangt – diese Brosamen der Söhne meines Vaters –, stößt mich ab. Zum Beispiel das deutsch-französische und das französisch-deutsche Wörterbuch, in denen sie die Kolumnen mit allen möglichen Zeichnungen übersät haben, mit nackten Frauen, und Schlimmerem. Auch das ein Bereich, über den ich mit niemandem sprechen kann, diesmal nicht einmal mit Marthe: wenn sie meine Wörterbücher öffnete, würde ich, glaube ich, vor Verlegenheit sterben. Ich verstecke sie. Eines Tages werde ich sie in die Seine werfen.

Ich habe angefangen, mit verzehrender Leidenschaft die Evangelien zu lesen. Weil im Grunde zwischen meiner Geburt und der von Jesus eine gewisse Ähnlichkeit besteht. Ich fühle mich vom Taumel der Güte ergriffen. Ich möchte auf der Straße den Armen die Schuhe putzen, meinen Mantel, den mit dem Rückengürtel, zerreißen und die Hälfte einem Bettler schenken, aber ich muß an Mama denken, die so viel Mühe hat, mit ihrem Geld auszukommen. Am Abend und am Morgen lege ich in mein Gebet eine solche Inbrunst, daß ich mir dabei die Wangen mit meinen Nägeln zerkratze, und man glaubt dann, ich hätte wieder mit anderen gerauft: und ich lasse mich wegen meiner nicht begangenen Sünden ausschimpfen. Monsieur Flynn ist über meine Inbrunst ziemlich erschreckt, er hat mit Abbé Prangaud darüber gesprochen, das steht fest. Denn dieser nahm mich am darauffolgenden Donnerstag in der Kapelle beiseite und schenkte mir einen vom Papst geweihten Rosenkranz mit roten Perlen und einer weißen Perlmuttmedaille. Mich machte das ganz verwirrt, wie sollte ich ihm danken. Ich dachte, das wäre eine Belohnung dafür, daß ich im Unterricht so gut war. Plötzlich sagte er zu mir: »Jacques ... hast du vielleicht schon mal daran gedacht, daß du Priester werden könntest? Möchtest du gern bei der Messe ministrieren?« Nein, das hätte ich nicht gemocht. Die Liebe zu Gott ist für mich etwas ganz Intimes. Ich habe irgend etwas gestammelt, am liebsten hätte ich ihm den Rosenkranz zurückgegeben. Zu Hause steckte ich ihn in die

Nachttischschublade hinter Hustenpastillenschachteln und Achatmurmeln. Vor allem dürfte mich niemand, auch nicht Mama, fragen, woher ich das habe.

Soweit ich mich erinnere, bestand ein gewisser Zusammenhang zwischen diesen religiösen Anwandlungen, die mich – ebenso wie Pierre – überkamen, und den Gefühlen, die ich gegenüber meinem Patenonkel hegte. Es war nicht möglich gewesen, denn er selber sprach gern darüber, mir zu verheimlichen, daß er unter Jules Grévy die Vertreibung der Nonnen geleitet hatte. Vielleicht wußte Abbé Prangaud besser als ich über meine Herkunft Bescheid, und vielleicht muß man glauben, daß in der Fürsorge, die er mir bezeugte, etwas von dem Abscheu lag, den der in ihm erregte, den man den »Mann mit den perlgrauen Handschuhen« nannte. Ich habe niemals etwas geschrieben, worin er sich widerspiegelt, selbst wenn in *Elsas Narr** das Kind Boabdil, das sagt: *Ich liebte meinen Vater nicht,* vielleicht mir ähnelt. Der Patenonkel freilich ähnelte dem Emir Aboû'l-Hâssan nicht: er war sechsundfünfzig Jahre alt bei meiner Geburt, siebenundsechzig im Jahre 1908. Vom *Roman* dieses Mannes habe ich mich immer abgewandt. Mir genügt, daß einer seiner Söhne in der Zeit zwischen September 1939 und Mai 1940 zu meiner Mutter kam und ihr etwas so Abscheuliches von ihm erzählte, daß es ihr ganz schlecht wurde. Ich müßte zu sehr fürchten, ich könnte, obwohl meine Mutter tot ist, über diesen Mann nicht anders sprechen als dieser Sohn, den er von Gesetzes wegen hatte. Letztlich war ich nur der Zufallszeuge zwischen ihm und meiner Mutter, und selbst unter einer Verkleidung werde ich anderen nicht dieses lange schmerzliche Zerrissensein enthüllen. Was macht's schon, wenn man eine schlechte Meinung von mir hat, weil *ich meinen Vater nicht liebte!* Ich sage das nicht, um mich zu rechtfertigen: ich will lediglich von den Grenzen des Romans sprechen. Zum Beispiel war ich in meinem Leben Zeuge von vielem, was sich in Fiktionen verwandeln ließe, aber das ist genau eine der großen Schwierigkeiten des Realismus im zwanzigsten Jahrhundert: im politischen

* Poem Aragons (1963) (Anm. d. Ü.).

Bereich nimmt nämlich die Zahl der tabuisierten Themen ständig zu, – aufgrund der Zensuren von außen oder wegen der Selbstzensur, der sich der Schriftsteller unterwirft. Man wird in diesem dritten Viertel des Jahrhunderts, will man schreiben, durch das, was man weiß, was man erfahren, erlebt hat, eher behindert: darin liegen die inneren Schwierigkeiten des Realismus, und manchmal frage ich mich, wie lange es noch möglich sein wird, sie zu überwinden. Die Realisten der Zukunft werden immer mehr lügen müssen, um die Wahrheit zu sagen.

Gott weiß, was Großmutters Ansicht über die Vertreibung der Nonnen war! Der Stolz der Familie klammerte sich daran, daß wir von Massillon* abstammten. Und ein Geistlicher von Notre-Dame de Paris, der die dortige Chorschule leitete, als mein Onkel mit vierzehn Jahren da sang, hat es sich nicht nehmen lassen, zu meiner Erstkommunion 1909 die Messe in Neuilly zu lesen und persönlich mir die Hostie zu reichen. Abbé Renard war auch herübergekommen, um meine beiden Tanten zu verheiraten, die eine mit einem englischen Offizier, die andere mit einem französischen Offizier. Es war jener Geistliche, der, als er durch die Avenue Gabriel ging, von der Wache des Elysée-Palastes herbeigerufen worden war, um Félix Faure mit den Tröstungen der heiligen Kirche zu versehen, nachdem Madame Steinheil sich gerade durch eine Hintertür aus dem Staube gemacht hatte. Er scheute sich nicht, diese Geschichte beim Nachtisch zu erzählen. Ich will sagen, ich war hin und her gerissen zwischen der Voltaireschen Tradition und den christlichen Beispielen: und sowenig auch meine Mutter anscheinend religiös war, waren es doch ihre Tränen, ihre allzuoft von mir überraschte Traurigkeit, die mich zu Abbé Flynn trieben – er hieß tatsächlich so, ich habe seinen Namen ebensowenig wie den Guys verändert –, der mir die Absolution für meine imaginären Stunden, die wie potentielle Romane waren, erteilte, ohne dahinter die Seufzer der Realität zu hören.

* Französischer Prediger (1663–1742) (Anm. d. Ü.).

Ich wollte von unserem großen Projekt sprechen. Aber da kommt immer etwas dazwischen. Diesmal ist es Catherine Simonidzé. Schon lange hatte sie uns nicht mehr besucht. Mein Gott, wie schön sie ist! Ich hatte sie ein bißchen vergessen. Ich glaube, wenn wir sie nicht mehr sahen, liegt das daran, daß ihr die Rolle, die ihre Mutter bei der Hochzeit Paulettes gespielt hatte, mißfiel. Sie sagte zu Mama, wenn ihre Schwester gern diesen Obersten heiraten wollte, dann ginge das sie, Catherine, nichts an, es sei ja nicht ihre Familie: aber daß Madame Simonidzé dabei die Ehestifterin spielte, das ... Mich interessierte diese Unterhaltung wenig: denn Paulette hätte meinetwegen den Teufel heiraten können! Jedenfalls liegt sie uns jetzt nicht mehr auf der Pelle, obwohl wir den kleinen Salon eigentlich doch nicht wiederbekommen haben, da ja Edouard ihn in Beschlag nimmt, nachdem er das Zimmer im sechsten Stock aufgegeben hat.
Catherine kam unter dem Vorwand, Mama den gerade erschienenen letzten Band von *Johann Christoph** zu bringen: Bücher auf diese Weise zu veröffentlichen ist nicht bequem, beim letzten Mal hatte ich versucht, meine Nase hineinzustecken, aber da ich den Anfang nicht gelesen hatte, verstand ich nichts davon. Es ist seltsam, daß Catherine von dem Buch so begeistert ist, weil doch eine andere Freundin Mamas, diese kleine, häßliche Magere mit einer großen Nase und einer Haarrolle über der glänzenden Stirn, auch ganz verrückt nach diesem Autor ist: allerdings wohnt sie ganz in seiner Nähe, in der Rue Léopold-Robert, dann erklärt sich das ja auch. Edouard verabscheut ihn: das ist ein Pluspunkt für diesen Romain Rolland, aber Mama sagt, er sei zu schwer für mein Alter. Ich weiß genau, daß Catherine meinetwegen kommt, aber diesmal fand sie keine Gelegenheit zu einem Gespräch mit mir, sie war zerstreut, sie holte lediglich Tolstois *Erzählungen von Sevastopol*, die sie mir vor einiger Zeit geliehen hatte, wieder bei mir ab; sie fragte mich, ob ich *Anna Karenina* gelesen hätte, und da ich diesen Roman nicht gelesen hatte, versprach sie, ihn mir einmal mitzubringen ... Das wird vielleicht nächstes Jahr sein. Vorausgesetzt, sie heiratet nicht, bevor ich groß bin!

* Roman (1903–1912) von Romain Rolland (Anm. d. Ü.).

Inzwischen macht unser Unternehmen, das mit Paul, Riesenfortschritte. Natürlich ist das Unterseeboot noch nicht gebaut, aber wenn man die Pläne in all ihren Einzelheiten betrachtet ... jetzt geht es nur noch darum, den Mäzen zu finden. Schrecklich, daß alles immer vom Geld abhängt! Meinen Vater kann ich um keines bitten, für ihn ist das schwierig, wegen seiner Frau.
Paul und ich hatten lange nicht so recht gewußt, was wir erforschen sollten: allmählich ist alles auf der Erde bekannt, erzbekannt, es bleiben nur noch die Pole und die Abgründe. Wir haben den Nordpol gewählt, allerdings müssen wir uns beeilen, weil sonst über kurz oder lang irgendein Schwede ... na ja. Das U-Boot ist für die arktische Kälte ausgerüstet. Es kann im offenen Meer unter Wasser gehen und in den Eisregionen auftauchen, indem es an seiner höchsten Stelle eine Eisbrecheranlage ausfährt, eine Art Rhinozeros, was ich nicht so recht begreife, aber das ist Pauls Sache, er kennt sich da aus.
Wenn das Unternehmen Fortschritte gemacht hat, dann deshalb, weil es einen anderen Charakter bekommen hat, seit wir beschlossen haben, eine Frau mitzunehmen. Das verändert die ganze Landschaft. Freilich wäre es logischer, zwei Frauen mitzunehmen, da wir ja zwei Männer sind. Aber sie könnten sich streiten, und außerdem haben wir nicht so viel Platz. Es ist verrückt, wie sperrig die Maschinen sind, die wir brauchen. Wer würde übrigens mitfahren wollen? Ich hätte gern Catherine gefragt ... aber sie hat ihre Geschichten, und weiß ich denn überhaupt, ob ihr Paul gefallen würde? Sie mag Wissenschaftler nicht besonders. Es ist gefährlich, Leute, Gefühle, Dinge zu vermischen. Catherine ist ausschließlich meine Angelegenheit, ich habe über sie nie mit Paul gesprochen, ebensowenig wie über die kleine Russin. Er, Paul, hat schon seine Kandidatin, und man muß zugeben: sie ist hinreissend. Ganz das Gegenteil von Catherine, eine Blonde, wie auf Bildern. Sie ist die Tochter von Bekannten seiner Eltern. Sie ist siebzehn Jahre alt, wird achtzehn sein, wenn wir losfahren. Sie ist Schauspielerin und wird im Sarah-Bernhardt-Theater *Dornröschen* von Jean Richepin spielen. Paul hat mit ihr gesprochen, sie kommt mit. Wir vesperten gemeinsam,

zeigten ihr die Pläne, erklärten ihr, wo ihre Koje sein würde. Wir waren beide etwas besorgt, weil ihre Kabine für eine Schauspielerin nicht gerade großartig ist. Paul bat sie, ihre Haare aufzumachen und sie mir zu zeigen. Ah, das ist wirklich Dornröschen! Golden und außerdem duftig, duftig, wenn sie den Kopf neigt, streicheln sie ihr die Füße! Es gab Gugelhupf zur Vesper.

Natürlich haben wir nicht zu viel Nachdruck auf die Gründe gelegt, weshalb wir ein Mädchen mitnehmen wollen: Kochen, die Knöpfe, die Socken, kurz, sie versteht schon von selbst. Wir sagten galant, eine Expedition habe eine ganz andere Atmosphäre, wenn eine Frau dabei ist. Ich frage mich, ob sie überhaupt stopfen kann, Paul sagt, sie sei sehr gut erzogen, und außerdem habe sie sich das Theater erst vor kurzem in den Kopf gesetzt.

Wir müssen jetzt für alles Vorsorge treffen. Unsere Mitreisende ist immerhin eine Verantwortung. Wir haben beschlossen, ihr Parfum zu kaufen. Da haben auch wir was davon, und innerhalb der Gesamtkosten fällt das nicht besonders ins Gewicht. Paul spricht viel von den Gegenden jenseits des Polarkreises, wie man dort Feuer macht, welche Tiere man findet. Ich meinerseits denke eigentlich nur an die ersten Etappen der Reise. Meine Vorstellungen vom Pol dürften nicht sehr ernsthaft sein; ich sehe, wenn wir davon sprechen, die Dinge unwillkürlich wie im Châtelet, im letzten Bild von *Pif paf puf!*, wenn die Eisberge zusammenbrechen und aus dem Hintergrund der Eisriese sich erhebt und schrecklich mit den Augen rollt. Und außerdem fühle ich mich bei uns dreien ein bißchen wie das fünfte Rad am Wagen. Zuerst einmal, weil ich aus Kameradschaftlichkeit ja doch bedenken muß, daß das Dornröschen mehr Paul angeht als mich. Ich habe es nicht erfunden, und ich habe auch nicht das Unterseeboot erfunden.

Wenn Paul von Dynamo, Achsenlagern und so weiter spricht, verliere ich mich ... Also habe ich mir eine kleine Spezialität ausgedacht, um mir in der Angelegenheit etwas Wichtigkeit zu geben: ich lege Karten. Ja. Für alles, was sich ereignen kann, ob die Maschine gebaut wird, und wann, von wo aus wir abfahren, morgens oder abends, ob wir uns sofort warm anziehen oder lieber bis zum Unterwassergehen in Le

Havre warten sollen. Denn schließlich haben wir beschlossen, den Weg von Paris nach Le Havre auf der Straße zurückzulegen, um den Motor einzufahren. Eins, zwei, drei, vier, fünf, sechs, sieben ... Ich decke einen Buben auf. Was will der denn? Was hat der auf unserer Reise zu suchen? »Dein Bube kann mir gestohlen bleiben«, sagt Paul, »sammle die Karten und mach's noch einmal ...« Ich mische, er hebt ab. Eins, zwei, drei, vier, fünf, sechs, sieben ... Wieder ein Pik! »Du hast nur Piks in deinem Spiel ...«, sagt Paul streng.

Ich habe Hunderte von Patiencen gelegt, für alle Details von Paris bis Le Havre. Man macht sich keine Vorstellung. Was alles von Paris bis Le Havre in einem Unterseeboot auf der Straße passieren kann! Aber wenn man erst anfängt, darüber nachzudenken ... Da ist eine Kleinigkeit, die uns beide beunruhigt: wir haben in den Karten gelesen, daß unsere Reisende vor der Ankunft am Meer einen leichten Unfall haben wird. Oh, nichts Schlimmes, sie wird sich in die linke Hand schneiden, wir werden ihr einen Verband anlegen! Wir dürfen den Sanitätskasten nicht vergessen, wir hatten ihn unter den Unkosten nicht mit aufgeführt. Du weißt schon, eine Pinzette, Klammern, Kompressen, Watte, Jodtinktur, das wird nicht so teuer kommen. Und Brechwurz? Wie? Brechwurz. Warum sollen wir Brechwurz mitnehmen? Braucht man immer. Man kann sich erbrechen müssen. Was jedenfalls den kleinen Unfall betrifft, so wird das, da wir ja gewarnt sind, gar nicht so weit kommen, sehr zu bluten, wir werden die Velpeau-Binde bereit halten, nicht wahr? Aber wie dem auch sei, es ist besser, unserer Freundin vorher nichts zu sagen: man weiß bei Mädchen nie, sie könnte erschrecken, es sich anders überlegen ...

Ein Punkt beruhigt mich. Bis zum Mai werden wir nie startbereit sein. Wir werden also Zeit haben, unsere Erstkommunion abzulegen. Mir hätte es nicht gepaßt, wenn ich vorher hätte abreisen müssen. Paul freilich hätte gesagt, was macht's schon.

Ich habe Catherine Simonidzé nichts von meinen religiösen Gedanken erzählt. Ich weiß ja, daß sie eine Gottlose ist. Aber zunächst einmal ist sie nicht katholisch. Im Kaukasus hat man die orthodoxe Religion. Also ist da Nicht-Glauben nicht so schlimm. Und dann ist Catherine, ich sagte es schon, auch ein Bereich für sich. Ebensowenig wie mit Paul oder Guy spreche ich mit Gott oder mit Abbé Flynn über sie. Für sie bete ich zur Heiligen Jungfrau.

Top. Auf frischer Tat ertappt. Da haben wir den Roman. Sagen, daß Pierre zur Heiligen Jungfrau betet. Das Kind Ich hat niemals zur Jungfrau gebetet. Seltsame Erfindung. Warum? Einfach so? Sicher nicht. Sondern um mich zu distanzieren. Aber es wird doch niemand etwas davon erfahren! Es geht nicht um die anderen. Es geht um mich. Ich, ich weiß Bescheid, Pierre unterscheidet sich von mir, weil er zu Maria, der Mutter Gottes, betet. Wohin will ich ihn damit ziehen? Zum Nordpol von wovon? Ich stelle mir also vor, daß Pierre für Catherines Seelenheil die Fürbitte Mariens braucht. Das impliziert natürlich schon in seinem Kopf die Idee, daß die Jungfrau dem Fall Catherines, die anscheinend Liebhaber hat, Verständnis entgegenbringt. Und vielleicht braucht er nicht nur für sie ihre Fürbitte: aber kann denn ein Sohn mit der Jungfrau über seine Mutter sprechen, im Angesicht der Jungfrau wissen, was er weiß, es gestehen? Und so fort. Nein, nichts von all dem. Das kann durchgestrichen werden. Für diesen Kleinen trägt die Heilige Jungfrau einen blauen Gürtel, das ist alles. Er stellt sich keine Fragen. Weder über den heiligen Joseph noch über den Erzengel Gabriel. Er fragt sich nicht, wie Gott die Kinder macht. Er betet. Er glaubt. Rückblickend ist es besser, das zu respektieren. Daß eine Sprache falsch klingt, weder seinem Alter noch der Epoche entspricht, das kann man noch hingehen lassen. Aber diesem Teenager, wie die Magazine der großen Kaufhäuser sagen, die Gedanken des gestandenen oder schon im Verfall begriffenen Mannes zuschreiben, nein, das geht nicht. Weiß ich denn noch, nach nunmehr fünfundfünfzig Jahren, wie ich die Wörter *Unbefleckte Empfängnis* verstand? Weiß ich, wie sie ein anderer als ich verstehen konnte, bei dem ich eben dadurch markieren will, daß er ein anderer ist? Als Stendhal seine Besteigung des Sankt Bernhard sechsunddreißig Jahre später erzählt, zweifelt er, ob er damals wirklich ins Hospiz eintrat, und fragt sich, ob nicht die Schilderungen, die man ihm vom

Inneren dieses Gebäudes gegeben hatte, ein Bild schufen, das *den Platz der Realität* einnahm.
Und bin ich etwa in die Seele dieses Kindes eingedrungen? Was ich in ihr zu beschreiben glaube, *als wären Sie persönlich dabei,* ist das wirklich in seinem Gebet enthalten? Oder was nimmt denn hier den Platz der Realität ein? Wie soll sich der Mensch, der nicht gläubig ist, die Worte des Gebetes eines Kindes vorstellen, das ihm ähnlich ist, das sich aber gerade durch dieses Gebet von dem Wesen, das er war, unterscheidet? Wenn ich wenigstens mit meinen Gestalten gleich auf gleich stünde, ich will sagen, wie Pierre mit Solange oder Sonja, gleich an Unwissenheit, vielleicht könnte ich dann mühelos in dieses Gebet eindringen, ihm Echo verleihen, diesen immer frischen Atem ... Ah, dieses Unvermögen, wieder zurückzugehen! Als ob es sich um die Erinnerung handelte! Was würde ich nicht geben, besäße ich diese Fähigkeit zur Rückkehr, dieses Bereitsein für einen Neuanfang.

Plötzlich verursacht mir die Eitelkeit der Welt tiefes Unbehagen. Nichts macht mir mehr Freude, weder Bücher noch Musik noch meine Freunde. Was für eine ziellose Betriebsamkeit! Die Schule, das Fechten, die Sonntage bei den Bedfords oder bei Paul, und am Morgen sind Mama und ich meinem Vater entgegengegangen, durch den Jardin d'Acclimatation, die Avenue des Acacias, die Porte Dauphine ... Irgend etwas stimmt zwischen den beiden nicht, ich weiß nicht, was: neulich sagte sie an der Ecke der Avenue Bugeaud zu ihm, sie könne ja schließlich heiraten, solange sie noch einigermaßen jung sei, und da fuchtelte er mit seinem Stock in der Luft herum und schrie ganz aufgebracht: »Heirate doch, wenn du willst! Ich hindere dich nicht daran ...« Und ihr kamen sofort die Tränen, ich hab's genau gemerkt. Seit vierzehn Tagen sehen wir meinen Vormund jetzt nicht mehr. Er hat mir eine Uhr geschickt. Ich werde sie nicht tragen.
O mein Gott, nur du allein verdienst es, daß man dich liebt, und warum möchtest du mich nicht schon jetzt zu dir heimholen? Hab' ich nicht genug gelebt? Genug jedenfalls, um zu wissen, daß du allein liebenswert bist, daß das Leben nur den einen Sinn hat, daß man eines Tages stirbt, das heißt zu dir

zurückkehrt. Unterziehe mich nicht allzu langen Prüfungen! Wer weiß, ich bin nicht besser als ein anderer, ich könnte mich von den Illusionen dieser Welt fangen lassen, ich könnte mich eines Tages von dir abwenden! Ah, ich habe vor nichts so Angst wie davor, dir untreu zu werden! Was bedeutet mir der Ruhm, was bedeuten mir Erfolge? Nun ja, ich werde den ersten Preis bekommen, ich werde einer der Eroberer des Pols sein, junge Mädchen werden weinen, wenn sie meine Verse lesen ... Jämmerliche Aussichten: ich will nur auf ein Glück hoffen, nämlich daß ich in Liebe zu dir sterben kann, zu dir, der du die Liebe selber bist. O mein Heiland, mein Gott! Laß mir diese ganz besondere Gunst zuteil werden ... Ich bin kein Kind mehr, da ich mich ja in einigen Tagen deinem heiligen Tische nähere. Mach, daß ich durch den Empfang deines anbetungswürdigen Leibes an das Ende meines Leidensweges gelange und ihn nicht überlebe. Aber täusche ich mich nicht über mich selber? Bin ich denn schon würdig, aus Liebe zu sterben? Und außerdem habe ich Mama versprochen, mit achtzehn Jahren nach Ägypten ... ich kann mein ihr gegebenes Wort nicht brechen. Du, der du dort gewesen bist, mein lieber Jesus, wie ist denn Ägypten?
Ich habe bei Pater Lacordaire etwas gelesen, was mich am Schlafen hindert. Es ist die Stelle, wo er einem jungen Mann über das Hohelied schreibt und sagt, daß das *Gewicht dieses Ruhmes* zu schwer ist für eine Seele, die noch nicht die Manneskraft des übernatürlichen Alters erreicht hat. Und wenn ich sie noch nicht erreicht hätte? Mag ich mich auch all dessen berauben, was ich liebe, nicht mehr lesen, auf Süßigkeiten verzichten, mir die Folter, nicht zu schreiben, auferlegen, mich auf tausenderlei Weise kasteien, mir, ohne zu schreien, die Feile unter die Nägel stoßen, mich an den empfindlichsten Stellen verwunden ... bin ich deiner würdig, der du am Kreuz gestorben bist?
Edouard wird immer schlimmer. Jetzt läßt er im *Cri de Paris* Klatschgeschichten über seine Frauenabenteuer erscheinen. Daß man ihn in Donville in der Kabine von Madame X. überrascht hat, die er doch wie jedermann splitternackt in der Nationalbibliothek gesehen hatte, als »Republik«, auf dem Gemälde des Malers Roll ... Seit er Journalist bei *L'Homme*

Libre ist, sieht sich Edouard schon in der Regierung. Mama hatte eine Auseinandersetzung mit ihm, weil sie zu ihm gesagt hatte, sie wolle mit meinem Vater brechen. Die Tür stand offen, so daß ich es mitanhören mußte: »Nun gut«, sagte er in wütendem Ton, »tu deinen Gefühlen keinen Zwang an! Brich, Mädchen, brich! Was mit den andern passiert, scheint dir ja egal zu sein ... Du weißt genau, daß meine Situation an der Zeitung von der Tatsache abhängt, daß der Chef« – Edouard nennt meinen Vater den Chef, weil er sein Sekretär gewesen ist – »mich bei Clemenceau stützt. Man wird mich auf die Straße setzen, und du pfeifst natürlich drauf! Gerade in dem Augenblick, in dem der Quai d'Orsay mir eine Rubrik im *Berliner Börsenkurier* anvertraut!« Was ist das denn, der *Berliner* ... wie heißt das? Edouard erklärte es mir, als ich ihn in seinem Zimmer antraf, an seinem Tisch sitzend, mit dem Rücken zum Fenster, gegenüber hatte er auf einen Sessel ein Polster und eine Kopfrolle gestellt, wie eine Gestalt, an die er Fragen richtete, deren Antworten er selber gab. Man hat ihn beauftragt, für diese Berliner Zeitung (die der Quai d'Orsay unter der Hand finanziert) tendenziöse Artikel zu schreiben, in denen er – angeblich – einflußreiche Persönlichkeiten, Regierungskreise interviewt, die er über wirtschaftliche, diplomatische und militärische Fragen das sagen läßt, was man nach dem Wunsch der Regierung Clemenceau in Deutschland erfahren sollte. Zuerst lachte ich. Was mich allerdings fürchten ließ, die *Manneskraft des übernatürlichen Alters* noch nicht erreicht zu haben. Weil nämlich die Inszenierung, die Komödie Edouards so komisch war. Und erst die Sache! Diese Lüge! Was hätte Johann Christoph davon gehalten? Und du, o mein Herr Jesus?

Kann ich mit irgend jemandem auf der Welt darüber sprechen? Nein. Weder mit meiner armen Mama noch mit Abbé Flynn ... Mit Guy? Er würde sofort über die Republik herziehen. Und außerdem würde ich mich zu sehr vor allen schämen. Ganz abgesehen von Paulette, die zu ihrer Schwester gesagt hat: »Marthe, diese Woche kommst du nicht zu meinem Jour fixe, weil nämlich Verwandte von Gaston da sind und ich nicht möchte, daß du ihnen begegnest ...« Gaston ist der General: der Oberst ist seit acht Tagen General, und seine

Familie, das ist sein Vetter, der Präsident mit seiner Gemahlin, ein Generalratsmitglied der Bank von Frankreich, jedenfalls Leute dieses Milieus: sie dürfen Marthe nicht begegnen, die ein Kind hat, aber keinen Ehemann. Ich merke genau, daß Mama erschüttert ist. Sie ist nicht zu Tisch gekommen, sie hat Migräne. Nachts hab' ich gehört, wie sie aufstand, in ihrem Zimmer hin und her ging, laut Selbstgespräche führte. Wenn ich bedenke, daß Paulette zehn Jahre lang auf ihre Kosten gelebt hat ...
Heiliger Vater, laß diesen Kelch an mir vorübergehen ... und möge mein Schweiß aus Blutstropfen sein, die auf die Erde fallen und in ihr versickern!
Ich fragte Großmutter, ob wir das Hohelied zu Hause hätten. Da platzte sie los, das sei keine Lektüre für mich. Jedenfalls ist Großmutter nur eine dumme Gans, und ich frage sie nicht nach ihrer Meinung, wenn ich mir aus dem Bücherschrank zum Beispiel *Liebesunterricht in einem Park* von René Boylesve hole. Oder *Die Lieder der Bilitis*.* Aber das Hohelied, das hat sie in Wallung gebracht. Es wurde bei Tisch darüber gesprochen, und Edouard konnte es sich nicht verkneifen, einen leisen Scherz von sich zu geben, Mama sagte zu ihm: »Sei still! Der Kleine hört zu ...« Vielleicht müßte man wirklich das übernatürliche Alter erreichen, um das lesen zu können ... Fest steht jedenfalls, daß Großmutter soeben die Lizenz für einen Tabakladen erhalten hat. In Toulon, am Hafen. Mein Vormund hat das durchgesetzt, das ist klar! Er und Clemenceau, sagt Edouard, die kleben zusammen wie Hintern und Hemd.

*

Wollte Gott mich auf die Probe stellen? Ich habe keine Ahnung, aber die Enttäuschung ist schrecklich. Nichts. Ich fühlte nichts, als die Hostie in mir hinabstieg. Drei Tage lang hatte ich nicht mehr geschlafen. Ich betete zum Herrn, immer wenn mir das große Glück zuteil wurde, ganz allein zu sein. Ich aß gerade nur so viel, daß ich mich über Wasser halten konnte. Ich demütigte mich sogar vor Edouard. Großmutter

* Prosagedichte von Pierre Louÿs (1894) (Anm. d. Ü.).

sagte: »Aber er wird recht artig, der Junge ...«, und ich rief ihr nicht zu, daß ich mich um Jesu willen und nicht um ihretwillen so verhielt. In der Schule nahm ich alle unangenehmen Arbeiten auf mich. Ich ließ die anderen vor mir durch die Tür gehen. »Was hast du?« fragte mich Guy. »Willst du bei den Wahlen kandidieren, und versuchst du, Stimmen zu gewinnen?« Ich bemühte mich, ohne allzuviel Bitterkeit zu lächeln. Je braver ich wurde, um so mehr trat man mir auf die Füße. Ich hätte für jede Beleidigung danke schön gesagt. Dann kam der große Tag, ich stand lange vor der Morgendämmerung auf ... Der Anzug mit der langen Hose, die weiße Armbinde. Diese geduldig ertragene Ungeduld. Mama würde niemals fertig werden. Endlich, endlich die große Orgel, die Gesänge, die Knie auf dem Strohgeflecht; den Kopf senkend richtete ich es so ein, daß ich meine Lippen gegen das Holz des Betstuhls stieß, und ich wußte genau, daß meine Arme bluteten. Und dann nichts. Der Priester, der zu allen dieselben lateinischen Worte sprach, während er an etwas ganz anderes dachte. Die Angst, die Hostie mit den Zähnen zu berühren, sie blieb mir ein bißchen im Halse stecken, ich hatte das Bedürfnis zu trinken. Die Musik, das war nur mehr, als ob irgendeine Tür knarrte, sicherlich nicht die des Himmels. Wird also alles wieder so weitergehen wie früher? Das Fechten, die Schule, mein Vater im Bois de Boulogne, die Reise zum Nordpol, Guy, der mir das Lied der Camelots du Roi beizubringen versucht:

Hoch leb' der König, nieder mit der Republik!
Hoch leb' der König, hängt die Hure auf!

Ich ging wieder in den Religionsunterricht. Wir werden auf die Zweitkommunion vorbereitet. Aber bestimmt habe ich das übernatürliche Alter nicht erreicht. Ich langweile mich jetzt, Abbé Prangaud geht mir mit seinen Fragen, ob ich auch meinen Rosenkranz regelmäßig bete, auf die Nerven. Gestünde ich ihm die Wahrheit, den Nachttisch, würde ihm das Kummer machen, also lüge ich. Und wie könnte ich mich dann bei der Beichte dieser Lüge beschuldigen? Also gehe ich nicht mehr hin. Aber am Ausgang der Kapelle stolperte ich beinahe über die russischen Damen. Sonja ist groß geworden, fast ein junges Mädchen. Sie hat nicht gesehen, daß ich ihr nachging. Die Dame auch nicht, sie schwätzt die ganze Zeit. Sie gingen auf dem Trottoir, den Häusern entlang. Ich hielt mich aus Diskretion etwas abseits, auf dem Grünstreifen, jenseits der Trambahnschienen. Sie wohnen gleich hinter dem Marktplatz. Das ist ganz schön weit. Mein Herz klopfte, klopfte. Das nächste Mal werde ich versuchen, den Mut aufzubringen, mehr in ihrer Nähe zu bleiben, um zu hören, was sie sprechen. Sie, das heißt die Großmutter. Weil meine Angebetete auf dem ganzen Weg nicht ein Wort von sich gab.

Jetzt hat sich alles verändert. Ich schreibe, schreibe. Man macht sich über mich lustig, weil ich das Wort *isba,* das kein *s* am Schluß hat, mit *parler tout bas* habe reimen lassen, und außerdem, was soll dieses Lokalkolorit? Guy natürlich! Er versteht nichts mehr von dem, was in mir vorgeht. Er hat von allem kindliche Vorstellungen, die mich die Achseln zucken lassen. Obgleich er, vielleicht eine bloße Erfindung, um meine Wertschätzung wiederzugewinnen, mir gestand, daß er in eine seiner Cousinen verliebt sei. Ah, die kann ich mir schon vorstellen! Er hat bereits etwas Flaum über der Lippe, Guy, aber das ist sicherlich nicht die Manneskraft des übernatürlichen Alters. Eines Tages nun, als ich großspurig von den Frauen im Plural sprach, sagte er mit leiser Stimme zu mir, nachdem er zuvor um sich geschaut hatte, ob sich auch niemand auf dem Boulevard befand: »Weißt du, wie man Kinder macht?« Ich hatte wirklich Lust, anzugeben, auszurufen: »Was bildest du dir ein!« Aber auch, zu erfahren. Also sagte ich nein, mit dem Kopf, und nach einem Zögern: »Und du?« Da ließ Guy mich schwören, es niemandem weiterzuerzählen, einer aus der dritten Klasse hatte ihn aufgeklärt ... »Verstehst du, das ist so einfach zu machen, wenn das allgemein bekannt würde, hätte das Folgen ...« Vielleicht hat er mir Märchen aufgebunden, jedenfalls habe ich nicht so recht verstanden. Auch eine Sache, die ich mit niemandem teilen kann. Ich werde das doch nicht Paul erzählen, erstens habe ich geschworen, und dann würde ihn das zum Erröten bringen, was würde er von mir denken? Was Abbé Flynn betrifft ... Er würde Abbé Prangaud aufsuchen. Man ist wirklich allein auf der Welt.

Mit Catherine, mit Catherine könnte ich vielleicht darüber sprechen, ohne daß sie glaubt, ich wollte Annäherungsversuche machen ... Aber selbst das ist schwierig, vor allem weil ich gern hätte, daß sie dächte, ich wüßte *schon längst* Bescheid.

Ich fragte mich, was Catherine Simonidzé hier sollte. Ein wenig die Bizarrerie der Lektüren Pierres erklären ... Ehrlich gesagt, hatte ich nicht widerstehen können, sie in diese Geschichte eintreten zu lassen. Vermutlich wird man meinen, der Autor der *Glocken von Basel** habe so auf billige Weise einen gewissen Zusammenhang mit dieser Heldin finden wollen, der mein Leser vielleicht schon einmal begegnet ist oder die kennenzulernen er, wenn er das hier liest, neugierig werden könnte. Ein bloßer Romanciertrick. In Wirklichkeit ist es genau umgekehrt. Daß Catherine Elisabeth hieß und ich sie nicht erfunden habe, daß sie aus meinem Leben kommt und nicht aus den *Glocken von Basel,* das ändert vollkommen die Gegebenheiten. Daß Pierre ihr begegnet, ist gewiß ein Geschenk, das ich ihm gemacht habe, und da verliebt sich dieser kleine Dummkopf ausgerechnet in Sonja statt in sie! In keiner meiner Schriften ist die Kreuzung des Imaginären und des Wirklichen wahrnehmbarer als in diesem seltsamen Mädchen, von dem ich so viel geträumt habe, daß ich sie natürlich am Ende zu kennen glaubte. Wie das Hospiz auf dem Sankt Bernhard ... Das ist die Strafe dafür, daß ich, einfach weil ich so einen Fimmel für die pervertierte Regel der drei Einheiten hatte, all die Schläge dieses frühreifen Herzens, in dem Platz für Gören und wirkliche Frauen war, aber nicht für alle gleichzeitig, in ein und dasselbe Schuljahr hineinpackte. Auch wenn es nicht hierher gehört: man singt heutzutage nach einer Melodie Leo Ferrés ein Gedicht von mir, das zu einem Chanson von ihm geworden ist, und ich habe nie verstanden, warum die Leute zu lachen anfangen, wenn die Verse lauten: *Ausländerinnen liebt' ich schon – Als ich ein kleines Kind noch war* ... Die komische Wirkung bleibt jedenfalls nie aus. Ich werde das nicht Pierre sagen, das würde ihm

* Roman Aragons (1934) (Anm. d. Ü.).

einen Schlag versetzen. Pierre ist auf diesem Gebiet ein viel unkomplizierterer kleiner Junge als ich. Ich will sagen, *damals* ... denn was wäre aus ihm geworden? Können Sie sich ihn als Surrealisten vorstellen? Was mich betrifft, so genügten mir im letzten Drittel des Schuljahres, Mai, Juni, Juli 1909, Romane und Gedichte nicht mehr: mochte ich auch so viele schreiben, daß ich nicht mehr wußte, wo ich sie verstecken sollte, ich mußte andere Spiegel für meine Verrücktheiten erfinden. Ich kritzelte auf Papierfetzen Sätze, die keinen anderen vernünftigen Sinn als den der Schwärmerei hatten. Ich machte aus ihnen Röllchen, die ich zwischen die schlecht verfugten Stufen im Treppenhaus meiner Mutter steckte. Vielleicht würde man sie dort noch finden. Ich tat das fast zehn Jahre lang. Manchmal habe ich daran gedacht, hinzugehen und sie herauszuholen, aber ich schämte mich und ließ es sein. So habe ich viele meiner Kindereinfälle verloren. Dunkle Sätze vermutlich, wertlos für andere, die ich aber damals mit meinen Träumen und meinen Nebeln vermischte. Gerade weil diese Worte als zusammenhanglos erscheinen konnten, weil man in ihnen immer nur das Argot eines Schülerspiels gesehen hätte, stelle ich mir vor, daß ich, hätte ich sie wieder zusammengefügt, das hätte schreiben können, was ich heute unfähig bin zu schreiben, was ich vielleicht den Ehrgeiz hatte fertigzubringen ...
So stelle ich mir vor, daß es Kinder gibt, die in den Schlupfwinkeln der Häuser, unter Gartensteinen oder unter Schutt auf unbebautem Gelände ihre unverständlichen Geheimnisse vergraben. Glücklicherweise findet sie niemand, man würde darüber lachen, und das würde mir als das Unerträglichste auf der Welt erscheinen. *Die wirkliche Welt** ist auch aus solchen Träumereien gemacht, ich würde sogar sagen, sie ist auf ihnen erbaut.

Ich lebe nur mehr für diese Minuten, hinter Sonja, wenn wir aus der St.-Antonius-Kapelle herauskommen. Es ist jedesmal genau das gleiche. Die Damen gehen auf dem Trottoir. Ich folge ihnen auf dem Grünstreifen: ich kann mich nicht ent-

* Zwischen 1934 und 1951 veröffentlichter Romanzyklus Aragons (umfaßt u. a. *Die Glocken von Basel* und *Die Reisenden der Impériale*) (Anm. d. Ü.).

schließen, mich ihnen zu nähern. Was die Großmutter redet, interessiert mich im übrigen nicht, und die Kleine gibt auf dem ganzen Weg keinen Ton von sich. Sie hält sich kerzengerade, sie hat ihre Haare bereits wie ein großes Mädchen hochgesteckt und trägt sie ganz glatt gekämmt. Sie ist keineswegs hübsch wie Catherine Simonidzé oder unsere Gefährtin im Unterseeboot. Sie hat nicht einmal dieses etwas Animalische, das Mildred hat, wenn man ihr die Beine streichelt. Nie habe ich etwas so Bescheidenes in der Haltung gesehen. Ich stelle mir vor, daß sie nie lacht, sie könnte vielleicht lächeln, sie ist ein bißchen wie ein diskretes Lächeln. Sie trägt immer dasselbe Kleid, woran nichts auszusetzen ist. Ich habe sie niemals von vorn gesehen. Anfangs, so schien mir, war sie pausbackig, jetzt ist sie offenbar magerer geworden. Alles an ihr ist beige und grau. Einmal wandte sie den Kopf ein wenig um, und ich sah ihre Lippen, nicht ihre Augen. Kinderlippen, – ich ging schneller, aber sie hatte den Blick schon wieder geradeaus gerichtet, die Avenue hatte ihre üblichen Farben, nur die Kleidung der alten Dame ging mehr ins Schwarze, außerdem gab sie Töne von sich, in einer Sprache übrigens, die ich nicht verstand. Russisch, nehme ich an.
Bis zum nächsten Donnerstag versuchte ich, mir Sonjas Lippen vorzustellen. Dazu mußte ich mir die Lippen der anderen Leute anschauen, weil ich im Grunde nicht recht weiß, wie ein Mädchenmund aussieht. Das hat mich nie zuvor interessiert.
Man bildet sich ein, Phantasie zu haben. Guy sagt immer zu mir: »Du, mit deiner Phantasie ...« Auch meine Französischlehrer loben an meinen Aufsätzen die Phantasie. Ich weiß nicht warum, ich erfinde niemals etwas. Aber in meinen Schularbeiten würden Sie auch lange suchen müssen, bis Sie einen Mund fänden. Mit den Augen allein kann man die Lippen wohl nicht verstehen. Ich streiche mit meinem Finger über die meinen. Abends hab' ich manchmal auf den Bänken in der Nähe der Kirche Liebespaare gesehen, die sich küßten.
Wochen vergehen. Sie sind lang und kurz. Mama sagte zu meinem Vater: »Nun, du siehst ja, Pierre ... er ist vom Religionsunterricht genauso begeistert wie vor seiner Erstkommunion ...« Er zuckte die Achseln und sagte sehr schnell et-

was, was ich nicht verstand. Mama tat einen kleinen Aufschrei: »Was fällt dir ein, er könnte dich ja hören!«
Es ist bereits heiß. Der Juni beginnt. Ich fürchte nur eines: wenn nach der Wiederholung der Kommunion Sonja etwa nicht mehr in den Religionsunterricht käme? Alles verläuft so, als ob das Leben mit all seinen Abteilungen weiterginge: die Religion, Mama, Edouard, die Bedfords, Catherine, die mir *Anna Karenina* mitgebracht hat, die Verse, die ich Guy zeige, alle möglichen Schwierigkeiten mit dem Unterseeboot, und Paul muß seine Pläne umarbeiten, er hat gemerkt, daß wir beim Tauchen Ärger bekommen könnten ... der General ist nach Marokko versetzt worden, also werden wir Paulette nicht mehr sehen, das ist kein Verlust ... Aber was mich betrifft, so ist da diese Sache, die nur mir gehört, so sehr mir, daß ich nichts davon erzählen kann, immer dasselbe Herzklopfen, die Furcht, gesehen zu werden, aber auch das Bedürfnis, gesehen zu werden, dieser Weg, nur die Platanen auf dem Grünstreifen haben Blätter getrieben, die Kleine ganz aufrecht auf ihren Hüften, und die Großmutter, die immerzu redet, redet ...

Plötzlich habe ich verstanden, *warum* Catherine Simonidzé in Pierres Leben eintreten sollte: um ihm *Anna Karenina* zu bringen, gewiß, doch diese Geste richtet sich an mich. Kein anderes Buch hat für mich jemals drängender die Frage nach der Entstehung von Romanen aufgeworfen. Von Februar 1870 bis Januar 1878, von der plötzlichen Idee, die ihn von Peter dem Großen ablenkt *(Gestern abend,* schrieb die Gräfin Tolstoi, *sagte er zu mir, er habe schemenhaft einen Typ von verheirateter Frau aus der großen Welt vor sich gesehen, die sich zugrunde gerichtet habe ...),* bis hin zum Erscheinen des Buches, durch diese Zeit der Bedenken, der Träume hindurch, in der er an sich selbst verzweifelt, – drei Jahre braucht er, bis er zu schreiben anfängt, der erste Entwurf entsteht von März bis Mai 1873, und dann fünf Jahre unablässiger Umarbeitung ..., niemals hat sich die Zeugung einer Chimäre so deutlich vor unseren Augen vollzogen. Zwischen jenem Februarabend 1870, an dem er seiner Frau seinen ersten Traum von Anna anvertraute, und diesem März 1873, in dem er mit der Niederschrift beginnt, hatte ihm unversehens in den ersten Tagen des Jahres 1872 das Leben das Ende des Romans aufgedrängt: die Geliebte eines seiner Gutsnachbarn hatte sich vor einen Zug geworfen, und Tolstoi hatte gebeten, ihren Leichnam besichtigen zu dürfen. Um aber zu erfahren, was zur *Geburt* dieser Frau, die einen solchen Tod sterben sollte, führte, mußten wir bis 1949 warten, als die *Lit.-Gazeta* einen Brief an Strachow veröffentlichte, den ich nicht umhin kann, absolut nicht umhin kann, hier wiederzugeben ... *Vor ungefähr einer Woche begann mein ältester Sohn Sergej mit der Lektüre von »Jurij Miloslawski«; das begeisterte ihn. Ich war der Ansicht, das sei noch zu früh für sein Alter, und so las ich es zusammen mit ihm. Dann brachte uns meine Frau »Die Erzählungen Bjelkins« herauf, weil sie dachte, darin etwas Geeignetes für Sergej finden zu können; natürlich fand sie, er sei dafür noch zu jung. Nachdem ich zu arbeiten aufgehört hatte, nahm ich mir diesen Band von Puschkin vor ... Ich glaube, daß mich Puschkin niemals, ja daß nichts mich jemals zu einer solchen Begeisterung hingerissen hat.* Und es handelt sich um das Fragment einer unvollendeten Geschichte. *Die Gäste hatten sich in der Datscha eingefunden*, das ihn mitreißt: *Gegen meinen Willen, ohne Absicht, ja ohne zu wissen, was sich daraus ergeben könnte, stellte ich mir Gestalten, Ereignisse vor, sponn das immer weiter aus, veränderte dann natürlich manches, und plötzlich verkettete sich alles so glücklich, so eng, daß daraus ein Roman entstand, dessen Entwurf ich heute* (das muß am 18. März gewesen sein) *beendet habe.* Von diesem Roman, den er für beendet hält, – dabei ist sein erster Entwurf noch Gegenstand sechswöchiger Umarbeitungen –, sagt er damals, es sei sein erster Roman, und das vier Jahre, nachdem er *Krieg und Frieden* beendet hatte ... und er wiederholt immer wieder, daß er ihm *gegen seinen Willen, dank dem göttlichen Puschkin* eingefallen sei. Ich weiß nicht, ob er damals der Meinung gewesen wäre, man könnte *Anna Karenina* Pierre in die Hände geben, der elf Jahre und acht Monate alt ist, als Catherine ihm das Buch mitbringt. Seinem Sohn Sergej hätte er es nicht zu lesen gegeben, der neundreiviertel Jahre alt war, als die Gräfin Sophie urteilt, Puschkin sei nichts für sein Alter. 1875 wird damit begonnen, *Anna Karenina* dem Publikum vorzustellen, obwohl der Roman noch nicht beendet ist, und zwar als Fortsetzungsroman in der Zeitschrift *Russkij Westnik*. Zwei Jahre später kommt es zu einem Konflikt zwischen Tolstoi und dem Chefredakteur dieser Zeitschrift, da bricht der Russisch-Türkische Krieg aus; der Epilog von *Anna Karenina* wird weder in der Zeitschrift noch im Buch so erscheinen, wie der Autor ihn geschrieben hatte. Weil nämlich in den Menschen und seinen Roman eine unvorhergesehene Gegebenheit eingedrungen ist, die weder im Bild der Frau von Welt im Jahre 1870 noch in dem zermalmten Körper von 1872 vorhanden war. Der Krieg. Er erscheint im achten Teil, der nach dem Tode Annas beginnt: *Man sprach in seiner Umgebung nur vom Krieg in Serbien, und die Masse der Müßiggänger dachte nur mehr an die »slawischen Brüder«* ... Dieser ganze Teil hieß auf dem Plan, den sich Tolstoi skizziert hatte, *Epilog*. Die Rekrutierung und Entsendung der Freiwilligen nach Serbien und Montenegro führt von 1876 auf 1877 zum Kriegszustand mit der Türkei. *Der Gedanke an den Krieg überdeckt für mich alles übrige*, schreibt Tolstoi in dem Sommer, der auf die Kriegserklärung folgt. Und wenn der Autor nach der Auseinandersetzung mit dem *Russkij Westnik* ein paar Seiten weggelassen hat, um der Zensur Alexanders II. zuvorzukommen, so bewahrt der achte Teil, der nicht mehr *Epilog* heißt, dennoch deren Sinn, und man könnte meinen, der ganze Roman sei nur wegen dieser Seiten geschrieben worden, von denen Tolstoi vor 1877 keine Idee hatte, keine Idee haben konnte:

Alles, was die wohlhabenden Klassen unternahmen, um ihren natürlichen Feind, die Langeweile, zu töten, geschah jetzt zugunsten der Slawen. An der Spitze standen all jene, die im Journalismus arbeiteten ... Dann folgten die Versager, die Frustrierten ... Wissentlich die Lüge verbreiten und die Wahrheit verheimlichen galt als politische Taktik, wenn das zur allgemeinen Begeisterung erforderlich war ... In diesem Krieg zur Verteidigung der Christenheit wurde nur von der Notwendigkeit gesprochen, sich an den Türken zu rächen. Damen im Zobelpelz und in Kleidern mit Schleppe gingen zu den Bauern, um ihnen Geld abzunötigen, und der Ertrag der Sammlung war niedriger als der Preis der Schleppe des Kleides ...

Und die junge Chimäre, die bei Jasnaja Poljana auf ein Nebengleis gefallen ist, hat plötzlich diese große Blutschleppe hinter sich, die nichts mit Anna Kareninas Geschichte zu tun hat, mit Ausnahme der Tatsache, daß Wronskij als Freiwilliger nach Serbien abgefahren ist … und doch bedurfte es all dessen und auch dieser Liebesgeschichte, damit Lewin am Ende zu seinem Entschluß kommt: nunmehr werden sich alle seine Handlungen ausschließlich vom Gesetz des Guten leiten lassen. Nehmen Sie an, das Buch hätte damit begonnen, wer hätte dann *Anna Karenina* gelesen? Ja hätte Tolstoi es überhaupt geschrieben? Er wollte nur eine Frau aus der großen Welt beschreiben, *würdig des Mitleids und ohne Schuld* …, die sich zugrunde gerichtet hatte.

Ich bin Solange begegnet. »Aber du interessierst dich ja ganz schön für die kleine Prinzessin!« sagte sie zu mir. Die kleine Prinzessin? Ist sie jetzt schon Prinzessin? Solange brach in Lachen aus. Wie? Ich wußte nicht? Aber hör mal, sie ist doch eine morganatische Enkelin Alexanders II. Alexanders II.? Die Brücke, das ist Alexander III. … Da komme ich nicht mehr mit. Die Enkelin eines Zaren! Des Zaren von Anna Karenina. Was soll das heißen, morganatisch? Das konnte mir Solange nicht erklären; sie wußte nur, daß das eben so hieß. Ich fragte Mama: »Mama, was ist das, *morganatisch?*« Sie schaute mich erstaunt an. »Das sagt man von einer Heirat …« Guy war deutlicher. Weil es sich da um Geschichten von Königen handelt. Aber warum ich das wissen wollte? Ich sprach von etwas anderem.

So ist Sonja eine Prinzessin ein bißchen wie ich, nicht wahr, der ich kein Prinz bin. »Mama, bin ich ein morganatisches Kind?« Sie fing zu weinen an. Wie ungeschickt von mir! Ich werde sie nichts mehr fragen. Freilich hat Paul meine Schliche bemerkt. Es ärgerte ihn auch, daß ich ihm jedesmal nach Verlassen der Kapelle entwischte, anstatt mit ihm gemeinsam nach Hause zu gehen. Er brauchte zwei-, dreimal, bis er verstand. Zuerst leugnete ich wild. »Lügner!« sagte er zu mir. »Aber ich versichere dir!« Er tat etwas recht Häßliches: er sprach mit seiner Mutter darüber. Seine Mutter ist eine tadellose Frau, mit großzügigen Ideen, und so. Sie erklärte mir,

daß es mir eines Tages Unannehmlichkeiten bringen würde, wenn ich dieser Kleinen auf der Straße nachginge, so etwas tue man nicht, wenngleich sie selber das, ehrlich gesagt, nicht so schlimm fände. Ihr Mann, zum Beispiel, sei ihr, bevor sie ihn kennenlernte, auch auf der Straße nachgegangen, dann habe er sich ihren Eltern vorstellen lassen. Nur, ob ich mir denn klarmachte, daß ich noch ein kleiner Junge sei? Oh, was das betrifft, darüber war ich mir allerdings im klaren. Und außerdem, daß kein Mensch glauben würde, daß ich gar nicht wüßte, wer diese Kleine ist. Man würde also sagen, was würde man nicht alles von mir sagen? Und was, meinte ich, würde die Kleine selber von mir denken? Sie wohnt dort, wo ihre Großmutter sie hinführt, bei ihrer Mutter, die sehr oft auf Tournee ist, sie singt nämlich. Eben deshalb war Pauls Mutter so gut auf dem laufenden, sie hatten viele Musiker zu Freunden. Sonjas Mutter gibt Konzerte, und sie ist es, die zum Katholizismus konvertiert ist. Die Großmutter kümmert sich um die Kleine, sie hat dieses schöne Haus auf dem Boulevard des Sablons, weißt du, rechter Hand. Sie natürlich ist die *morganatische* Gattin. Wie? diese alte Dame, diese Dicke da? Du Dummkopf, man ist zuerst jung, dann wird man alt, man war schlank, und dann wird man dick. Wie Madame Bedford, ah ja, das stimmt. Alexander II., das war zur Zeit Napoleons III., damals war die alte Dame fast noch ein kleines Mädchen, und nachdem der Krimkrieg beendet war und die Kaiser sich wieder versöhnt hatten, kam die junge Katharina nach Paris, um Alexander wiederzutreffen ...
»Katharina?« Mein Kopf war von all dem ganz durcheinander, der Krimkrieg, mit den *Sevastopoler Erzählungen**, die mir Catherine Simonidzé geliehen hatte, und diese alte Frau aus der Zeit Sewastopols, die Katja hieß wie sie ... Das heißt ... in Wirklichkeit nannten ihre Schwestern sie Lolo ... und dazu die Kleine ... Und wenn wir ... ich meine natürlich sie ... Warum sollten wir nicht ein morganatisches Ehepaar werden?
Wenn ich mit Catherine darüber spräche? Schließlich ist auch Georgien Rußland, und außerdem kann ich Catherine Dinge

* Von Leo Tolstoi (1854–1855) (Anm. d. Ü.).

sagen, die die anderen nichts angehen. Sie behandelt mich nicht wie ein Baby, sie spricht vor mir von der Liebe. Nur ist sie eine Revolutionärin! Da haben wir's. Was wird sie davon halten, daß ich eine Prinzessin liebe, die Enkelin Alexanders II.!, eines Zaren, der mit einer Bombe in die Luft flog, die einer ihrer Freunde gelegt hatte ... der zumindest einer ihrer Freunde hätte sein können, sieht man mal von den dreißig Jahren, die dazwischen liegen, ab. Unmöglich. Selbst Catherine würde mich nicht verstehen! Alles verschwört sich gegen mich: das Alter, der Rang, die Gleichgültigkeit ... aber habe ich nicht schon die Gefühle eines Mannes, und sollte ich denn für Sonja immer nur ein Fremder sein? Ich glaubte, etwas Trost in den Büchern zu finden, und so öffnete ich wieder *Die Leiden des jungen Werthers*, die ich sechs Monate vorher allzu zerstreut gelesen hatte. Ah, da mußte ich weinen, weinen! Es gibt nichts Schöneres, nichts, was mir mehr ähnelt! Man würde mich auslachen, wenn ich das sagte. Catherine, Catherine, ich kann dir nicht einmal schreiben, ich habe keinen Wilhelm, dem ich von Sonja erzählen könnte, das ist zu ungerecht!

Aber eine Zeitlang klappte es zwischen Paul und mir nicht mehr. Ich verdächtigte ihn, die Sache seinen Kameraden aus dem naturwissenschaftlich-neusprachlichen Zweig erzählt zu haben. Die Burschen der B machten sich eindeutig über mich lustig. Was sehe ich da eines Tages auf mein Lineal geschrieben, das ich in der Deutschstunde an meinem Platz liegengelassen hatte? *Prinzgemahl* ... Ich war außer mir. Ich zerbrach mein Lineal und warf es in die Toilette. Ich erinnerte mich an das, was Pauls Mutter mir gesagt und was ich nicht recht verstanden hatte: niemand wird glauben, ich wüßte nicht, daß das eine Prinzessin ist, – sie selber ... man wird sich also vorstellen ... Und das ist unerträglich. Lieber würde ich sterben wollen, als daß man glaubt, ich liefe ihr nach, weil sie die Enkelin des Zaren ist!

Ich habe den Preis für die besten Schulleistungen nicht bekommen. Die Villa auf dem Boulevard des Sablons hatte ihre Fensterläden geschlossen. Prinzessin Juriewskij hatte Sonja, die ebensowenig Sonja hieß wie ich Jacques, irgendwohin in die Berge mitgenommen, wo Blumen blühten. Meine Familie

ist nach Port-Bail, im Cotentin, in die Ferien gefahren, wo Edouard sofort mit einer Dame schlief, die ich sehr häßlich finde, die mich wegen der Reinheit meines Französisch sehr beglückwünscht; und ich habe mich irr verliebt, aber wirklich, rettungslos, in ein vierzehnjähriges Mädchen, mit dem ich Krabben fische, das aber in versteckten Winkeln einen Achtzehn- oder Neunzehnjährigen küßt, einen Dreckskerl, der ihr bestimmt ein morganatisches Kind machen wird.
Jedenfalls glaube ich an nichts mehr. Weder an Gott noch an den Nordpol, und das Leben wird eben so sein, wie es sein wird, ich werde schreiben, um Frauen zu verführen, und wenn ich volle achtzehn bin, werde ich in Ägypten so viele Mätressen haben, daß Edouard, der dann schon völlig vergreist sein wird, wenn er es in den Zeitungen liest, *unter dem Gewicht dieses Ruhmes* zusammenbrechen wird. Ich werde auch nach Schulbeginn, der Ehemänner wegen, wieder in den Fechtsaal zurückkehren, das ist ausgemacht.
Inzwischen ist das Kabinett Clemenceau gestürzt, und Edouard hat seine Rubrik im *Berliner Börsenkurier* verloren.
Aber wenn ich es mir richtig überlege, ist trotz allem Paul mein bester Freund. Fürs ganze Leben.

1964

DAS SCHWARZE HEFT

Wahrhaftig, oder muß ich leblos leben,
Den Bildern gleich, als bloßer Schein, o Tod?
F. V.

I

Arbeiten hat mich immer schon gelangweilt. Aber um die Vierzehn herum begriff ich, daß ich dafür auch gar nicht geschaffen war. »Alles hat seine Zeit im Leben«, sagte man mir. Glauben Sie? Mich plagte zunehmend eine Obsession, die so drängend wurde, daß sie für nichts anderes mehr Platz ließ. Der Schulunterricht. O ja, ein hübsches Lernen war das! Wo hatte ich den Kopf, während man mir vom Sezessionskrieg oder von den Eigenschaften des Chlors erzählte? Mein Denken löste sich keine einzige Minute von einem ganz bestimmten Gegenstand. Ich wurde von Gerüchen verfolgt. Gewisse Eindrücke, die ich zu reproduzieren suchte, ließen mir keine Ruhe. Wie hat das dieses Mal wieder begonnen? »Ledoux, an die Tafel.« Die Kreide knirscht unter meinen Fingern. »Sie schlafen wohl?« Ich schaute auf meine Finger.
Das hält einem den ganzen Körper in Bann. Zuerst weiß man nicht, woran man ist. Man hat Lust, überhaupt nichts zu tun. Man schleppt sich so dahin. Man ist träge. Alles, was man unternimmt, erscheint überflüssig, belanglos. Man ist außerstande, seine Aufmerksamkeit auf das zu richten, was einem die Leute sagen. Also versteckt man sich, um allein zu sein. Um sich dazu die Möglichkeit zu verschaffen, muß man oft lügen. Wenn ich endlich allein bin, heften sich meine Blicke auf alle Gegenstände. Wie sie leuchten. Es herrscht ein ungewohntes Licht. Die kleinsten Aspekte der Welt sind plötzlich voller Sinn. Hab' ich etwa gerade den Schlüssel zu einem großen, verlorenen Geheimnis wiedergefunden? Es entsteht eine rätselhafte Beziehung zwischen mir und allem, was mich umgibt. Eine Art Komplizenschaft. Unbeweglich warte ich auf

mich. Ich bin noch nicht soweit. Aber das kommt schon. Da ist auch die Angst, bei der ersten Geste könnte die ganze Illusion wie eine Schaufensterpuppe auseinanderfallen.

In diesem Zustand war ich taub gegenüber jeder Besorgnis. Alles schien mir meiner Lust untergeordnet zu sein, und sobald ich in den Bereich des Vulgären zurückfiel, träumte ich nur mehr davon, ihm wieder zu entrinnen. In den Schlupfwinkeln, in die mich ein Gefühl von Kraft hineinwarf, begann ich allmählich meinen Körper zu entdecken. Bislang kannte ich an ihm fast nur die Fähigkeit zuzuschlagen. Mein Wissen über ihn war lediglich allgemeiner Art. Nun enthüllte sich eine ganze Geographie. Ich erforschte meine Territorien, ihre gegenseitige Abhängigkeit, ihre Befähigungen. Jeder meiner Eigenschaften entsprach eine Qualität der äußeren Gegenstände. Ich entdeckte die Kälte, die Wärme, das Glatte, das Rauhe. Meine Hände fingen an, bestimmte Formen zu lieben; bestimmte Oberflächen antworteten dem Begehren meiner Stirn, meiner Füße usw. ... Bald variierte ich die Elemente dieser Erfahrungen. So gelangte ich dazu, meine Mitmenschen etwas weniger zu meiden. Sie wurden zu einem Bestandteil der Kulisse, in der ich mir ein endloses Stück spielte. Die ganz neue Erkenntnis meiner selbst ließ mich bei den anderen sowohl die Schönheit als auch die Häßlichkeit erfassen. Unbeholfenheit oder Wendigkeit: alles versetzte mich in Rührung; denn ich wußte, wie subtil der Übergang von einer Haltung zu einer Gebärde ist, und die physischen Assoziationen, die mir mein Geist vor Augen führte, ließen mich erbeben. In dem Maße, in dem ich meine Menschenscheu verlor, breitete sich das Wunder über mein Leben aus wie ein Ölteppich über das Wasser. Es bedeckte mein Leben gänzlich. So begann diese Existenz, die nicht von der Lust*idee* beherrscht wurde, in der die *Idee* der Lust wenig Platz fand, sondern die vielmehr von der Lust selbst erfüllt wurde, von welcher sie auch heute noch erfüllt wird, ohne daß seit der Epoche der Offenbarung meiner menschlichen Natur diese seltsame Sonne jemals eine Sonnenfinsternis durchgemacht hätte. Eine entscheidende Offenbarung: so stelle ich mir die Erschütterung der Volksstämme vor, denen große weiße Männer eines Tages verkünden, daß sie eine Seele haben. Ich war mir also meines Schicksals bewußt. Ich hatte gelernt, welches Ziel der Mensch auf Erden verfolgt: eine stetige, tiefe, innere Gewißheit, die noch sicherer ist als die klare, intellektuelle Gewißheit, welche sich auf begrenzte Formeln beschränkt. Mit welcher Verachtung blickte ich seitdem auf alles, was mich von diesem Ziel abzulenken trachtete, auf alles, was nicht direkt für die Erfüllung meines Schicksals geeignet schien! Ein einziger Gedanke beherrschte mich bei jedem Atemzug. Ich opferte ihm alles, ich unterwarf ihm all meine Willensregungen. Für immer hatte sich die Sinnlichkeit meines Lebens bemächtigt.

Von da an beurteilte ich die Menschen und ihre Lebensweisen anders. Ich war beeindruckt von ihrer Verrücktheit. Wie gleichgültig waren sie gegenüber allem, was mich beschäftigte. Eine seltsame Verirrung erlaubt ihnen zu glauben, man könne seine Zeit zwischen verschiedenen Bemühungen teilen. Ich wußte genau, daß sie sich täuschen. Es bedarf jeder einzelnen Stunde des Tages, um meinen Körper und meinen ganzen Geist auf den großen Taumel einzustellen, um den es mir einzig und allein geht. Es wird ihnen keine Freiheit, keine Muße gelassen. Wie können Sie von mir verlangen, daß ich in Ihre Wissenschaften eindringe, eine praktische Geschicklichkeit auf irgendeinem Teilgebiet erwerbe, wie können Sie von mir verlangen, daß ich mein Leben dem Erlernen und Ausüben eines Berufes widme? Mein Leben gehört mir nicht mehr. Ich war sehr jung, als ich zu dieser Überzeugung gelangte. Sie hat mich nicht mehr verlassen. Zuerst dachte ich nicht an Liebe. Ich sah nicht, daß sich zwischen der Liebe und dieser Verzauberung ein Band knüpfen konnte; die Frauen waren es, die mich später ein Wort lehrten, das sehr langsam in mir zur Realität heranwuchs. Es ist bemerkenswert, daß die ersten Frauen, die ich kennenlernte, dieses Wort nicht aussprachen. Wahrscheinlich brachte sie die Gier nach Wollust, die ich, egoistisch, hastig, ihnen gegenüber manifestierte, davon ab, bei mir an dieses Gefühl, das sie vielleicht anderswo erfahren hatten, auch nur zu denken. Ich gab mich diesem mir eigenen Feuer hin, ohne auf die Idee zu kommen, daß es für einen äußeren Gegenstand bestimmt sein könnte. Mein Geist hatte es nicht eilig, diese unzusammenhängenden

Materialien miteinander zu verschmelzen. Es geschah, daß ich in der Gesellschaft der Frauen einen ganz anderen Taumel zu suchen glaubte als den, zu dem ich mich fähig wußte. Unerfahrenheit, Lektüren ließen mich vom Umgang mit ihnen irgendein Wunder erwarten, das nur in ihren Armen eintreten konnte, im Augenblick der Vereinigung selber. Ich wußte nicht, daß das, was ich so hochschätzte, das Begehren war und daß ein und dieselbe Bewegung mir die Existenz kostbar machte, sowohl durch ihre Wirkungen als auch durch meine potentielle Fähigkeit, mich ihr hinzugeben. Ich wußte nicht – wer hätte es mir sagen sollen? –, daß Liebe geteiltes Begehren ist.

Aber in dem Augenblick, in dem ich meinem ganzen Ich ausgeliefert war, fühlte ich im Unbewußten, im Zweideutigen, in der Verwirrung intensiv das Fehlen eines anonymen Guts. Doch das Zaubergeschenk verließ mich nicht. Ich blieb von seiner Kraft überwältigt. Ein einziger Weg öffnete sich meinem Geist; ich zeigte mich zerstreut; denn hätte ich auch nur der kürzesten an mich gerichteten Rede zugehört, hätte ich mich abwenden müssen; und die drängendsten Notwendigkeiten reichten nicht aus, um mich vom Zauber zu befreien. Mit Erstaunen sah ich, wie meine Altersgenossen in die müßigsten Formen der Tätigkeit verliebt waren, die wir uns in dieser Welt als Vorwand geben. Eine Zeitlang hatte ich geglaubt, sie seien vom selben Gegenstand besessen wie ich. Und sie waren es wohl auch. Ich konnte Gesprächen Glauben schenken, die zwar derber Natur waren, vermischt mit törichten Schamgefühlen, Witzen, Lachausbrüchen, die aber letzten Endes allen ernsthaften Gesprächen der Männer vorzuziehen waren. Ich konnte der Gier Glauben schenken, mit der sie für sie so neue und so reizvolle Phänomene kennenlernen wollten, der Zeit, die sie dem Kampf gegen ihre Unwissenheit widmeten, sowie dem Bemühen, in diesem Reich, das sich ihnen urplötzlich geöffnet hatte, dem Falschen das Wahre abzugewinnen, bereit wie sie waren, die verrücktesten Lösungen zu akzeptieren. Ein oder zwei Erlebnisse hatten genügt, und diese Unruhe schwand dahin. Sobald sie Bescheid wußten, gingen sie zu anderen Leidenschaften über, als ob es andere gäbe! Wie, die Kenntnis einiger Gesten genügte ihnen also? Diejenigen, die ich befragte, erzählten mir selbstgefällig von der Periode, die sie durchgemacht hatten. Sie hielten die Sache für erledigt. Eine banale physische Krise, die einem Alter entsprach, über das sie hinaus waren, – und sich bei diesen Problemen von Sechzehnjährigen aufhalten, erschien ihnen als reine Kinderei. Sie hatten Wichtigeres zu tun. So verachteten sie den einzigen Augenblick ihres Lebens, in dem sie, mochte es auch aufgrund einer vulgären Verwirrung sein, als Menschen gehandelt hatten und nicht als Maschinen. Welchem Zufall verdankte ich es, daß ich nicht zusammen mit ihnen in vorzeitige Gleichgültigkeit geschlittert war? Auf jeden Fall blieb ich allein mit meinen Obsessionen und diesem dringenden Bedürfnis, über das ich, wenn auch nur zeitweise, Klarheit zu gewinnen suchte.

Wie fern war meinem Herzen die Ruhe! Wie ärmlich waren doch in meinen Augen jene üblichen Kenntnisse, mit denen sich die anderen zufriedengeben! Tatsachen konnten keine Nahrung für mich sein. Ich stieß mich an ihrer Unerklärbarkeit. Das Geheimnis meines Wahns erschloß sich mir nicht in diesem Immer-weiter-Gehen, das alles war, was ich bisher von der Liebe wußte. Und selbst diese Raserei der Körper, deren Studium, wie ich sah, gemeinhin gleich nach den elementaren Lektionen aufgegeben wurde, war für mich immer wieder die Quelle neuer Entdeckungen. Die unendlichen Einzelheiten der Wollust, die zahllosen Wege des Vergnügens, sie lernte ich mit demselben Entzücken wie bei der ersten Offenbarung. Alles in ihnen ließ mich eine ganz andere Verwendung jener Sinne voraussehen, die erst noch im Übergangsstadium waren. Ich hatte das Mysterium nicht erschöpft: es soll nicht heißen, daß der Mensch nur einmal, am Ende der Adoleszenz, den Taumel erlebt hat, und den ganzen Taumel des Alls. Die Wunder gehen weiter. An mir ist es, sie willkommen zu heißen.

So gab ich mich einem von Verlangen und Verwirrung gequälten Leben hin, als es ganz natürlich dazu kam, daß Marie mich zu lieben begann und ich mich fragte, ob ich sie liebte. Es ist nicht so leicht, die Liebe in ihrem Anbeginn zu erfassen. Wenn sie sich zeigt, ist sie keineswegs selten mit einer Glut vermischt, die ihr eine Maske aufsetzt; man sieht ihr Gesicht nicht. Ich dachte kaum an sie, und Marie sprach nicht darüber. Ich glaubte nicht, daß in den recht lebhaften Vergnügungen, die wir zusammen kosteten, ein neues Prinzip lag, dem ich fremd gegenüberstand. Ich war einfach in den ersten Tagen mit der leidenschaftlichen Hingabe meiner Freundin sehr zufrieden und ließ mich vom romantischen Ton einnehmen, den sie in alles legte. Er gab unseren Beziehungen etwas Außergewöhnliches, das mir nicht mißfiel. Mögen andere die Phantasie und ihre Ausschweifungen den Putzmacherinnen überlassen, ich meinerseits habe immer die Zügellosigkeit des Geistes geliebt, und ich bedauere, sie bei Frauen nicht häufiger anzutreffen. Es war also nicht erstaunlich, daß Marie zufällig im Laufe eines Satzes von ihrer Liebe (der Mißbrauch dieses Wortes ist so weit verbreitet) sprach; und doch irrte ich mich da nicht. Ich gab vor, nicht an sie zu glauben; ich flehte Marie an, doch nicht einen Begriff einzuführen, der zwischen uns unnütz sei. Es wurde mir sofort klar, daß es zu spät war. Meine Freundin liebte mich bereits und gestand es mir jetzt. Zunächst einmal kam ich gar nicht auf den Gedanken, ich könnte das Gefühl teilen, das sie mir zum Ausdruck brachte. Ich bot alle Kräfte auf, seinen Ursprung zu lokalisieren. Ich fragte Marie aus, sie gab mir keine besonderen Aufschlüsse über einen schon voll ausgebildeten Zustand, ihre Antworten waren widersprüchlich, kannte sie doch nicht die Grenzen zwischen Begehren und Liebe. Was mir bei der Betrachtung ihres Zustandes, in dieser meinem Herzen unbekannten Bewegung, auffiel, war das Herrische an ihm, die Unmöglichkeit, ihn auf einen anderen Gegenstand zu übertragen, was doch demjenigen so leicht fällt, der nur das Feuer seiner Natur verspürt und es, wenn ihn etwas verdrießt, anderswohin tragen kann. Meine Eitelkeit wollte sich diesem Schauspiel nicht hingeben. Sie war nicht beruhigt. Ich konnte nicht verstehen, daß man mich so liebte. Marie wußte nichts anderes zu sagen, als daß ich ihrer Ruhe Gewalt antäte, daß sie sich der Liebe zu mir nicht erwehren könnte, ohne daß sie die Gründe dafür sah. Sie war sich selbst entrissen. Es mußte einfach so sein. Man hätte gemeint, sie erleide eine große Ungerechtigkeit. Sie schämte sich, mir ihre Schwäche zu zeigen, und dankte mir gleichzeitig dafür, daß ich sie so schwach gemacht hatte. Ich wußte nicht, wie ich mich verhalten sollte, wenn ich sie hörte. Ich lebte in der Furcht, das Lügen zu strafen, was sie so an mich gebunden hatte. Man vertraute mir plötzlich eine Rolle an, die ich niemals einstudiert hatte. Was war eigentlich an mir dran, was mich dazu auserwählt hatte? Ich unterzog mich einer Selbstprüfung.

Alles in allem war ich wirklich nur ein mittelmäßiger Liebhaber. Mein Äußeres läßt nicht gerade erwarten, daß es Leidenschaften erweckt. Zwischen meinen Gliedern und meinem Körper besteht ein Mißverhältnis, das meiner ganzen Erscheinung etwas Linkisches verleiht. Mein Gesicht dürfte so sein, daß den einen an ihm gefällt, was den anderen mißfällt; etwas große Züge, die stumpfsinnig erscheinen, wenn sie nicht mehr durch meine sehr lebhaften Augen aufgehellt werden. Ich bin mit keinem Wundertemperament ausgestattet. Ich sagte schon, daß ich in der Lust egoistisch war. Ich möchte hinzufügen, daß es mir darin auch an Phantasie fehlte. Kurz – ich glaube es bestimmt –, ich liebte Marie nicht. Ihre übertriebene Zuneigung hielt mich vielleicht mehr als irgend etwas anderes auf Abstand zu ihr. Und doch ließ mich das nicht kalt. Ich war irgendwie verblüfft, geliebt zu werden. Das hinderte mich daran, eine Beziehung abzubrechen, die mir bereits lästig war. Es hielt mich zurück, und ich verfolgte in Marie das Vorwärtsdrängen und all das Zurückströmen dessen, was ich bald ein Übel und bald ein Gutes nannte. Daß diese Liebe so wenig begründet war, rührte mich und ließ mich in jedem Augenblick deutlich fühlen, daß ich diese Liebe nicht teilte. Ich ermaß, welcher Abgrund mich vom wahren Delirium trennte, zu dem ich eines Tages fähig sein würde. Ich hatte Zugang zur Idee der Liebe, ohne jemals noch geliebt zu haben. Ich betrachtete ihr lebendes Abbild. Ich erfaßte in ihm, was mir fehlte. Ich bereitete mich auf die Verwüstungen vor, die meine Kälte allmählich in Marie ans Licht brachte. Ich begehrte sie, und ich entfernte mich von ihr. Das löste sich langsam auf, in Langeweile.

Ich gab mich dann ganz meiner Raserei hin. Aber wie die aufgewühlten Wasser sich besänftigen und ihre Wellen glätten, um von neuem die Landschaft widerzuspiegeln, die sie zu empfangen gewöhnt sind, ließ diese eitle Erregung, als sie sich beruhigte, in meinen Abgründen das Gesicht der Liebe wiedererstehen, das sich einmal im Spiegel meiner Augen betrachtet hatte. Jetzt, da Aufdringlichkeit und Tyrannei seine Zeichnung nicht mehr quälten, jetzt, da dieses Gesicht also ganz rein war. Ich war erstaunt, seine Einzelheiten bewahrt zu haben. Alles an ihm war mir vertraut. Ich fand an der Idee der Liebe Gefallen. Sicher wurde sie in mir immer reicher, ich aber glaubte nur, die Schatten von ihr fernzuhalten. Sanftes Licht legte sich über mich. So erreichte ich mit meinen Chimären, von Wunschvorstellungen beseelt, in der Stille langer Träumereien mein zwanzigstes Lebensjahr, ohne daß ich es hatte kommen hören.

II

So war ich denn, ganz von der Idee der Liebe besessen, sicher, daß ich eines Tages lieben würde. Ich fühlte in mir die Möglichkeit und gleichsam die Zwangsläufigkeit der Leidenschaft. Dieses Gefühl ließ mich nicht los, es begleitete mich überall, mitten unter den Menschen oder in der Einsamkeit, in der Kulisse des Alltags, auf meinen Reisen; dieses Gefühl unterschied mich in meinen Augen von der Menge, es jagte mich von den lauten Orten fort, in einem Alter, das den Glanz der Welt sucht und sein Gedränge und seine Verführungen, so daß man mich für menschenscheu hielt und Geheimnisse beschwor, um eine Absonderung zu rechtfertigen, die weder durch Armut noch durch Liebe zum Studium erklärt werden konnte. Die Freunde, die ich mir zu Anbeginn gemacht hatte, fragten mich, wie ich für gewöhnlich meine Zeit verbrächte. Ich antwortete ihnen ehrlich, aber da ihre sichtliche Ungläubigkeit mich mitten in der Rede zum Lächeln brachte, glaubten sie, ich wiche einer Antwort aus, und verstummten; und danach legten sie mir gegenüber eine Zurückhaltung an den Tag, die mir nur recht war. *Ich werde lieben:* in dieser Gewißheit eilten die Tage dahin, die Monate, bald die Jahre.

Aber die Zeit verfloß nicht ohne Illusionen weniger allgemeinen Charakters. Es gab tatsächlich fast keinen Augenblick, in dem ich nicht herauszufinden glaubte, was ich mit mir anfan-

gen könnte. Es ist eine Notwendigkeit meiner Natur, daß ich unablässig mit einer Frau befaßt bin. Ich kann mich dem nicht entziehen, ich kann mich nicht zu dieser physischen Wüste entschließen, in der es, wie ich sehe, anderen vergönnt ist zu leben, ohne daran zu sterben. Der Besitz einer Frau ist mir vielleicht weniger wertvoll als dieses die ganze Zeit andauernde Besessensein meines Geistes und meines ganzen Körpers von ihrem Bild. Der Instinkt, die Kraft des Begehrens und eine Art bizarrer Geschmack am Wahn wahrscheinlich, das Gewaltsame, das im Neuen und Unbekannten liegt, alles trug dazu bei, daß jedesmal, wenn ich mich einer anderen Liebe anpaßte, es wirklich die Liebe war, die sich in der ersten Verblendung ihres ganzen Königreiches bemächtigte. Ich bedauere jene, die sich ohne diese Verrücktheit und dieses Vagabundieren der Sinne in Liebschaften stürzen können, mögen sie auch noch so flüchtig sein. Es gibt kein Straßenmädchen, das ich gerade erst angesprochen habe, keine Passantin, deren Blick ich kaum erhasche, die nicht für mein Herz Gegenwart wie Zukunft in Frage stellt, die mich nicht irgendeine totale Umwälzung meines Geschicks erwarten läßt. Man hält diese tief verwurzelte Veranlagung meistens für Leichtfertigkeit. Doch sie ist das einzige, was mir erlaubt, ein Leben zu ertragen, das immer etwas hinter dem zurückbleibt, was ich von ihm erwartete. Gebe der Himmel, daß ich den Verstand verliere, damit ich noch weniger kalkulieren kann.
Ich erliege nur zu sehr der kalten Vernunft, sobald das Nachdenken mich zwingt, meine Aufwallungen zu beurteilen; und dann lösen mich der Geschmack an der Liebe, mein Bewußtsein von ihrer Größe plötzlich von dem Gegenstand, an den ich mich binden wollte, und der Abscheu, ich könnte mich selbst belügen, zerschneidet die Bande, die sich gerade bildeten. Nach allgemeiner Übereinstimmung gibt es für Individuen meines Schlages, die keine Konsequenz in ihren Verpflichtungen zeigen, nur Verachtung. Ein zu häufiger Wechsel entehrt den Mann bei generösen Geistern. Ich meinerseits bin da anderer Ansicht. Ich kann mich nicht auf einen Kompromiß mit mir selber einlassen. Ich habe eine zu hohe Vorstellung von der Liebe, als daß ich diese primitive Idee der Ausschweifung und der Libertinage akzeptieren könnte. Zweifels-

ohne birgt der Wechsel einen Alkohol in sich, auf den man schwerlich plötzlich verzichten kann. Ich gebe zu, ich gestehe mir ein, daß ich besonders gern mit einer Frau zusammen bin, die ich bisher nicht kannte, die mir absolut fremd war, fremd all meinen Sinnen, meinem ganzen Geist; deren Lippengeschmack oder deren Ungeschicklichkeiten ich ebensowenig voraussehen konnte wie das, was mich an ihr stört, oder das, was mir an ihr angenehm ist, und die auf einmal alles akzeptiert und alles aufgibt und mich so mit ihr leben läßt, wie ich es mit mir selber nur in der Unbewußtheit tun konnte. Es liegt darin ein so plötzlicher Gegensatz, ein so berauschender Kontrast, daß ich nicht verstehe, aufgrund welch absurden moralischen Umweges ich mich zwingen sollte, auf diesen Zustand zu verzichten. Ich sehe zumindest in der Bewegung, die mich dann beseelt, jene Größe, die den Liebesbeziehungen, die eine mittelmäßige Tugend mir aufdrängen möchte, vollkommen abgeht, Beziehungen, die nur um den Preis meiner Feigheit und eines wirklich sehr niedrigen Bequemlichkeitsgeistes fortbestehen würden. Sobald sich eine Illusion dieser Art vor mir aufgetan hat, bin ich ihr bestimmt niemals aus dem Wege gegangen.
Ich bin nicht der Feind meiner Vergnügen. Wäre man denn nicht im ersten Augenblick versucht, sie zu beschleunigen? Doch den Reiz, der in ihrer Neuheit liegt, vermag ihre Wiederholung nicht mehr zu erbringen. Ich vergleiche also meine Vergnügen mit meiner Idee von der Liebe, in der die Vergnügen nur eine Hilfsrolle spielen. Ich stelle mir vor, und ich habe es schon mehrmals zu fühlen begonnen, daß es dem wirklich Liebenden kaum gelingt, sich bei diesen Vergnügen aufzuhalten, die lediglich als Zugabe auftreten. Sie sind nur das Mittel, einen Verwirrungszustand zu erreichen, in dem die größte Wollust vielleicht das Vergessen der Wollust ist, ja sogar das Verschwinden jener Unrast, die einen unablässig dazu drängt, die Wollust zu suchen. Eine Kindheit. Was wünschte ich anderes als bloßes Sichgehenlassen? Es gibt eine ganze Kunst des gemeinsamen Schlafens. Vielleicht verrät sich die Liebe auf unwiderlegbare Weise gerade in diesem Augenblick des Ausruhens. O zarte Anwesenheit, die das Begehren besänftigt. Man lache, wenn man will, über die Vorstellung von

der Liebe, der man im Theater begegnet. Wie ist sie doch für mich wirklicher als jene, die die Leute einander eingestehen. In den Opernlibretti spricht man noch am treffendsten von dieser Leidenschaft, und mit der größten Einfachheit. Das dumme Schamgefühl mischt sich da nicht ein. Der Gesang des Mannes zögert dann nicht, sich zu wiederholen, die banalsten Sätze zu wiederholen, dieses *Ich liebe dich* oder dieses *Meine Liebe,* die für sich allein das Wesentliche aussagen. Wie ist man da doch dem natürlichen Gang der Gefühle nahe. In einem Bett, des Nachts, oder in einem Herzen, das hochgestimmt genug ist, um, wenn es will, für immer Nacht auf der Welt werden zu lassen, ist nichts mehr falsch, nichts mehr verworren. Die Nähe der Liebenden erlaubt jede Sprache, alles wird zu Sprache in einer solchen Harmonie. Ein Mann löst sich dann auf. Er hat kein Eigenleben mehr. Er ist von einer Frau durchdrungen wie von einem Parfum. Allmählich identifiziert sich diese Frau mit seinen diffusesten Gedanken. Er trägt gleichsam ein Echo von ihr mit sich herum. Und wäre es nur ihr Name ... Jedesmal, wenn rings um ihn wieder Stille eintritt, fühlt er in ihr eine Präsenz durchscheinen. Sie läßt keine Stelle in seinem Leben mehr leer. Langsam nimmt sie den Platz jenes starken Begehrens ein, das er konfus gefühlt hatte, bevor er sie kennenlernte. Sie fängt noch seine verworrenste Aufmerksamkeit ein; so stellt sie schließlich für ihn den Dämon der Sinnlichkeit in den Schatten; denn sie ist die Sinnlichkeit selber.

Wenn man in sich die geheime Fähigkeit zum Lieben verspürt, sehe ich nur zu gut, wie, auf welch jämmerliche Weise man dazu gelangt, sich der Liebe zu enthalten, – wobei ich den Gedanken außer acht lasse, daß man sich umgekehrt willentlich ins Lieben hineinstürzen kann. Das Verlangen nach Liebe bereitet die Liebe vor und zeugt sie. Man muß lieben wollen. Zumindest glaube ich das, und ich neige zu diesem Willen. Ohne Zweifel verbirgt sich für mich im Grunde dieser Konzeption der Liebe eine Idee der Vollkommenheit. Wenn ich an mir irgendeine Niedrigkeit bemerke, suche ich mich sofort von ihr zu befreien und sage mir: »Das würde dich hindern, zu lieben.« Dieser Kult füllt mein ganzes Leben aus, er widersetzt sich der Möglichkeit, daß in meinem Leben irgend etwas anderes die Oberhand über die vulgären Sorgen gewinnt. Er reduziert alles, was nicht er selbst ist, auf eine episodische und flüchtige Rolle. Ich habe ihn in den verschiedensten Situationen mit mir herumgetragen. Er ließ mich in den Augen der Menschen seltsam erscheinen. Dank seiner habe ich gewisse Exzesse vermieden, um mich dann in andere zu stürzen. Er hat mich von einer Welt abgeschnitten. So habe ich die Jahre meiner Jugend zwischen Faulheit und Sinnlichkeit verbracht, in Erwartung eines abstrakten Guts, war den einen lächerlich, den anderen hassenswert, und die einen wie die anderen hielten mich für ein trockenes Herz, für einen bizarren Geist und – glaube ich – sehr oft für einen Dummkopf.

III

Es gibt Menschen, die den göttlichen Fluch noch nicht anerkannt haben. Sie werden nicht im Schweiße ihres Angesichtes arbeiten. Ganz und gar nichts liegt ihnen an dieser weiten, gefallenen Welt. Sie interessieren sich weder für Botanik noch für Ethnographie noch für Rechtsgeschichte. Ganz und gar nichts liegt ihnen an diesem Funken im Grunde ihrer Augen, doch leider gibt es Spiegel. Sobald sie ihn gesehen haben, ist alles aus. Sie werden es nicht mehr wie die anderen Menschen machen, sie haben jetzt eine Vorstellung vom Verfall. Man weiß, daß es ihnen an gesundem Menschenverstand fehlt, man beschimpft sie als Verrückte, diese Weisen, die das Bewußtsein von ihrem alten Adel wiedergewonnen haben. Was kommt's ihnen darauf an: sie werden jedenfalls nicht im Schweiße ihres Angesichtes arbeiten.
Und gerade da kommt die Zeit der großen menschlichen Resignation. Der Gott Arbeit findet seinerseits Priester. Faulheit wird mit dem Tode bestraft. Im mystischen Osten führt man den Kult der Maschinen ein. Die Madonnen von heute sind Mähdrescher. Am Horizont, in den schweren Rauchfahnen der Arbeiterstädte, löst sich das Wunder mit seinem Heiligenschein in Rauch auf. Niemand wird mehr jemandem auch nur eine einzige Heilschance lassen. Es schlägt die Stunde der großen, weltweiten Kontrolle. Mögen sie mit dem

Tode kämpfen, diejenigen, die die Erinnerung an das Paradies nicht verloren haben, mögen sie doch mit dem Tode kämpfen heute abend, wenn die Verrückten die Irrenhäuser von diesem vergeblichen Schrei widerhallen lassen werden, der die Sonne zurückhalten will. Ich sehe um mich herum Kinder heranwachsen, die mich verachten. Sie kennen bereits den Preis eines Autos. Sie spielen niemals Räuber und Gendarm. Alles, was atmet, denkt an den nächsten Tag, scheint es. Man schämt sich, wenn man nicht denkt wie alles, was atmet. Man sagt zu mir: »Und was werden Sie jetzt tun?« Hören Sie auf, hören Sie auf mit dieser unnützen Konversation. Sie können nicht verstehen. Begnügen Sie sich mit der Erklärung: *Faulheit*. Seit langem schon lege ich keinen Wert darauf, daß man mich hochschätzt. Wie Sie Ihre Aufgabe, so habe ich meinen Makel zu akzeptieren verstanden. Verloren gegen verloren, man lasse mir wenigstens das Schweigen. Verlangen Sie nicht, daß ich mich rechtfertige. Stören Sie nicht meinen Schlaf, Sie, die Sie nach Ihrer Weise leben. Welch unerklärliche Grausamkeit läßt Sie, wenn sich die Vorboten des Todes zeigen, demjenigen, den keine Macht retten kann, das Morphium verweigern? Von den Sakramenten Ihrer Kirche will ich nichts wissen. Ich verlange weder Mitleid noch die Zustimmung Ihrer Herzen.
Manche Tage führen mich zu den Gefährten der frühen Kindheit zurück. Denn noch gehen mir nicht alle aus dem Weg. Ihr Freunde von einst, welch merkwürdiges Gefühl überkommt euch, wenn ihr diese wohlbekannten Augen auf mich richtet, die endlich den Himmel in sich abgebaut haben. Nichts unterschied uns anfangs voneinander. Alles machte uns anfangs zu Komplizen. Ohne Zwang. Gegen alles. Ohne Vertrag. Und ohne Furcht. Im Herzen der Kinder schlummert die Hoffnung auf eine immense Liga gegen die Welt. Nichts möge von nun an mehr mit dieser blasierten Stimme der Leute, die Erfahrung haben, geschehen. Schluß mit eurer Vernunft. Her mit der neuen Ordnung, in der die Anarchie Königin ist. Man wird nicht mehr schlafen. Die Häuser werden keine Türen mehr haben. Die wilden Tiere sind losgelassen, und all jene, deren Augen lachen, die noch Haare auf dem Kopf haben, haben das Recht, zu schreien, haben das

Recht, zu schreien, schreien, SCHREIEN, in die behaarten Ohren der Greise, die das Gebet zum Mahle sprechen, das sie eines schönen Tages zubereiten zu können geglaubt hatten.
Ah, wir waren alle so richtige Taugenichtse. EGAL WO, EGAL WIE, diese beiden Lilienbanner glänzten in der jungen Luft. Gut für alles, bereit zu allem übrigen. Und dann ... Und dann stehe ich jetzt alleine da. Was hatte sie nacheinander davongetragen? Die Furcht, vielleicht die Ermüdung, die Skepsis mit der gelben Brille. Manchmal nahm die Mutlosigkeit eine sonderbare Gestalt an. Man hätte glauben können, es seien die Leidenschaften. Einen band eine Frau. Das war ja wenigstens die Verrücktheit mit ihren Flammen und noch kaum der Eintritt der Alltagssorgen: dieses Was-werden-die-Leute-sagen, die Besuche, ein paar Handschuhe ... Liebe, stimmt es also wirklich, daß du die Männer manchmal dazu bringst, die Palmes Académiques zu begehren? Nein, nicht das. Meine Freunde, schließt diese Augen, die für mich nur mehr den Schimmer der Erinnerungen widerspiegeln mögen.
Ich weiß heute, was Erfahrung ist. Die Herrschaft dessen anerkennen, was man nicht ausstehen konnte, zugeben, daß man besiegt ist, sich mit sich selbst abfinden, seinerseits in die uralte Sklaverei einwilligen und glauben, daß man damit den Frieden und das Glück erkauft; ist es nicht ein Zeichen von Größe, wenn man seine Kleinheit eingesteht?, denkt dann der, der sich einordnet. Er berauscht sich von einem Klappsitz aus am Weltkonzert. Da ist also dieser ferne Stern, den mit der Jugend zu bezahlen nicht zu teuer war! Ich weiß heute, was eure Erfahrung ist. Lieferant, nehmen Sie den Packen wieder mit!
Man toleriert mich, das ist alles, was man für mich fertigbringt. Man muß das Gesicht sehen, das ich anderen gegenüber aufsetze. Natürlich. Bei jeder Geste fühlt mein Arm, daß alles in dieser ruhigen Atmosphäre, selbst der in der Luft liegende Staub, mich lediglich für den Augenblick toleriert. Wie einen Affen: was eben der Heizkörper von einem Affen denken kann, der von einundzwanzig Grad Réaumur an glaubt, er sei bei sich zu Hause. Jeder Blick bedeutet: NA JA. Und alle Sätze setzen einen geistigen Vorbehalt voraus: wenn wir auch so gehandelt hätten wie du, wärst du dann hier? Es

sind noch die Besten, die so sprechen. Am liebsten möchten sie aus ihrer Erinnerung dieses beleidigende Problem verjagen, das sie verwirrt, das sie manchmal zwingt, sich selbst durch einen Vergleich mit mir zu beurteilen. Was ruft das denn in ihnen wach, – ist es nicht etwas, von dem man geschworen hätte, es sei eingeschlafen? Wirklich herausfordernd ist dieser Skandal aus Fleisch und Knochen, da, in seinem Sessel, mit dieser herabhängenden Hand, die raucht. Wirst du dich entscheiden, Partei ergreifen? Ich betrachte sie. Es versetzt sie in Wut, daß sie letztlich keinen Grund für die obskure Parteiischkeit angeben können, mit der sie meiner Verrücktheit gegenüberstehen. Ich spreche von den Besten. Nichts. Wenn ich wenigstens ein Künstler wäre, ein Dichter. Solche Leute haben große Vorrechte. Man kann immer erwarten, daß sie irgend etwas zustande bringen. Eine beruhigende Hoffnung. Wenn es um Kunst geht, ist man, ihres Mysteriums wegen, ein bißchen zurückhaltend im Urteil. Man respektiert diese potentielle Fähigkeit, das Talent. Wenn dieser Herr einmal ein Meisterwerk schriebe oder malte. Die Welt lebt in der Erwartung von Meisterwerken. Aber ich, stellen Sie sich mal vor. Ich verspreche nichts. Man kann sich nichts auf meine Kosten versprechen. Ich habe keinerlei Talent. Ich beanspruche es nicht einmal. Warum also? Man fragt mich aus, als ob ich mich entschuldigen würde. Ich brauchte nur zu erklären, mir schwebte ein Buch, ein Büchlein vor, und alles wäre gerettet. Dann würde man über mich wachen: ich könnte ja womöglich das menschliche Kapital bereichern. Das menschliche Kapital, da haben wir das große Dogma, das im Grunde all dieser Gehirne döst. Man macht es sich nicht klar, aber darauf läuft es hinaus. Schauen Sie doch an, was die Lebenden bewundern: Produzenten, nichts als Produzenten. Die Qualität des Produkts täuscht sie. Sie glauben, nur die Qualität zu lieben, aber sie machen mir nichts vor. Ich bin ein unnützer Esser: bei einer Belagerung würde man mich noch vor den Frauen und Kindern opfern. Respektiert man denn, wenn die Paradoxe widerlegt sind, die Zerstörer? Und diejenigen, die nicht einmal zerstören? Eure Geschmäcker, die euch besonders teuer sind, verraten euch, ihr großzügigen Geister, die ihr stolz seid auf eure Großzügigkeit. Es gibt Gedankenhändler, die so tun, als stimmten sie mir zu, wenn ich mich einmal aus Schwäche gehenlasse und in ihrer Anwesenheit spreche. Es ist ein bloßes Spiel ihrerseits. Oder warum sonst leben sie weiter, als ob sie mich mißbilligten? Eines Tages sagte man zu mir, ich sei ein Amateur. Es handelt sich darum, schwierige Fälle in die bereits bekannten Schwierigkeiten einzuordnen. Der Dilettantismus ist, so muß man glauben, eine hinreichende Erklärung. Bedaure sehr, ich bin kein Amateur.

Was sie sehr wohl wissen, aber nicht eingestehen, ist, daß das Leben mir entgleitet, daß ich es nicht wiederergreifen, wiederbeginnen kann. Diese Operation ohne Aussicht auf Rückerstattung macht diese Familienväter, die an den Ertrag, an die Einkünfte denken, schwindlig. Ein Ertrinken ohne Exaltation. Ich habe mich nicht in ein Abenteuer gestürzt, ich bin nicht in einem Räderwerk steckengeblieben. Man wird meine Geschichte nicht erzählen können. Sie würde sich auf ein jämmerliches Hin und Her beschränken: kleine Reisen, Wohnungswechsel, Geldschwierigkeiten, Gewohnheitsbesuche. Im einen Jahr war ich hier; im anderen dort. Mit diesem, mit jenem. Man hält mich für einen ziemlich guten Charakter: niemand will sich mit mir verfeinden. Dann sah ich meine Freunde etwas weniger häufig, unsere Beziehungen wurden spärlicher, ich habe, es haben sich andere geknüpft. Und so weiter. Kein herausragendes Ereignis. Man behauptete, ich unterläge dem Einfluß gewisser Leute, weil man uns zusammen sah. Das hatte keine andere Grundlage. Es gab keine großen Wendepunkte in meinem Leben, ich kann in ihm keine Epochen ausmachen. Ich führte nie entscheidende Gespräche. Ich liebte ein paar Frauen. In dem Sinn, den *lieben* damals für mich hatte. Zwei oder drei. Ich habe sie genügend geliebt, um ohne Drama wieder Schluß machen zu können. Mit tausenderlei Schauspielen habe ich mich ein bißchen zerstreut. Die Straße, das Meer. Eine traurige Gestalt, wirklich. Gibt es denn fröhliche? Man zeigt mir welche. Hampelmänner. Man zeigt mir andere, die geheimnisvoller sind, wer weiß, was hinter dieser Stirn vorgeht? Ich. Auf welch klägliche Sache läuft doch so ein Innenleben hinaus. Ich habe das so tief gefühlt, daß mein Gefühl über alle Mienen, Vorbehalte,

Hintergedanken die Oberhand behält. Ich, sehen Sie, ich bin nicht einmal ein Geheimnis. Ich bin Leuten begegnet, die diese Schamlosigkeit empörte. Sie warfen mir meine Natur vor, als ob diese etwas Abscheuliches wäre. Dabei waren sie noch ziemlich frei in ihrem Denken. Aber im intellektuellen Bereich glaubten sie sicherlich noch an die verfluchten Personen, die Theaterverrätern ähnlich sind, die nichts erlösen kann, weder der klare Verstand noch die negativen Tugenden. Da wie anderswo erscheine ich anomal. Mein Leben ist ein Un-Sinn. Es hat keine allgemeine Richtung. Es ist in nichts exemplarisch, nicht einmal im entgegengesetzten Sinn. Die Moral, die man aus ihm zieht, ist immer gegen mich. Ich habe mehrere Berufe versucht, mehrere Verrücktheiten begangen. Ich habe nichts über seinen Ansatz hinaus fortgeführt. Jede dieser Erfahrungen bestätigte nur ein bißchen mehr meine Unfähigkeit. Man leitete daraus immer ab, daß ich, wenn ich könnte, ein anderer wäre. Und wer ist denn der Mensch, man zeige ihn mir!, von dem man das nicht sagen könnte? Vielleicht bin ich es, letzten Endes.

Mögen die Urteile der Menschen also über mich hinweggehen. Ein Justizirrtum mehr oder weniger. Sich verteidigen lohnt sich niemals. Werde ich jetzt meine Gründe darlegen? Ich lasse den Süchtigen jedweder Art ihren Geschmack an der Proselytenmacherei. Ich weiß, daß es auf der Welt noch andere Individuen gibt, die das, was ich empfinde, auch empfunden haben, es immer noch empfinden. Ich bemühe mich nicht, sie kennenzulernen. Ich habe auch keinen Herdentrieb. Ich bin nicht einmal für mich selbst und mich allein ein Fall. Ich bin nicht neugierig. Ich sagte es schon, ich amüsiere mich nicht. Ich verabscheue die Dummheit.

IV

Ich habe geliebt, das ist alles, was ich zu sagen vermag. Wie kann das sein? Und es ist zu Ende. Bis dahin war alles noch möglich. Nichts im Leben war entscheidend, dann traf ich auf das Schicksal. Ich habe geliebt. Das ist unwiderruflich. Diese Klarheit besteht weiter. Mit ihr herrscht ein Prinzip der Zerstörung. Mir scheint, ich lerne nunmehr zu sterben. Die einfachsten Tatsachen bekommen einen ungewohnten Akzent, und ich spüre bei jeder Gelegenheit den flüchtigen Schauder der Vorahnungen. So hat die Zeit ihren zerstörerischen Ursprung unmittelbar im Wesen der Leidenschaften. Im Schweigen formt sich eine extravagante und schreckliche Idee. Da beginnt man zu altern.

*

Bei sehr klarem Wetter, am Morgen, kann ich mir wirklich vor Augen führen, welchen Weg das Unheil in mir zurückgelegt hat; Unheil ist nicht das richtige Wort. Zuerst bemerkte ich lediglich sehr lebhaft Blanches Kleid oder ihre Strümpfe. Es prägte sich ein absurdes, zufälliges Bild ein, irgendeine Geste: ganz zu ihrem Nachteil. Merkwürdige Momentaufnahmen, die mir außerhalb der Reichweite des Vergessens schienen. Ich hätte die Haken ihres Mieders zählen können, die Fäden einer Spitze. Ich brauchte nur an Blanche zu denken, da erschien sie mir sofort in einem schon bekannten Licht, in Scheunen, auf dem Land, wo auch immer, und war dazu verurteilt, vor mir eine Handlung, ein bekanntes Verhalten von vorn zu beginnen. Dieses widerspenstige Spiegelbild beugte sich nicht meiner Phantasie. Mir schien, ich könnte im Traum jede beliebige Frau besitzen. Das war nicht der Fall bei Blanche. Ich rief sie mir in Erinnerung, nur um meine Ohnmacht festzustellen. Das wurde zu einer Obsession.

Und dann werde ich mich nicht dazu hergeben, diesen Weg noch einmal nachzuvollziehen. Es ist besser, wenn ich nicht weiß, was mich fortreißt. Eine unüberwindliche Scham steigt mir allmählich ins Gesicht. Jedes Blanche betreffende Gefühl begleitet unerklärlicherweise diese Anwandlung von Geniertheit, die durch die Verwirrung meines Herzens nur noch gesteigert wird.

*

Zunächst war es nur Neugierde. Neugierde, die über einen anstößigen, wunderlichen Weg ging. Über die Kleidung, die Ticks. Bei unseren ersten Begegnungen wartete ich auf das, was sich gerade in ihr abgespielt hatte, was Blanche bereits

von sich gezeigt hatte, ja ich rief es hervor. Ich wollte hartnäkkig, daß alles bei ihr mechanisch ablief, ich wollte alles, was sie von sich zum Ausdruck brachte und was für mich immer nur Gegenstand einer langen Irritation war, auf eine Mechanik reduzieren. In meine Schlupfwinkel nahm ich genau dieses Besessensein mit: so hat sie ihren Ärmel hochgekrempelt, so ihr Taschentuch geknotet. Es muß gesagt werden, daß meine Einsamkeit etwas ganz Neues war, und es sickerte da bereits etwas von meinem toten Leben durch. Ich lebte auf den Feldern, meinen Phantomen preisgegeben.
Nichts, was ich früher erlebt hatte, hatte diesen herrischen Akzent. In den Bildern, die mir auf den gepflügten Feldern beim Spazierengehen wieder einfielen – diese Hast und diese Schroffheit, die mich bei den Leuten meines Vaters verhaßt gemacht hatten –, entdeckte ich immer ein großes Spiegelbild meiner selbst: ein Zimmer, in dem ich rauchte, eine Frau, der ich den Gürtel abnahm. Was ich davon behalten hatte, war meine Meinung von diesen Dingen, mein Irrtum. Erinnerungen waren für mich immer eher allgemeine Ideen als Ansichtskarten. Dieses, jenes, alles ließ sich auf meine eigenen Besorgnisse, auf mich selbst zurückführen. Im einen Falle vermeinte ich den Grund für meine Stimmung zu finden, im anderen stellte ich mir eine besondere Ruhe vor. Jede Einzelheit der Erinnerung erscheint mir nur als bequemes Mittel, einen geistigen Zustand zurückzuholen, als eine Art Nadel, die diesen Zustand fixiert. Bei Blanche aber lief alles umgekehrt. Ich ging von dem aus, was ich über sie gedacht hatte, von dem, was man sich erzählt hatte, von mir selber, der ich vom Frühling ziemlich durcheinandergebracht war wie auch von diesem animalischen Leben, das ich da führte, und all das reduzierte sich auf eine Haarschleife, auf eine kleine Bewegung des Nakkens, eine Modulation der Stimme. Zunächst meinte ich, Blanche besäße eine rätselhafte Eigenschaft, die es verhinderte, daß man sie anders begreifen konnte, die bewirkte, daß man sie so begreifen mußte. An eine Veränderung meiner selbst, so schien mir, konnte ich nicht glauben, da ich mich doch den anderen gegenüber weiter so verhielt wie früher. Blanche war eher häßlich als schön, doch recht anziehend; übrigens nahm sie mich nicht in Beschlag, wie es das erstbeste

Mädchen tut, wenn ich es nur ein bißchen anzuschauen beginne. Daher überwachte ich mich nicht, fühlte ich mich doch so losgelöst von ihr.

*

Blanche war eine Gefährtin, ein Gegenstand, den ich meiner Träumerei überließ, weil dies zu gar nichts zu verpflichten schien. Ich gewöhnte mich ein bißchen an sie, seitdem man zum erstenmal, bei meiner Rückkehr, über sie gesprochen hatte. Nach meinen mißlungenen Studien hatten meine Reisen, die Peripetien, die ich als Zwanzigjähriger durchgemacht hatte, all meine Abenteuer meine Angehörigen hinreichend aufgeklärt: ich war ein Taugenichts, den man verheiraten muß. Ich hatte also, ohne ein Wort zu sagen, der Musterung aller Frauen beigewohnt, die mein Vater für mich in Aussicht genommen hatte. Was Blanche betraf, so hatte er sie zwar genannt, aber gleich ausgeschlossen: sie sei schon vergeben. Ich glaubte keinen Augenblick, daß das feststünde. Ich hatte also, ohne sie jemals gesehen zu haben, ein bißchen das Gefühl des Ehebruchs ihr gegenüber und damit gleichzeitig auch der Freiheit.
Ich wünschte, Gérard kennenzulernen, um mir eine Vorstellung von ihrem Geschmack zu machen.

*

Ein Tag, ein ganzer langer Tag im Walde verging, ohne daß ich darauf geachtet hätte. Ich irrte umher, besessen von dem Wunsch, die Zeit möge verfliegen, zwei Stunden mögen endlich dahinschwinden. Ich schnitt Gerten von den Sträuchern ab, von kleinen geraden Sträuchern, um mir aus ihnen einen Stock zu machen –, dann war da ein junger Strauch, der keinen Makel, keinen Nebenzweig hatte, ich zog mein Messer heraus und stieß es sanft in das Holz. Ich sagte mir zwar: »Seit langem bist du schon da«, dann aber warf mich eine Art Zweifel an meiner Dauer, ein Unglaube an mich selbst auf ein Laubbett, auf dem ich langsam eine Haltung suchte, die jedes besondere Gefühl für die Verästelungen meines Körpers aufhob. Mit Wohlgefallen dachte ich darüber nach, woraus diese Materie auf der Erde gemacht ist, die wieder zum Boden zurückkehrt und doch noch eine flüchtige Erinnerung an ihren lebenden Ursprung bewahrt: Reisig, Insektenflügel, Buchekkern, verdorrte Beeren, kahle Blätter, die nach und nach ihr Geäder bloßlegen, alles, was leicht ist auf der Welt und was gerade erst gestorben ist. So gelangte ich auf die Hochebenen am Rande der Sümpfe, wo an einer unmerklichen Kehre der Boden sich mausert und plötzlich unter den Schritten glukkert: trügerisch und magisch. Ich folgte, wie der Finger dem Haaransatz, diesem Rand der Gefahr, ich ließ mich sogar einsinken, um mich alsbald wieder zu fangen und das Feste der Erde zu gewinnen und mich ihres kompakten Kerns zu versichern, als die einen Augenblick versteckte Sonne wieder durch die Zweige brach, aber auf einem so niedrigen Wege, daß ich verstand, daß ich diesen ganzen Tag damit hatte verstreichen lassen, einen düsteren Gedanken in mir zu formen zu suchen, dem es jedoch nicht gelungen war, Gestalt anzunehmen. Ganz eindeutig hatte mich all diese Stunden hindurch ein einziger Gegenstand beschäftigt, war ein einziger Gegenstand vor mir geflohen, der meine Schritte nun an den Rand des Dickichts zurückführte; und als ich auf dem kahlen Teil der Hügel war, mit dem Horizont und den nahen Häusern zu meinen Füßen, verstand ich, daß der lange Kreis meiner Schritte mich seit Sonnenaufgang über einen tückischen Umweg auf den Pfad geleitet hatte, der nach unten zu das Gehege umschließt, in dem sich bei Einbruch der Nacht einmal Gérard neben Blanche niedergelegt hatte. Und als diese Sicherheit sich festigte, stieg mir die Röte in die Wangen – und die Röte dachte, daß es keinerlei Grund dafür gibt, daß diese beiden ihr ganzes Leben lang zur selben Stunde an denselben Fleck zurückkommen –, als sich prompt hinter der Hecke, der ich gesenkten Kopfes folgte, Gérards Stimme erhob und eine Frage formulierte. Da stellte ich mir vor, wie dieses bekannte Lachen antworten würde. Schweigen. Oder dieses schleppende Sprechen, das mich am Vorabend irritiert hatte. Der ganze Abend lehnte sich an die Weißdornhecke. Der ganze Abend räkelte sich in der Abwesenheit des Windes. Blanche aber antwortete nie auf diese Frage in der Dämmerung. Gérard war nämlich ganz allein, am Fuß der Bäume, auf dem Feld.

Manche Frauen will man einfach nehmen, ein großer Entschluß kommt dabei zum Durchbruch. Der Mann denkt daran, was er mit sich anfangen kann, er steht aufrecht in seinem Haus und in seiner Sinnlichkeit. Ich hatte seit jeher diesen brennenden Geschmack am Raub gekannt, dieses Benehmen eines Plünderers und die brutalen Gesten, die das voraussetzt. Diese plötzlich aufkommende Brunst hat jedoch nichts gemein mit der inneren Unruhe, die ich jetzt erlebt habe. Zuerst eine übertriebene Ungezwungenheit, die einem den Blick trübt, und hernach, denkt man daran zurück, eine wiederaufkommende Unbeholfenheit: nur damit läßt sich mein Verhalten ihr gegenüber zusammenfassen, und erst später finde ich in mir bizarre Zeichnungen wieder, die aus der Tiefe aufzusteigen scheinen, ein Filigran, das ich in mir entdecke. In der Einsamkeit fühle ich mich gefangen und gelenkt. Sie braucht nur einen Augenblick zu währen, und ich achte schon nicht mehr auf Blanche. Ich bin durch eine lange Periode wie durch ein Meer hindurchgegangen, weder ich noch Sie hätten gewußt, daß von Blanche die Rede war. Ich lebte in meinem Wald und dachte an etwas anderes, verbrachte eine Zeit, die bitterer war als Nüsse.

*

Etwas Weißes lenkt meine Aufmerksamkeit auf sich. Der Glanz dieser Frau, der sich mit der Hornhaut des Auges vergleichen läßt. Manchmal betrachte ich sie, und sie ist ein richtiges Kind. Ich beherrsche sie mit meinem ganzen Mannesleben, mit all ihrer Unwissenheit, ihrem auf Anhieb fixierten Schicksal. Manchmal kreise ich in ihrem Blick, berühre sie nicht, weiß, daß ich nur den Arm auszustrecken brauche. Dann funkelt etwas in ihr, etwas Reines. Ich drehe mich wieder um, seitdem ich sie kenne, habe ich keine vier Worte hintereinander zu ihr gesagt, ich weiß nicht, ob sie Jungfrau ist, sie zieht mich an und stößt mich ab, sie wartet auf mich, und ich gehe davon.

Gérard, diese Art Schatten, der sie begleitet, kommt zurück, sobald ich mich entferne; ohne mich umzudrehen, merke ich es, er tritt ganz nah an sie heran, an ihr Leuchten, und ich frage mich, was die beiden aneinanderbindet; ein Zweifel,

den ich hinsichtlich dieses Bandes hatte, erlischt in mir. Ich kenne dieses Fleisch, dieses Lächeln, diese Lässigkeit der Schultern. An einem Ort der Verwirrung, an dem – die Spitzen lagen aufgetrennt am Rand eines Klaviers – ein Mädchen sich vor langer Zeit der Obhut einer geschminkten Alten überließ, habe ich diese Zigarette geraucht, deren Geschmack jetzt in meinem Munde wiederersteht. Ich werde Blanche nicht noch einmal betrachten, unter meinen Lidern ist sie ganz mit dieser Erinnerung vermischt, mit ihr identisch, zusammen mit der Schamlosigkeit des Nachmittags und einer Flasche Wermut am Fuße des Bettes.
Das entfernt mich von ihr und führt mich wieder zu ihr zurück, und ich sehe, wie sich Gérard, der ganz von ihr erfüllt war, ein Stückchen entfernt. Alles an ihr ist Provokation und Ohrfeige. Woher wußte ich es, daß sie der anderen, der aus der Rue Lübeck, ähnelt? Um sie zu beurteilen, muß man diesen Mann ausloten. Alles Unerfahrene und Verliebte und Verschlossene: sie begrenzt es. Ich unterliege einem recht vulgären Instinkt. Da, wo ein Mann eine Frau wie ein Ufer erreicht, da verspüre ich immer Lust, mich aufzurichten, bevor er Boden unter den Füßen bekommt, und den Mann ins Meer zurückzustoßen. Ich stehe niemals ganz außerhalb von dem, was sich zwischen ihm und ihr herausbildet. Man könnte sagen, eine Kolonie meiner selbst. Der Wunsch, zu trennen, steigert in mir das Begehren. Ich gestehe es mir zu, die Frau eines anderen mit der ganzen im Kreuz meiner Arme vervielfachten Kraft dieses anderen zu lieben.

*

Was erwartet eine Frau von dem Mann, der neben ihr sitzt? Sie hat nur eine Idee vom Mann: er ist wie ein Pelz, der sie umhüllt. Wird das, was er tun wird, diese unbedeutende Geste, die Art, wie er seine Stimme einsetzt, dieses Schweigen, sich dem Begehren seiner Gefährtin anpassen? Ohne daß irgend etwas dieses Begehren, seine Genauigkeit, seine Gewalt verraten hätte, kommt es durch irgendeinen Ruf, den ich von ferne nicht hören kann, durch ein Zittern der Luft zum Ausdruck, durch eine Art unsichtbaren Regenbogen, der vom einen Körper zum anderen geht. Die Nähe besiegt die beiden. Da ist ein brennendes Beben, da ist in den Tiefen des Atems eine Region von Wirbelwinden, die die Form des Kusses hat. Die Phantasie franst in der relativen Unbeweglichkeit aus. Dann erhebt sich in einer ganz natürlichen Unordnung dieses Gespenst der Ungeduld, das seinen Schatten über die Gleichgültigen, über die Landschaft ausbreitet. Unter den Blicken der Welt wird eine Kraft verbraucht und in Schranken gehalten. All das wird zerbrechen, wenn man aus Versehen ein Glas oder eine Blume verrückt.

Eine doppelte Bewegung beseelt mich. Gezeiten wohnen in mir. Der ganze Schaum in meinem Mund, und bei der ersten Brandung über meinen Kopf hinweg zieht die Woge, eine ungeheure, zusammenbrechende Vernunft, vor meinen Augen ihre Tanghaare hinter sich her. Dann möchte ich töten, dann zertrümmere, zertrümmere ich in mir ein Spiegelbild, zertrete ich eine Kohlenglut. Von dem, was in mir wächst, wird mir kein Anteil zukommen.

*

Entweder greife ich ein, oder ich wünsche, daß sich alles überstürzt: auf ihren Köpfen wird um meine Lust gespielt. Mögen sie sich beeilen, was trennt die beiden noch, ich kann nicht auf ihr Glück verzichten. Aus mir ist das herausgestürmt, ich bin der Herr über das Rennen, und von dem Podium aus, auf dem ich stehe, brandet mein Fieber über sie hinweg.

Die Illusion hat sich ihre Ansprüche auf mein Herz zurückgeholt. Wenn ich nach Hause komme, verharrt sie in meinem Zimmer, folgt mir bis in den Schlaf hinein, der mir so schwer ist. Sie ist da, schon vom erblassenden Morgen an. Und sie packt mich an den Schultern und wirft mich hinaus. Blanche schläft noch zu dieser Stunde. Ich warte, hundertmal an derselben Wegkreuzung auf meine Spuren tretend, bis sich die Tore des Theaters öffnen. Die Felder ermüden unter einem singenden Brodem eine Ewigkeit meiner Blicke. Zunächst kommen kleine Leute heraus. Und ein Schlagen von Türen und Fensterläden über die Welt hin verleiht der Morgendämmerung etwas sehr Naives. Nein, ich ködere meine Sinne nicht, ich gebe meinem Herzen kein Trugbild zur Nahrung. Hier bin ich ganz ich selbst, auf der Suche nach einem Feuer. Aus mir ist es herausgestürmt. Aus mir ist es herausgestürmt.

*

Meine Liebe nimmt die Form an, die sie will. Sie nistet sich dort ein, wo ich sie nicht erreichen kann. Sie entgleitet mir, und zunächst erkenne ich sie nicht mehr wieder. Es bedurfte vieler Irrtümer, Rückschläge, Verweigerungen, einer großen Entmutigung, bis ich mein Gut wiederfand und das, was es an Eigenstem von mir barg. Ich wähnte mich auf diesen Körper, auf diese Kleidung beschränkt. Jetzt weiß ich, was meine Glut wert ist, wie sie sich zur Welt hin ausbreitet, ich besitze den Schlüssel zu ihren Metamorphosen. Was von ihr heute zu mir zurückkommt, erinnert sich an ihren Aufbruch. Ich bin also nicht mehr eifersüchtig auf meine Marionetten. Ich bin mir ganz klar bewußt, daß ich mich weiter fortsetze. Ich selber habe diesen Taumel in mir, den ich mir in der Gestalt eines Paares vorstelle, welchem ich mich schließlich nicht mehr widersetze.

*

Wie sich doch mein Denken entwickelt, und ich bin seine Entfaltung, seine Weite. Es wird Hand und öffnet sich, es nähert sich, es krümmt sich. Meine Lust, zu berühren, treibt diese Hand nach vorn, und Blanches Arm, der dank seiner Strahlkraft hastig alle Süße in sich faßt, reizt die Hand Gérards, hält sie einen Augenblick fest. Dann haben die Finger die Saftigkeit ergriffen; ich presse die Frucht zusammen und stelle mir vor, wie sich das Blut hinter dem Kontakt staut. Eine plötzliche Bewegung Blanches schüttelt die Hand ab, und der freie Arm erhebt sich. Eine Haarlocke war herabgeglitten und mußte hinter das Ohr zurückgestrichen werden. Ein durchsichtiges Ohr, und ein entschlossenes: es ist aus einem Guß, und das leicht flaumige Ohrläppchen schwillt zur Wange hin an; man hat darauf verzichtet, es zu durchbohren, weil das Kind zu sehr schrie, es ist da nur ein Grübchen, in das man einen Eckzahn stecken könnte.

Die Liebe ist ein abstraktes Gut, das alles verneint, was nicht sie selber ist. Ich werde mich nicht mehr von meiner Liebe lösen. Oder aber es ist nicht mehr die Liebe. Es war nicht sie.
Die Liebe ist eine große Sonne … Wut auf die Metaphern packt mich … Was brauche ich zu wissen, was die Liebe ist? Jedoch werde ich gerade darin gedemütigt; ich glaube niemandem mehr außer mir selber, und ich … die schreckliche Unwissenheit der Verzweiflung.
Die Leute sprechen vom Glück, sie glauben, daß das Glück … die Liebe, sag' ich Ihnen.
Früh aufgestanden und bereit für die unzähligen Plackereien des Tages, werde ich schließlich mechanisch mein Leben vollenden. Alles in diesem Universum ist Sonnenfinsternis, man gebe mir geschwärzte Gläser, dabei hat mir doch diese Besessenheit bereits das Sehvermögen genommen. Was bedeuten mir, gemessen an der Bodenlosigkeit dieser Leidenschaft, die Erkenntnisse des Geistes? Alles, was ich weiß, erniedrige ich. Das Unbekannte.
Ich habe irgendwo gelesen, daß ein Mann, der die Liebe zu seiner großen Sache gemacht hatte, DARAUFHIN sein Leben dem Studium der Religionen gewidmet hatte. Ich verstehe, was man damit sagen will: ja, ich werde mich vielleicht auf die beharrliche Geschichte des Mysteriums beschränken. Woher stammt dieses Wort, *Mysterium*, und welchen Gebrauch haben wohl die Leute davon gemacht auf dieser wechselhaften Erscheinung der Welt, inmitten der flüchtigen Illusionen, am Ende ihrer entvölkerten Leben?
Das Unbekannte hält mich in Bann. Ich will ihm nicht einen bestimmten Platz zuweisen, es ist in mir, es ist anderswo. Das Unbekannte flieht vor mir und quält mich. Es gelingt mir nicht, in der Erkenntnis des Unbekannten Fortschritte zu machen. Ah! Alles ist wirklich aus. Die Wüste ist mein Meister. Der Sandwind …vom Blitz mitten unter die Wagen gefegt. Ich liebe.
Wer hat gesprochen? Schweige, du Hampelmann. Du gehst über dich hinaus. Du willst nichts mehr. Leb wohl, du Wrack. Nacht, Nacht, Nacht. Die Morgenröte ist sehr fern, auch die Karawane. Ah, ah! die Kamele, diese Keksschach-

telnträger. Die Fußschmerzen. Zieh deinen Schmerz aus, zieh ihn aus, du Hampelmann.
Du bist voller Leichen. Du bist verfault.

*

Ich habe versucht, Blanche zu schreiben: »Es gibt ein großes Mysterium in der Welt, Blanche, und ich spüre es ein wenig, sobald ich an Sie denke. Gestern, am ganzen gestrigen Tag mit seinem schweren Sonntagsregen und all den Unschlüssigkeiten, den Phantomen meines Herzens, lebten Sie in mir auf eine seltsame Weise: es war der Himmel, der Himmel selbst, ich nannte Sie nicht beim Namen, Sie hätten sich in meinen Worten nicht wiedererkannt, aber diesen ganzen Tag über sprach ich nur von Ihnen; Sie waren selbst noch diese leichte Modulation, dieses Anhalten in meiner Stimme. Ja, Sie waren für meine Worte das, was der Himmel, der so weite, für all das ist, was ich von der Welt sehe. Am Nachmittag dann unterhielt ich mich, scheint es, mit einem Freund.
Über was sonst denn hätten wir uns unterhalten können, wenn nicht über die Liebe? Sie erhoben sich in jedem Wort, Sie saßen auf dem Sofa oder lehnten an dem kleinen Fenster, manchmal wußte ich, daß Sie im anderen Zimmer waren, ich wartete auf Ihr Wiederkommen, ich hörte nichts anderes mehr als die fernen Geräusche, das knarrende Parkett, das Vorbeistreifen der Tiere an einem Möbelstück ...« Ich bin nur ein Brief, den man nicht abschickt.
So löst sich mein Leben auf. So treibe ich im Stromabwärts der Liebe dahin. Möge der Sturm, der sich in dem Augenblick, da ich zum tiefschwarzen Himmel emporblicke, erhebt, mich endlich hinwegtragen. Mögen die Verwüstungen den Boden der Wege aufbrechen, möge mein Herz ... ich kann also den elenden Namen meines Herzens aussprechen? Verloren für immer unter der Wolke, träume ich, und nichts wird diesem Traum zum Tod hin Einhalt gebieten.

Zwischen 1923 und 1926

EIN KOMISCHER HEILIGER

I

Immer schon habe ich die »gute Gesellschaft« verabscheut. Die wenigen Expeditionen, die man mich als Kind in diese Welt unternehmen ließ, hatten in mir immer denselben Ekel, dasselbe Unbehagen hervorgerufen, das ich auch viele Jahre später empfand, wenn ich mich einige wenige Male, gleichsam wie von einem exotischen Schauspiel angezogen, von diesen Empfängen, diesen buntgescheckten, mit oder ohne Vorwand zustande gekommenen Ansammlungen von Männern und Frauen verlocken ließ, von diesen Zusammenkünften, die der Lebensstrom eines jeden sind, die den Lebensmaßstab eines jeden bilden und die ich unweigerlich jedesmal in höchster Wut verließ. Was tun sie nur miteinander? Warum fängt der eine zu reden an? Wie kommt es, daß sie nicht alle gleichzeitig reden? Und ich empfand beschämt, wie absurd der geographische Standort des Sessels war, auf dem ich in einem Salon saß. Man fragt sich im übrigen, was ein »Salon« eigentlich ist, welchen Gegebenheiten so etwas noch entspricht, und dieses Wort entzündet in mir einen gewaltigen Drang, Feuer zu legen.
Die Leute sagen sich vierzig Jahre lang das gleiche. Sie haben weder Schamgefühl noch Sensibilität: mich dagegen bringt fast jedes menschliche Wort zum Erröten. Alle paar Augenblicke fällt derselbe Satz, und tausendmal spiegelt sich dieselbe Idee! So gibt es von Zeit zu Zeit immer noch Leute, die es mir vorwerfen, daß ich in Cafés verkehre. Verdammt noch mal, läßt eine gewisse Vorstellung vom Bohèmeleben diese miesen Moralisten denn überhaupt nicht mehr los? Schließlich gibt es eine Verjährung, meine Herren! Schauen Sie mich doch an, sehe ich etwa wie Verlaine aus? Also worüber beklagen Sie sich dann eigentlich? Meine Cafés sind nicht die der anderen. Das Leben eines jeden verzehrt sich, verbraucht sich in einer Weise, die auf jeden Fall einem anderen unverständlich ist. Man sage mir dann doch bitte einmal, welchen Ort

denn eigentlich die guten Seelen, die mir eine mit Bedauern gemischte Aufmerksamkeit entgegenbringen, für mich als schicklich empfinden. Möchten sie mich gern als kleinen Beamten sehen? Als Federfuchser? Zuhälter? Minister? Lebemann? Wie blödsinnig das alles ist.
Ich gehe also ins Café, weil es mir Spaß macht. Durch Cafés kommen mehr Frauen als irgendwo sonst, und ich brauche dieses Kommen und Gehen der Frauen. Ich brauche den Fächer der Kleider auf dem langen Weg meiner Augen. Und eine enge Kommunikation mit den Straßen. Ich bin der Mann der Straßen, bin es immer gewesen, und das wird auch nicht so bald anders werden.
Ich habe trotz zahlreicher Freunde ziemlich einsam gelebt. Die meisten derer, die ich so genannt habe, ermüdeten mich schließlich, nachdem sie bis zu einem halben Jahr, einem Jahr mit mir durch meine Stammlokale gezogen waren, oder sie wurden ihrerseits meiner müde. Ich verschliß bei meinen Streifzügen zwei, drei Gefährten pro Jahr. Mit den einen wie mit den anderen führte ich eine lässige Existenz, die jedesmal nahezu gleich aussah. Ein paar kleine literarische Beschäftigungen vermochten mich niemals von diesem Herumflanieren abzulenken, das wirklich das Wesentliche meiner Tage bildete. Meiner Tage und meiner Nächte. Denn für mich waren die Nächte lang, ich schlief wenig, höchstens zwei bis vier Stunden. Was durchaus mein Leben beeinflußte. Ich mußte diese langen Nachtstunden ausfüllen. Das machte mich zum Stammgast der wenigen Orte, die so lange offenblieben wie meine Augen. So wurde ich zum großen Abscheu meiner Zeitgenossen eine Säule der Tanzlokale.
Der Mensch, der sehr allein lebt (ich behaupte, daß ich sehr allein lebte, wer es bestreitet, ist blind), hat manchmal ein wahnsinniges Bedürfnis nach Menschenmenge. Ich befriedigte dieses heftige Verlangen mittels der absurden Musik und dem unsteten Publikum der Nachtlokale. Diese Tempel der Unbeständigkeit, in denen sich langsam mein Leben verbrauchte, waren mir notwendig geworden wie ein Rauschgift. Gern sah ich zu, wie sich dort unsichere Schicksale formten und auflösten. An der Schwelle aller Abenteuer. Dort, wo der Zufall spielt. Dort und anderswo. Manchmal stürzte ich

mich in eine jener Intrigen, die man vor meinen Augen schmiedete. Das Romaneske hat mir immer mehr zugesagt als die Romane. Montmartre war mir in dieser Hinsicht sehr dienlich. Deswegen habe ich jahrelang Montmartre kaum verlassen.

II

Montmartre ist eine Art Schmelztiegel der Phantasie, in dem die schlimmsten Konventionen, die niedrigste Literatur mit der Wirklichkeit der Wünsche, der Einfachheit der Wünsche und dem Freiesten, Unveräußerlichsten, das es in mir, ich meine im Menschen gibt, verschmelzen. Es ist zwecklos, diesen barocken Lichter-Trichter zu beschreiben, in dem sich schon vor Mitternacht die in die Kleider so vieler vulgärer Sehnsüchte und mancherlei Verzweiflungen mühselig eingeschnürten Körper herumtreiben. Starre Blicke, Snobismen und Schimpfereien, euer Tumult und meine Langeweile. Von der Lichterperle der Rue Pigalle über die mit einem speziellen Kreuzweg herausgeputzten Métro-Stationen bis hin zu den dunklen Sackgassen, in denen jämmerliche Liebespaare in Ekstase geraten, bildet der Stumpfsinn eines ganzen Volkes eine ohrenbetäubende Schleppe – wie die Seide des Donners – für ein paar wirkliche *Nachtschwärmer*, wie ich einer bin, einer war, die jede Nacht in dieses Treibhaus kommen (ich weiß nicht mehr, ob es sich um einen Raubvogel oder um eine tropische Vegetation handelt), um ihre leuchtenden Hintern und die über die echten Küsse herabfallenden falschen Diamanten zur Schau zu stellen. Sie gehen aneinander vorbei, die Stammgäste dieser nächtlichen Verbindungsgänge, sie mustern sich, während sie aneinander vorbeigehen, mit dem Argwohn der Wilden in der Wüste. Sie sprechen niemals miteinander. Indes erkennen sie sich wieder, geben sich insgeheim Beinamen und suchen keine Erklärung für diese ständige Präsenz der anderen an Orten, an denen sie allein, jeder für sich, das Vorrecht einer einzigartigen und bedrohlichen Melancholie behalten wollen.

Ich habe dieses Mißtrauen erfahren, meines und ihres. Wir suchten mit dem Blick zu erraten, wessen Zuhälter oder Lustknabe der andere, zum Teufel, sein mochte. Lange Jahre haben mich gelehrt, wie eitel solche Hypothesen sind. Es ist unnütz, erraten zu wollen, wie diese Marionetten, die immer nur die weißen und schwarzen Schatten der Nächte von Montmartre sein werden, ihre Zeit verbringen. Unnütz. Monatelang begegnen Sie ihnen, ohne etwas zu verstehen. Unmerklich gewöhnen Sie sich an ihr physisches Aussehen, und das ist auch alles. Dort, wo die Lust ihren Jahrmarkt errichtet, wo der Verkehr der Körper nichts Geheimes mehr birgt, bewahren diese immer wiederkehrenden Gäste doch ein vollständigeres Geheimnis als es ihre Gefährten, die am hellichten Tage dort Umgang pflegen, haben können. Weshalb kommen denn diese Männer und Frauen jeden Abend wieder? Nicht daß sie trinken. Rauschgift? Nichts erlaubt, dies anzunehmen. Was lieben sie? Ah, genau da nimmt das Geheimnis von Montmartre Gestalt an.

Eine große, dicke Frau erscheint jede Nacht gegen halb zwei, zwei Uhr an der Kreuzung der Rue Fontaine und der Rue Pigalle, einem der Hauptknotenpunkte der Intrigen und Rätsel der nächtlichen Flanerie. Dort bleibt über die Stunde der Cafés hinaus eine in Orange gehaltene Brasserie lebendig, die man wegen einer mit Kostümen von 1850 herausgeputzten Dekoration in einem Wortspiel mit dem Namen ihres vermutlich ersten Besitzers *Brasserie Gavarnie* nennt. Dort traf ich oft, zwischen den früh beendeten Abenden und den spät beginnenden Nächten, Antonin Artaud, der vor einer Tasse Kaffee kurz nach Mitternacht auf mich wartete und mich, bevor er schlafen ging, bis zum Eingang eines jener Lokale begleitete, vor denen er mich mit einem Abscheu, den ich manchmal begreife, alleine ließ. An derselben Ecke befindet sich ein Bistro mit einer Theke, an der sich die fluktuierenden Völkchen der Chauffeure, Huren, Schwulen und Grooms untereinandermengen, die Neger der Jazzkapellen, die Betrunkenen, die nicht mehr den Mut haben, weiterzugehen. Und ein Stundenhotel. Der Hausdiener steht in schwarz-rot gestreifter Weste an der Tür. Stündlich fährt der Nachtautobus mit dem roten Schlußlicht vorbei. Das Gewühle und Gehupe der Autos in Richtung Place Blanche, wo sich noch das

Rad des Moulin Rouge und das nackte Bein des *Tip-Top* drehen, und in Richtung Place Pigalle, wo im Scheinwerferlicht der vorüberkurvenden Rolls-Royce bleiche, wie Haderlumpen in die Prostitution geworfene Bürschchen am *Tabac* und auf den Trottoirs das große Glück erwarten, das ebenso mager ist wie sie selber, das ihnen aber gegen Morgen wenigstens ein Bett zum Schlafen verschaffen wird.
Ich stand an der Kreuzung, von der aus man das Polizeikommissariat der Rue La Bruyère sieht, das über dieses beunruhigende Hin und Her von Spaziergängern wacht, die nicht einmal mit dem ehrbaren und bürgerlichen Vorwand ausgerüstet sind, der sie tagsüber in den leeren Straßen nahe der Boulevards herumschweifen läßt. Genau an dieser Stelle, an der sich zwei Taxistationen im rechten Winkel schneiden, was in Paris einmalig ist, erscheint um zwei Uhr morgens eine große, dicke Frau. Im Abendkleid, mit einem schwarzen Seidenumhang oder einem orange- oder rosafarbenen Mantel mit Rüschenkragen, wie man sie seit Kriegsende viel gesehen hat. Dekolletiert. Erdrückend üppige Brüste. Und dieses majestätische Gesicht. Diese schöne, lange Nase. Stirn und Nasenflügel gut proportioniert. Diese riesenhafte mythologische Gestalt trällert Blues vor sich hin. Sie ist vielleicht jünger als man meint. Französin oder Amerikanerin, wer kann es sagen? Schrecklich vulgär, und voluminös im meridionalen Sinn des Wortes. Sie taucht auf und beginnt herumzuschweifen. Beginnt von Tanzlokal zu Tanzlokal zu schweifen, lehnt sich an Bartheken, trinkt, ist oft besoffen, aber bei all ihrer Vulgarität ist sie doch große Dame, eine moderne Juno, steht auf recht vertrautem Fuß mit den Männern, die die Portieren öffnen, mit den Rosenverkäufern, den Grooms. Sie zieht vom *Shanley*, dem heutigen *Palermo*, zum *Zelli's*, zur *Perle*. Ist sie Lesbierin? Wir müssen sehr, sehr lange ausharren, wenn wir sehen wollen, wie sie aus dem *Grand-Duc* oder dem *Capitole* herauskommt und heimwärts geht, todmüde, ihren Umhang in der Morgendämmerung hinter sich herziehend, mit versunkenen Augen, und manchmal laut lachend. Allein? Oft allein. Oder oft mit einem Taxichauffeur, der sie verprügelt, und dem sie's auch heimzahlt.
Ich sehe sie wieder vor mir, eines Nachts, im *Killey's*. Einem

Lokal, das heute nicht mehr existiert, im Erdgeschoß des *Gaity*, des kleinen Music-hall in der Rue Fontaine. Ein großer, fast immer leerer Saal mit einem sehr guten Orchester, und die Tanzfläche sah wie eine Manege aus. Die erschöpften Pferde kamen auf einen Trunk in die kleine Bar nebenan, in der Madame Killey mit den Gästen Würfel spielte. Und Killey, ein sehr müder Mann, der schon so oft pleite gemacht hatte, streichelte seinen großen Polizeihund. Es war ein Abend, an dem das Publikum im wesentlichen aus Michel Leiris, Roland Tual, Jacques Baron und mir sowie einer kleinen Wiener Nutte bestand, die im *Lango* nicht zum Zuge gekommen war und nun mit ihren schwarzen, kaputten Zähnen Baron zulächelte. Am Ende der Bartheke stand die glitzernde Statue, von der ich spreche. Aufrecht. Betrunken. Sie wartete darauf, daß einer von uns ebenfalls betrunken würde, damit sie ihn dann weiß Gott wohin fortschleppen könnte. Ins Hotel.

Das ist alles. Es ist keine Anekdote: nichts ist passiert. Sie hat Baron, dem Jüngsten von uns, etwas zum Trinken spendiert. Und das ist alles. Aber so sehe ich sie wieder vor mir, als große Inkarnation eines Instinkts am Ende einer kupfernen Tresenstange vor einem langen Mahagoniaufsatz. Ihr Mantel bedeckt den Hocker, gegen den sie mit ihrem dicken, angeschwollenen Fuß einen Silberschuh preßt. Ihre Hände packen den Becher, in dem der goldene Whisky schläft, ihre schönen, nackten Arme warten darauf, daß sich für ihr geduldiges Flechtwerk schließlich ein Mann oder ein Kind wie eine reife Frucht aus der Musik- und Alkoholstadt loslöst, in der sich das ganze Leben einer Welt konzentriert hat. Und dann ist es von neuem die Straße und die Herausforderung an die Betrunkenen, die Kutscher, die sprungbereiten Zuhälter, die Nacht.

Es ist eine vulgäre Neigung – aber wie kann man ihr widerstehen? –, einem Geheimnis immer auf die Spur kommen zu wollen. Ich verstand sehr wohl, daß diese Frau von einem übernatürlichen Leben lebte. Vage sah ich in ihr eine jener Dämoninnen, die sich der modernen Aufmerksamkeit entziehen, aber immer noch die undurchschaubaren Spiele der Lust anführen. Oft spionierte ich ihr nach, sie betrachtete mich mit verächtlicher Gleichgültigkeit, den Kopf zurückgeworfen, mit dem Fuß wippend, und ihr Blick glitt dabei unter ihren schweren, auf die Augen niedergesunkenen Lidern hervor, wie es für Kurzsichtige typisch ist. Ihrer Aufmachung wegen hätte ich Tor ihr gern einen Familienstand zugeschrieben. Wie konnte ich nur! Ihr Benehmen war voller Widersprüche. Eines Tages schleppte sie ein schäbiges Paar durch Montmartre, als wären es Dienstboten. Und sie stellte all ihre Juwelen zur Schau. Ein anderes Mal kam sie mit einer Amerikanerin daher, die so recht ihrem Geschmack entsprach. Endlich glaubte man zu wissen, was mit ihr los war. Man bemerkte, wie sie die Barbesucher immer auf die gleiche Weise provozierte. Und man lachte ein bißchen, wenn die beiden Frauen ihre Kleider schürzten und sich zum Charleston einander gegenüber aufstellten. Übrigens ist es für einen Franzosen ein befriedigender Gedanke, daß die nicht mehr ganz jugendfrischen Amerikanerinnen den kleinen Kerlen, denen sie ein Nachtlager zur Verfügung stellen – Sie trinken doch noch ein Glas bei mir? – ihre Diamanten überlassen. Ja, nur, das nächste Mal fluchte sie auf französisch, machte Witze und ließ sich mit echt autochthonen Megären, Puffmüttern vielleicht, zweien oder dreien, auf eine Sauftour ein. Und wenn sie mit ihrer Hand eine Strähne ihrer kurzen Haare hochschob, wie hätte man da noch zweifeln können, während die andere Hand die Asche einer Zigarette abstreifte, daß sie Pariserin war, Pariserin aus den Faubourgs, ordinär, ordinär bis zu den Nasenflügeln, den leicht schweißfeuchten, schlecht gepuderten Nasenflügeln. Dann findet man die Stammgäste, die Nutten, die Musiker eines Nachtlokals mit ihr zusammen in einem anderen Lokal. Ist sie reich? Ich war Ohrenzeuge, wie sie sich mit Barkeepern wegen eines Glases, das sie nicht bezahlt hatte, herumstritt. Oder um einen Kredit bat. Den man ihr manchmal verweigerte. Und was kamen an anderen Tagen dann wieder für Banknoten aus ihrem Perlentäschchen zum Vorschein! Vielleicht hätte uns Cruykshank, der aschfarbene Pianist, den 1926 seine eigene Frau eines Nachts ermorderte, Auskunft über sie geben können. Sie unterhielten sich oft miteinander. Trotz der großen Verachtung, die der Schwarze mit der aristokratischen Lippe und der messerscharfen Nase den Leuten entgegenbrachte. Aber was hätte er uns schon über sie sagen können? Ohne sie zu kennen, erkannte ich in ihr, erkenne ich in ihr, wenn ich an sie denke, die Materialisierung einer großen metaphysischen Kraft. Sie ist das erste Phantom, dem wir in Montmartre begegneten, das identifizierbarste Phantom, und als solches birgt sie sicherlich einen allgemeinen Sinn in sich, den ihre Züge zum Ausdruck bringen, die nicht menschlichem Maß entsprechen ... Und ebenso ist sie sicherlich mit einer ganz besonderen Geschichte verbunden. Aber diese Geschichte und dieser Sinn entziehen sich uns, werden sich uns immer entziehen. O ihr unerklärbaren Phantome, das gerade macht eure Macht und unsere Beunruhigung aus, in den Spukschlössern dieser Zeit, in der ihr eure zerbrochenen Ketten und eure weißen Schleier spazierenführt.

Große Frau, behalte also dein Geheimnis. Ich weihe dir Montmartre und seinen Lichtertalmi. Ziehe jede Nacht am Horizont meines Wachseins vorüber: ich akzeptiere dein Erscheinen als ein Zeichen, das dunkle Mächte an mich richten, als ein kabbalistisches Zeichen, dessen Verständnis mir versagt bleibt. Von der Kreuzung aus, an der du aufgetaucht bist, gehe ich die Rue Fontaine hinauf und versorge mich im *Tabac* auf dem linken Trottoir mit Zigaretten, dort, wo das fahle Gaslicht seinen Schein auf die Ränder der Nacht, den Groom eines benachbarten Etablissements und die schlaftrunkenen Formen zweier oder dreier Zecher wirft; ohne an der Konditorei stehenzubleiben, die als einzige in Paris bis zum Morgengrauen geöffnet bleibt – und etwas später werden Sie sehen, welche Sehnsucht am Morgen aus ihren Rum-Krapfen aufsteigt –, und ohne auf den persischen Diener zu hören, der mich über die enge Treppe, die man in einem malvenfarbenen Zwielicht wahrnimmt, in das Tanzlokal hinaufschleppen will, das deinen Namen, Omar Khayam, trägt, trete ich dann mit Vorliebe bei Joe Zelli ein, weil das nämlich im allgemeinen Getümmel ein Ort ist, an dem es besonders spukt, an dem alles, was das moderne Universum an Geisterhaftem aufzuweisen hat, mit seiner Freude und seiner Traurigkeit in den Tanznächten von Paris vorbeizieht.

III

Ich glaube, daß ich wie kein anderer der Frauen bedurfte. Andere haben sie wahrscheinlich mehr geliebt. Ich aber brauchte sie. Und nicht nur eine. Alle Frauen. Die Menge der Frauen. Das unbegrenzt wandelbare Gemälde ihrer Möglichkeiten. Diese hier, jene da, ich war die Beute des Wechsels, und das überkam mich in meinem Leben immer wieder, zwischen zwei Liebesaffären oder während einer Liebesaffäre, die durch diese physischen Reisen, diese Gewitter eines Abends, diese Stürze in die Nacht nicht beleidigt wurden. Wie anders war ich zu diesen als zu ... Ich, der anonyme Liebhaber der Huren, fand Gefallen daran, wie in ihren an andere gewöhnten Armen und in ihren schon leeren Augen das, was ich für mein Selbst hielt, erlosch. Ich glaube, ich brauchte *diese* Frauen wie kein anderer.

Ich könnte endlos, wenn ich mir nur selbst zuhörte, davon erzählen, wie ich mich zu ihnen hingezogen fühlte. Ich wüßte dann nicht mehr so recht, ob ich von mir oder von ihnen spräche. Bin ich doch gänzlich eingebunden in diese Erinnerungen, die nur ein einziges Antlitz haben, das sich ebenso verändert wie die Farben der Wangen im Augenblick der Liebe. Ich könnte endlos von ihren Körpern sprechen; von ihren Beinen, von der unglaublichen Verschiedenheit der Münder, vom Verhalten in der Lust, von der Gleichgültigkeit und dem Unternehmungsgeist, von dem, was sie voneinander unterscheidet, und dem, was ihnen oft eine gewisse Familienähnlichkeit verleiht, von ihrem Spott, dem Ernst und der Traurigkeit,- von ihren Händen, ihren Kleidern, ihren Geschichten, ihren schrecklichen Vulgaritäten. Während sie von ihren Tageserlebnissen, ihrer Kindheit erzählen und mir Photos zeigen, sind es da immer sie, die ich sehe? Meine Augen verlieren sich. Ich blicke auf ihren Schatten, der ein Bett oder eine Guillotine ist.

Wie ihr mir doch vertraut seid, ihr Allerweltsdirnen, und eben dadurch wirklich mein. Ich betrachte euch am Morgen – ist es denn der Morgen, oder ist's der graue Nachmittag? –, wie ihr noch in der Ellenbogenbeuge schlaft, und eure ganzen Kleider auf dem Stuhl, die meinen bösartigen Schätzungen preisgegeben sind. Oder aber ihr seid schon vor mir aufgestanden und geht im Hotelzimmer auf und ab, das ihr als erste verlassen werdet. Eure Strümpfe ... übrigens steckt ihr da das Geld hinein. Nur das Geld, das ihr in euren Fingern habt, wird nobel. Los, hol's selber aus meiner Tasche heraus, damit alles Geld der Welt schließlich in eure Finger gerät. Dort verwandelt es sich unter euren Zärtlichkeiten wieder in reines Gold. Das Geld ist für die Huren da. Ihr würdigen, ehrbaren, schönen, tugendhaften, anständigen Huren, nehmt es, das Geld, das durch die Männer zu euch kommt, erstattet es dem großen metaphysischen Leben zurück, aus dem es die Männer vertrieben haben. Ich liebe es, mit euch übers Geld zu reden. Ich liebe es, das Geld eurer Worte zu hören. Wenn der Krebs eurer Küsse aufbricht, wenn eure Augen sich wie die Erde öffnen, setzt sich das Geld in seiner göttlichen Nacktheit ungeniert auf den Rand des Bettes, und ihr plaudert. *Zeigt eure Schuhe mir, die man beim Tanz zertritt.* Sie beklagen sich über die Männer. Die glauben doch glatt, man tanzt nur um ihrer schönen Augen willen mit ihnen, und das würden sie für ganz selbstverständlich halten. Brutale Kerle sind das. Nacht für Nacht tanzen! Und dann, auf dem Zimmer, was da so manche alles wollen! Bis Mittag, bis drei Uhr. Wütend, wenn du gehen willst. Was suchen sie denn? Meistens nicht einmal so sehr die Lust, sondern pennen möchten sie und daß du währenddessen dableibst und ihnen zuschaust. Ah ja, brutale Burschen, aber wie ich sie verstehe, während eure Klagen wie Nüsse in meine Müdigkeit fallen. Ich denke an all die Leidenschaft, die sich in euren Armen abnützt. Im großen weißen Zeichen eurer Arme. Ihr schönen Abstraktionen. Ihr Bilder unserer Nächte. Ah, ihr Dirnen, ihr Dirnen, die ihr die Körper verhext, wie hatte man einst doch recht, euch zu verbrennen, ihr Zauberinnen. Jetzt möchte ich in euren Armen brennen. Ihr seid nicht nur Frauen, ihr seid wirklich diese Chimären, die sich im Tageslicht verflüchtigen, diese brennenden Erscheinungen der Finsternis, die nicht so vollständig aus dem Gedächtnis entschwunden sind, daß ich euch nicht, wenn ich eure Sitten studiere, euer Vorgehen beobachte, wiedererkennte, ihr Undinen, und in welchen See zieht ihr jetzt jene mit euch fort, die sich nicht aus euren

Zärtlichkeiten lösen wollen, wenn der Tag anbricht und der monotone Lärm der Straßen? Etwas unglaublich Bezaubern-des, ja etwas Betäubendes hat der intime Umgang mit den Dirnen. Tagelang bin ich hinter ihnen hergezogen, bis in ihre Zimmer, am Ende dieser erst am Morgen begonnenen Nächte. *Ah, die ob meines nächtlichen Tuns erröteten, / Was hätten sie oft erst von meinen trägen Tagen gesagt?* Sie verlieren Ihre Zeit. Nun ja, dann will ich sie eben verlieren. Aber in jener Atmosphäre, in der sich die Körper bewegen, die der Lust ergeben sind. In diesem schweren Duft der Frauen. In diesem unerbittlichen Atem der immerwährenden Liebe.
Der Groom des *Zelli's* hat Anweisung, ungefähr einhundertfünfzig Frauen ohne Begleitung einzulassen, die der Chef selber ausgewählt hat. Woran denkt er in seiner blauen Livree, während er die Eintretenden überwacht? Ich sinne über die Facetten seiner Augen nach, in denen die Porträts der zugelassenen Tänzerinnen gemalt sind. Ich führe die Hand an meinen Hut, wenn ich an diesem Skarabäus vorbeigehe, der die Frauen siebt. Er antwortet mir mit militärischem Gruß, während mir der immer gleiche Händler zum tausendsten Mal Rosen anbietet und in der Dunkelheit die lange Schlange der Taxichauffeure geduldig wartet.

IV

In Paris gibt es so viele Arten von Dirnen, daß es einer sorgfältigen Untersuchung und eines sich persönlich engagierenden Beobachters bedürfte, um sie voneinander abzugrenzen. Jedoch sind sie auch nicht so vermischt, daß man nicht mittels der Stadtgeographie ihre Verschiedenheit aufzeigen könnte. Die Einteilung in Stadtviertel ist zwar grob, doch sind einige Viertel Hauptplätze des Dirnentums, und in jedem von ihnen ist in nahezu reiner Form ein bestimmter Dirnentyp vertreten, der, je mehr er sich vom jeweiligen Zentrum der Prostitution entfernt, abnimmt und sich zusehends mit den ihm benachbarten ethnischen Merkmalen färbt. So scheint es, daß die Dirnen des Europe-Viertels sowohl in ihrer physischen Erscheinung als auch in ihren Sitten etwas mit denen des Montmartre und mit den Nutten des Ternes-Viertels gemeinsam haben, und der Flaneur, der das vorbeiziehende Schillern dieser Schärpe von Prostituierten zu schätzen weiß, begibt sich gern in ihr Gefolge. Das Indigoblau der Rue Bréda ergießt sich in das Saint-Georges-Viertel. Der Montmartre der Tanzlokale hat seine festen Grenzen. Er rührt nicht an die »Butte«, geht kaum über Pigalle hinaus, erreicht Clichy und steigt über zwei Wege zur Trinité und ins Lorette-Viertel hinab. Aber in diesen Fächer schmiegt sich eine kleine Hand, in der sich die Hotels und Unterkünfte der Dirnen konzentrieren. Einige freilich wohnen nicht in dieser Handfläche der Liebe. Sie haben in irgendeinem Winkel der Stadt eine Wohnung und vielleicht ein Telefon. Es sind die Begüterten, die von den Tänzerinnen gebildete Oberschicht; ich habe einige gekannt, die wohnten sogar am Trocadéro.

Selten begegnet man ihnen untertags, eher gegen Abend. Auf dem Boulevard de Clichy oder etwas weiter weg, in Richtung Barbès. Sie verlassen kaum ihr Revier. Erst die amerikanischen Matrosen haben einigen Stammdirnen des *Palermo* oder des *Pigall's* den Weg nach Montparnasse gezeigt. Noch wagen sie sich nicht oft dorthin. Ein erfahrenes Auge kann auf der Straße die Huren nach ihrem gewohnten Stadtviertel klassifizieren. Wer würde eine Dirne der Rue de Grenelle für eine Dirne des Boulevard Sébastopol halten? Nirgendwo lassen sie sich besser wiedererkennen als in Montmartre.

Der Unterschied zwischen dem Trottoir und den Nachtlokalen ist jedoch groß, wenn auch in Montmartre geringer als anderswo. Denn dort dringt die Straße gleichsam in die Häuser ein, und umgekehrt geben die Straßen gewissermaßen das Vestibül der Häuser ab. Und es leuchten so viele Lichter auf den Straßen, daß man oft meinen könnte, man sei im Theater. Daher braucht man sich nicht zu wundern, wenn man im Gedränge der Tische und des Champagners denselben Personenkreis wiedertrifft wie im elektrischen Hin und Her der Straßen. Es sind die Dirnen, die man vor die Tür gesetzt hat, weil sie sich danebenbenommen haben, oder solche, die drinnen kein Glück gehabt haben, oder die Passantinnen, die sich einfach in ihr Tanzlokal begeben und irgend etwas an Ihnen interessant finden. Irgend so eine Idee. Auch sind da die ältesten, die das schonungslose Licht fürchten. Allein oder zu zweit. Sie bitten um eine Zigarette. Und betrachten müde das hellerleuchtete Paradies der Hotels: jener, die ein Schild und einen Hotelnamen tragen; jener, die lediglich das Wort *Zimmer* tragen und teurer sind; jener, die einfach nur eine edenhafte, parfümierte Atmosphäre ausstrahlen. Der weibliche Streifzug ist am intensivsten in jenem Stück der Rue Pigalle, das vom Platz bis zur Kreuzung mit der Rue Fontaine geht. Er beginnt also unter der Ägide des Vorkriegs-Paris, führt über eine kleine russische Insel und endet schließlich vor dem orientalischen *Harem*, mitten im Negerviertel. Zu der Stunde, da es in den Tanzlokalen hoch hergeht, umfaßt die Straßenprostitution (das Stück des äußeren Boulevards mitgerechnet, das, wie gesagt, den nächtlichen Montmartre begrenzt) nicht mehr als ungefähr hundert Frauen. Wenn man das sieht, könnte man sagen, daß es mit der Legende vom neuen Babylon wohl nicht weit her ist. Aber Sie brauchen nur die Tür zu diesen Zauberorten, aus denen der Lärm der Musik und des Vergnügens dringt, aufzustoßen, und Sie werden das halbnackte Volk der Dirnen sich tummeln sehen, das glühende Volk der Körper, die den Küssen der Nacht verkauft sind, jeder Nacht, woher sie auch kommen mag. O Wald mit den hin und her wogenden, wechselnden Bäumen, du Frauenwald mit den zahllosen, namenlosen Pfaden, du Meer der Arme und ihr unermeßlichen Gezeiten der Brüste, und ihr Blicke, ihr tausendfarbigen Quellen: ich habe in eurer Woge, in eurem Schatten mein Leben verbracht, ich habe meine Jugend inmitten eurer Schritte verbracht. Ich habe mit euch gesprochen, bin euch gefolgt, habe euch berührt, habe euch gehen lassen. Ihr habt mich zurückgeholt. Habt mir zugelächelt. Noch einmal. Und dann war da im Dunkeln ein großes Getuschel. Und dann glaubte ich euch, glaubte euch nicht. In jedem Augenblick erwartete ich ein Wunder. Ich fühle mich endlos als euer Komplize. Was dachtet ihr von mir? Das werde ich wohl nie erfahren. Ich aber kann zu der einen sagen: »Bei dir war es die Schulter.« Zur anderen: die unglaubliche Erregtheit der Hände. Eine andere, noch eine andere. Mehr als alles liebte ich ihren Eifer in den Liebkosungen. Ich liebte wahnsinnig ihre aus der Bahn geworfenen Existenzen. Ich liebte diesen für die Lust verbrannten Weihrauch wegen seines betäubenden und banalen Duftes; es war der

Duft der Zeit, die unwideruflich vergeht. O Frisuren, die ihr den geschickten Händen des Haarkünstlers entsteigt, ihr Fingernägel, die ihr nur zart lackiert seid, und ihr Füße, die ihr im voraus für die Liebe richtig zugeschnitten seid. Ich liebte die herausfordernde Aufmachung, die wunderbare Schminke. Ich liebte die Huren, weil sie Huren und dann erst Frauen waren. Und die schlimmsten unter ihnen, jene, die einen in den Büchern zum Erbeben bringen und die einen in den Betten vor Lust erschaudern lassen, betete ich an.

V

Will man das Schauspiel verstehen, das mir das *Zelli's* so viele Nächte hindurch geboten hat, genügt der flüchtige Blick nicht, der hinter dem spiegelgeschmückten Korridor den Vorraum mit den Herren- und Damentoiletten zur Rechten, der Garderobe zur Linken und etwas zurückliegend die Bar wahrnimmt und dann im Hintergrund den maurischen Saal, eine Art Patio, den der Balkon der ersten Etage einengt, indem er unter seinen Bögen die mit Frauen und Schaum beladenen Tische einkreist, und jenseits der Tänzer das Orchester in seinem hohen, polygonalen Nest aus Spiegeln, in denen sich der flüchtige Blick bricht, mit dem dieser Satz beginnt. Nein, ein solch flüchtiger Blick genügt nicht. Alles hier präsentiert sich in einer gekünstelten Ordnung, als eine dermaßen korrekte Fassade, daß Sie sich kaum vorstellen könnten, was diese Säule bedeutet, wenn Ihr Herz nicht schon so pervertiert wäre. Alles ist Lächeln, Tanz, und weder die Liebe noch die unwiderstehliche Perversität zeigen hier, im Lichtschimmer des Champagners, ihre Züge. Man würde ganz schnell und höflich vor die Tür gesetzt werden. So sind eben die Pariser Manieren.

Doch Paris ist eine blutrünstige Stadt. Ich erinnere mich an einen Roman von Dickens, in dem ein Mann, der jemanden zu töten beabsichtigt, ein Verbrechen erzählen hört, das ihm wunderbar erscheint: Der Stoß wurde gegen jene Stelle des Herzens gerichtet, an der ein einziger Stich genügt, um den Tod herbeizuführen, kaum ein Blutstropfen hat sich im Hemd oder vielleicht im Flanell verloren, der Leichnam ist

auf dem Trottoir aufrecht gegen die Tür gelehnt stehengeblieben; Paris ist wie keine andere die Stadt, in der die Leichen aufrecht stehenbleiben. Man sieht dort wenig Betrunkene, die Kokainsüchtigen wissen Haltung zu bewahren, es gibt ruhige Häuser für jedes Vergnügen des Mannes, und alles, selbst der Mord, sucht dort das Dunkel auf. An den öffentlichen Orten geben die Akteure Tausender von Dramen ihre Vorstellung. Wenn sich in diesem amerikanischen Orientpalast, in den ich eintrete, manchmal bei einem gewalttätigen Mann ein Ausbruch von Revolte zeigt, dann entreißt ihn sogleich eine Art Strudel seinem Toben und wirft ihn auf die Straße, die Paare haben währenddessen ihren Tanz nicht unterbrochen, und schon sieht man, ihre Smokings wieder zurechtrückend, Joe Zelli und seinen nicht ganz so beleibten Stellvertreter, der ihn nachahmt, zurückkommen; die beiden genügen, um diese vergnügte Ruhe aufrechtzuerhalten, die notfalls auch die Kellner wiederherstellen. Vorsicht, ein Teller Spaghetti verläßt die Küche. Die Neugierigen treten zur Seite. Zelli reibt sich die Hände, läuft zu einigen Gästen: »*A Royal Box* für den Prinz und die Prinzessin von Venedig.« Wie witzig, mein Lieber, wie witzig.
Doch Paris ist eine blutrünstige Stadt. Wo beginnen die Dramen, deren zusammenhanglose Elemente ich Ihnen hier gebe? Der da schlief nicht auf seiner Bank auf dem Boulevard Sébastopol, dieser Mann, an dem die Menge lange achtlos vorbeigegangen war. In den Hallen hab' ich gesehen, wie zwei Frauen, um an einer Tür klingeln zu können, einen Betrunkenen, der sie ihnen versperrte, ein Stück beiseite schieben wollten: der Mann fiel wie ein Block mit seinem Messer und dem schwarzen Blut zu Boden. Unter der Eisenbahnbrücke in der Rue d'Alésia sind einmal sieben Angestellte der Eisenbahnregion West unter die Axt eines einzigen Mannes geraten, über dessen Frau sie sich lustig gemacht hatten. Sie waren betrunken. Ich habe sie gesehen, als sie wieder zu sich kamen, sie waren völlig verschreckt, hatten nichts begriffen, hatten wüst zerschnittene Gesichter, einem von ihnen waren von der Membrane der rechten Karotis bis hinüber zur Membrane der linken Karotis geschickt alle Halsmuskeln durchtrennt worden, man sah die Nerven aus den Wirbellöchern

herausgetreten, und er hielt seinen Kopf in seinen Händen, der heilige Dionysisus als Eisenbahner. Als ich eines Tages gerade in die kleine blaue Bar in der Rue Aubry-le-Boucher eintrat, flogen die Siphons, die Tische und die Messer durch die Luft. Niemand wußte, was passiert war. Sieben Tote. Die Polizisten schleppten die Verletzten weg, denen der Schaum vor dem Mund stand, sowie zwei oder drei brüllende Frauen. Als ich im Lariboisière-Hospital famulierte, verging keine Woche, in der man nicht direkt an der Mauer des Hospitals, an jener dunklen Ecke des Boulevard Barbès und der Rue – wie heißt sie doch noch gleich? –, einen erdolchten Mann, eine zerstückelte Dirne auflas, als ob dieser Platz von der Stadtverwaltung für diese besondere Art von Deponie ausersehen worden war. Im Geist des Mordes herrscht auch so etwas wie Ordnung. Darin scheint der Humor des Mörders zu liegen, er tötet wie man aufräumt. 1924 war ich auf der Place Blanche Zeuge einer Bartholomäusnacht amerikanischer Matrosen: einer von ihnen hatte mit einem Kaffeehaustisch einen Neger zusammengeschlagen. Der offene rote Renault, in den sich die Fliehenden hineingedrängt hatten, wurde von der Menge zum Stehen gebracht, gestikulierend flehten die erschreckten großen weißen Teufel um Gnade, Stöcke wurden in der Luft geschwenkt, und ein Mann stürzt herzu und verschwindet, dann ein Schrei: im Fond des Wagens, der langsam anfährt, liegt jemand, der nie mehr nach Minnesota zurückkehren wird. Eine Stunde später kamen andere Matrosen fröhlich in Montmartre an. Ein Mord geschieht ziemlich unbemerkt. Ein kurz aufzuckendes Interesse trägt ihn davon, dann geht die allgemeine Aufmerksamkeit zur Tagesordnung über. Man räumt auf, man räumt auf. Die Straßen sind für die Wagen und die Prostitution da. Fliegende Händler ziehen viel mehr Gaffer an als Dramen. Im oberen Teil der Rue Blanche hörte ich im Haus der Modistin eine Frau brüllen, sie gelangte bis zur Tür, rüttelte an ihr, schrie nach draußen. Der Concierge wollte ihr nicht öffnen. Einige Leute waren stehengeblieben, verloren dann das Interesse. Drinnen schleppte man die Frau weg. Ihre Schreie wurden immer leiser.

Erst angesichts des Todes verlieren die Opfer plötzlich das Maß und den menschlichen Anstand, und sie schreien hinaus und fuchteln mit den Armen und bluten, ihre Frisuren lösen sich auf. Bis dahin hatte sie nichts von den anderen Passanten unterschieden. Nichts kündigte ihr tragisches Schicksal an. Auf ihren Gesichtern lag sogar Freude. Doch Paris ist eine blutrünstige Stadt. Und wollen Sie in dem Augenblick, da in diesem von Musik und Licht erfüllten *Zelli's* die Idee des gewaltsamen Todes ferner ist als je, auch nur ein einziges Wort von dem verstehen, was dieser professionelle Anschein von Glück nie verraten wird, dann halten Sie sich in der Nacht Ihrer Phantasie immer wieder den aufrecht stehenden Leichnam vor Augen, der nur ein purpurfarbenes Konfetti auf dem Herzen trägt.

VI

Man nennt sie Carmen, weil sie braunhäutig ist, ziemlich klein, nach spanischer Art frisiert, das heißt sie trägt glattes, gescheiteltes, eng anliegendes Haar, eine Schmachtlocke in Fragezeichenform mitten auf die Stirn geklatscht, und oft ein Dreieckstuch. Ihre Zähne stehen ein bißchen zu weit auseinander, sie streckt den Hals, als ob man sie ohrfeigen wollte, dabei ist sie doch ganz schön kräftig. Sie läßt einen ihren Bizeps befühlen. Sie hat an den Wettkämpfen der Frauen bei den Olympischen Spielen teilgenommen, das war die große Illusion ihrer Existenz. Sie hatte gedacht, durch den Sport aus einem Leben herauszukommen, das ihr nicht viel Spaß macht, weil sie keinen besonderen Erfolg hat und weil es anstrengend ist. Sie hatte Prospekte gelesen, sie hatte einen Burschen aus Joinville kennengelernt. Und wie sie trainiert hat! Tennis, mein Lieber, Laufen, Hochsprung. Vor allem Laufen war ihre Spezialität. Und jeden Morgen, manchmal ohne geschlafen zu haben, raus aus dem *Zelli's*, irgendwo einen Bissen zu sich nehmen, dann hinein in den Bois und für den Wettkampf trainieren, mitten im Winter, das mußt du dir mal vorstellen. Wenn sie den Sieg schafft, würde ein ganz anderes Leben beginnen. Hirngespinste. Ich hab's knapp verfehlt. Yvonne hat gewonnen, du kennst sie doch, Yvonne?, eine große Blonde. So ist halt das Leben. Dabei treibt die immer noch das gleiche Gewerbe wie vorher, als ob sich das dann gelohnt hat. Carmen aber hatte sich ihrer Tochter wegen ins Zeug gelegt. Fünf Jahre alt ist sie. Sieht sie ihrer Mutter ähnlich? Das Photo versinkt wieder zwischen ihren Brüsten. Ich habe richtig Durst. Du gestattest. Aber mit einem anderen Strohhalm. Bankangestellter ist er, der Vater der Kleinen. Am Tennisspielen lag mir gar nicht so viel. Nicht daß ich krank bin, aber aus dem gleichen Strohhalm trinken, so was tut man nicht. Kennst du John? Manchmal singt er hier. Wenn du nett wärst, weißt du, was du mir dann spendieren würdest? Oh, wenn ich Yvonne gewesen wäre ... Einen Kirsch. Nein, ich habe nie etwas gehabt, das ist geradezu erstaunlich. Das kostet dich nicht viel, und ich bin dann gut angeschrieben, verstehst du. Nein, die Kleine, die ist nicht von John, von einem Bankangestellten, sag' ich dir doch. Nein, aber gib mir eine Zigarette. Ein Kirsch, für Monsieur. Nicht wahr? Der ist seit Monaten mein Liebhaber. Leider spricht er nicht Französisch. Ah, siehst du die da? Die trägt ihr Kleid vom vorigen Jahr, sie hat bloß einen Kasack drübergeworfen. Kirsch mag' ich gern. Wenn ich nur wenigstens Englisch schreiben könnte. Sprechen tue ich es ein bißchen. Yvonne ist nicht sehr kameradschaftlich. Neulich abends, stell dir vor. Aber eigentlich könntest du es für mich schreiben, wenn ich dir sagen würde, was ich sagen will. Ja, da reißt sie einen Typ auf, der mit Germaine zusammen war, nein, nicht mit der deinen, Mémène, sondern mit einer, die den Mund so hat. Wir erledigen das gleich nachher. Glaubst du, daß Milchkaffee am Morgen gut ist? Ich meine für die Kleine. Du wirst sie sehen. Ah, wie doof bin ich mir vorgekommen, als ich sah, daß ich schwanger war. Und jetzt mag ich sie gern. Hast du John schon mal gesehen? Er spielt den Eingeschnappten. Doch wir haben uns wieder versöhnt. Durch einen Freund hat er mir's sagen lassen. Und dann tanzt sie noch der Germaine an der Nase vorbei, dieses Dreckstück. Verzeih, das ist mir so herausgerutscht. Du gestattest? Ich muß schnell einem alten Freund was sagen. Sie verläßt mich und geht zu einem gräßlichen amerikanischen Greis mit einem Haselnußteint unter seinen weißen Haaren. Von diesen Gestalten gibt's hier an die dreißig. Mehrere von ihnen hat dieser fürchterliche kleine Italiener Zito, der von einem Tisch zum andern seine Bücklinge

macht, in Karikaturen an den Wänden festgehalten. Man kann sie identifizieren. Auch den, dessen Porträt größer ist als die übrigen, eine Art verwahrloster Clergyman mit einem faden Backsteingesicht unter dem Schneehaar, klaffenden Manteltaschen, einem Lorgnon an einer langen, runden, schwarzen Schnur und einem Regenschirm, der an der Kupferstange der Bartheke hängt.
Ich liebe diese Reklameaschenbecher, die unwahrscheinliche Whiskys und Tabake anpreisen. Wie viele von ihnen habe ich mitgehen lassen!
Die Bar des *Zelli's* liegt links vom Eingang, sie ist gleichsam ein langer Wandschrank, in dem man kaum hin und her gehen kann und der parallel zu dem auf die Straße führenden Flur läuft. Mit fünf oder sechs Hockern, die entlang der ganzen Theke ein paar Frauen, ein paar Trinkern eine Art Hochsitz bieten, und mit ein paar sich an die Wand lehnenden Schwätzern. An der Wand hingen ungeschickt gemalte Bilder mit einer Rennbahn, auf der Frauen vom Pferde stiegen und dabei ihre Röcke zu Fallschirmen hochhoben. Man hatte ihnen das Geschlecht mit Bleistift eingezeichnet. Das ist mit dem Jahr 1925 verschwunden. Zwei Barkeeper. Und an der Kasse Madame Zelli, eine dicke Blonde mit schmalen Lippen. Die Finger mit Ringen beladen. Diamanten, und was für welche. Man sagt, das Haus gehöre ihr. Die Höhe des Umsatzes geht leise von Mund zu Mund. Man spricht von hunderttausend an einem Samstagabend. Vielleicht liegt man dabei noch unter der tatsächlichen Summe. Das Musikprogramm besteht abwechselnd aus ein oder zwei Foxtrotts, einem Tango, einer französischen Melodie, Java oder Marsch; zwei Kapellen lösen sich einander ab, die eine für das französische und spanische, die andere für das englische und amerikanische Repertoire. Sprache der Blechinstrumente. Dann wird alles wegen einer kurzen Darbietung unterbrochen, und schließlich bilden sich erneut die Paare.
Der Vorteil der Bar ist, daß die Getränke bei sechs, acht, zehn Francs liegen. Man setzt sich nicht hin, aber man kann herumschauen, herumgehen, tanzen. Man begibt sich in den ersten Stock und stützt sich aufs Geländer. Man sieht dann eine Filmvorführung. Wovon mag Carmen wohl leben? Sie läßt

sich etwas zum Trinken spendieren, aber das ist auch alles. Ich habe sie niemals einen Gast mitnehmen sehen. Oder wenn, dann gab es ein großes Hallo. Sie ist nicht eigentlich häßlich. Aber Sie wissen, was ein Dienstmädchen ist, ich sage nicht Zimmermädchen, ein Dienstmädchen. Es ist unglaublich, wie Zelli von seinem Stellvertreter imitiert wird. Diese Art Ritus vor den Show-Einlagen, Trommelwirbel, Zelli oder sein Schatten gibt mit weit ausholendem Arm Befehl zum »Feuer«, hält es dann plötzlich mit dem ausgestreckten Zeigefinger an, geht mit einem Bein ins Knie und dreht sich selig lächelnd um. »Heute abend haben wir das espezielle Vergnügen ...«, und sein Englisch ist vom selben Kaliber. Marthe sieht heute abend besonders schön aus. Das Beige steht ihr gut. Germaine gibt mir komplizenhaft ein Zeichen und verschwindet in der Bar mit einem jungen rothaarigen Amerikaner, der bereits im Alkohol und in der Liebe versinkt. Schon wieder dieses kleine, braunhaarige spanische Tänzerpaar mit den breiten, von stereotyper Liebenswürdigkeit gespaltenen Mündern, beide im Frack, aber einem weißen. Die Frau mit fülligem Haar unter dem Zylinder. Die albernen Handschuhe und das idiotische Stöckchen. Und das Karussell beginnt. Alles, was die Vereinigten Staaten jedes Jahr nach Frankreich schicken, hier drängt es sich zusammen. O ihr weiten Ebenen des Middle West! Der junge Mann, der eure Dörfer und eure Städte verläßt in der Gewißheit, hier sein heimatliches Näseln sprechen zu können, bringt seine Naivität und seine Gelüste mit. Man kann an diesen Gesichtern ablesen, aus welchem mehr oder weniger weitgereisten Dampfer diese großen Jungen ausgestiegen sind. Auch an ihrer Ungezwungenheit, so wie man das Alter der Bäume an den Ringen des Holzes erkennt. Ist das die Yvonne, von der Carmen gesprochen hatte? Es gibt drei oder vier Yvonnes hier. Eine von ihnen ist schwanger. Man weiß nicht, von wem. Ich will sagen, sie weiß es nicht.

Der kleinen Jeanne, die immer nur von ihren Krankenhausaufenthalten spricht, weiche ich aus. Die große Jeanne ist eine schlaffe, geistesabwesende Belgierin mit sehr schönen Armen. Sie ist unzuverlässig. Sie hat einen Liebhaber. An manchen Abenden taucht sie gar nicht auf. Die elegantesten Leute hier sind ein paar Italiener, Freunde von Zito, geschniegelt und gebügelt, in dunklen Anzügen mit schönen, hellen Krawatten. Sie essen nebenan bei Arsène zu Abend. Später sind sie hier herüben. Manchmal im *Palermo*. Was machen sie beruflich? Sie erscheinen jeweils nur zu zweit oder zu dritt. Insgesamt sind es vielleicht zehn. Einer von ihnen hat diese abscheulichen schwarzen Augenbrauen, die ich nicht ausstehen kann, und ein anderer hat kein Kinn, wie Chirico. Oft treffen mich hier Freunde. Sie kommen, schauen sich um. Und wenn sie mich nicht sehen, fragen sie bei den Garderobenfrauen nach mir. Sie schließen sich mir an. Wir ziehen von der Bar zu den Säulen, die den Balkon am Eingang des Tanzsaales stützen. Über uns befindet sich der Projektionsapparat. Oder wir trinken etwas. Oder wir wechseln ein paar Worte mit den Frauen. Die Freunde, die mit mir hierherkommen, unterhalten sich kaum mit mir. Man hat dazu auch wenig Möglichkeit bei all dem Lärm, vom Jazz bis zu den amerikanischen Lachsalven. Es sei denn, sie wollen es absolut. Das passiert selten, es würde mich bei uns auch wundern.

Es reicht gerade für ein Wort hier, ein Wort da.

Plötzlich stürmt eine Fußballmannschaft herein, der Kapitän an der Spitze, im Spielertrikot. Sie haben schon wieder die Franzosen in Colombes geschlagen. Man spielt Nationallieder, nicht gerade die Marseillaise, aber den *Yankee Doodle* und die *Madelon*, vielleicht auch *Swanee River*. Und schon wird das Team melancholisch.

Manchmal sind hier Frauen von solcher Schönheit, daß ihr Erscheinen wie ein schwerer Messerhieb in den Fond des Saales wirkt. Wenn ihr Mantel von ihren nackten Schultern über die Perlen gleitet und die blendende Haut leuchtet, dann verstummen die Dirnen, sie betrachten die Männer, die in ihrem Kragen über dem weißen, gewölbten Plastron stecken – ein Knopf ist vielleicht abgesprungen –, und sie taxieren die Männer. Aber die Männer, ich will sagen, die anderen Männer, wenden sich von ihren Partnerinnen ab und schauen zu, wie diese strahlenden Gestalten langsam Platz nehmen. Während Zelli sich eifrig um sie bemüht. Während die Kapelle abgelöst wird, der Pianist Pause macht und etwas trinken geht. Während ich mich auf die andere Seite begebe, um besser zu sehen.

Die Macht des Blickes – selbst wenn er abstrakter Natur ist, liegt er, lastet er auf mir. Dieser außergewöhnliche gewöhnliche Weg der Liebessehnsucht war immer eine Herausforderung an die Präzisionszangen, die Zirkel der Physiologen und der Kartographen. Und so viele Blicke sind nur Degenhiebe ins Wasser, bis schließlich einer von ihnen die Luft und dieses Herz durchdringt, dann tritt durch diesen Riß eine namenlose NEUHEIT zutage, und ein Leben beginnt in einem Körper, der selbst die Existenz des Lebens vergessen zu haben schien.

Ich habe von Wüste zu Wüste gelebt, im Kopf die Erinnerung an den Bericht von Reisenden, denen ich begegnet war und die die legendären Landschaften der Städte durchquert hatten. Dort, scheint es, ist man nicht allein. Ich habe niemals Städte gesehen, die müssen etwas ganz Seltsames sein. Durch euch, ihr Blicke, mache ich mir eine Vorstellung von den Städten, eine berauschende Vorstellung, jener ähnlich, die sich von den Frauen im mythologischen Lyon ein Dichter namens Scève machte, wie das vergrößerte Bild jenes Mannes, der sich einst eine Hand auf den schwarzen Diamanten des Heroismus verbrannte, – jener Vorstellung ähnlich, die er in seiner zarten Hand hielt, der Vorstellung von den Frauen, die sich, kaum hielt er sie in seinem Delirium fest, immer mehr, immer mehr verflüchtigten. O *Leiden und doch nicht leiden** – so signierte deine Hand –, widme du deiner Délie den Widerruf deiner Lyra: dulde endlich, daß man dir zuhört, und leite mich über die heiligen Wege der Liebe zu dem Blick zurück, der im Osten auf das Straucheln und seine Hügel gerichtet ist.

Um vom Blick zu sprechen, bedarf es einer Sprache der Seufzer, die man dann wieder aufgeben muß. Ich werde von den Blicken verfolgt, den wenigen Blicken, die bis zu mir gelangt sind. Sie kommen nicht allein zurück, diese Phantome der Faszination. Rund um ihre stählernen Stiele, wie um die

* Wahlspruch des Dichters Maurice Scève im Widmungsgedicht seines Lyrikbandes *Délie* (1544) (Anm. d. Ü.).

Nabe eines illusorischen Rades, und es dreht sich!, formt sich der Dekor der entschwundenen Orte, an denen dieser Ventilator, ich will sagen der Blick – jedesmal wenn man nicht weiß, wovon ich spreche, spreche ich vom Blick –, an denen dieser Schröpfkopf, an denen dieser Diabolo, dieses Wespennest, diese Schattenebene, dieser Bahnübergang, dieser Steam-swing, dieser Dämon, diese Halbtrauer, dieses Gestirn, an denen der Blick, der umgestürzte Himmel, der Champagner, der Puder, der Kuß, ich meine, an denen der Blick, ich sage es nicht mehr, ich will es sagen, an denen, zum Teufel, ich werde es sagen, schon tief in meiner Kehle das Stimmzeichen dieser punktierten Linie erlischt, die den hypnotischen Schlaf, das Erschauern, die Schere des Blutes, den Augenmoschus mit der Lust verknüpft, an denen der Blick ein für allemal in die Irre ging. O Palast meines Denkens, ihr Kirchen meiner Verwirrung. Hier, da. Im Café sind wie zufällig das Auge und der Kaffee so schwarz. *Brasserie Lorraine* auf der Place des Ternes gegen drei Uhr nachmittags.

Dieses Café besteht aus zwei Räumen, und der zweite, der auf die Rue du Faubourg Saint-Honoré führt und etwas höher liegt, dient heute bloß mehr als Restaurant, stand aber damals denen offen, die nur eine Kleinigkeit zu sich nehmen wollten. Ich lege Wert auf die Angabe, daß ich mit dem Rücken zum übrigen Etablissement auf der Plattform saß, die sich am Fuß des auf einem dunkelgrünen Sockel ruhenden Mittelpfeilers aus falschem gelbem Marmor befand. Auf dem Tisch lag ein Reklamelöschblatt *Tomysette*, und wenn ich mich recht erinnere, standen darauf zwei kegelstumpfförmige Dubonnet-Pyrogene, einer neben dem andern. Der Kellner war noch nicht mit dem Wischlappen über die Tischplatte gefahren, was sie von einer Spur grüner Minze gereinigt hätte, die ein Vorgänger hinterlassen hatte, den ich durch nichts anderes als eben dadurch kannte, und das hinderte mich daran, meinen Arm auf den Tisch zu stützen; schließlich sehe ich wieder den frisch über die Bodenfliesen gestreuten Sand vor mir, den Gang, aber nicht das Gesicht der Kellner, des Geschäftsführers, die durchschnittliche Dichte der Beobachter der Szene, die links stärker war als rechts, und ich sehe am Fenster, das die Ecke des Platzes und des Faubourg bildet, am einzigen

Tisch, der vor ihm steht, mit dem Tageslicht hinter sich, eine Frau sitzen, zu meiner Rechten also und dem Saale gegenüber, so daß ich mich auf meiner Bank kaum umzudrehen brauchte, während ich sie betrachtete, wobei ich mich vor allem wegen besagter grüner Minze selbst ein bißchen zurücklehnte, eine Frau wie viele andere, mit ziemlich braunem Teint; ihren Körper konnte ich mehr erahnen als wahrnehmen, versteckt wie er war von den Stühlen, dem Tisch, dem Schatten, den Gläsern, der hingestellten Handtasche und vor allem von der Bewegung, mit der sie ihre rechte Schulter vorschob und im Gegenlicht ihre gar nicht so kleinen Brüste verschwinden ließ, und ich verweilte kaum bei ihrem Nacken, eine Frau, die, geschah es mechanisch?, einen ruhigen sperrklinkenhaften Blick auf mich richtete.

Die *Brasserie Lorraine* ist in meinen Erinnerungen ein Mittelpunkt von Fabeln. Fabeln von unterschiedlichen Bedeutungen. Fabeln. Ich erinnere mich. Ich habe vergessen. Der seltsame Bursche, der ich war, bleibt mir nicht durch jede seiner Gesten und jede seiner Ausbrüche in rührender Erinnerung. Die *Brasserie Lorraine* ist ein ziemlich nichtssagender Ort, in dem eine Idee des Lebens mit dem Tode ringt. Jeden Abend fängt sie in ihren Fensterscheiben und ihren gestreiften Vorhängen nutzloserweise die goldenen Strahlen der untergehenden Sonne ein. Wenn sie nicht mehr wissen, was sie tun sollen, wenn ihr Pekinese in den Kissen aus den Trois-Quartiers vor sich hinschnarcht, eine Pagodenhoffnung in die Nacht mit fortnehmend, wenn das Dienstmädchen Ausgang hat und ihr Dienst und die bestickte Schürze ruht, dann begeben sich die ausgehaltenen Frauen aus dem Ternes-Viertel in die *Lorraine*, ziehen aus einem modischen Täschchen, das sie vielleicht beim Friseur gekauft haben, die unvermeidlichen Abdullahs heraus und verrauchen dort vor einem Damenlikör die hohlen Stunden, während derer ihr Liebhaber arbeitet, während derer ihr Gigolo schläft. In diesem Müßiggang, der der Verzweiflung der jungen Männer ähnelt, die es nicht fertiggebracht haben, Bankiers oder Zuhälter zu werden, vermögen sie dann zu verstehen, was ich, auf den Bänken der Brasserie herumlungernd, so treibe; wenn sie dann das Feuer, das meine Asche in Wirklichkeit verbirgt, erahnen, ist der

Augenblick gekommen, der sie mir nahebringt, und unsere Blicke kreuzen sich, unsere Blicke. Jede Minute im Leben eines Mannes hat die Bedeutung, die man der Agonie beimißt.

Im Grunde hatte ich die *Brasserie Lorraine* recht gern. War sie doch für mich, der ich in Neuilly wohnte, eine Raststätte, die es mir ersparte, nach Hause fahren zu müssen. Später hatte sich das verändert, wie mein Blut, wie mein Leben. Der Sommer erschien mir an diesem Ort unvergleichlich. Gegen fünf Uhr brach dort die Musik los. Ouvertüren und Variationen. Verstohlen beobachtete ich da, wie man sich traf, wie man sich sitzen ließ. Ich war eifersüchtig auf diese Männer, auf die man wartete. Etwa zur selben Zeit schwebte die Frau – und die bloße Idee der Frau brachte meine Atmung zum Stokken –, wie eine Wolke über einem Schiff, so fern über dem Meer, daß man sie mit den lächerlichen Instrumenten der Wissenschaft nicht mehr hätte sehen können. Ich strandete am Fuß der Spiegel, und da ich keinen Byrrh-Cassis mochte, bestellte ich aufs Geratewohl die angepriesenen, für mich neuen Getränke, deren absurde Namen mir wie die unwahrscheinlicher Tropeninseln nicht aus dem Kopf gingen. Da wehte manchmal über dieses einfallsreiche Sargasso-Meer der warme, gewitterschwangere Wind, der aus den Augen kommt und in Böen an den Stränden des Fleisches erstirbt. Plötzlich fühlte ich mich beobachtet: ich war berauscht.

Die Frau, von der ich sprach, bewegte sich nicht, wenn man sagen kann, daß eine Frau, die einen anschaut, unbeweglich ist. Kaum hatte ich ihre auffallend kleinen Zähne und die blauen Ringe an ihren Fingern bemerken können, da war ich schon buchstäblich in Stein verwandelt. Ich falle nicht leicht Zyklonen anheim. Oft habe ich sogar von mir gedacht, daß ich alles in allem doch eine recht arme Natur bin. Das Begehren steht mir nicht einfach so zu Diensten. Aber wenn es sich meines Atems bemächtigt, dann ist es Herr über mich, und ich habe es niemals verspürt, ohne dabei an ein Wunder glauben zu müssen. Meine linke Hand ruhte sanft auf dem Moleskin, und die rechte spielte mit meinem Glase und dem Untersatz. Meine Augen boten sich einfach der gleichgültigen Nadel des Blickes dar. Sah sie mich? Sie sah mich. Sie sah

mich, sie starrte mich an. Ich spreche von der Frau, die ihren Lippenstift herausgezogen hatte und ihn ohne Spiegel ihrer ein wenig fetten Lippe näherte.
Im allgemeinen gerate ich ziemlich langsam in Erregung. Ich glaube nicht einzig und allein meinen Augen, bevor ich den Kopf verliere. Wie jedermann bin ich ziemlich ängstlich, was die Dinge des Körpers betrifft. Hänge ziemlich von meinem Schamgefühl und meinen Gewohnheiten ab. Man muß mich zum Taumel zwingen. Oder wenigstens mich zu ihm einladen. Aber in diesem Blick lag nicht der Schatten einer Bitte. Nicht einmal ein Befehl, ein Wort, eine Zweideutigkeit, ein Schatten. Es war ein stiller, leerer Blick, doch ein andauernder Blick. Ich schwöre Ihnen, daß ich gewöhnlich nicht so bin! Übrigens ist das verständlich. Jedenfalls war mir das noch nie passiert. Ich weiß nicht, ob es etwas Ungeheuerliches ist, ob Ihnen so etwas zehn-, zwanzigmal im Jahr zustößt. Mir jedenfalls ist es niemals passiert. Weder vorher noch nachher. Und der Dämon weiß, wie mir manchmal schon ein bloßer Name den Kopf verdreht hat. Was war das für eine Frau? Ich fragte es mich nicht, war sie denn überhaupt dermaßen schön und verwirrend? Nicht sie war es, nicht einmal ihre Augen. Sondern ihr Blick. Sondern der Blick. Jedenfalls ging ihr nichts von meinem Gesicht verloren, und meine Verlegenheit steigerte sich zum Äußersten, als ich inmitten meiner Erregung ohne jeden Zweifel sah, daß sie auf meinen Zügen die kurze Zuckung der Lust wahrgenommen hatte. Zwischen ihr und mir lagen fast vier Meter, ich hatte mich überhaupt nicht bewegt. Der Ausbruch war so plötzlich gekommen, daß ich nicht daran gedacht hatte, zu lügen. Sie hatte gesehen, und richtig gesehen.
Während ich mich in den Wolken, im Baumwollstoff, im Nebel mit meinem Staunen auseinandersetzte und mit der Beschämung auch die gleichgültige Miene zurückgewann, betrachtete ich die Kuchen auf dem Teller, zwei Éclairs und ein Crèmetörtchen; etwas weiter weg war der Lippenstift in der Handtasche verschwunden, die Handschuhe bewegten sich, das zurückgelassene Trinkgeld lag auf dem Tisch, die Strahlen der Sonne vermischten sich mit den Schatten des Aufbruchs, und die Frau glitt zwischen den Gästen hindurch. In diesem

Augenblick *mußte* ich wegschauen. Als ich mich umdrehte, war die Frau schon hinausgegangen. Etwas Goldenes schwebte prachtvoll hinter den Glasscheiben.

VIII

Man verbringt seine Zeit, wie sich's gerade ergibt. Niemand hat sich offenbar die Mühe gemacht, den Platz einzuschätzen, den das Flanieren im Leben eines Menschen einnimmt. Sie sind ein fauler Kerl, wird man mir sagen. Mein Gesprächspartner würde nicht erröten, wenn ich ihn dabei anblickte. Nichts vergißt man so leicht wie diese großen Lücken im Alltagsleben. In Wirklichkeit bin ich, glaube ich, etwas weniger faul als sonst jemand, da ich ja die Erinnerung an meine Flanerien bewahrt habe.

Paris bietet meinesgleichen einen Abwechslungsreichtum, der ein wunderbarer Alkohol ist. Ich war versessen auf gewisse Orte; nicht daß sie mir besonders gefielen, aber ich war darauf versessen, zu ihnen zurückzukehren. Mein Leben wurde immer wieder plötzlich von einem Ort, an dem ich Fuß gefaßt hatte, aus dem Gleichgewicht geworfen. So findet der Schwimmer eine Insel, ein Riff. Ich bin in allen Stadtvierteln aus dem Wasser gestiegen. Ich gelangte zum Beispiel in einem Juli ins *Canon de Grenelle* in der Nähe der Métro Motte-Picquet, das ist ein Café-Tabac mit zwei Sälen, der rechte geht in die Breite und macht mit der Theke eine Biegung an der Ecke einer Straße, der zweite geht in die Tiefe, mit den Billards im Hintergrund. Ganz früh am Morgen herrscht dort eine unglaubliche Betriebsamkeit, Gemüse rechts, Zeitungen links. Die Zeitungsverkäufer falten die Morgenblätter zusammen, und die fette Druckerschwärze verschmutzt die marmorne Tischplatte, Männer in blauem Arbeitskittel gießen stehend die schwarze Zichorie hinunter. Im Laufe des Tages kehrt hier dann allmählich eine gewisse Einsamkeit zurück. Man trifft dort Liebespaare. Soldaten. Es ist ein Kasernenviertel.

In einem anderen Jahr saß ich zu Beginn des Sommers jeden Nachmittag in der *Brasserie de la Taverne du Clair de Lune*; sie lag dort, wo die Rue Oberkampf auf die äußeren Boulevards stößt, dort, wo diese den Namen ändern, wo aus dem Boulevard de Belleville der Boulevard de Ménilmontant wird. Es ist ein recht verlassener Ort, von dem aus ich bequem das Hin und Her eines ganzen Volkes am Berührungspunkt dreier Stadtviertel beobachten konnte. Auf der anderen Seite der Straße befand sich die Badeanstalt Oberkampf, in die ich ein oder zwei Stunden vorher schwimmen gegangen war, und ein Friseur, der seiner Kundschaft zwanzig Haarkünstler anpreist, aber jede Verantwortung für das Abhandenkommen von Gegenständen, die an den Mantelhaken hängen, ablehnt. Mehr als anderswo und ohne daß ich darauf geachtet hätte, bildete sich an diesem Kreuzpunkt ein Entschluß in mir heraus, und plötzlich ließ ich ein Berufsziel sausen, für das ich seit sechs Jahren studiert hatte.

Erst zwei Jahre später machte ich es mir dann zur Gewohnheit, Männchen auf die Tische eines Cafés zu zeichnen, das vom *Clair de Lune* nur durch den Boulevard getrennt war. *A la Vielleuse*, an der Ecke der Rue de Belleville, ist ein riesiges Café, das durch gläserne Halbtrennwände in mehrere Säle aufgeteilt ist, und der große Spiegel über der Theke, der während eines unlängst geführten Krieges von einer Granate der Dicken Berta getroffen wurde, ist immer noch zersprungen; auf ihn ist Fauchon-la-Vielleuse mit ihrem Instrument gemalt und dazu ein Vierzeiler, der ihren Mut unter dem Geschützfeuer preist; denn sie hat nicht zu spielen aufgehört, und ihre Stimme übertönte die der Kanone. Hier fangen die Kellner an, die Gäste zu duzen. Wenn die Reisenden von gewissen Häfen, Marseille oder Brindisi, – um so kurz wie möglich den Kampf der Berge zu bezeichnen, der sich dort abspielt –, gerne sagen: »das ist das Tor zum Orient«, was wird man dann an der Schwelle der leidenschaftlichen Stadtviertel Belleville und Ménilmontant von diesem glänzenden, lauten, zügellosen Café voller Mützen und Legenden sagen, in dem die Schlägereien beginnen, wenn die Lichter angehen, und ist das etwa nicht das Tor zu einem moralischen Orient, der malerischer und subtiler ist als der der Zinkwasserpfeifen und der Teppichhändler? In diesem Schmelztiegel, in dem gegen sechs Uhr die großen Raubkatzen der oberen Viertel etwas trinken kommen, nannte man mich für gewöhnlich Monsieur

Marcel. Ich war ein Reisender in Posamenten, der es nicht verschmähte, mit dem einen oder anderen zu plaudern. Ich hatte dem Fräulein an der Kasse ein paar Muster meiner Waren geschenkt. Ich erhielt Briefe, die mir der Kellner augenzwinkernd zusteckte. Eine sonderbare Korrespondenz. Die gar nicht für mich bestimmt war. Ich kannte damals ziemlich romaneske Leute. Übrigens war das Jahr 23 im wesentlichen ein Jahr von Romanen, wie sie Gefangenen durch den Kopf gehen. Ich sehe mich so ziemlich überall herumsitzen, in der *Torpille*, in der Rue du Faubourg Saint-Honoré, um die Hausnummer 200 herum; im *Tout va bien* an der Porte Maillot; später im *Dupont* auf der Place Clichy, am Fenster der ersten Etage; im Salon *Violettera*; im Kellergeschoß des *Dupont* auf dem Boulevard Barbès, im Wintergarten; ich sehe mich überall wieder, mir so ähnlich und doch dem so unähnlich, der ich im Augenblick bin. Wenn ich mich so in meiner Erinnerung wieder in den Griff bekomme, wenn ich plötzlich in einem dieser provisorischen Paläste mein träumendes Abbild überrasche, während ich mit dem Stiel des Glases spiele oder in der Leere einen Gedanken festhalte, der mir entschwinden will, frage ich mich, welcher allgemeinen Vorstellung dieser Junge entsprach, der meinen Namen trug, dieser Körper, der mir ähnlich war. Ich habe immer gedacht, wenn man der Flucht der Ideen eine Statue errichten wollte, dann könnte der Bildhauer kein besseres Modell finden als mich.

IX

Was ist das doch, dieses Paris!! Es gibt da die Provinz und das Ausland, und an jeder Kuhle dieser Kategorien der Erde gibt es für die verlorenen Stunden, für den Augenblick, in dem ein Mann sein eigenes Herz schlagen hören möchte, zehn, hundert, tausendundeinen dieser Orte, deren Möblierung zwar je nach der Gitterstange des geographischen Gefängnisses variiert, an denen sich aber die Augen der ungleichen, so ganz verschieden gekleideten Gäste mehr durch eine analoge Sehnsucht als durch den Alkohol röten; und aus dieser Analogie besteht die Verachtung, die sie alle vereint,

diese wirklichen Weisen, die eine Verhöhnung des universalen Treibens darstellen.
Und was wäre auch die menschliche Sinnlichkeit, zu welch armer Gewohnheit würde sie schließlich zusammenschrumpfen, gäbe es nicht diese unzähligen Treibhäuser der Trägheit und des Müßigganges, die man hier Cafés nennt und andernorts mit anderen Vokabeln bezeichnet, die Familienmütter erbleichen lassen können? Das ist für den Tag, aber wenn die Nacht die Lichtertreppe herabsteigt, wenn sie ihre Mantille für den Ball ablegt, dann entlehnt die Flanerie dem subtilen Mulattenkörper der Nacht eine Mannigfaltigkeit, die der Sonne für immer unbekannt bleibt. In der Dunkelheit verliert man seine Zeit so ziemlich überall: die Straßen, die Promenaden eignen sich gut dazu, die Bordelle flammen auf, die Cafés verwandeln sich, Musik durchdringt die Luft, und der Bienenstock ist, während die Flugbienen schlafen, die Beute der Hornissen. Doch haben unter den unzähligen Modalitäten dieser öffentlichen Häuser, in denen die Freiheit das Wort führt, die Männer meines Alters besonders eine Erfindung geliebt, die aus ihrer eigenen Zeit stammt und die diese auch kennzeichnet: das *Dancing*, das ich mich weigere, als eine schleichende moderne Deformierung jener Tanzböden zu betrachten, die die vorangegangenen Generationen gekannt haben. Man braucht mich nicht an das alte Moulin Rouge oder an die Abbaye de Thélème zu erinnern, so wie sie in der weit zurückliegenden Zeit der Steinheil-Affäre und der Eroberung Marokkos im Schwange waren. Der Reiz des Dancing beruht auf seiner ganz eigenen Atmosphäre, auf seiner Musik und auf dem Fluktuieren von Menschengruppen, die ihre Voraussetzung sind, von weit her gekommene Männer, die ein bißchen mit den Fingern schnalzen, Frauen, denen ein bißchen Geheimnis aus den Zähnen bleckt. Es sind Nomaden ganz spezieller Art, die für das Leben dieses Jahrhunderts, für seine Städte das darstellen, was die von fernen Horizonten singenden Zigeuner für das Mittelalter darstellten. Die Neuauflage der Romani kommt jetzt nicht mehr von den undurchsichtigen Grenzen Arabiens, aus dem weiten Gebiet, das von dem mit Hunnen bastardisierten Mitteleuropa bis zu den goldenen Gärten der spanischen Hesperiden reicht. Im

einen Jahr hat Argentinien Paris mit seinen zweifelhaften Gestalten eingedeckt, in einem anderen Jahr hat der Pazifik in einer Riesenwoge die aschfarbenen Hawaiianer fortgeschwemmt und sie mit ihren Schluchzerkonzerten in Montmartre abgesetzt. Dann kamen die Russen, Dolche und Pelze, um in Paris zu stöhnen. Dann die Neger aus Amerika, und diese haben wie ein Tintenklecks die Umgebung der Place Saint-Georges in Besitz genommen. So wird die Stadt um die Nachtlokale herum von einem gewaltigen, unregelmäßigen Körper infiltriert, der nur von der menschlichen Sinnlichkeit lebt, von den Augen, den Ohren und dem Sex des andern, und der aufgrund einer seltsamen Kombination gleichzeitig etwas vom legendären Montparnasse der Künstler, von den verbotenen Vierteln, von den Hafenstädten und von allen Gauner- und Bettlerrevieren vergangener Zeiten hat.

Die Spieler bizarrer Instrumente, die Tänzerinnen der Show-Einlagen, ihre Freunde, ja sogar ihre Familien, ein paar Trunkenbolde, die letztlich die Gewohnheit und das Trinken mit diesem Besuchervolk verbinden, das manchmal unglaublich bürgerlich und manchmal romantischer und verrückter ist, als man es sich vorstellen kann, ballten sich zusammen, wie es der Zufall der Begegnungen und mehr noch der Zufall der Nationalitäten ergab. Neben den Dancings, in denen sie arbeiten, haben diese Leute ihren Lieblingsort, an dem sie sich spät in der Nacht, früh am Morgen, zusammenfinden, an dem sie oft, bevor die Stunde des Orchesters oder des Tanzes gekommen ist, herumsitzen. Bars, Cafés, all das nimmt ein Aussehen an, in dem Paris nicht mehr gegenwärtig ist. Ich bin oft in diese fremde Welt eingetaucht, in diese Rußlands, diese Floridas im Miniaturformat. Mit Michel Leiris begab ich mich vor nicht so langer Zeit besonders gern in ein kleines Lokal am unteren Ende der Rue Pigalle, ins *Fred Payne's*, eine enge Bar mit drei Tischen und der Theke, ein Ort, der geradezu pervers auf London macht. Das ist vielleicht das vollkommene Beispiel jener Örtlichkeiten, von denen ich gerade gesprochen habe.

Das Leben beginnt hier gegen vier Uhr nachmittags, wenn diejenigen, die ihrer Gewohnheit gemäß erst im Morgengrauen zu Bett gegangen sind, die Straße und den Tag wiederfinden und sich einer Nacht entledigen, die ihren Augen eigen ist, indem sie Spiegeleier mit Speck auf dem roten Holz der Tische essen. Alles ist noch still, auf die notwendigen Bewegungen beschränkt. Auch dunkel. Erst wenn die vage Helligkeit der Straßenlaternen aufgeht, werden drinnen auf ein Zeichen des Chefs hin die Wände sichtbar. Und den Chef sehen Sie als ersten. Fred Payne ist ein hochgewachsener Engländer mit einem in die Breite gehenden Gesicht und einer langen Nase. Ziemlich vulgär. Aber die Eleganz seiner Vulgarität würde bei einem Franzosen als äußerste Eleganz gelten. Mit Knickerbockern manchmal oder mit hellen Hosen aus jenen Stoffen, die Paris überraschen, bevor seine Ladenschwengel sie kopieren. Mit Sweatern, wie man sie nächstes Jahr in Deauville sehen wird, an mageren Franzosen, die vor Kühnheit zittern. Aber was man Fred Payne nicht stibitzen wird, was er weder den Webern von Manchester noch den Lampions von Montmartre verdankt, das ist die Ungezwungenheit und die Vertrautheit dieses großen Körpers mit allem, was sein Reich durchzieht, mit stumpfsinnigen oder krakeelenden Gästen, mit Dirnen, Gläsern und Flaschen, die Ungezwungenheit und die Vertrautheit, die diesen Mann mit den großformigen Gesichtszügen und den schweren Händen beherrschen. Denn er weiß mit seinen Gästen umzugehen. Die Frauen werden von ihm persönlich hingesetzt. Er berührt sie, und bei jedem andern als ihm würde man »So eine Unverschämtheit« schreien. Fast alle diese Tänzerinnen mit ihren bleichen Haaren und dem vom Puder etwas mitgenommenen Teint, die am Tage den Tailleur und die ziemlich herbe Haltung der Engländerinnen wiedergefunden haben, wie ich sie einst bei Kardomah beobachten konnte, wenn ich mit meiner Mutter dort Tee trank, fast alle sind sie in ihn verliebt oder verliebt gewesen. Ich möchte gern glauben, daß er sie alle besessen hat. Sie verdrehen ihre Augen nach ihm. Sie warten mehr oder weniger auf den Moment, in dem ihn die Laune packt, seine Handfläche auf ihren Nacken zu legen. In London wäre diese Bar ein Ort von ziemlich niedrigem Niveau. Hier ragt sie, als stolzierte sie auf Stöckeln, aus dem ganzen Land heraus, das sich von der Trinité bis nach Soho erstreckt, wo sie sicher ihr blasses französisches Pendant hat. Allmählich füllt sie sich, so wie es draußen dunkel wird. Von sechs Uhr an haben Männer die Barhocker und die Sitzbänke in Beschlag genommen. Von welcher Arbeit kommen sie eigentlich? Hätten Sie die letzte Nacht hier verbracht, würden Sie den einen oder den anderen wiedererkennen. Sie würden sie auch die nächste Nacht hier wiederfinden. Andere sind schlicht und einfach Engländer, wie ein Ziegel ein Ziegel ist. Die Luft füllt sich langsam mit Rauch.

An den Wänden hängen entlang der Holztäfelung Photographien von Varieténummern, nackten Tänzern, Akrobaten, Frauen im Fancy-dress oder im Tageskleid, mit Widmungen für Fred Payne, und nahezu überall Gruppenphotos, auf denen man oftmals Fred Payne wiedererkennt. Zum Beispiel heben da sechs oder sieben Frauen auf der Place de la Concorde alle gleichzeitig das Bein und halten sich an der Taille, und am Ende der Reihe steht der Barbesitzer. Zwei oder drei französische Schauspieler haben sich unter ihrem jämmerlichen Konterfei ein bißchen geistreich gegeben, vielleicht sogar in Versen. Auf einem anderen Bild scheint mir eine Mannschaft von Schwimmerinnen, die gleich im Stil der *Sunshine Comedies* ins Wasser tauchen werden, nur der Kunst wegen da zu sein. In ein oder zwei Gruppen, in der Gruppe auf der Place de la Concorde zum Beispiel, erkenne ich – einmal allein, ein anderes Mal zusammen mit einer Tänzerin, die genau wie sie gekleidet ist – eine der Engländerinnen wieder, die jeden Abend im *Zelli's* ihre Nummer abziehen. Höchstwahrscheinlich ist die hier in der Bar. Ich habe oft gesehen, wie Fred Payne ihr bei Joe Zelli Beifall klatschte. Sie sieht sehr der Frau eines mit mir befreundeten Bankiers ähnlich, die ich einst auf der Universität kennenlernte, nur hat sie keine so schönen Beine wie diese. Eine derartige Ähnlichkeit ist für Nachtschwärmer wie mich ein wirksames Mittel gegen die Langeweile und der Ausgangspunkt für alle möglichen Spiele, die nicht immer harmlos sind. Ich erinnere mich, daß ich einem Freund berichtet hatte, eine der schlimmsten Huren der Taverne des *Olympia* habe mit seiner eigenen Frau eine jener Ähnlichkeiten, die einem den Atem verschlagen, wenn sie sich mit einer obszönen und provozierenden Mimik

und einem ordinären Gebaren verbinden. Er wollte sie um jeden Preis treffen, sie zum Abendessen mit seiner Frau einladen, die Konfrontation dieser beiden verblüffenden Bilder genießen und sie dann beim Dessert miteinander verwechseln. Ich weiß nicht, ob er es getan hat. Ehrlich gesagt, zweifle ich daran. Aber es will schon was heißen, einen derartigen Einfall gehabt zu haben, der in seiner Konzeption ein ziemlich diabolisches Attentat darstellt.
Die Ähnlichkeit ist übrigens ein Mysterium, das nach Höllenflamme riecht. Sie treffen einen Biedermann, der Ihrem Vater ähnlich sieht, Sie müssen darüber lachen. Aber stellen Sie sich mal vor, jemand würde einer Person ähnlich sehen, deren Name nur in Ihrem Herzen geschrieben steht. Ist das erlaubt, ist das möglich? Wie versteht man doch, daß allein diese Triebfeder genügt, um jahrhundertelang fast allen menschlichen Fiktionen Leben zu verleihen. Und auch heute noch so oft dem amerikanischen Film. Aber dieser könnte mich nicht so weit mitreißen, wie es viel häufiger noch die Photographien an der Wand von Fred Payne getan haben, die häßlichen und lachenden Gruppen, die ich so lange betrachtet habe.

1926

Nachdem Prinz Michail Dolgoruki das Vermögen seiner Frau durchgebracht hatte, stellte er ohne Mißvergnügen fest, daß seine junge Schwester Katharina, deren Erziehung im Smolny-Internat aus der Privatschatulle des Zaren bezahlt worden war, die Ehre hatte, Alexander II. zu gefallen. Und das freute den Prinzen um so mehr, als der Souverän ihm in Sankt Petersburg einen Palast auf dem Engländer-Kai schenkte, in dessen Erdgeschoß er die Kleine unterbrachte.
Katharina war vernarrt in Hunde. Alexander hatte ihr einen geschenkt, ein niedliches Tierchen: ganz weiß, ganz Pelz, mit zwei schwarzen Stecknadelköpfen als Augen. Er schenkte ihr zwischen 1872 und 1880 auch drei Kinder. Am 17. Februar 1880 jagte im Winterpalast während eines Essens zu Ehren des Prinzen von Bulgarien eine Bombe den Speisesaal in die Luft, und das weiße Hündchen wurde getötet. Um Katharina, die ob der Bosheit der Menschen entsetzt war, zu beruhigen, schenkte ihr der Zar zwei Hündchen: ein weißes und ein schwarzes.
Am 3. Juni 1880 kam die Kaiserin Maria Alexandrowna, Alexanders Frau, die man seit einiger Zeit mit Packungen in noch blutenden Häuten frisch geschlachteter Rinder behandelte, auf die glückliche Idee zu sterben. Um eine Zarin trauert man nur sechs Wochen. Alexander II. schenkte Katharina einen Windhund, und zur großen Entrüstung der kaiserlichen Familie heiratete er sie, wobei er ihr das Recht verlieh, sich mit Ihre Durchlauchtigste Hoheit die Prinzessin Juriewski anreden zu lassen. Im Palast begann man zu befürchten, der Zar könnte sie zur Zarin krönen und ihren Sohn Georg anstelle des Zarewitschs Alexander auf den Thron setzen.
Doch tötete, gerade noch rechtzeitig für das Schicksal der Romanows, eine Bombe Alexander II. am 1. März 1881. Alexander III. bestieg den Thron, schenkte der Witwe seines Vaters einen Palast aus rosa Marmor, der erst unlängst für die

Prinzessin Suworow von Italien erbaut worden war, den diese aber beim Roulette in Monte Carlo verspielt hatte, und ließ sechs Revolutionäre hängen, von denen einer Uljanow hieß, dessen jüngerer Bruder Wladimir sich später Lenin nannte. Der Palast hatte einen riesigen Garten, für den Katharina Unsummen ausgab, damit ihre Hunde ein Spielparadies hatten. Zusätzlich zu dem ihr vom Zaren hinterlassenen persönlichen Vermögen hatte sie bis zur Großjährigkeit ihrer Kinder das Recht auf Nutznießung von neun Millionen Rubel, die ihr der Zar für die Kinder anvertraut hatte.

Das war eine Unglücksperiode im Leben Ihrer Durchlauchtigsten Hoheit; denn Alexander III. war ihr nicht sehr gewogen. Daher hielt sie sich auch nur im Sommer in Petersburg auf ... Die übrige Zeit verbrachte sie in ihrer Villa in der Avenue des Sablons in Neuilly und in ihrem Haus in Nizza. Mit ihren immer zahlreicher werdenden Hunden tröstete sie sich darüber hinweg, daß sie die Roben nicht hatte tragen können, die man eigens für ihre Krönung entworfen hatte und deren Skizzen sie an der Wand ihres Betzimmers zwischen einer Ikone und einem Porträt Alexanders II. aufbewahrte.

Mit ihren Kindern war sie nicht zufrieden. Georg, der Älteste, genannt Gogo, aus dem sie einen Zaren hatte machen wollen, hatte sich mit einer Zigeunerin liiert. Das war ein Grund, ihm die drei Millionen Rubel zu verweigern, die ihm zustanden. Der unglückliche Prinz mußte mit den 40000 Rubel (160000 Frs.) pro Jahr auskommen, die ihm nach Alexanders III. Tod Nikolaus II. gewährte. Der neue Kaiser bewilligte andererseits den beiden Schwestern Gogos eine jährliche Zahlung von 30000 Rubel und ihrer Mutter eine von 180000 Rubel. Das ermöglichte einige Ausbauten im Garten des Palastes.

Ihre Durchlauchtigste Hoheit die Prinzessin Juriewski zog allerdings ihre Villa in Neuilly und ihr Haus in Nizza immer mehr dem Palast in Petersburg vor. In Rußland gab es zu viele Attentate, Streiks, Unruhen. Das Volk dort ist schrecklich. Frankreich ist zwar eine Republik, aber die Leute von der Regierung sind dort sehr höflich, und außerdem gehört deren

Revolution schon der alten Geschichte an. Schließlich finden in Paris wirklich hinreißende Hundeausstellungen statt. Ein pommerscher Spitz der Prinzessin war 1913 prämiiert worden, in dem Jahr, in dem ihr Sohn Gogo starb.
In jenem Jahr unterzog sie sich einer Darmoperation und schwebte in Lebensgefahr. Damals verriet ein hübscher Zug die schöne Seele Ihrer Hoheit: sie schrieb ihr Testament und vermachte darin ihrem Hund Gordon, einem Bastard, einem jener Hunde, die ihr keine Ehre machten, eine Summe von 25 000 Frs. Dieser Gordon hätte sie übrigens wie ein allzu voreiliger Erbe während ihrer Genesung beinahe getötet. Er war sehr schwer, und die Prinzessin hatte ihn sich auf ihre Chaiselongue im Garten bringen lassen. Während sie ihn streichelte, platzte, mit Verlaub gesagt, die noch frische Narbe ihres alten, fürstlichen Bauches. Sie mußte wieder zugenäht werden.
In jener Zeit war sie etwas in Geldverlegenheit, da verkaufte sie (für 1 200 000 Rubel) den rosa Marmorpalast mit seinem Sommergarten und blieb von nun an ganz in Frankreich, wo sie den Erlös ihres Marmorpalastes durchbrachte, wie sie bereits den Großteil ihrer Juwelen und die ihr von Alexander II. vermachten Ländereien durchgebracht hatte. Die große verlassene Villa in der Avenue des Sablons hallte zwei Monate im Jahr vom Gekläff ihrer Hunde wider. Sie erschien in ihrer Kalesche im Bois de Boulogne, mit einem weiß-braunen Cockerspaniel in den Armen. Dann kehrte sie wieder an die Côte d'Azur zurück. Sie verpulverte mit ihren Hunden auch noch ihre Villa in Neuilly und ließ sich endgültig in Nizza nieder, wobei sie nur mehr die ihr von Nikolaus ausgesetzte Pension von jährlich 720 000 Francs zur Verfügung hatte, eine lumpige Summe vor dem Kriege! Im Garten ihres Hauses ließ sie Ende des darauffolgenden Jahres einen Friedhof für ihre Hunde anlegen.
Es muß gesagt werden, daß Krieg war, und alles, was da geschah, brachte den Geist Ihrer Durchlauchtigsten Hoheit auf düstere und ernste Gedanken. So ließ sie, da sie von jedem ihrer Tiere ein dauerhaftes Bild bewahren wollte, von großen Bildhauern, wie man sie an der Riviera findet, getreue, vornehmlich ganzfigurige Statuen ihrer Toten anfertigen, die ihre

Gräber schmücken sollten. Sie verfing sich sogar manchmal in dem Gedanken, daß ihre geliebten Wauwauchen zu lange leben könnten, sie fürchtete, vor ihnen zu sterben, und wer weiß, ob sie dann ihre Statue bekommen würden? Vorsichtshalber ließ sie mehrere schon im voraus skulptieren. Etwas Merkwürdiges ist doch der Krieg, der freilich nicht nur Prinzessinnen zur Statuomanie anregt!

Unter den Palmen ihres Gartens beglückwünschte sie sich im Februar 1917, daß sie ihren Palast in Petrograd verkauft hatte und weit weg war von all diesen Schikanen. Um sie herum wedelte ein Volk von Hunden, drängelte sich, stieß sich, wenn sie einen Truthahnhappen oder die dicke Scheibe einer Hammelkeule von der Platte nahm und über ihren gierigen Köpfen hin und her baumeln ließ. Ein kleiner Pekinese versuchte, hinter den anderen, größeren, immer wieder Männchen zu machen, und verlor bei jedem Ansatz das Gleichgewicht. Wie entzückend! Ah, wenn die Leute aus dem Volk auch so wären! Es gibt auch einige, die nicht böse sind, scheint es.

Diesen Nikolaus hatte sie nie für sehr intelligent gehalten. Der hatte gewiß nicht das Format seines Großvaters. Sie verstand niemals so recht, was Kolja, wie sie ihn nannte, eigentlich angestellt hatte, jedenfalls zahlte er ihr ihre Rente nicht mehr aus; man begann, von den Bolschewiki zu sprechen, und alle möglichen schlechten Nachrichten kamen aus Rußland. Die Kriegsanleihen, die die Prinzessin Juriewski gezeichnet hatte, brachten ihr nichts mehr ein. Eine ihrer Töchter, die einen Prinzen Obolenski geheiratet hatte, sang jetzt im Varietétheater. Ja sie setzte sogar ihren Namen auf die Plakate: Obolenski-Juriewski. Es fehlte nur noch, daß sie hinzufügte: *»Tochter Alexanders II., des Zaren aller Reußen und Stellvertreters Gottes auf Erden.«* Freilich war sie, unter Verleugnung der Religion, deren Oberhaupt ihr erlauchter Vater gewesen war, Katholikin geworden, vermutlich weil sie fand, daß diese Religion besser zur Atmosphäre des Varietétheaters paßte.

Die alte Prinzessin begann, Spitzen, Toilettenutensilien, Salzflakons, Familienporträts, Kandelabermanschetten aus Malachit zu verkaufen; aber die Hunde waren schrecklich gefräßig. Die Kleiderentwürfe für die Krönung mußten ebenso daran glauben wie die Ikonen, wie Alexander II. selbst und seine Liebesbriefe. Katharina Dolgoruki schlug so an ihrem Lebensabend immer noch Kapital aus ihren Nächten von 1867, als sie heimlich nach Paris gekommen war, um ihren Kaiser zu treffen, der dort in Begleitung Napoleons III. die Weltausstellung besuchte.

Sie traf sich manchmal mit der Prinzessin Suworow von Italien (in die Alexander II. in den sechziger Jahren ebenfalls verliebt gewesen war), die ein Jahr länger lebte als sie. Die Prinzessin Suworow war noch mehr zu bedauern als sie: nicht Hunde hatte sie in ihrem Leben geliebt, sondern das Roulette. Daher war sie denn auch ganz allein auf ihre alten Tage, und was hatte sie schon davon, daß einer der Säle des Casinos in Monte Carlo, das zum großen Teil von dem Geld erbaut worden war, das sie dort verloren hatte, zu ihren Ehren den Namen Suworow trug! Die Damen unterhielten sich inmitten der Hunde, unter den Palmen der Villa Georges, über den rosa Marmorpalast, den sie beide einmal besessen hatten.

Der Hund Gordon, dessen Hinterteil gelähmt war, machte seelenruhig sein Geschäftchen so ziemlich überall hin. Man erzählte, an der Wolga herrsche Hungersnot. Die Kinder stürben dort wie Fliegen. Etwas Hoffnung kehrte also wieder zurück, die während der Wirren ärgerlicherweise ausgebliebenen Jahreszahlungen wiederzusehen. Um so mehr als der Präfekt des Départements Alpes-Maritimes Ihrer Durchlauchtigsten Hoheit wunder was von einem General Wrangel erzählt hatte, der dabei sei, die Angelegenheit wieder in den Griff zu bekommen. Armer Gordon! Vielleicht wirst du doch noch zu deinem Erbe kommen! Sind Eure Hoheit nicht zu müde? Nein, nein …

… Sie ist 1922 ganz sanft entschlafen, die Hoheit, ohne Zeit gehabt zu haben, alle möglichen Ereignisse mitzuerleben, die für sie unerschöpfliche Anlässe des Erstaunens gewesen wären. Die Villa Georges wurde verkauft, sie heißt heute »Le Pouf«. Aber der Hundefriedhof existiert immer noch, er wird sehr sorgsam von der ehemaligen Kammerfrau der Prinzessin gepflegt, mit Blumen auf jedem Grab. Gordon

schleppte sich noch ein paar Jahre dahin, prähistorisch, monströs, geifernd, kriechend; man mußte ihn schließlich erschießen, sieben Jahre nach der Exekution Nikolaus' II. und seiner Familie.
So geht eine ganze Gesellschaft dahin …

1933

RÖMISCHE BEGEGNUNGEN*

Sie war vielleicht weder sehr jung noch sehr schön. Vermutlich war sie achtzehn oder zwanzig Jahre älter als er. Dennoch betrachtete Pierre-Jean** diese Frau niemals ohne eine gewisse Verwirrung. Sie war größer als er, sie mußte auf ihre Linie achten, damit sie nicht diese den deutschen Frauen eigentümliche Schwere bekam. Unter ihren blonden Haaren, die mit einem breiten, mandelfarbenen Band zusammengehalten waren, aus dem die Locken hervorquollen, hatte sie manchmal die Augen einer Statue: unbeweglich, wie leer, leicht vorspringend. All das verstärkte sich bei Kerzenlicht, das diesem Spiel zwischen ihnen etwas Geheimnisvolles verlieh. Was wußte er überhaupt von ihr? Daß sie einen Engländer zum Gemahl hatte, vor dem sie geflohen war, ein brutaler Kerl ... Was sie so stückchenweise jedesmal von sich preisgab ... das wievielte Mal? es war ihre dritte Begegnung ... sollte offenbar immer im letzten Moment die Träumereien des jungen Mannes bis zum nächsten Rendezvouz nähren. Ihren Vornamen – vorläufig möge der genügen – hatte sie ihm erst beim zweiten Zusammensein verraten, als sie darauf bestanden hatte, ihn zum protestantischen Friedhof zu führen. Das datierte das Geschehen: es war Allerseelen ... Ein heftiger, warmer Regenwind blies von Süden her. Als sie die alten Zypressen hinter sich gelassen hatten und diese englischen Gräber, auf die sie Blumen niedergelegt hatte – nahe der Cestius-Pyramide, entlang der Aurelianischen Stadtmauer, an diesem abgeschiedenen Ort, der von Gräsern überwuchert war, die der Herbst immer noch grün vorfand, als hätten schwüle, böige Meereswinde sie frisch gehalten –, da hatte sie ihm von

* Dieses Fragment bildet das erste Kapitel eines in Arbeit befindlichen Romans, der noch keinen Titel hat. (Dieser Roman wurde nicht weitergeführt [Anm. d. Ü.]).

** Pierre-Jean David, genannt David d'Angers (1788–1856), französischer Bildhauer (Anm. d. Ü.).

diesem Ehemann erzählt, der in London lebte. Wie unwürdig er sie behandelt hatte, als sie aus ihrer Heimat zu ihm kam, blutjung, voll eines vielleicht törichten Gefühlsüberschwangs ... Sie haben doch sicher *Die Leiden des jungen Werther* gelesen? ... Gewaltige Kakteen waren da und dort in der brachliegenden Landschaft gewachsen. Als ob Ägypten seine exotische Architektur bis unter den Himmel Roms fortsetzte. Dieser Ehemann hatte, jedermann wußte es, eine Geliebte, ein dahergelaufenes Frauenzimmer, und er wollte ihr doch glatt deren Gesellschaft aufzwingen! ... War es die Abenddämmerung oder ein Gefühl der Scham? Die Farben, die jetzt ihr Gesicht überfluteten, machten sie fast schön. Wenn eine Frau purpurrot wird, ist es schwer, dabei nicht an Liebe zu denken. Pierre-Jean hatte ihre Hand ergriffen. Sie sagte ihm, sie heiße Karoline.

Von der Herberge aus, auf deren überdachter Terrasse sie gerade zu Abend aßen, sah man zwischen den Pinien des Gianicolo und den Zypressen des Monte Mario die Engelsburg über der gelben Natter des Flusses und die Kuppeln der Kirchen – dort hinten Santa Maria d'Aracoeli – und, wenn man sich nach links wandte, den Palatin, den Quirinal, und all das war in einen leichten blauen Dunst getaucht, der momentweise, bei den letzten Sonnendurchbrüchen in der großen Kavalkade der Wolken, noch golden war – wie auf einem Claude Lorrain –, man hätte die kleinen Gestalten nicht mehr unterscheiden können, die sich dort unten in den Straßen, in der fernen Stadt bewegten, von der man die Nähe der Terrassengärten, die Nähe dieses ganzen trotz der Jahreszeit frischen Grüns vergaß, mitsamt den schwer beladenen Orangenbäumen an der Mauer; kleine Hüllen verrieten bereits die Zitronen ... von neuem blühten die Erdbeerbäume ... es war unvergleichlich milder, duftender als neulich abends auf dem Friedhof ... Und Karoline erlebte einen Augenblick des Glücks. Sie ließ sich mitreißen. Sie vergaß, wer sie war. Mit einer Mischung aus Ironie und Zärtlichkeit, einer wahrscheinlich mütterlichen Zärtlichkeit, betrachtete sie ihren Begleiter. Wie merkwürdig! Warum gefiel es ihr so in der Gesellschaft dieses Franzosen, der zweifelsohne ein paar Jahre älter war als seine Gestalt vermuten ließ, dieses kleinen Mannes mit dem etwas dicken Kopf, den strohblonden, ziemlich unordentlichen, an den Schläfen gelockten Haaren, der in seinem engen, flaschengrünen Gehrock, seinen schwarzen Stiefeln und der weißen Krawatte, die im Samtaufschlag des Kragens dreimal um den Hals herumgewickelt war, nicht einen Deut von seiner Würde verlor? An seinem herabhängenden, nicht sehr dichten Schnurrbart sah man, daß er sicher kein übler Bursche war. Mit diesem Schnurrbart wollte er wahrscheinlich männlich wirken ... ebenso wie mit diesem Stöckchen, das er immer in der Hand trug. Er mochte fündundzwanzig oder sechsundzwanzig sein, nicht älter. Er seinerseits verbarg es Karoline nicht, daß er ein Stipendiat der Académie de France, dort hinten auf dem Pincio, war ... Ein Bildhauer. Wenn die Leute sie zusammen gesehen hätten, was hätten sie sich da wohl gedacht?

Im Augenblick sprach nur er. Von Canova, von Michelangelo ... Karoline lächelte, die Augen unter ihren großen Lidern halb geschlossen. Sie sah ihn wieder vor sich, wie er vor ihr aufgetaucht war, um diese Lausbuben zu verjagen, die sie umringt hatten, als sie, aus der Trinità dei Monti herauskommend, die Spanische Treppe hinabstieg, um ihren unten abgestellten Wagen zu erreichen; eigentlich wollte sie allein sein, sie fühlte sich von der ständigen Anwesenheit dieses Mannes im Grunde ein bißchen belästigt ... sie mochte ihn zwar gern, aber immerhin langweilte er sich ja, wenn sie alte Steine betrachtete. Dort, unweit der Barcaccia, dem Brunnen Berninis, inmitten der Blumenhändler, der Schnürsenkelverkäufer, hatte diese Verfolgung begonnen. Es waren nicht nur Kinder, mit ihnen war da auch ein liederlicher Typ, einer jener zerlumpten Kerle, deren Schönheit ihr Angst machte, und die Straßen Roms waren 1814 für Ausländer nicht sicher, man hätte meinen können, nach dem Abzug der Franzosen und der Rückkehr des Papstes habe das Messer seine Rechte wiedererlangt ... Da, als der kleine Mann, der ein ganz verrücktes Italienisch stammelte, die Burschen mühelos verjagt hatte und sich, stolz auf seine Großtat, in seinem dunkelgrünen Gehrock in die Brust warf, als der kleine Mann ihr seinen Arm angeboten hatte, da allerdings hatte sie ihn sehr gern akzeptiert, heimgesucht vielleicht von einem gewissen Dämon, noch gefallen zu wollen ... ah, sie war verrückt! Warum war sie, anstatt sich zum Wagen bringen zu lassen, mit ihrem Retter lieber in den Gärten des Pincio spazierengegangen? Er kam gerade von Dominique, einem seiner Freunde, einem Maler, der in der Via Gregoriana wohnte, und wollte nach Hause in die Villa Medici gehen, als er ihr begegnet war ...

»Wie könnten Sie das verstehen«, sagte er. »Sie stammen aus einer Welt, Madame, die so anders als die meine ist. Sie sind zwischen zwei Vaterländern geteilt. Die im Augenblick Verbündete und Sieger sind. Sie rezitieren deutsche Verse, aber legen Blumen auf englische Gräber. Sie sind frei, trotz dieses erbärmlichen Mannes, dem Sie haben entrinnen können. Sie sprechen nur von Reiseplänen, von Landschaften, die Sie sehen wollen, anderswo ... Schauen Sie, letzten Sommer war ich in Venedig ... an den Lagunen des Lido, und man zeigte mir einen Mann, der vorbeiritt, der sein Pferd mitten ins Schilf hineinzwang, an Orte ohne trassierte Wege, über stehende Wasser springend ... Er strahlte Gewalt aus, er wirkte so, als sei er der Herr dieser fremden, mit dem Wasser gänzlich verquickten Erde ... Man sagte mir, das sei Lord Byron ... und ich weiß nicht warum, aber wenn ich Sie anblicke, denke ich an ihn ...«

Sie sagte, und das war, wie sich gleich zeigte, ein bißchen albern: »Inwiefern denn, glauben Sie, sehe ich diesem hinkenden Apoll ähnlich?« Er schien die Frage ganz natürlich zu finden: »Ihr seid Menschen«, sagte er, »die keine Bindungen haben ... wie könntet ihr die Verwirrung verstehen, in der wir uns befinden?«

In der wir uns befinden? Was meinte er damit? Karoline, ganz ihrer Träumerei hingegeben, hatte wohl einige Sätze überhört. Der Kellner brachte eine Platte grüner Gemüse. Nur in Rom weiß man, was Gemüse essen heißt. Und diese Vielfalt der Gewürze ... »Alles kam zur gleichen Zeit. Ein schreckliches Jahr! Ehrlich gesagt, wenn ich die unsereinem gebotene Gelegenheit, kostenlos durch Italien reisen zu können, ausgenützt habe, dann tat ich das bereits, um all dem ein Ende zu machen ... Ich weiß nicht, ob Sie im Januar in Rom waren, als die Männer des Königs von Neapel zunächst die Stadt besetzten: Murat, verstehen Sie, warum sollte man denn General

Miollis eher vertrauen als Murat, dem König von Neapel? Miollis, gewiß, das war die französische Garnison ... aber wir waren zusammen mit unseren italienischen Freunden nicht so besonders stolz auf diesen Status einer Besatzungsmacht. Und der König von Neapel, den hatte ja immerhin Napoleon zum König gemacht. Nun, die Römer hatten Vertrauen in ihn, so schien es. Er sagte, er würde die Österreicher ins Meer werfen; aus Frankreich kamen immer schlechtere Nachrichten, kamen immer seltener Briefe. Und in der Akademie, mit wem hätte man da sprechen können? Für die meisten dort war alles nur Anlaß zu Hohngelächter. Mein Gott, als man uns sagte, der Kaiser würde an der Marne Widerstand leisten ...«

»Und Ihr Freund? Der aus der Via Gregoriana?«

»Ingres? Wissen Sie, der hat immer außerhalb dieser Dinge gelebt. Für ihn ist das alles Politik. Wir sind sehr verschieden, er und ich. Er ist älter als ich, und manchmal denke ich unwillkürlich, daß das, was mir am Herzen liegt, eben nicht seinem Alter entspricht. Ein großer Maler, sehen Sie, und man erweist ihm keine Gerechtigkeit. Vielleicht ist für ihn Napoleon, das Empire, so etwas wie das Atelier David*, in dem wir uns 1810 kennengelernt haben. Er geht einen ganz anderen Weg ... In der Akademie folgen alle dem Beispiel des Direktors. Kennen Sie ihn, den Amerikaner? Er richtet sich immer nach den Mächtigen des Tages, dieser Guillon-Lethière. Er hatte unseren Kameraden Cortot mit der Schaffung einer Kaiserstatue beauftragt ... Ich muß Ihnen sagen, daß ich vor 1814 nicht gerade Bonapartist war ...«

Karoline betrachtete ihn amüsiert, und warum war er, wie er sagte, kein Bonapartist? Dann mußte ihm doch die Rückkehr der Bourbonen ...

»Die Bourbonen!« rief Pierre-Jean aus. »Man glaubte nicht daran, man konnte nicht daran glauben. Was geht in Frankreich vor sich? Ist es wahr, daß man sie wie Retter empfangen hat? Nein, das ist unmöglich ...«

Die Nacht war hereingebrochen. Es war jedoch in dieser No-

* Jacques Louis David (1748–1825), französischer Maler und Zeichner, Lehrer von Pierre-Jean David (Anm. d. Ü.).

vembermitte noch nicht kalt. Auf der Terrasse schwebte ein Rest von Sommer, während es in den Häusern, die in Rom schlecht geheizt werden, schon Winter war. Pierre-Jean David erzählte von Angers, von seinen Angehörigen, was war aus ihnen wohl geworden? Sein Vater war Republikaner, wie er ... Sie waren zusammen in der Armee Klébers gegen die Vendée-Aufständischen gewesen, als er noch ein Kind war ... Sie warf einen überraschten Blick auf diesen kleinen Jakobiner.

»Wie alt waren Sie da wohl?« fragte sie.

Fünf Jahre ... ja, fünf Jahre. Man hatte ihn im Laufe einer Schlacht verloren, sein Vater wurde gefangengenommen, und ihn hatten Frauen aufgelesen, und da saß er nun auf einem Artilleriewagen der Vendée-Armee und folgte dem General La Roche-Jacquelain ... Das war 1793 ...

»Zur Zeit der Schreckensherrschaft!« sagte sie.

Was heißt schon Schreckensherrschaft! »Sehen Sie, Madame ... sehen Sie, es gab damals keine Wahl: wir waren arme Leute, die sich nicht satt essen konnten, und als das Ausland die Republik massiv bedrohte, da hat mein Vater ... Haben Sie schon einmal etwas vom Manifest des Herzogs von Braunschweig gehört?«

Sie hatte sich in den Schatten zurückgelehnt, ihre Hand spielte mit dem fast leeren Weinglas. Er sah nicht den Ausdruck ihres Gesichts: »Oh, verzeihen Sie, ich bin doch wirklich unhöflich, ich lasse Sie vor Durst sterben!«

Sie hatte schon vom Manifest gehört. Sie glaubte so einigermaßen Bescheid zu wissen ... Bürgerkrieg war etwas Schreckliches. Er sagte: Ja, das ist etwas Schreckliches. Vor allem, wenn er noch zum Krieg mit dem Ausland hinzukommt. Seine Kindheit, eine lange Elendszeit. Als sein Vater noch nicht zu ihnen nach Angers heimgekehrt war, hatten sich seine Mutter und seine Schwestern bei Bauern ihr Brot erbetteln müssen. Und hernach, was verdiente denn Vater David schon!

»Die Republik war arm«, sagte Pierre-Jean, »man mußte ihr aus Liebe zu ihr dienen ...«

Dieser Satz fand in Karoline einen tiefen Widerhall; war es der Akzent des jungen Mannes? Das ähnelte so wenig der

Vorstellung, die sie sich immer von diesen Leuten gemacht hatte. Sie versuchte, sich den Vater dieses Kleinen vorzustellen, diesen Holzbildhauer, der für seine Stadt einen Altar des Vaterlandes geschaffen hatte ... die Mutter, die zu den Bauern betteln ging ... diese einfachen Leute von Angers ...
»Das erklärt mir aber noch nicht, warum Sie Monsieur de Bonaparte verabscheuten.«
Er protestierte. Es war keineswegs so, daß er ihn verabscheute. Doch die Republik ... »Schauen Sie, in Angers gab es viele Republikaner, die sich heimlich trafen, in kleinen Gruppen ... Einen zum Beispiel kannte ich – er hatte früher einmal meinem Vater Dienste erwiesen –, der hatte sich jenen angeschlossen, die die Ideen der ›Gleichen‹ verfochten ... Bei ihm zu Hause versammelten sie sich ... ich meinerseits konnte dem, was sie sagten, nicht so recht folgen, waren sie für oder gegen Robespierre? Der Name, den man bei uns zu Hause immer nur ganz leise aussprach, war Robespierre. Und auch Saint-Just. Babeuf sagte mir damals noch nichts. Einer meiner Kameraden, der Sohn eines Druckers, hatte mich zur ›Loge du Tendre Accueil‹ mitgeschleppt ... Ja. Aber eines Tages nannten sie in meiner Anwesenheit einen der ihren beim Namen. Ich war vielleicht achtzehn, arbeitete bereits bei meinem Lehrer Delusse, und alles, was mit Kunst zusammenhing, verbrannte mich regelrecht. Da sprachen nun diese Babouvisten von einem der ihren, der Buonarroti hieß ... Auf meine Frage hin behaupteten sie, dieser Buonarroti sei tatsächlich ein Nachfahre Michelangelos ...«
Was hatte das in der Erzählung des jungen Bildhauers zu suchen? Der Schimmer der Kerzen auf dem Tisch verlieh seinem Gesicht etwas Träumerisches, er fuhr sanft mit dem Finger unter seinen herabhängenden Schnurrbart, die Beleuchtung gab ihm ein blasses Aussehen. Aber er sprach erneut von 1814, von Murat ... Von den Banditen, die so ziemlich überall in der Umgebung der Stadt auftauchten, man konnte, zumindest als Franzose, nicht mehr an den Albaner Seen spazierengehen. Als Fouché das Abkommen unterzeichnet hatte, das ganz Italien dem König von Neapel überließ ... da gab es in Rom Leute, die jubelten, aber diejenigen, die wie David den italienischen Patriotismus respektierten, sagten sich: Mu-

rat, das ist immer noch Frankreich ... Die französischen Truppen blieben ja trotzdem da ... 1300 Mann ...
»Aber als wir den Abzug der Garnison aus der Engelsburg sahen ... Verstehen Sie, ich kann niemals mehr vom Pincio aus, von jener Seite dort drüben, zur Porta del Popolo hinabsteigen ... Ich sehe sie immer wieder vor mir, es war in den ersten Tagen des März ... es war früh Frühling geworden in diesem Jahr, erinnern Sie sich? Wie da der General Miollis mit seiner Handvoll Leute und der Trikolore abzog – wir, ein paar von uns, waren gegen sieben Uhr morgens von der Akademie aus hinabgestiegen ... Wir hörten, wie sich die Trommeln entfernten, jetzt verschwanden auch die Fahnen auf der Via Flaminia ... Als ich wieder hinaufstieg, sah ich in den Gärten die Purpurblüten der Judasbäume. Da traf ich meinen Freund Herold, den Musiker, er sagte zu mir: ›Wen hat man betrogen?‹ Ich wußte es nicht ... Die Römer sahen dem Abzug der Franzosen ohne besondere Freude zu, sie schrieen ihnen nichts hinterher ... Da erfuhren wir von der Rückkehr der Bourbonen nach Paris ... Die Statue, an der Cortot arbeitete, ließ der Direktor in den Keller hinunterschaffen, und dann begann er vom Usurpator zu reden, vom Glück Frankreichs und von der Ruhe Europas ... Schließlich begannen auch wir, ganz anders über Napoleon zu denken ...«
Nach der Rückkehr des Papstes hatte Pierre-Jean Rom verlassen. Man behauptete, das mit dem Papst sei ganz einfach ein Streich Napoleons gewesen. Um Murat daran zu hindern, die Einheit Italiens herzustellen; David hatte nämlich in Rom italienische Freunde. Natürlich war das Volk auf die Straßen, die Plätze gestürzt. Dasselbe Tor, durch das die Franzosen abgezogen waren, sah die Rückkehr des Pontifex maximus in einer vergoldeten Karosse, deren Pferde, kaum hatten sie die Stadt betreten, von jungen Leuten ausgespannt wurden, von diesen Typen, die man an den Karnevalstagen als Frauen verkleidet die Passanten provozieren sah: Söhne aus guter Familie, Banditen und Deserteure aus der Engelsburg. Pius VII. kehrte auf Männerarmen zurück, und man verjagte die Juden vom Corso, man öffnete die Gefängnisse ... Wo ist das Gute, wo ist das Böse?
»Ich bin protestantisch«, sagte Karoline, »und Sie?«

David gab zu, daß er darauf keine rechte Antwort wußte. Er war nicht gläubig. Oder zumindest, wenn irgendeine Gottheit existierte … aber nicht der Papst, auf jeden Fall nicht der Papst, diese mächtigen Priester und ihr Heer von Lakaien, das durch die Stadt lief, Seminaristen, Mönche, Nonnen …
Karoline schaute ihn an. Sie sagte sich: Aha, das also ist seine wahre Leidenschaft. Denn schließlich war er doch ein junger Franzose, und sie hatte sich schon gefragt …
Da begann er merkwürdigerweise von der heiligen Cäcilie zu sprechen. Karoline hatte offenbar schon wieder einen überleitenden Satz verpaßt –, wegen der verschiedenen Käse, die man auftrug, *scamorze*, *caciocavallo*, Parmesan. Eine der Kerzen rauchte. Der Kellner putzte sie direkt mit seinen Fingern. In dieser Beleuchtung hatte er das schelmische Gesicht Johannes des Täufers von Leonardo. Er flüsterte der Dame etwas zu. Sie lachte ein bißchen und verscheuchte ihn.
»Was ist los?« fragte David, ganz verdutzt. »Nichts«, wehrte sie ab … »ich wollte seinen Rotwein nicht, einen Velletri … Aber was sagten Sie da von der heiligen Cäcilie?«
Er sprach von der Statue Madernos, die sich in der Kirche Santa Cecilia in Trastevere befindet. Auf der Seite ausgestreckt liegt sie da, in einer Art Hemd, die herabhängenden Haare verschleiern ihr Gesicht. Genau so, wie man sie in den Katakomben mehrere Jahrhunderte nach ihrer Tötung gefunden hat. »Das ist eine sehr schöne Statue«, sagte er, »doch ich, ich träume von einer lebendigen Cäcilie … der Musikerin, wissen Sie … die aufrecht dasteht, ihre Leier in der Hand, und zur Darstellung dieses Glaubens, den sie niemals verleugnen wird, möchte ich lediglich eine Geste finden, die ihn uns glaubwürdig macht, ganz ohne Pathos … sie könnte einfach, so ganz unwillkürlich, das Kreuz ihrer Halskette in den Fingern halten. Das Wesentliche ist hier die Sparsamkeit der Mittel. Selbst und besonders in der Bearbeitung des Faltenwurfs, wenn der Künstler den ethischen Gehalt seiner Kunst versteht …«
Karoline unterbrach ihn:
»Sie glauben nicht an Gott, aber Sie glauben offenbar an seine Heiligen?«
»Das sind«, sagte er, »Männer und Frauen aus Fleisch und

Knochen. Ihr Ideal ist vielleicht nicht das meine. Aber sie haben ein Ideal. Sie darzustellen heißt im Prinzip bereits, die Idee, das Ernsthafte der Konzeption, den sittlichen Gehalt in die Kunst einführen ...«

»Ich kann Ihnen nicht so recht folgen. Sie glauben nicht an das, woran die Heiligen glauben, und trotzdem gibt für Sie bereits die Tatsache, daß sie daran glauben, Ihrer Arbeit ihren moralischen Wert ...«

»*Einen* moralischen Wert«, sagte er. »Ich habe keine Lust, mein Leben damit zu verbringen, Heilige zu modellieren. Hier in dieser Stadt habe ich begriffen, welches meine Modelle sein würden, wofür ich gemacht bin. Bis jetzt bin ich kaum über das Studium, das Kennenlernen des Körpers, des Gesichts, der Haare hinausgekommen. Ich habe meine Kameraden oder Leute aus dem Volk Modell stehen lassen. Ich weiß nunmehr, daß mein Gegenstand nicht diese Zufallskopie ist. Ich brauche Helden, ich brauche Genies. Ich will nicht erfinden. Der Bildhauer, sehen Sie, Karoline, der Bildhauer ist die Zukunft ... die Menschen sterben, er macht sie unsterblich: er erzählt, er ist der Zeuge. Ich möchte der Zeuge nicht nur erbärmlicher Dinge gewesen sein. Ich brauche Helden ...«

Nein, dachte sie, das ist es also, das ist seine Leidenschaft ... Helden? Aber warum dann diese Heilige mit der Leier?

»Ich habe Ihnen schon gesagt, daß dieses Jahr schrecklich war ... Im Getöse der Rückkehr Pius' VII. habe ich Rom verlassen. Ich floh nicht vor dem Papst, glauben Sie mir. Aber da war gleichzeitig die Niederlage Frankreichs, die Rückkehr der Bourbonen, die Verbannung Napoleons ... Man mußte nur mal hören, wie man in der Akademie bereits so tat, als verachte man alle Ideen der Revolution, die Republik. Trotzdem wäre ich geblieben. Ich hatte unter den Römern Freunde. Wir trafen uns, wie sich einst in Angers die ›Gleichen‹ trafen. Die Österreicher waren gerade wieder nach Mailand zurückgekehrt, Prinz Eugen, auf den man einige Hoffnung gesetzt hatte, war abgezogen und hatte damit Piemont der Anarchie überlassen. Es fehlte nicht an Leuten, sogar unter den Italienern, die diese Rückkehr der Kaiserlichen beruhigte, weil durch sie das italienische Volk in Schach gehalten werden konnte. Ich meinerseits hatte Rom aus einem anderen Grund verlassen ... Sie hieß Cecilia, stellen Sie sich vor ...«

Es ist bitter für eine Frau, deren Spiegel allmählich zu einem Leiden für sie wird, einen Abend mit einem Mann zu verbringen, der, mag er auch unglücklich sein, ihr von einer anderen erzählt, und diesmal sah Karoline sehr wohl, daß David danach lechzte, zu reden, zu erzählen, was er seinen spöttischen Kameraden nicht sagen konnte, nicht einmal seinem Freund Dominique, diesem Monsieur Ingres aus der Via Gregoriana, obgleich der viel älter war als er und vielleicht doch schließlich wußte, was es heißt, zu leiden: oder hatte der nur die Malerei im Herzen? Von diesen Begegnungen, die nur ein Spiel waren, die sie einfach so fortzusetzen beschlossen hatten, erwarteten weder der junge Mann noch die reifende Frau etwas anderes als das Vergnügen am Beisammensein und diesen Anstrich von Abenteuer. Karoline stellte sich einen Augenblick lang diesen Jungen zu ihren Füßen vor, oder aber ... und sie zuckte die Achseln. Warum dann aber versetzte ihr diese Cecilia einen solchen Stich ins Herz?

Sie hatte den ganzen Anfang der Geschichte wie Wasser zwischen den Fingern verrinnen lassen, wie nämlich die jungen Leute sich kennengelernt hatten, ihre anfängliche Furcht, sich anzublicken, alleine zusammen zu sein. Da hatte also diese Cecilia einen Bruder, dessen Ideen wenig zum Patrizierstand ihrer Familie paßten. Wo war er dem Bildhauer begegnet? »Sobald ich in der Natur einem schönen Kopf begegne, mache ich sofort eine Skizze von ihm ... Es ist gefährlich, sich auf das Studium des Antiken zu beschränken, wenn das Antike bloß das Gegengift zum schlechten Geschmack der Natur ist ... Es geschah in der Karnevalszeit von 1813, und ich befand mich in einer Pechsträhne. Da war zunächst dieser Mann, von dem ich eine Figur machte, ein Modell mit Bart, wirklich großartig. Am Tag, nachdem er mir Modell gestanden hatte, erlag er plötzlich irgendeiner Krankheit. Und gleichzeitig war da ein junges Mädchen mit einem griechischen Profil, von einer Vollkommenheit! Ich war gerade dabei, ihren Kopf zu modellieren – ich arbeitete im Pavillon San Gaetano ... sind Sie niemals in der Villa Medici gewesen?

Dieser Pavillon, in dem Ingres sein Atelier hatte, als er noch auf der Akademie war, liegt ganz am Ende des Gartens, man erreicht ihn durch schattige Baumalleen, und plötzlich öffnet sich ein weiter Ausblick auf die Stadt, den Vatikan. Wenn Sie gegen Abend in meinem Atelier gesehen hätten, wie die untergehende Sonne alles in ein Flammenmeer taucht, dieses Mädchen ...«
»Cecilia?«
»Aber nein, das war nicht Cecilia! Es war ein Modell, eine Handwerkerstochter – und wie hatte ich mich begeistert, eine wahrhaftige Nereide! Am darauffolgenden Abend war sie auf dem blumenübersäten Corso mit seinen teppichgeschmückten Fenstern im Lärm der Karossen, im Gedränge der Menge, unter den Possen der Masken erdolcht worden ... Da kam Emilio auf den Einfall, Cecilia zu mir zu führen, seine junge Schwester, er dachte, wie ich Ihnen schon sagte, ich würde vielleicht in ihr eine annehmbare Nereide finden. Ah! Bei Gott!«
Wer war dieser Emilio? Es gab in der römischen Gesellschaft genügend junge Leute, die jüngsten Sprößlinge ihrer Familie, die die Fata Morgana der Revolution mitzog. Ein Carbonaro, wahrscheinlich. Karoline war zweien oder dreien dieses Schlags begegnet. Die waren nicht sehr ernst zu nehmen. Sieh mal an, warum *nicht sehr ernst?* Störte sie der Gedanke, Pierre-Jean könnte *ernste* Verbindungen zum echten Carbonarismus unterhalten? Sie zwang sich, aufmerksam dem Roman der jungen Leute zuzuhören, wie ihn der kleine Bildhauer erzählte. Es war also sogar von Heirat die Rede gewesen. Aber das hing nicht nur von Emilio ab. David hatte der Familie nicht besonders gefallen. Diese hochgewachsenen, dunklen Männer, die hinter sich in der Nacht der Zeiten Condottieri und Kardinäle hatten, konnten diesen kleinen Mann aus Angers, der nach Rom gekommen war, um antike Statuen zu kopieren, nicht mit Wohlwollen betrachten. Man brauchte nicht sehr helle zu sein, um in ihm die Plebs zu wittern und noch dazu die französische Plebs, die schlimmste, die königsmörderische. Der Hauptgrund für ihre Feindseligkeit war jedoch ein anderer. Es durfte weder ihr Palazzo an der Via Quatro Fontane noch ihr Lavaschloß an einem der Seen

in den Albaner Bergen auf dem Erbwege aufgeteilt werden, und auch nicht das zur Aufrechterhaltung des Rangs der Familie notwendige Geld, es mußte alles in den Händen des Ältesten konzentriert bleiben, man konnte es sich nicht leisten, die Tochter auszusteuern: sie war von ihrer Mutter schon von Kindheit an für den Marienkult bestimmt worden, sie würde Nonne werden, und etwas anderes käme nicht in Frage.
Selbst Emilio schien sich zum Gehilfen des Komplotts gemacht zu haben. Hatte er nicht Pierre-Jean nahegelegt, sich zu entfernen, da ja doch Guillon-Lethière es ihm vorschlug? Und wer hatte übrigens dem Direktor die Idee eingeflößt, seinen Stipendiaten in den Norden Italiens zu schicken? Emilio hoffte, die Abwesenheit würde die Dinge ins reine bringen, und die Familie würde ihre Pläne vergessen ... Florenz, Venedig ... Er war schneller zurückgekommen, als man es erwartete, es herrschte eine drückende Hitze. Cecilia war nicht in Rom. Man hatte sie in dieses Schloß in der Nähe von Castel Gandolfo gebracht, in diese Räubergegend, in die sich ein Franzose nicht hineinwagen konnte. David verbrachte also drei Monate in Neapel, in Pompeji, so ziemlich überall an den Ufern des Tyrrhenischen Meeres ...
War Karoline denn so alt, daß ein Mann ihr von einer anderen erzählen konnte? Am liebsten wäre sie aufgestanden, um in einem Spiegel nachzusehen, ob sie wirklich schon dem Verfall nahe war. Aber der Bericht nagelte sie fest, hier, auf dieser sich zur Stadt hin öffnenden Terrasse: es war eine Mondnacht, und was soll man schon von einer Mondnacht in Rom demjenigen erzählen, der sie nie gesehen hat? Sah Karoline sie? Davids Ton hatte sich verändert:
»Glauben Sie«, sagte er, »daß Cecilia wohl eine Heilige war? Und können Sie daran zweifeln, daß sie eine ist, wenn Heiligkeit am Schmerz, am Martyrium gemessen wird? Sie fragten mich, ob ich an die Heiligen glaube? Als ich 1808 Angers verließ, befanden sich meine Angehörigen in einer schrecklichen Not, und es war mein Lehrer Delusse, der mir vierzig Francs für die Reise nach Paris schenkte. Damit konnte ich weder die Postkutsche noch das Essen bezahlen. In Chartres angekommen, verließ ich die Diligence, entschlossen, den Rest des Weges zu Fuß zurückzulegen. Sie kennen Chartres nicht? Es

gibt nichts Schöneres auf der Welt als die Kathedrale, nicht einmal in Rom. Glaubten die Bildhauer an die Heiligen, die sie für die Portalvorhallen schufen? Ich weiß nicht, aber ich fühlte mich irgendwie beschämt vor diesen Statuen: durfte ich sie mit den Augen eines Zweiflers betrachten? Und doch ... Ich habe Cecilia mit den Augen eines Mannes betrachtet, der liebt ... verstehen Sie? Verstehen Sie? Ich habe sie ein letztes Mal betrachtet: es war am 9. September dieses Jahres, Sie sehen, es ist nicht lange her, keine vier Monate! Emilio hatte mir ihre Botschaft überbracht. Er und ich, wir hatten uns aus politischen Gründen getroffen. Cecilia würde sich am erleuchteten Fenster, zur Straße hin, zeigen, ein letztes Mal ... Am nächsten Tag trat sie ins Kloster ein. Ich war gerade aus Neapel gekommen, ich war wie verrückt; sie wiedersehen, nur um sie zu verlieren! Und was konnte ich machen? Sie war im Palazzo Quattro Fontane eingesperrt. Ein Maderno, nicht jener, der die Statue geschaffen hat, ein anderer, der Architekt, hat dieses von Bienen übersäte Bauwerk errichtet. Ich stand da, auf der Straße, es war stockdunkel. Das Fenster, hinter dem das Licht angezündet worden war, öffnete sich zur Terrasse hinaus. O mein Herz, mein Herz! Wenn das Herz da nicht zerbricht, gibt es keine Hoffnung, daß man von sich aus zu leben aufhören kann. Ich sah sie, sie stand aufrecht da, in einem geradlinigen Faltenkleid. Sie zeichnete sich gegen den Himmel ab. Sie nahm das Kreuz, das an ihrer Halskette hing, in ihre Finger, als wollte sie damit spielen. Das ganze Licht war für sie da, und ich verschmolz mit der Finsternis, mit der Erde, mit der Nacht. Ich besitze von ihr nur eine Skizze, die ich bei ihrem ersten Besuch im Atelier San Gaetano gezeichnet hatte. Eines Tages, eines Tages werde ich eine Statue von dieser heiligen Cäcilie machen, es werden an ihr nur die Tränen fehlen!«

Pierre-Jean hatte nicht bemerkt, daß sich der Kellner verstohlen der Dame genähert hatte und daß diese das Abendessen bezahlt hatte.

Es ist die Eigenart junger Leute, blindlings nach vorn zu stürmen: sie entwachsen der Kindheit mit ihren Träumen und dem Geschmack am Berauschtsein, sie verstehen diese Welt nicht so recht, in die sie da hineingeworfen sind, die sie oft beengt, die sie woanders hinführen will als dahin, wohin sie sich stürzen. Ihr persönliches Anliegen, die Leidenschaft, die sie erfüllt, das hat Vorrang vor allem. Diejenigen, die eine bestimmte soziale Stellung sofort in ihren Griff nimmt, ohne ihnen Wahl oder Spielraum zu lassen, sind früher reif als die anderen, und sie sprechen als erste die Sprache des Erwachsenen. Das gilt sowohl für jene, denen diese alltägliche Arbeit auferlegt wird, zu der nur das Elend die Alternative sein kann, als auch für jene, denen ein Vermögen zufällt, das sie zu verlieren fürchten. Die einen wie die anderen müssen von vorneherein mit ihrer Zeit rechnen, und mit der Geschichte. Aber daneben gibt es diese schwebende Masse, die ihr Studium zunächst da herauszuhalten scheint, für die das Studium die Anmut der Kindheit verlängert ... Sie sind zwar schon Männer, ermessen aber noch nicht die Verantwortung, die das einschließt. Und wenn sie, was sie lernen, mit Leidenschaft lernen ... wie zum Beispiel diese Künstler, die eine Art Staatspaternalismus nach Rom schickt, als wenn es Ferien wären, mit bezahlter Reise und hundert Francs pro Monat ... Doch war David keineswegs eines dieser Kinder mit den Goldaugen, die von der Existenz nur die von dienenden Händen gepflegten Wohnsitze kennen und die sich nicht für den Preis des Anzugstoffes interessieren, den sie tragen. In diesem Paris, in das er zu Fuß von Chartres aus gelangt war, hatte er sich mit neuen Tätigkeiten das Leben verdient; wie glücklich war er doch, als er einer der Arbeiter auf den Gerüsten des Arc-de-Triomphe du Carrousel sein konnte, der vor den Tuilerien errichtet wurde. Aber Paris war bereits seine Kunst, der Strudel seines Denkens und seiner Ambitionen. Wenn die Geschichte in sein Leben einbrach, dann nur, um ihn all dem zu entreißen: in jenen Zeiten des Spanischen Krieges, der unablässig neue Männer forderte, als über den Zwanzigjährigen die Angst vor der Einberufung schwebte, die Bedrohung des Aufbruchs der Truppe, als er ohne Begeisterung in dieses Schlachtgetümmel hineingeworfen war, in dem die Soldaten nicht mehr sicher waren, ob sie inmitten eines aufständischen Volkes, in den Hinterhalten der Guerillas, wirklich die Rolle Frankreichs spielten, da rief David – und das war nicht mehr der Ausdruck seines isolierten Gefühls, sondern bereits der einer Generation, die weder die von Marengo noch die von Wagram war –: »Die Menschen sind unglücklich, daß sie in einem solchen Jahrhundert geboren wurden!« Es ist ein Irrtum – und dieser Irrtum rührt vielleicht von unseren Lektüren her, von Musset ebenso wie von Stendhal –, wenn wir glauben, diese innere Zerrissenheit sei erst die Folge der durch den Zusammenbruch des Kaiserreichs eingetretenen Desillusionierung, während zwanzig Jahre lang der Pulvergeruch die Jugend in Rausch versetzt habe.

Wie viele denn von denen, die an der Schwelle des Jahres 1815 noch keine dreißig waren, hatten ähnlich wie die Älteren, die zu Beginn des Jahrhunderts im waffenfähigen Alter standen – Ingres zum Beispiel –, überhaupt Geschmack am militärischen Ruhm? Man braucht nur zu sehen, wie das Kaiserreich zugrunde ging, um das zu ermessen. Ein dumpfes Grollen durchzog ganz Frankreich, ohne es aber zu betäuben. Millionen Männer versuchten, sich dem Ruhm zu entziehen: und nicht nur Maler und Bildhauer, sondern auch Bauern, die in die Wälder, die Berge flohen und dabei manchmal unter Banden von Gesetzlosen gerieten, und sie, diese Kinder des Volkes, mischten sich unter die Helfershelfer der Bourbonen. Ebenso brachten das Geheimnis der politischen Intrigen, der Selbsterhaltungstrieb Leute, die während all dieser Jahre des Kaiserreiches Verschwörungen organisierten, auf die Seite von Männern und Frauen, deren Ziele den ihren entgegengesetzt waren. In fast allen damaligen Komplotten betrachtet der Republikaner, der sein Leben aufs Spiel setzt, plötzlich erstaunt seinen Schicksalsgefährten: und er ist niemals sicher, ob das nicht ein Emissär aus London, ein verkleideter Chouan ist. Die Männer des Comte d'Artois treffen sich mit denen Babeufs: die einen wie die andern haben antike Vornamen, und wer zum Beispiel ist dieser Alexander? Die Priester tragen hier keine Soutane, mit wem zum Teufel hat man es zu tun? Bis in die Armee hinein, bis hinten nach Wien oder Preußen oder selbst in die eisigen Quartiere von Witebsk oder Moskau breitet sich in tausenderlei Formen die Verschwörung aus, Reiter treffen ein, die in ihren Mänteln das Sendschreiben tragen, das aus Bordeaux oder Angers, aus Montauban oder Poitiers kommt … Selbst die Marschälle um den

Kaiser herum geraten schon in dieses Dunkel ... in wessen Sold? Ist Ney ein Republikaner oder ein Verräter? Und Murat, der sich schon mit den Engländern und Österreich verbündet hatte ... war er ein Verräter? Schließlich hatte doch er die Franzosen aus Rom verjagt. Aber vielleicht verstand er es – oder hatte es zumindest gewollt –, Italien zu erhalten ... diesen Teil der kaiserlichen Größe zu retten ... Und was Marmont betrifft, auf den hatte niemand geachtet.

Denn es ist äußerst heikel, festzulegen, wo die Trennungslinie zwischen Gut und Böse, zwischen Patriotismus und Verrat verläuft, wo die Wühlarbeit des Auslandes beginnt, wo die Republik aufhört ... Brutus gegenüber Cäsar, ich weiß nicht so recht, wie man das beurteilen soll. Aber für diese Jugend, die im Geschmetter der Trompeten und im Schwingen der Adler aufgewachsen ist, ist das noch schwerer auseinanderzuhalten. In welchem Augenblick ist der Geist der bewaffneten Volkserhebung in sich zusammengebrochen, ab wann gehört Valmy der Vergangenheit an? Thermidor ... nein, Thermidor ist keine Erklärung: mußte man denn unbedingt, als Robespierre stürzte, das Gesicht von einem Gendarmen zerschmettert, den Armeen Österreichs und Preußens die Grenzen öffnen? Verloren Pitt und Cobourg auf einmal ihre Bedeutung für diese noch vom *Chant du Départ* erfüllten Ohren? Nein, nein ... und im Gefolge Bonapartes zog lange, so verwundet sie auch war, die Freiheit mit, wie eine Marketenderin auf den Munitionswagen ... Wo beginnt das Böse? Wo endet das Gute? Sie kennen nicht ihr Glück, diese Leute, für die alles klar ist, für die die Welt sauber durch das Schwert zweigeteilt ist! Die selbstsicher sterben, die ihr Leben hingeben können ohne den Zweifel, der jene Generationen bewohnt, mit denen der Mensch des 19. Jahrhunderts debütiert. Mußte denn General Mallet triumphieren ... mußten die blutenden Überreste der Großen Armee irgendwo in der Ferne erfahren, daß dieser kleine Mann unter ihnen nicht mehr der Kaiser war? Wo war in all dem Frankreich?

Und doch ist es da, niedergeworfen, besetzt, zerstückelt ... Freilich, wenn Pierre-Jean David im Jahre 1814, als die Alliierten nach Paris vorstoßen, in Rom unter der Loggia mit ihren Nischen und den weißen Götterstatuen seine Kameraden

versammelt und sie zu überzeugen sucht, daß jetzt, jetzt alles klar ist, da ja die Heere der Koalition das Vaterland überfluten, und daß es ihrer aller Pflicht ist, Rom, die Akademie, die Kunst zu verlassen, um in Frankreich Bürger, Soldaten zu werden, auf dem Boden Frankreichs, um den Feind hinauszujagen ... werden sie ihn da etwa nicht verstehen, diejenigen, die gestern noch dem Kaiser folgten, ihm zujubelten, aber auch die Konspirateure, sie, die das Blut des Volkes auf den Stufen von Saint-Roch nicht vergessen haben, sie, die die Verfassung Robespierres, die Aufteilung der Güter verlangen, und auch jene, die an das Lilienwappen glauben mögen, aber nicht ertragen, daß es auf den Lastwagen des Auslandes zurückkehrt? Er hat recht, der Mann aus Angers mit dem runden Kopf, dem pockennarbigen, bleichen Gesicht, der da alleine spricht, ganz alleine, im Schweigen der anderen, die höflich bleiben, aber sich abzuwenden verstehen, und allerdings sieht man durch die dreifache Öffnung zum großen Eingangshof hin, im Gegenlicht der beiden Säulenpaare aus Cipollinmarmor, hinter den mit Kugeln bekrönten Ballustraden der Doppeltreppe, die den Zugang dorthin freigibt, und ihrer mittleren Brunnenschale, in der Merkur tanzt, zwischen den von Statuen flankierten Gebäuden aus ockerfarbenem Stein und gelben Ziegeln, mit Einfassungen aus weißem Travertin, sieht man da, auf dem Hintergrund der fernen Bäume – abwechselnd Zypressenspindeln und Pinienschirme –, die Grünmassen über den Mauern, sieht man da die Statue der sitzenden Roma, die in aller Ruhe dasitzt, ein Stückchen hinter dem Becken der Venus mit den Delphinen, zwischen den hochragenden Linien der beschnittenen Bäume. Und der eine denkt an das Buch, das er aufgeschlagen auf dem Tisch zurückgelassen hat, und schielt zur Tür der Bibliothek hinüber, der andere wartet ungeduldig darauf, daß er hinten im Garten, in der Velásquez-Loggetta, einen Blick auf den Muskelmann von Houdon werfen kann ... Die Zeit vergeht. Was für eine gute Nase sie doch gehabt haben, daß sie nicht auf David hörten! Die sitzende Roma hinter der Fontäne des Beckens ist immer noch da, aber in Frankreich hat alles eine so sonderbare Wendung genommen ...
Glauben Sie etwa, daß er damals am Abend in seinem Zimmer

nicht aus Wut geweint hat, dieser kleine David aus Angers ... angesichts dieser Gleichgültigkeit ...? Sicherlich übertreibt er die Dinge, wenn er glaubt, dieser Kreole aus Guadeloupe, Guillon-Lethière, habe ihm auf Betreiben der Eltern Cecilias nahegelegt, ein bißchen in Italien herumzureisen! Viel wahrscheinlicher ist, daß der Direktor diesen Heißsporn mit seinem unangebrachten Patriotismus aus seiner Umgebung entfernen wollte.

Vielleicht sind für ihn die Dinge wirklich klar geworden, ohne Einschränkungen. Vielleicht weiß er endlich, was Leben und Sterben lohnt. Und wer jene Helden sein werden, nach denen ihn dürstet. Vielleicht. Doch was hält Dominique in der Via Gregoriana davon? Denn in dieser Verwirrung könnten weder Cortot, der sich bereit gefunden hat, den Marmor seiner Napoleon-Statue neu zu behauen, um daraus einen Ludwig XVIII. zu fabrizieren, noch der Direktor, der ihm das angeraten hatte, richtungweisend sein ... Sie sind mitgerissen vom Fieber Roms, in dem es wie nie zuvor wimmelt von Talaren, Kutten, barfüßigen Mönchen, Stricken um die Lenden bizarrer Bärtiger, von violetten Prälaten, Seminaristen in roten Soutanen – es sind Ungarn, sie sehen aus wie die Soldaten Franz' II. –, die der Kaiser von Österreich gerade erst dem Heiligen Vater zu seinem persönlichen Schutz geschickt hat. Das hüpft überall nur so umher, der grobe braune Wollstoff, die Tonsur, die bleichen Gesichter, manchmal erkennt man unter ihnen Leute wieder, die man im Karneval gesehen hat, in Zivilkleidern, oder beim General Miollis, wo sie sich bei den Franzosen lieb Kind machten. Von daher bekommt man eine Vorstellung, wie es um Frankreich in diesem Winter bestellt ist. Dieses Frankreich, das hier Jahrhunderte hindurch seine Spuren hinterlassen hat, mit dem Durchzug Franz' I., der großen Freigebigkeit Ludwigs XIV. –, aber behaupten Sie bloß nicht mehr, daß die Promenade des Pincio das Werk Napoleons ist: eine Plakette bezeugt, daß sie der Generosität des Pontifex maximus zu verdanken ist, als ob da unten, wo bislang die Kühe weideten, auf dem *Campo vaccino*, das Forum nicht von den Soldaten Bonapartes, sondern von der großzügigen Gesinnung Pius' VII. freigelegt worden wäre.

Doch sind gerade jetzt, in dieser Nacht des Jahrhunderts, die Menschen unglücklich, daß sie geboren sind.
Jetzt war es völlig unmöglich, sich tagsüber in den Häusern aufzuhalten. Die römischen Wohnungen sind unheizbar, zumindest mit der Art von Brennmaterial, die man verwenden möchte. David hatte in der Villa Medici die ganze Zeit über eiskalte Füße, weil man obendrein keinen Sou mehr aus Frankreich bekam und man bei Guillon-Lethière überhaupt aus dem letzten Loch pfiff. In den Ateliers stampfte man mit den Füßen auf den Boden. Indes bewahrten die Vorweihnachtstage ihre alkyonische Milde auf den Straßen, auf den Plätzen. Ein paar Stunden Sonne genügten, und schon war es einem fast zu heiß. Schubartige Regengüsse sorgten dafür, daß das Grün erhalten blieb, und kleine Jungen spielten an den Brunnen. In dieser Jahreszeit ist es draußen auf dem Land besonders reizvoll, man hat mehr als zu jedem anderen Zeitpunkt Lust, an der frischen Luft spazierenzugehen, weil einem das wie etwas Gestohlenes vorkommt, ich weiß nicht, wie ich sagen soll. Sogar die Eichen, die Kastanien zeigen inmitten der Massen immergrüner Pflanzen noch gelbe Blätter ... Vielleicht war es von seiten Karolines eine gewisse Perversität, David in ihrem Wagen in die Gegend von Castel Gandolfo mitzunehmen ... War sie auf der Suche nach jenem Lavaschloß, in dem Cecilia nicht mehr wohnte? Die Räuber waren nach dem Abzug der Franzosen friedlich geworden.
Noch nicht bei dieser Spazierfahrt ließ sie die Maske fallen. Obwohl Pierre-Jean glaubte, gehört zu haben, wie der Kutscher, als er ihr den Wagenschlag öffnete, ein eigenartiges Wort aussprach. Ja, er war dessen fast sicher: *Eure Hoheit* ... Er machte sich seine wilde Phantasie zum Vorwurf. Schließlich wollte Karoline ja nicht, daß er ihren Namen erfuhr, das war ihre Spielregel ... Sie trug ein mit tolliertem Wäschestoff eingesäumtes, gelbes Käppchen mit weißen Marabufedern, deren Panasch die Bewegung ihrer Haare über dem Band zu wiederholen schien. Das graue, hochtaillierte Kleid mit den langen, am Handgelenk von Manschetten aus Seidenspitzen zusammengehaltenen Ärmeln war aus einem dieser Stoffe, die nicht knittern und doch immer zerknittert aussehen. Karoline trug lang, länger als es Mode war, so daß man kaum

ihre Schuhe sah, und der Capemantel, den sie überwarf, war aus gelb-grau gestreiftem glitzernden Alpaka. »Ich kann Ihnen gar nicht sagen, wie sehr ich es liebe, wenn es zur Weihnachtszeit grünt ...« Was erwartete sie auf der Heimfahrt im Wagen, die Träumerin? Ich fürchte sehr, daß David in den Augen der Damen nur ein Naivling war. Und trotz einer Periode, an die er nicht besonders gern zurückdachte – sieh mal an, das war ja eben gerade zur Weihnachtszeit, aber es ist schon sechs Jahre her! –, betrachtete unser Bildhauer die Keuschheit als eine Regel des Künstlerlebens. Ehrlich gesagt war er zerstreut. Doch nicht so sehr, daß er nicht die Stummheit des Kutschers bei der Heimfahrt bemerkt hätte, und den Blick, den Karoline dem offensichtlich unvorsichtigen Diener zugeworfen hatte. Diese Frau war voller Entschlossenheit: man würde sie zu nichts bewegen können, was sie nicht wollte. Aber da David das sowieso nicht vorhatte ...

Inzwischen wurde das Wetter schlecht, und man konnte drei Tage nicht ausgehen. Als zum erstenmal die Sonne wieder schien, brachte ein Bote einen Brief für den Bildhauer in die Villa Medici. Karoline bat ihn darin, sie vor dem Albergo dell'Orso abzuholen. Es liegt im unteren Teil der Via di Monte Brianzo, auf dem kleinen Platz nahe am Tiber. Erlaubte ihm Karoline jetzt endlich, ihre Wohnung kennenzulernen? Oh nein: sie erwartete ihn dort, auf dem gepflasterten Platz, gegenüber diesem Gebäude mit den übereinanderliegenden Loggien. Das ist am Rande dieses volkstümlichen Viertels mit den engen Straßen, in denen zu jeder Jahreszeit die Wäsche vor den Fenstern klatscht. Damals gab es da noch keinen Quai entlang des Tibers, das Ufer war vor allem ein Schuttabladeplatz. Die beiden Gefährten folgten der Via Tor di Nona, bogen in diese und jene Straße ein, wo es von zerlumpten Straßenjungen wimmelte und einem Katzen um die Füße strichen, kehrten wieder um und kannten sich plötzlich im Weg nicht mehr aus ... Karolines Antlitz verriet Erschütterung. Sie hatte nicht so sehr das Bedürfnis zu reden, sie wollte vielmehr nur nicht allein sein. Irgend etwas mußte sich in ihrem Leben ereignet haben. Und das Albergo dell'Orso? Warum gerade das? Weil Goethe dort gewohnt hatte. Sie zitierte aus den Elegien ...

Saget, Steine, mir an, o sprecht, ihr hohen Paläste!
Straßen, redet ein Wort! Genius, regst du dich nicht?
Ja, es ist alles beseelt in deinen heiligen Mauern,
Ewige Roma; nur mir schweiget noch alles so still.

Mit ihren Gedanken war sie offenbar anderswo.
»Hier in Rom«, sagte David, »hat er *Egmont* geschrieben ...«
Sie schienen plötzlich aus einem Traum zu erwachen: »*Egmont?* ... Ah ja ... *Egmont*, und anderes ... *Iphigenie ... das Schmerzenskind* ...« Und sie verbarg die Augen in ihren Händen, ihren langen Handschuhen.
»Was haben Sie, Karoline?« fragte David.
Nichts. Sie hatte nichts. Sie sprach ziemlich trocken. Jeder geht auf das zu, was ihm am Herzen liegt. So kam Pierre-Jean, als man ihm von Goethe sprach, sofort auf *Egmont* ... vielleicht war Egmont vor einigen Monaten noch auf *unserer Seite*, als Bonaparte in Italien wie in Spanien ... wie *bei uns* ... morgen werden Sie Herrn von Kleist rezitieren ... Sie warf alles durcheinander. Heute jedenfalls bringt das Ende von *Egmont* euch Franzosen zum Träumen. Und plötzlich:
»Für mich ist es *Iphigenie* ... weil man sich bei Goethe immer das aussucht, was dem eigenen verwundeten Herzen entspricht ...

›*Weh dem, der fern von Eltern und Geschwistern*
Ein einsam Leben führt! Ihm zehrt der Gram
Das nächste Glück vor seinen Lippen weg‹.«

Sie spazierten schweigend dahin, und Gott weiß, wie sie zum Pasquino gelangten. David schwärmte für diese verstümmelte antike Statue, die kümmerlich auf ihrem an der Mauer des Palazzo Braschi abgestützten Sockel steht. Dieser Rumpf ohne Arme, der Ansatz des Kopfes ohne Gesicht, ein abgeschnittenes Bein mit der Andeutung einer Chlamys, deren Träger sich über der Brust kreuzen, man weiß nicht, warum das Volk von Rom ihn für sein Abbild hält, für das Abbild seiner Heiterkeit im Elend. David hatte *das Volk* gesagt ... dieses Wort kam oft bei ihm vor. Diesmal griff sie es auf, in gereiztem Ton:
»Das Volk, das Volk ... als ob nur das Volk arm dran wäre!«

Er schaute sie an, in ihren Augen schimmerte etwas wie Tränen. Sie weinte nicht eigentlich: es waren trockene Tränen. Da nun gestand sie.

Elisabeth-Karoline von Braunschweig-Wolfenbüttel hatte am Abend zuvor einen Brief von ihrer Tochter Lotte erhalten ... diesem Kind, das man gelehrt hatte, seine Mutter zu hassen, diesem Kind, dem einzigen, das ihr geschenkt worden war ... Sie sprach vom Himmel und nicht vom Vater, ihrem Vetter Georg von Hannover, Prinz von Wales und Regent von England ...

»Dann sind Sie ja ...«, sagte David. Sie merkte wohl, daß er nicht sagen wollte: die Regentin von England, aber ... denn es war wie mit Goethe: wenn man eine Tochter hat, wählt man Iphigenie, er aber, der kleine Jakobiner aus Angers ...

»Ja«, sagte sie trocken, »ich bin die Tochter des Herzogs Karl-Wilhelm von Braunschweig, des Oberbefehlshabers der Koalitionsarmee gegen eure Republik, des Verfassers des *Manifests* ... ja ...«

Sie brauchte ihre Geschichte nicht zu erzählen. David kannte sie. Sie entfernten sich vom Pasquino und gelangten zu diesem riesigen, maßlos in die Länge gezogenen Platz, auf dem die Zirkusspiele den Brunnen und den Kirchen gewichen sind, diesem Platz mit seinem Boden aus Steinplatten. Schwärme von Bettlern umringten sie. Das waren arme herumschwirrende Fliegen, zwei konkurrierende Schwärme, die am Portal der beiden Kirchen nisteten, die sich aber, sobald sie in der Ferne Ausländer auf die Piazza zukommen sahen, in einem Wirbel auf diese Hoffnung stürzten. Die Piazza Navona ist schön und traurig wie der Tod der Agnes, die, als man sie nackt und züchtig den Augen der Römer zum Fraß vorwarf, wunderbarerweise von ihren Haaren umhüllt wurde ... Warum muß dieser Platz von diesem wimmelnden, schmutzigen Markt verstopft sein? Und man rutscht auf den Krautblättern, der zertretenen Zichorie aus ... und immer wieder, immer wieder das weihnachtliche Grün, dieses Grün zwischen den Steinen und auf den Ständen, dieser Frühling der Gemüse ...

Die Piazza Navona hatte damals nur zwei Brunnen in ihrem engen, antiken Schiff, das von zwei Gebeten eingekeilt war:

links in der Mitte von der Kirche Sant' Agnese in Agone mit ihrer Kuppel und weiter hinten rechts von der Kirche San Giacomo degli Spagnoli, wohin die Soldaten Cesare Borgias zum Beichten kamen ... jedenfalls hatte sie schon, und das genügt, in ihrem Herzen den Brunnen des Bernini, die »Ströme«, zu denen das seltsame *forestieri*-Paar – der kleine Mann mit dem langen Umhang, dem Posaunenhut und dem Stöckchen, und die große Dame mit einem sehr lächerlichen und sehr teuren Hut, auf dem ein Federbusch thronte – nur mit großer Mühe gelangen konnte ... diesen Brunnen des Bernini: eine seiner Figuren, diese Gestalt eines kräftigen, bärtigen Bauern, die den Nil darstellt, an einer Flanke der den Obelisken umrankenden barocken Felsen, war für Pierre-Jean zu einem Wallfahrtsort geworden, vor allem wegen der Bewegung des rechten Beines, das mit unerhörter Vertraulichkeit seinen nackten Fuß über den Felsen hinweg der Nase des Passanten entgegenstreckt. Er konnte nicht umhin zu sagen: »Schauen Sie, Michelangelo hätte man allen Marmor der Erde geben können, es hätte ihm nie für die Füße seiner Statue gereicht, in so großen Dimensionen sah er ... während Bernini ...«
Sie hörte ihm nicht zu. Er seinerseits machte diese Bemerkung nicht aus Gleichgültigkeit. Eher aus Vorsicht. Sie sahen sich nicht mehr Rom an. Er nahm ihre Hand und küßte sie. Sie ließ es geschehen. Sie wußten, daß sie hier entlang allmählich auf den Corso zugingen. Auch dort hatte Goethe gewohnt. Und in diesem Haus am Corso hatte er *Iphigenie* beendet.
»Lotte«, sagte sie ... »*dieses Schmerzenskind* ... Dieses Kind habe ich von diesem Mann. Es ist lange her. Sie ist so alt wie Ihre Cecilia. Er hatte mich nur geheiratet, um seine Schulden bezahlen zu können, er war ein Trinker, er ... Als sie diese Intrige gegen mich inszenierten, um mich loszuwerden, als ich den Hof verlassen, mich in Blackheath einschließen mußte ... da haben sie das Kind behalten, sie haben es gegen mich aufgehetzt, es in der Lüge erzogen ... Ich bekam niemals Nachricht von meinem Kind. Zunächst einmal war ich eine sehr junge Frau, ich glaubte, ich könnte ... aber ich habe die Kleine schließlich niemals gekannt. Die Jahre dann. Das

Alter. Diese unerträgliche Vorstellung. Was machte es mir schon aus, niemals Königin gewesen zu sein? Aber Mutter!«
Sie sahen sich nicht mehr Rom an. Sie spazierten langsam dahin. Iphigenie ... Sie gingen den Corso hinauf, sie hatten Goethe vergessen. Karoline hatte am Abend zuvor einen Brief erhalten. Ein Bote ...
»Sie haben mich mit Spionen umgeben, sie überwachen mich. Hier ebenso wie in Blackheath. Wozu, glauben Sie, dient hier der Botschafter? Kaum habe ich einen Dienstboten, wird er gedungen ... kaum ein Zimmermädchen, wird es sofort über intime Dinge ausgefragt ... Ich weiß niemals, mit wem ich es zu tun habe ... vielleicht hat man dem Regenten bereits einen Bericht über die schuldhafte Liebesbeziehung geliefert, die ich ihrer Meinung nach zu einem kleinen französischen Bildhauer in Rom unterhalte! Dieser Brief ...«
Lotte war achtzehn Jahre alt. Achtzehn Jahre lang hatte man sie von ihrer Mutter ferngehalten. Der Augenblick war gekommen, sie zu martyrisieren, ihre Mutter in ihr zu martyrisieren. Diese Mutter, die man dann schließlich weggehen, reisen ließ ... dieses Jahr erst ... Das erschien zunächst als Generosität: aber es war Staatsräson ... die Mutter entfernen, um die Tochter nach jener Staatsräson zu verheiraten, die einst gefordert hatte, daß Elisabeth von Braunschweig den Lastern des dicken Georg vorgeworfen wurde und ihre Mitgift den Spielhöllen und der Mrs. Fitz-Herbert. Die Staatsräson hatte Karoline des Ehebruchs und Gott weiß was für anderer schmutziger Geschichten beschuldigen lassen! Heute verlangte die Staatsräson, daß Lotte ... Ja, die Staatsräson hatte auch gefordert, daß man Iphigenie opferte, damit der Wind sich erhebe in den Segeln von Argos. Von Lotte forderte die Staatsräson, daß sie den Prinzen von Oranien ... den Erben Hollands heirate ... Lotte liebte ihn nicht. Aber dieser Prinz war der Stellvertreter Wellingtons in der europäischen Armee ... also ... Sie hatte abgelehnt, gebeten, gefleht. Ihr Vater hatte sie geschlagen, aber nicht zerbrochen. Jetzt hat er aus der Widerspenstigen eine Einsiedlerin gemacht, in Windsor. Oh, Windsor ist schön, ist groß, ein schönes, großes Gefängnis! Da nun war ihr ihre Mutter eingefallen ... Das war natürlich ein Brief voller Zurückhaltung, ein Brief an eine

Fremde ... aber immerhin ... Nur hatte der Bote gesagt, daß es künftig unmöglich sei, von Windsor aus ... sie war zu strenger Isolation verurteilt, mit achtzehn Jahren! Lotte war wiedergefunden und zugleich verloren.
Sie gingen Richtung Piazza del Popolo. Elisabeth-Karoline von Braunschweig stieg in die Tiefe ihres Lebens, in ihre Kindheit hinab: als sie im Herzogspalast zwischen den Rüstungen, in den ausgemalten Zimmern mit ihren gotischen Wahlsprüchen an den Fenstern, mit dem goldbraunen, wie der Hintergrund eines Dürer-Gemäldes schimmernden Leder, zu Füßen ihrer Mutter mit ihren Puppen auf die stürmische Rückkehr dieses Soldaten wartete, ihres Vaters, des Generals Friedrichs des Großen, dessen Pferd im Hof dieses Silbergeklirr auf den Steinen verursachte –, zwischen zwei Siegen über die Franzosen, zwei drakonischen Verträgen, durch die der König von Preußen Versailles, dem korrupten Paris seinen Willen aufzwang ...
»Wie erscheint doch diese Welt heute fremd und fern! Es hat so viele Stürme gegeben, ich frage mich manchmal, ob ich damals geträumt habe oder ob ich heute träume ...«
Weil man schließlich diesen König von Frankreich, den Feind, hernach verteidigen mußte, und schon sah man ganze Familien ankommen, die Männer höflich, gepflegt sprechend, Damen, die ihre schönen mit Kleidern vollgestopften Koffer mitbrachten ... Eine Jugend, die musizierte und heimlich Verse las. Damals entstanden die schönsten Melodien der Welt in diesem zwischen den Fürsten aufgeteilten Deutschland ... Oratorien und Lieder wetteiferten miteinander; Mozart hatte Bach wieder in Mode gebracht, von einem Hof zum andern, wo die alten Leute wie Baumkuchen aussahen. Die Perücken, der Puder, der steife Halskragen, die Lorgnetten, haben Sie die Stiche von Chodowiecki gesehen? All das würde man gegen diese Verrücktheiten von Paris verteidigen, wo die Korruption vom Hof auf dieses unverschämte Volk übergegangen war, von den Favoritinnen des Königs auf die Ideen des Pöbels ... Der Herzog von Braunschweig alterte, während die Dämmerung über seine Waffen sank, er, der Erbe all des alten Ruhmes, dieser große Stratege, der durch die Schule des verblichenen Königs gegangen war, und

ein Riesenlärm war da in den Sälen des alten Schlosses, mit dem Hin und Her der Kuriere, den Beratungen der Alliierten, der Koalition ... Das koalierte Europa brauchte eine vereinte, disziplinierte Armee, einen Chef ... um gegen dieses Volk mit den blutigen Händen, diese Sansculotten, die mit Picken und Messern bewaffnete Kanaille zu kämpfen. Elisabeth-Karoline wollte nicht heiraten. Wie Lotte heute. Vielleicht wegen eines Franzosen ... oh, gerechter Gott, er blätterte die Seiten ihrer Musiknoten um, sie sah durchs Fenster zu ihm hinab, wie er auf dem Pflaster des Platzes die Augen suchend zu ihr emporrichtete ... Wie oft hatten sie miteinander gesprochen? Die englische Heirat war ein Schachzug: es ging um das Glück und die Einheit Europas ... und Karoline landete in den Nebeln der Themse, mit diesem fast unberührten Herzen, mit Kleidern, als wäre sie eine Emigrantin aus Koblenz, man verstand nichts mehr von dem, was in Frankreich geschah, es war so kompliziert ... Und was die Korruption betraf, so war der Hof der beiden Georgs, des alten Königs, dieses Verrückten, und seines Sohnes, des Ehemannes von Karoline, des Prinzen von Wales, dieses Wüstlings ... Damals hatte die persönliche Tragödie die Tragödie Europas in den Hintergrund gedrängt, und da hinten in der Ferne fielen täglich Städte in die Hände dieses jungen Generals mit einem italienischen Namen ... Während all dieser Jahre in Blackheath, dieser erzwungenen Abgeschiedenheit, dieser englischen Einsamkeit.

Sie stiegen wieder zum Pincio hinauf. Der Himmel war fast blau, und es wimmelte von Geistlichen. Karoline sprach von Gott. Dem Gott Johann Sebastian Bachs, nicht dem der Ablässe. Diesem Gott, der im katholischen Rom ein Fremder war, wie ein rheinischer Bauer, oder wie Goethe am ersten Tag ... Schmuddelige, unrasierte Mönche musterten lachend dieses bizarre Paar, den jungen Signore und die Madama ... Da waren spanische Mönche, da waren solche, die aus den Klöstern des Libanon kamen, so als seien sie mitten im Kreuzzug, da waren die kleinen ungarischen Seminaristen in ihren roten Soutanen ... Und Pierre-Jean dachte an seine Mutter und seine Schwestern, wie sie in der Maine-et-Loire in ihren schwarzen Kleidern und mit einem Tuch auf dem Kopf

von Bauernhof zu Bauernhof betteln gingen, während in Braunschweig ein junger Ritter die Noten Bachs für Karoline umblätterte, für Elisabeth, die Tochter des Mannes vom »Manifest«, dieses Herzogs, von dem der Vater mit Abscheu sprach, dessentwegen man sich in Nantes und bis hin zu den Mauern von Angers unter Franzosen schlug ... Wo ist das Böse, wo ist das Gute?
Elisabeth-Karoline hatte einmal gesagt, und das muß gewesen sein, als er ihr vom Abzug der Franzosen aus Rom erzählte: »Die *Piazza del Popolo* ... für Sie ist das natürlich der ›Platz des Volkes‹ ... Sie lieben ja dieses Wort so sehr! Aber *Popolo* bedeutet ›Pappel‹, wissen Sie, nicht das ›Volk‹ ...« Warum dachte er wieder an diese Worte, während sie durch die Gärten gingen, die Zypressen, dieses anomale Wintergrün, und man roch die Orangenbäume im feuchten Wind. Elisabeth-Karoline sagte:
»Alles, was mein Leben gewesen ist, hat sich zerstreut, all das, woher wir gekommen sind ... ich habe mein Deutschland nicht wiedererkannt, als man mich dieses Jahr endlich alleine von Blackheath weggehen ließ ... Ich habe dieses Europa, für das man sterben mußte, jetzt gesehen. Es ist wie ein großer zerrissener Mantel, mit Flickstücken, die von überallher stammen ... aber wenn man ihn hochhebt, steckt darunter nur mehr der schmutzige, trübselige Körper eines Bettlers ...«
Sie gingen an der Villa Medici vorbei. Der Brunnen sang wie immer sein Lied auf dem Platz, der Tag ging schon zur Neige. Beunruhigende Gestalten schlichen herum. Gleich würden hier Räuber und Strauchdiebe von neuem ihre Herrschaft errichten. Und natürlich hatte Pierre-Jean wie ein Dummkopf nicht verstanden, daß sie ihn an der Nase herumführte! Ihr Spaziergang schien so gar nicht nach einem Plan zu verlaufen. Aber diese große Frau mit den trockenen Augen wußte immer, was sie wollte. Melancholie ist eine Waffe, eine Maske. Sie hatte ihren Wagen an den Fuß der Spanischen Treppe bestellt, sie führte Pierre-Jean geradewegs dorthin, und er hatte geglaubt, sie sei in einem Zustand der Verwirrung! Sie hatte sich ihr Leben so eingerichtet und nicht anders: »Mein Vater«, sagte sie, »der, der mich Europas wegen an die Englän-

der verkauft hatte, ist 1806 bei Auerstedt von einer französischen Kugel zwischen den beiden Augen getroffen worden ... Es heißt, er habe viel und lang gelitten ...«
Was machte dieses Leiden des Braunschweig, den seine Tochter nicht hatte sterben sehen, schon dem Kind aus, das dem General Kléber gegen die Aufständischen in der Vendée gefolgt war? Von ihrem Vater kam sie ganz natürlich auf Lotte zu sprechen, die man ihr entrissen hatte, als wär's ihr Herz gewesen.
Aber neben dem Wagen wartete ein großer Mann mit dunkelbraunen Haaren, die in der Nacht ein bißchen silbrig glänzten, mit pechschwarzen Augen, etwas ähnlich denen Dominiques ... Er war von außergewöhnlicher Eleganz, man wußte nicht, warum, obgleich seine Haltung und dieser schwarze Samtanzug ihm vage etwas Dienstbotenhaftes verliehen. Er ging auf das Paar zu, verbeugte sich, David ignorierend, tief vor Karoline und sprach sehr schnell in einer Sprache, die weder Deutsch noch Italienisch war ... Es war Neugriechisch, und Pierre-Jean konnte schon das Altgriechische nur rudimentär. Karoline unterbrach ihn, etwas hochmütig, wobei sie ihm gleichzeitig ihre Hand reichte, die er küßte, und antwortete auf französisch, mit einer herrischen Kopfbewegung in Richtung auf den Gefährten ihres Spaziergangs: »Ich stelle Ihnen Monsieur David vor, Stipendiat des Institut de France ... Monsieur David, der Comte de Francini ...«
Der Comte hatte große Angst gehabt: als Ihre Hoheit heute morgen das Haus verließ, erschien sie so traurig, vielleicht war sie krank ... immer wenn sie Nachrichten aus London erhalten hatte ... Er hatte den ganzen Tag neben dem Wagen gewartet: »Haben Sie denn nicht gegessen?« fragte sie. Offenbar hatte er nicht gegessen. Er wäre vollkommen schön erschienen, wäre nicht dieser Blick gewesen ... Wegen dieses Blickes dachte David: Nein, der ist kein Modell für mich ...
Als sie wegfuhren, folgten die Augen des jungen Bildhauers dem Wagen. Ihr Majordomus oder ihr Liebhaber? Vielleicht beides. Über seinem Arm lag ein Chinchillacape, das er stundenlang, während er wartete, so gehalten hatte. Um es

bei Einbruch der Dunkelheit über die Schultern Ihrer Hoheit zu werfen. Dieser Augenblick ist in dieser Jahreszeit gefährlich, und Ihre Hoheit ...

Wo ist das Böse? wo ist das Gute? David stieg bis zur Terrasse vor der Trinità dei Monti hinauf, er drehte sich um und blickte auf die im Dunkel versinkende Stadt, die Fackeln, die angezündet wurden, die Fenster ... Die Tragödie Karolines! Aber alles was recht ist, während ganz Europa und Afrika und der Vordere Orient von Bonapartes Pferden widerhallten! Und er dachte noch einmal an Angers, an die kleinen, heimlichen Zusammenkünfte in einer Straße nahe der Kathedrale ... Eines Tages wird dort in der Kathedrale die Statue Cäcilies stehen, und sie wird in ihren Fingern wie selbstverständlich das Kreuz ihrer Halskette halten, wie in jener Septembernacht in der Via Quattro Fontane ...

Wo ist das Gute? wo ist das Böse? Die ganze Größe Napoleons ist vergangen wie eine Fahne, die allzu lange gedient hat. Händler und Mönche überfluten die Spanische Treppe. Dort hinten im Vatikan wird Papst Pius VII. von seinen Schweizergarden bewacht. Die Soldaten Franz' II. patroullieren. Was wäre aus Davids Gefährten geworden, wenn er sie während des Frankreichfeldzuges dahin mitgezogen hätte? Ah, die Nachrichten aus Paris wiegen sehr wohl die aus London auf! Als ob es um eine kleine Prinzessin mehr oder weniger geht, die man in ihrem goldenen Gefängnis einsperrt, weil sie glaubt, ein Herz zu haben! Man versteht nichts mehr von dem, was die Leute schreiben. Man möchte meinen, die Charta Ludwigs XVIII. sei das ganze Erbe der Revolution ... Und Murat? Murat, der im letzten Juni zu seinen Soldaten gesagt hatte: *Der Kaiser will nur den Krieg. Ich würde die Interessen meines alten Vaterlandes, die meiner Staaten und die euren verraten, trennte ich nicht auf der Stelle meine Waffen von den seinen, um sie denen der alliierten Mächte zuzuführen* ... Dabei sagte man doch, daß Ludwig XVIII. in Wien vom Kongreß seine Absetzung verlangte, und wenn man den Italienern Glauben schenkt ... jenen, mit denen sich David trifft, wie er sich einst in Angers mit den »Gleichen« getroffen hatte ... O Italien, Italien! wenn ein junger Franzose zu deiner Unabhängigkeit beitragen kann, Vaterland Emilios und

Cecilias! Als sie im letzten Herbst beide verstanden, daß sie demselben Eid verpflichtet waren, daß der *Tendre Accueil* von Angers ebenfalls dem schottischen Ritus angehörte ... Der Papst hatte nämlich gerade die Freimaurerei verboten. Konnte sich David da einfach davonmachen? Die Ehre! Aber Murat? Wo ist das Gute, und wo ist das Böse? Sie sagen, Murat sei die Hoffnung Italiens ... Manche von ihnen hatten einst an Napoleon geglaubt ...
David fühlte vage, daß er auf diesen schönen, hochgewachsenen Kavalier im Samtanzug eifersüchtig war: er strahlte dieses Feuer aus, das den Frauen so gefällt ... Ich mag seine Augen nicht. Er, David, war klein, häßlich ... Nicht so klein wie sein Freund Ingres immerhin. Vielleicht, dachte er mit Bitterkeit, war das für ihn ein Grund für die Gefühle, die er seinem Freund entgegenbrachte ... Ach was, Blödsinn!
Ein letzter Blick auf Rom, dann drehte er sich um und ging in die Via Gregoriana. Überall in der Stadt läuteten die Glocken. Zu dieser Stunde war Dominique sicherlich zu Hause.

1956

CHPROUMPPH

In jener Zeit, da das Café an der Ecke der Avenue Matignon und des Rond-Point des Champs-Elysées *Les Gauffres* hieß, brauchten die Abiturienten nicht zu wissen, was die *Chproumpph*-Sprache war; sie war noch nicht in die Literaturgeschichte und in den Lehrstoff eingegangen; und als die Tischnachbarn hörten, wie ich einen jungen Mann, der auf das rosa Löschpapier einer schwarzgoldenen Schreibunterlage Hieroglyphen kritzelte, mit diesem bizarren Wort begrüßte, konnten sie das vermutlich nur für ein Niesen halten. Ich hatte zwar die Gruppe um mein dreißigstes Lebensjahr herum verlassen, aber ich hatte dennoch die Gewohnheit beibehalten, ihre Mitglieder, denen ich gelegentlich begegnete, mit diesem Kennwort zu grüßen, das sich für uns mit drei Buchstaben schrieb: 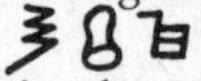, von denen der erste der Konsonant *chora*, der zweite der Vokal *oum*, der dritte der Konsonant *pphie* war. Heute würde man in hohem Bogen im Examen durchfallen, wenn man nicht weiß, daß die Anhänger dieser Sprache im *Canon de Grenelle* zusammenkamen, bevor sie ins *Vielleuse*, im Belleville-Viertel, abwanderten, und daß unter ihnen Martin Doré, in dem man, zum Schaden seines Ansehens als Dichter, den Theoretiker der Gruppe sieht, den Ton angab. An jenem Tag war ich ins *Gauffres* eingetreten in der Erwartung, zu erfahren, was da wohl so ausgebrütet wurde. Ich sagte also: ! zu Jacob Duval, der mir die Hand reichte, mich aber nicht aufforderte, an seinem Tisch Platz zu nehmen. Da er vielleicht fürchtete, Martin könnte es erfahren.

Es war ein für diese Jahreszeit magisches Wetter, die Bäume draußen flochten auf dem fahlen Blau des Himmels Netze aus nackten Zweigen. Das Café war ziemlich voll, Männer standen in Gruppen herum. »Was sagt man?« fragte ich Jacob. »Was, glaubst du, wird geschehen?« Er machte eine ausweichende Geste, offensichtlich hatte er den Kopf anderswo. Nein, von Madame Zúñiga hatte er keine Nachrichten, zumindest keine neueren Nachrichten. Sie war bestimmt mit ihrem Mann auf den Azoren. Es sei denn, daß … *Chproumpph!* In der Drehtür wäre ich beinahe mit einer sehr schönen, aber überdimensionalen Person zusammengestoßen, einer Art brünetten Rubens-Gestalt, die die Saaldecke ganz alleine hätte abstützen können. Wo hatte ich so etwas schon gesehen? Wahrscheinlich im Louvre oder in einem Traum. Die Sonne stand noch sehr hoch – es war fünf Uhr nachmittags –, und draußen herrschte eine Milde, die ebenso verwirrend war wie das Hin und Her auf den Seitenstreifen der Champs-Elysées, Richtung Marigny.

*

Die Dame setzte sich und ließ ihren beigen Pelzmantel herabgleiten. Jacob Duval hatte sie nicht eintreten sehen, aber als er die Nase hob, nahm er auf einer hohen, schlanken Taille das überraschende Massiv der Brüste wahr. Geradewegs, ohne Umschweife. Er sperrte Mund und Augen auf. Niemals in seinem Leben hatte ihn ein solches Blühen *dermaßen* in Taumel versetzt. Er bemerkte nicht sofort, daß diese Frau eine strahlend frische Haut hatte und daß sie allein war. Das fiel ihm erst auf, als der Kellner vor ihr stand. »Ober!« rief Jacob mit so herrischer Geste, daß der Kellner sich zu ihm umdrehte, ohne ihre Bestellung aufzunehmen: »Könnten Sie nicht etwas zur Seite treten? Sie verdecken mir Madame …« Sie war nicht gekränkt und zeigte zweiunddreißig weiße Zähne. »Ein Mokka-Eis«, sagte sie.
Danach war man schon mittendrin. Sie war es jetzt, die Jacob mit vollkommener Ungeniertheit musterte. Als ob sie einen in die Holzvertäfelung geschnitzten Affen entdeckt hätte. So starren Männer manchmal Frauen an: das war dermaßen peinlich! Vor allem da sie doch so groß war … Der junge Mann hatte das Gefühl, daß man ihn entkleidete. Aber mit vollkommener Indifferenz. Er errötete und senkte die Augen. Da nun sah er den Hund. Ein langes und seidiges Etwas, zwischen rothaarig und blond, und eine quirlige Schnauze, die bereits unter der Bank herumschnupperte. Natürlich hätte man ihm ein Zuckerchen reichen können, aber das ist ein bißchen simpel. Als Duval die Augen wieder hob, ruhten

die von gegenüber immer noch auf ihm. Da lehnte er sich zurück, streckte sein linkes Bein aus, stützte den nach oben gerichteten Fuß auf dem Absatz ab, faltete die Hände, legte das Kinn darauf und zahlte es der Unverschämten Aug um Auge heim.
Ihre Augen wichen nicht um Haaresbreite aus. Sah sie ihn? oder war er für sie durchsichtig? Wer hätte es sagen können! Doch diese enorme und vom Atem leicht belebte Brust hatte etwas Halluzinierendes. Auch Anstößiges. Fesselndes. Abgesehen davon dachte die Unbekannte wahrhaftig an etwas anderes ... an was? Nicht an diesen armen Jacob jedenfalls. Er beschloß, sie nicht aus den Augen zu lassen.
Der Kellner servierte das Eis. Mit einer gerollten Crèpe, die sofort im goldenen Haar des Wauwaus zerbröckelte.
Es bestand kein Grund, daß das aufhörte. Vielleicht war die Dame kurzsichtig und sah ihn gar nicht? Ein vages, flüchtiges Lächeln seinerseits bewirkte nicht die geringste Ausdrucksveränderung in seinem Gegenüber. Sein Stolz verlangte es, daß er diese schöne Person weiter fixierte, aber es war schon sehr ärgerlich, daß er den Gegenstand einer so unverblümten Aufmerksamkeit nicht in Empörung versetzen konnte.
Bei manchen Frauen vergeht die Zeit sehr schnell, wenn man sie betrachtet. Diese Riesin mußte irgendeine Ausländerin sein, daß sie es sich so erlauben konnte, den Blick eines Unbekannten auszuhalten. Ja mehr noch: die Aufmerksamkeit, die man ihr entgegenbrachte, erschien ihr als etwas Natürliches wie Wasser den Blumen. Sie hatte nur ein kleines Taschentuch an ihre Nasenflügel geführt, so daß Jacob sich den Mund vorzustellen begann, den ihm jetzt die Hand verbarg; er hatte ihn bis jetzt kaum bemerkt: ein blutender Mund, etwas weich, der die ganze Zeit über sozusagen an der Schwelle zu irgendeinem Wort atmete.
Er hatte wohl schon eine gute halbe Stunde mit nichts anderem verbracht, als die Lichter angezündet wurden, die nun mit einemmal die Fülle, den Glanz ihrer Schultern enthüllten. *Chproumpph!* sagte sich Jacob. Jacinta de Zúñiga war weniger schön, aber klassischer wahrscheinlich – für den Pariser Geschmack. Und im übrigen sind die Azoren weit weg ...
Moment mal: Jacob war fünfundzwanzig, sechsundzwanzig

Jahre alt und hatte einen kannibalischen Hunger in dieser Richtung. Jetzt tat keiner von beiden mehr so, als habe er die Augen zufällig auf den anderen gerichtet. Es war nichts weiter als eine unbewegliche Konversation, die weder der eine noch der andere mit einer Geste hätte abbrechen wollen. Er war fasziniert, sie ... aber machte sie es immer so mit den Männern? Vielleicht. Nein. Wenn es das erste Mal war ... Wie kann man es wissen?
Es gibt nichts Merkwürdigeres, als von einer Frau fixiert zu werden. Man mag es ihr noch so mit Gleichem heimzahlen, es ist nicht das gleiche. Auf ihren Schultern verblaßte allmählich die Sonne von draußen. Ein leichtes Frösteln durchfuhr sie, sie öffnete ihre Handtasche, legte sich Puder auf und nahm, während sie ihren Spiegel einsteckte, mit halbgeöffneten Lippen das Spiel wieder auf. Im Bett mußte sie schrecklich sein, den ganzen Platz für sich allein einnehmen. Jacob weiß, daß er nicht allzu übel aussieht, aber diese Beharrlichkeit ist ja schließlich doch ...
Ein Stimmengewirr erfüllte *Les Gauffres*. Leute kamen und gingen. Alle so ungefähr von derselben Sorte, vom selben Schlag. Was war das? Reiter oder was?
Als ich mein Abitur vorbereitete – ich erinnere mich an die Ferienaufgaben in jenem Sommer, bevor ich in die Oberprima kam –, hatte die Aufmerksamkeit, die ich den mathematischen Aufgaben entgegenbrachte, etwas Heiliges, das ähnelte dem Zwang der Galeeren und zugleich irgendeiner verbotenen Leidenschaft, nichts konnte mich von der weißschwarzen Seite ablenken, von den Strichen, den Ziffern, den Figuren ... und dabei schwirrten doch Fliegen herum. Genauso war auch an jenem Abend Jacobs Beziehung zur Außenwelt.
Vielleicht war alles an dieser Frau Trick, Korsett, Staffage ... obgleich das Fleisch ganz dicht unter dem Stoff zu liegen schien, und wenn dieses volle, unbewegliche Fleisch plötzlich von einer leichten Bewegung belebt wurde, hätte man schwören können, daß sich hier die Seele verriet. Ein Taumel füllte Jacob wie eine Schale, er hatte Angst vor sich selber. Es hatte doch niemals irgendeine Frau dermaßen, ich weiß nicht ... das Unmögliche. Sie hatte die Schönheit der Berge, sie hatte

das Licht der unzugänglichen Orte, in dem die Bäume sich selbst aufgeben. Nichts stand dem Wort, der ersten Geste im Wege, außer eine bizarre Lähmung, in der der junge Mann ein Gefühl aus der Welt der Träume, irgend etwas aus einer dahingeschwundenen Kindheit wiederfand. Die Angst, der Zauber könnte zerbrechen. Es schien ihm, daß da sein ganzes Leben auf dem Spiel stand, wenn ihm das Auge verweigert würde, wenn sich der Blick nur ganz leicht abwendete. Der Mißerfolg wäre diesmal … Er erbebte so tief bei diesem Gedanken, daß man es sehen mußte. Es gibt Frauen, bei denen stehst du immer vor diesem entscheidenden Augenblick, vor diesem Poker. Nein, das war es nicht. Es war ganz einfach die Angst, zu verlieren, aber ein für allemal. Das Banco deines Lebens. Nicht *eine* Frau, die Weiblichkeit schlechthin: eine tödliche Verweigerung.
Jacob sah nicht, wie sie sich erhoben hatte. Ohne ihren Mantel genommen oder den Kellner gerufen zu haben, stand sie da, mit diesem Blick, der eine Richtung sucht. Er fragte sich nicht einmal, was das bedeuten mochte, die Offenbarung der Statue hatte ihn wie versteinert. Ja, das war sie, genau das: diese Schönheit aus Weiß in den einsamen Parks. Größer noch als er geglaubt hatte, schöner noch. Die Majestät des Halses, und als sie ihn zur Seite drehte, der Nacken … Mit einer sanften Geste der Hand hatte sie sich gleichsam dieser Löckchen hinter dem Ohr vergewissert, die im Lampenlicht fast blau schimmerten. Die vulgärste Sache der Welt: sie ging auf die Toilette.
Frauen im Café, die man fixiert und denen das nicht allzu sehr mißfällt, täuschen, zumal wenn sie in Begleitung sind, auf diese Weise vor, sich unbedingt entfernen zu müssen, weil sie möchten, daß man ihnen folgt, oder zumindest, weil sie sehen wollen, ob man ihnen folgt. Das kann entweder die Konversation begünstigen oder aber kurz und bündig heißen: mein Herr, lassen Sie dieses Spielchen bleiben, bitte schön. Jacob richtete sich auf, oder zumindest tat er so, als ob. Sie entfernte sich schon zwischen den Tischen, dem Rauch und aufgeregten Männern, die kamen und gingen. Plötzlich war da etwas auf dem Boden, es waren nicht ihre Handschuhe, ihre Tasche, eine Schärpe, sondern der Hund … Bekanntschaft mit dem

Hund machen. Er kam wedelnd auf das Zuckerchen zu. Ein seidiger Hund, mit einer großen rosa Zunge, sofort vertraut mit der Hand eines Unbekannten. Was bist du denn für einer? Ein Langhaar-Basset? Nein, das nennt sich ... ein englisches Wort ... junger Gentleman, nicht wahr? Ich kann mir schon vorstellen – wenn ich mich dazu hätte verführen lassen –, wie deine Herrin und ich auf die Straße hinaus gegangen wären, und du mit uns: die Leute hätten verstohlen gelacht und gesagt: sehen Sie sich doch mal ihren Basset an, nicht den da, den anderen, den kurzhaarigen ... Ich werde mich aus dem Staube machen, bevor sie zurückkommt. Jacob tat immer das Gegenteil von dem, was er beschlossen hatte. Er stand auf und schlug den Weg zum Souterrain ein.
Die Statue füllte gänzlich die gläserne Telefonkabine aus, als stecke sie in einer Verpackungskiste, um in ein anderes Museum transportiert zu werden. Man hörte ihr Sprechgeräusch, verstand aber nicht ihre Worte. Mit gesenktem Blick und sich gelassen gebend, blätterte Jacob im Telefonbuch, überwacht von der Toilettenfrau, die hinter der Untertasse mit den einladenden Fünzig-Centimes-Münzen an etwas Apfelgrünem strickte. Ferret, Ferret, Ferret ... Ferrete, Ferrette, Ferreti ... Ferrex, Ferrey, Ferreyrolles, Ferrez, Ferri, Ferrié, Ferrié, Ferrier ... es gibt eine Menge Doppelnamen mit Ferrier ... ein, zwei Seiten ging er durch, dann rutscht der Finger die Fouéré hinab, die Fouet, die Fouga, Fougasse, Fougea, Fougeat ... In ihrer beleuchteten Glocke setzte die steinerne Frau ihren stillen Monolog fort. Ihre Hand vollzog mit der unendlichen Grazie des nach hinten geworfenen Handgelenks eine Geste, die eine Welt resümierte ... Wußte sie, daß man ihr folgte? Inkonsequenterweise ging Jacob an seinen Tisch zurück.
Der Hund empfing ihn wie ein ganzer Herbstwald, mit dem Wind im Teppich der Blätter, – als ob es um den Hund ginge. Plötzlich war in dem jungen Mann ein Gefühl aufgestiegen, über das er sich nur befragen konnte, wenn er sich der direkten Faszination entzog. Bei der vielen freien Zeit, die ihm Jacinta ließ – bald war sie in Venedig, bald in Stockholm –, hatte er sich nur zu sehr an Begegnungen ohne Fortsetzung gewöhnt und hatte zu sehr Gefallen an ihnen gefunden. An

den Frauen liebte er eigentlich nur diese Minute der Einwilligung. Sich sagen, wie wär's mit der da? An jeder sah er vor der Antwort nur das Licht. Danach ... Aber diesmal. Ah, zu dieser hier hätte er sich stürzen wollen wie ein Fluß ins Meer. Wegen des übernatürlich Maßlosen an ihr. Eine solche Kreatur konnte nur, ja mußte geradezu sein Leben überfluten. Um über sein Leben ein bißchen nachzudenken, war er zu seiner Moleskin-Bank zurückgekehrt. Der Kellner trieb sich in seiner Nähe herum, als wollte er sich das seit langem leere Glas bezahlen lassen. »Ober!« sagte Jacob. »Ein Mokka-Eis ...« Glas und Löffel wurden abgetragen, aber nehmen wir mal an: ich stelle mir diese Riesin im *Canon de Grenelle* vor ... oder bei Martin Doré zu Hause. Wie würden *die* sie empfangen? *Chproumpph.* Zunächst einmal wären deren Frauen plötzlich wie Gegenstände, die nicht zusammenpaßten. Er hätte alle Frauen gegen sich. Aber das wäre ja nicht so schlimm. Die entscheidende Frage wäre Martin. Ich höre ihn hinter meinem Rücken zu den anderen sagen: »Und wer wird die Sessel bezahlen, wenn sie unter ihr zusammenkrachen?« Jacob begann, Martin leidenschaftlich zu hassen, wegen dieses Satzes und zehn anderer, die ganz eindeutig waren. Zum Beispiel: mein kleiner Jacob, deine Augen sind größer als dein Magen. Oder: wenn man euch beide zusammen sieht, wirkst du wie ein kleiner Junge, der die ganze Sahne aufgegessen hat ... Es rebellierte nur so in ihm, als die Dame wieder erschien.

Sie wirkte gar nicht so groß. Die Brüste natürlich. Sie setzte sich und kaufte dem Burschen, der sich zwischen die Gäste hindurchdrängelte, eine Abendzeitung ab. Sie tat das wohl, um nicht mehr den lästigen Augen Jacobs Trotz bieten zu müssen. Aber nein. Sie hatte die Zeitung zusammengefaltet und auf den Marmortisch gelegt, sie dachte gar nicht daran, sie zu lesen. Sie sahen sich von neuem in die Augen. Das konnte noch lange so weitergehen.

*

Es war ein Frühling mitten im Winter. Am spürbarsten bei Einbruch der Dunkelheit war eine gewisse Milde, die es erlaubte, daß man noch auf der Terrasse sitzen konnte, und der Walzer der Kellner mit ihren Silbertabletts wirbelte durch die gläserne Drehtür; man unterhielt sich miteinander, zwinkerte sich zu, zuckte die Achseln. Draußen ging offenbar irgend etwas vor sich; denn einige Gäste standen auf, um nachzusehen, und kamen zurück, als hätte das Licht der Champs-Elysées Reflexe auf ihre Kleider geworfen. Dann und wann klangen Lieder herüber, einzelne Fetzen der *Marseillaise*. Jemand fragte den Kellner, der ihm ein Bier servierte: »Was geht da vor sich?« Und dieser antwortete: »Ich weiß nicht ... Kriegsveteranen wahrscheinlich, die vom Arc de Triomphe zurückkommen ...« Alles, was man so sagen mochte, war annähernd so wichtig wie der Dunstbeschlag an den Fensterscheiben, wie die Träume nach dem Erwachen. Jacob verlegte sich hartnäkkig darauf, diese Frau, die da vor ihm saß, all dessen zu entkleiden, was an ihr verführerisch war. Er zwang seine Augen zur Grausamkeit, er registrierte die zu kurze Nase, eine gewisse Schwere der Arme, und wie war sie denn überhaupt angezogen? Er hatte dieses Kleid in einem Ausverkaufsschaufenster gesehen, oder wenn es nicht gerade dies Kleid war ... Ein bißchen Schweiß an den Nasenflügeln. Um sich zu verteidigen? Zu spät. Das war wie der Aufstand eines Dorfes in einem bereits eroberten Land.

Jetzt verbarg die Frau nicht einmal mehr ihr Spiel, falls man das überhaupt ein Spiel nennen kann. Mit dem linken Ellbogen stützte sie sich auf den Tisch, der rechte Unterarm ruhte auf der Marmorplatte. Ihre pralle Hand, die sie aus dem langen, in sich zusammenfallenden Handschuh zog, machte die Bewegung einer Raucherin, bei der die Zigarette fehlte. Die Büste etwas schräg, aber ganz eindeutig Jacob zugewandt, strich sie von Zeit zu Zeit mit einem Finger über ihre Lippen. Sie schien sich über das Interesse zu wundern, das sie diesem jungen Tier, das so wenig ihrer Statur entsprach, entgegenbrachte. Ihre Bewegungen, ich meine diese leichten Verschiebungen der Schulter, oder ... kurz, dieses wahrnehmbar gewordene Atmen – damit einen ja nicht ihr monumentales Aussehen in die Irre führte –, alles hatte unmerklich die Bedeutung eines Rufes, einer Verheißung, eines Aufblühens angenommen. Sie hatte etwas von einer noch geschlossenen weißen Pfingstrose: man kann sich ihr Herz vorstellen. Mit dem Oberkörper stützte sie sich auf den Rand der Marmorplatte, und da wurde die Eleganz ihrer Hüften sichtbar – sie waren wie bei einem ganz jungen Stutfohlen –, zu denen diese hohe, etwas bebende Brust, gleichsam ein Geschenk für die Augen des Mannes, in Widerspruch stand. Ihr Kleid war nicht gänzlich gelb, eher verschossen, wie es für diese Stoffe typisch ist, bei denen man nicht weiß, sind sie aus Wolle oder aus Seide, halb hochgeschlossen war es, mit weißen Ärmelaufschlägen, Jacob verstand plötzlich, wie kunstvoll ausgedacht diese engen Ärmel waren, nicht vom Couturier, sondern von der Frau. Er verstand, daß er in eine Falle fiel, die von langer Hand vorbereitet war, nicht gerade für ihn, aber letztlich eben doch für ihn. Diese Lust am Fallen faszinierte ihn. Er gab sich der Versuchung hin. Sie war jünger als er zuerst geglaubt hatte, aber von einer geradezu irritierenden Selbstbeherrschung, wie man sie im allgemeinen nur an Personen reiferen Alters beobachtet. Er verstand, daß bei ihr das Begehren nur ein Prolog war. Er steigerte sich dermaßen in diese Vorstellung hinein, daß ihm der Gedanke gemein erschien, er könnte diesen Taumel mit einem Tag oder einer Nacht erschöpfen und dann mir nichts, dir nichts das Weite suchen ... Diesmal war es das Leben, das ganze Leben, das unerschöpfliche. Das übrige, das, was vorher war, war Krimskrams. An dieser Frau sah er nur mehr die Vollkommenheit. Er stellte sie sich in einem Schlafzimmer vor, und plötzlich verdunkelte sich alles im Café, rückte in die Ferne: sie zögerte bewußt, sich auszuziehen, sie betrachtete belanglose Gegenstände, strich mit den Fingern über die Blümchentapete. Er spürte mit einemmal die Ungeduld, ihre Beine zu sehen, die Kraft ihrer Beine, und wie er sie öffnen würde ... würde sie ihm gleich ein Zeichen geben, sich neben sie zu setzen, ja oder nein? Es sah fast so aus, als machte es ihr Spaß, ihm zu suggerieren, daß es gleich soweit sein würde ... sie spielte mit ihrem Glas wie mit einem Sonnenschirm, schob mit dem Finger die Zeitung weg, die sie gleich wieder zur Hand nehmen würde ... und dieses abwesende Lächeln, das jeden Augenblick Gegenwart oder Wort werden konnte.

Wie hätte ich von all dem irgend etwas wissen können? Und sei es auch erst im nachhinein. Man bewahrt keine Erinnerung an diese Gedankensplitter, und Duval wäre vermutlich nicht in der Lage gewesen, mir das mitzuteilen, was ich durchaus in der Lage bin zu erfinden. Zum Beispiel die Tatsache, daß ich Jacob in *Les Gauffres* zurückgelassen habe und daß ich in der Drehtür dieser Person von heroischem Wuchs begegnet bin. Aber mein Kopf war mit etwas ganz anderem beschäftigt, und an jenem Abend war mir ein Chproumpph von noch nicht dagewesener Art über den Weg gelaufen. Die Champs-Elysées ... ich meine jenen Teil der Avenue, der noch ländliche Erinnerungen bewahrt ... es mag Leute geben, die von vornherein erwarten, daß dort alles mögliche passiert, da ja die Kulisse nichts mit ihrer Vergangenheit, der Kindheit, einem Ensemble von Träumereien, den Spielen zu tun hat. Mich führte man zwischen 1900 und 1904 des Nachmittags dorthin: es gab da den Ziegenwagen, die beiden Theater von Anatole und von Guignolet, und da war auch jener Tag, an dem ich den kleinen Hermelinkragen verlor, den mir meine Patentante als Osterei mitgebracht hatte ... und da war dieses Karussell mit den Ringen, die man im Vorbeifahren auf einen Eisenstab warf, wofür man dann eine Lutschstange bekam. Der grüne Clemenceau stand zu meiner Zeit noch nicht vor dem Petit Palais, und ich trug einen schwarzen Wachstuch-Jean-Bart mit einem Gummiband, in das ich Knoten knöpfte, an denen ich dann herumknabberte. Nichts von all dem ließ sich mit dem Schauspiel vereinbaren, das mir dort geboten wurde, während zur gleichen Zeit Jacob Duval und seine Riesin wahrscheinlich doch noch miteinander ins Gespräch kamen.

Wie sie das anstellten, darüber will ich nicht rätseln. Jedenfalls sah man nach Einbruch der Dunkelheit auch damals keinen Waffelverkäufer mehr, der sein »Waffeln, meine Damen« ausgerufen hätte. Ich hätte auch noch erfinden können, wie Jacob und seine Eroberung aus *Les Gauffres* heraustreten und in die Rue de Ponthieu einbogen, wo es Hotels gibt, die es mit dem Familienstammbuch nicht so genau nehmen. Ich hätte mich im Geiste zwischen sie legen können, in dieses Bett aus heller Eiche, Louis XV. à la 1900, mit einem rosa Plumeau, oder in den Schrägflächen des Spiegelschrankes gleichen Stils diskret ihre Liebesspiele beobachten können. Sie hätten mir aufs Wort geglaubt, wenn ich Ihnen die geblümten Gardinen beschrieben hätte, an denen rechts auf der dicken, hohlen Kupferstange mit den Pinienzapen ein abgerissener Ring fehlt. Die Namen, die sich diese jungen Zufalls-Liebenden in ihren Umarmungen geben, nachdem sie so lange kein Wörtchen herausgebracht haben, wären Ihnen ganz natürlich erschienen. Ebenso wie das Badezimmer, der rotrosa Teppichboden mit seinem kleinen Rautenmuster. Was die Anatomie der Partner betrifft ... Ich hätte ganz leicht alles erfinden können. Mit diesen unschuldigen Augen der Lüge, die es faustdick hinter den Ohren haben und die die echten Romanciers ausmachen.

Aber niemals, wahrhaftig, niemals hätte ich mir von alleine die Champs-Elysées so, wie sie an jenem Abend waren, in meiner Phantasie ausdenken können, dieses düstere Getrampel, und wie der Verkehr in Gegenrichtung lief, links und rechts, was es da für Leute gab, eine Menschenmenge ohne Frauen, man stelle sich nur vor! Zu jener Zeit waren die Straßen nicht besonders gut beleuchtet: und dennoch hätte ich für dieses Zusammenströmen von Männern eine Erklärung finden können, wenn ich auf den Gedanken gekommen wäre, eine zu suchen, wenn ich nicht vielmehr von dieser barocken Einförmigkeit, vom Alter, von der Gehweise der kleinen oder großen Leute gepackt gewesen wäre; die waren vor allem so völlig anders, meistens magere Typen, Gerippe geradezu, mit Ordensbändern am Revers, Hüte, weiche und Melonen, Spazierstöcke, die Stimmen heiser, plötzliche Ausbrüche von Ungeduld ... Ich hätte es mir erklären können, aber ich dachte nicht einmal daran, ergriffen von einer Art Mitleid, ich weiß nicht warum, einem abscheulichen Mitleid angesichts langer Kerle, die in ihren Schnurrbart hineinhusteten, vertrockneter Männchen, die sich vielleicht gar nicht so klarmachten, wie alt sie waren. Kurz, dieser Geruch nach Groll und Unruhe; keiner wußte so recht, warum er überhaupt da war. Ich auch nicht; man hatte mich hergeschickt, damit ich mich umschaute, für den Fall, daß sich irgend etwas ereignete. Aber was ereignete sich eigentlich? Da war lediglich in Richtung auf die Concorde viel Licht und Verwirrung, ein Lärm, als wäre man auf der Jagd, und die Polizei stoppte offensichtlich weiter oben die Autos, so daß die Fahrbahn leer blieb. Die Leute sprachen leise und musterten sich gegenseitig, wußte man doch nicht so recht, mit wem man es zu tun hatte. Unter der Pferdestatue von Marly, an der Rue Boissy d'Anglas, hatte es eine Schlägerei gegeben, ein angeberischer Typ zeigte, die Ärmel hochgekrempelt, seine blutverschmierten Fäuste. Und dieser andere, der mir mißtrauisch ins Gesicht schaute, wer war das? Ein Versicherungsmakler vielleicht ... oder was weiß ich? Es gibt so armselige Berufe, Handelsvertreter zum Beispiel, diese Leute, die vor sechs Uhr morgens aufstehen, um mit einem schweren Koffer ihren Rundgang zu den Kommissionären des Sentier-Viertels zu machen, wo gegen acht Uhr die Käufer auftauchen. Staubbedeckte, geduldige Männer, Treppen-, Vorzimmermänner, die Zeit reicht gerade für ein Sandwich, und schon müssen sie wieder Nachschub holen, müssen irgendeine Sache, die sie der allmächtigen Mrs. Smith – von Smith and Smith – zugesagt hatten, persönlich ins Hotel Crillon liefern, wo man sie durch den Dienstboteneingang hineinläßt ... Ihre Gespräche, ah, die kenne ich zur Genüge, auch ihre trockenen Hände, die auffällige Narbe am Hals, dieser Geruch nach kaltem Tabak, die Zähne, oh, von den Zähnen will ich erst lieber gar nicht reden ... Und dennoch waren da die Erinnerungen: an das, was man unmittelbar nach dem Krieg so alles verkaufte, aber vor allem an die heroische Epoche, die Zeit, in der man keine Kinder einkleiden mußte, keine kranke Frau zu Hause hatte, Erinnerungen, die man auch durcheinanderbringen konnte, die einen waren ja wie die anderen. Ah, Sie waren auch vor Verdun? Wirklich, es gibt Dinge, von denen Leute, die nicht dabeigewesen sind, keine Ahnung haben ... Nicht nötig, mir etwas zu erzählen, ich brauche mir nur das Schuhwerk anzusehen.

Was ich mir niemals, niemals von mir aus ausgedacht hätte, nun, das ist. Selbst jetzt, wo ich es gleich sagen will, zögere ich noch; Sie werden glauben, daß all das Lügengespinste sind. Als Jacob und diese große Frau in ihrem beigen Mantel, unter dem sich die Brüste vorwölbten, aus *Les Gauffres* heraustraten und auf der anderen Seite der Dame das kurzbeinige Schätzchen (wart' mal, ich will dich an die Leine nehmen ... eine grüne Leine mit goldenen Nägelchen), da kam es zu einer

Art Polizeieinsatz, einem Gedränge am Rond-Point, und sie mußten stehenbleiben. Die Leute auf der Terrasse, einer verglasten Terrasse, wie sie die Cafés damals hatten, sahen diesem Schauspiel zu wie Reisende, die von einer Schiffskabine aus Fische beobachten. Plötzlich war einer, und einer, der so blitzschnell war, daß ihn hinterher niemand beschreiben konnte, zu den Fensterscheiben der Terrasse gelaufen und hatte einen Revolverschuß abgegeben. Ein Gast sank in seinem Strohsessel in sich zusammen, die Hände auf dem Bauch. Die Leute sind nicht sehr mutig, sie wichen sofort zurück, und natürlich fand man nachher nur das Opfer, der Mörder war verschwunden. »Aber was soll das denn alles!« rief Jacob aus. Er verstand überhaupt nichts. Er sah nur das Durcheinander. Die Person, die er an seinem Arm hatte, zog ihn ein bißchen beiseite: »Laß nur ...«, sagte sie. »Man macht da gerade ihrer Republik den Garaus ...«
Ich kenne meinen Jacob sehr gut. Als er mit zwanzig aus seinem Vaterhaus abgehauen war, war er zu mir gezogen. Er redete nächtelang. Am liebsten hätte ich mir die Ohren zugestopft. Ich kann mir seine Reaktionen bei allen x-beliebigen Anlässen recht gut vorstellen, sei's nun ein Eisenbahnunglück, eine Beerdigung, ein Brand, oder was auch immer! Würde ich ihm Worte in den Mund legen, wären sie völlig wahrscheinlich, würden sie gänzlich mit dem übereinstimmen, was man von ihm kennt, und sogar Martin Doré würde mir glauben, obgleich alles von mir erfunden wäre, von A bis Z. Aber daß er hier nichts sagte, nicht ein einziges Wort, daß er den Arm der Dame losließ und ihr mit der Hand ein lässiges, schwarzes Grußzeichen zuwarf, bevor er sich auf seinem Absatz und zugleich auf der Richtung seines ganzen Lebens umdrehte, um den Weg zur Place de la Concorde einzuschlagen, das allerdings ist für mich vollkommen unverständlich geblieben, an jenem Abend des 6. Februar 1934, als man in der Ferne den Obelisk von Luxor durch die brennenden Autobusse in Glut getaucht sah.

DIE UNBEKANNTE AUS DEM PRINTEMPS-KAUFHAUS

»Da hab' ich geglaubt, ich komme zu spät, und nun bin ich als erste da, na so was!« Die Kleine war wie ein Wirbelwind hereingestürmt, beladen mit weiß-blau gestreiften Paketen und ihrer schwarzen Lacktasche, und das alles legte sie auf einen Tisch. Entzückend, wie sie ihre Nase in die Luft reckte, und dieser rotbraune Pferdeschwanz! Er dachte: »Die kommt aus der Provinz ...«, und lächelte, erinnerte sich dann an diese bittere Falte, die ihm vor kurzem im Mundwinkel gewachsen war. Die Zeit war vorbei, in der sie sich sofort für ihn kokett in Szene setzten ... »Geht Ihre Uhr da richtig? Ich hatte für fünf Uhr eine Verabredung, und nun bin ich als erste da ... Es ist doch schon fünf, nicht wahr?« Dann blickte sie um sich: »Es ist hübsch bei Ihnen, Ober ...«

Er war es gewohnt, daß man »Barman« zu ihm sagte, mit »Ober«, nein, da hast du keine Chance, armer Kerl. Ein Mädchen, das zu dir »Ober« sagt, das schläft nicht mit dir. Das Lokal war fast leer, es hatte diesen leicht altmodischen Anstrich, den ihm der blaue Plüsch verlieh, außer daß da der amerikanische Spielautomat stand, der rechts und links aufleuchtete, und dieser schräge Typ in seiner Lederkluft, mit den dichten, eingeölten Haaren, der dir diesen Kasten schüttelte, daß da Kaskaden von Kugeln heraussprangen. Der Barman war hinter seinem Mahagoni hervorgekommen, ohne daß die junge Frau es bemerkt hatte, respektvoll und aufmerksam hatte er sich vor sie hingestellt. Sie hatte aus ihrer Handtasche inmitten der Pakete einen kleinen Spiegel gezogen und puderte ihre Nase, die das überhaupt nicht nötig hatte, wobei sie ihren Mund, die zu einem Strauß zusammengezogenen Lippen, komisch nach rechts und dann nach links verzerrte, als wollte sie etwas unvorstellbar Schreckliches in den tiefsten Winkeln des Gesichtchens aufspüren. »Was darf ich Mademoiselle bringen?« »Madame ...« verbesserte sie mit einem Seitenblick, die Lider senkend. Vermutlich noch nicht seit langem, dachte er und sagte es auch, aus seiner Rolle heraustretend: »Vermutlich noch nicht seit langem ...« Sie richtete ihre Augen auf ihn, schüttelte ihren Pferdeschwanz und antwortete sehr ernst: »Immerhin seit fast zwei Monaten ... Ach ja, was könnte ich denn nehmen?« Er machte die klassische, ausweichende Handbewegung angesichts dieser Frage, die keine ist und auf die zu antworten man sich niemals unterstehen dürfte. »Um Viertel vor fünf«, sagte sie, »würde er, Gilbert, sich einen kleinen Scotch bestellen ... Gilbert, das ist mein Mann ...« Ah ja! Im Grunde würde er sich lieber mit dem Ehemann unterhalten, da ja auf jeden Fall ... Aber es ging nicht darum, was der Ehemann bestellen würde. »Geben Sie mir ... sagen wir ... einen Tee, ja, warum auch nicht? Ist der Tee bei Ihnen gut, Ober?« Sie gefiel ihm plötzlich dermaßen, daß er sich mit einer Hand auf den Tisch stützte und sich vorstellte, sie bewundere seine breiten Schultern. »Madame würden sicherlich nicht hören wollen, daß der Tee hier nichts taugt ...« Sie hatte ihre Handschuhe ausgezogen und ihren Mantel – so einen wie man ihn dieses Jahr in allen Schaufenstern sieht – aufgemacht; er starrte auf ihre Brüste und fürchtete, sie könnte es bemerken. »Stimmt es«, fragte sie, »daß Ihr Tee schlecht ist? Wirklich so schlecht?« »Aber nein, aber nein, es ist ein Tee wie es ihn überall gibt, das ist alles, ich meine, nichts Außergewöhnliches ...« »Sie sind komisch, Ober«, sagte sie, »wie Sie da Ihre Ware schlechtmachen ... Trotzdem bleibe ich bei Tee!« Sie stopfte alles wieder in ihre Handtasche, er sah, daß sie Hände hatte ... na und, was soll's, jeder hat Hände! Aber es kommt drauf an, was für welche.

»Mit Milch oder Zitrone?« Sie blickte hoch, als ob sie die Frage nicht verstanden hätte. Schau an, sagte sie sich, der ist gar nicht so übel, dieser Ober. Für einen Ober. Sehr gepflegt. Wie alt er wohl sein mag? Oh, gute Dreißig. Der war sicherlich nicht übel, früher einmal. Was hatte er sie eben gefragt? *Milchoderzitrone* ... das ergibt ein komisches Wort ... Sie kräuselte ihr Näschen: »Ich nehme chinesischen ...« Wegen Simone, die so snobistisch war, daß sie nur chinesischen trank ... seitdem sie einen solchen in einem buntschillernden Kästchen geschenkt bekommen hatte ... von einem Freund von ihr, der im *Verein für französisch-chinesische Freundschaft* war, oder wie heißt das noch? Und während sie gerade dachte, Simone täte gut daran, ihn zu heiraten, bemerkte sie plötzlich, wie der Ober den Kopf schüttelte und dabei mit der Zunge zwischen seinen strahlend schönen Zähnen ein paar Schnalzer von sich gab. »Was ist los? Wollen Sie mir keinen chinesischen bringen? Wissen Sie, ich bin den gewöhnt ... eine Freundin von mir ... An ihrer Stelle würde ich heiraten. Ach ja, Sie können das natürlich nicht wissen.« »Nein«, sagte der Barman ganz ernst, »ich kann es nicht wissen, ich weiß bloß, daß hier nur Ceylon-Tee serviert wird ... Ich kann nichts dafür, es ist halt so, die kaufen nur Ceylon-Tee ein ... also servier' ich ihn eben ...« »Oh«, sagte sie ziemlich verstimmt, »der Ceylon ist so dunkel, so stark, das ist wie schwarze Zigaretten rauchen ... Seien Sie so nett und bringen Sie mir chinesischen ...«

Alles, was man in eine ausweichende Geste legen konnte, wurde hineingelegt. Die Kleine ließ mit dem Handrücken ihren Pferdeschwanz wippen und bemerkte dann: »Ich wette, Sie spielen Fußball ... Einverstanden, ich nehme den Ceylon, wenn Sie nichts Besseres haben ... Gilbert spielt auch Fußball. Er ist ungefähr so gebaut wie Sie, das Gestell ... nur in jüngerer Ausführung natürlich ...«

Er entfernte sich, Gilbert war ihm schnuppe, und sie würde ihm sicherlich gleich seinen Wadenumfang mitteilen. Da rief sie ihn zurück. »He! He!« Er drehte sich um: »Was ist los? Hab' ich vergessen, meine Portière zu schließen?« »Aber nein«, sagte sie, indem sie ihre Hände nach rechts und nach links schwenkte, »ich wollte nur sagen: mit Zitrone ...« Plötzlich hatte er keinerlei Lust mehr, sich zu entfernen. Es wäre so nett gewesen, sich neben sie auf die Bank zu setzen, einfach so, um ihr nahe zu sein, selbst wenn sie ihm von Gilbert erzählte ... Was konnte er sich denn einfallen lassen ... »Wollen Sie die Zitrone in zwei Hälften geschnitten oder in Scheibchen?« fragte er entgegen jeder Wahrscheinlichkeit und verwendete nicht mehr die dritte Person. Und sie: »Das ist mir egal ... aber sagen Sie mal, wie ist Ihr Tee eigentlich zubereitet? Ist das Tee, den man aufgießt, oder ist es einer dieser Beutel, die man kurz ins Wasser taucht, ich weiß nicht

warum, aber diese Wäsche erinnert mich an das Dienstmädchen bei uns, als ich klein war, sie hängte alles mögliche nasse Zeug in der Küche auf ...«
»Als Sie klein waren ... das ist wohl auch erst zwei Monate her ...«
»Sie sind wirklich komisch. Sagen Sie schnell, für wie alt halten Sie mich?«
»Oh, ich bin nicht großzügig, nicht großzügig.«
»Nun, ich bin zwanzig, seit eineinhalb Monaten. Gilbert ...«
Die geht einem auf den Wecker mit ihrem Gilbert. Ich kann ihn mir schon vorstellen, diesen Fußballer, der um fünf Uhr einen Scotch trinkt. Dasselbe Gestell: er warf sich in dem großen Spiegel über der Bank einen Blick zu ... Er fragte: »Ist er etwa hier Stammgast?« »Wer, Gilbert? Oh, das könnte schon sein, er schaute so etwas merkwürdig drein, als er mir die Adresse gab ... ich weiß nicht, er erzählt mir niemals etwas ... und außerdem war das vor meiner Zeit! Sie kennen ihn also?« »Vielleicht, ich kenne mehrere Gilberts ... Aber es muß nicht notgedrungen der von Madame dabei sein ...«
Sie hatte ihr Kinn in ihre Handfläche gestützt, den Ellbogen auf dem Marmortisch, und mit vertraulicher Miene: »Der meine ... wie soll ich Ihnen sagen? Er ist braunhaarig wie Sie, ungefähr Ihre Größe ... Aber er sieht Ihnen nicht ähnlich ... er hat ganz kleine Ohren ... das ist merkwürdig für einen Mann! Er ist eher pausbäckig, er wird schnell über und über rot, die Stirn, der Hals ... Er ist stark, wissen Sie, und ein Hitzkopf, man darf ihn nicht zu sehr ärgern ... Er hat ein sehr nettes Gesicht, ein sehr nettes ... Haben Sie's vor Augen?«
»Ja ... das heißt, ich stelle es mir vor ... aber wenn ich ihn auf der Straße wiedererkennen müßte ... Madame entschuldigen mich, der Tee von Madame ...«
»Ach«, sagte sie, »der Tee kann ruhig warten, wenn wir von Gilbert sprechen! Er hat einen Goldzahn, aber das sieht man nicht. Das passierte beim Spiel gegen Sochaux. Die sind schrecklich, diese Typen von Sochaux, um ein Haar hätten sie mir ihn kaputtgemacht ...«
Er entfernte sich. Sie rief ihn zurück: »Wenn Sie ihn wiedererkennen wollen, dann an den Augen, die sind bei ihm das Besondere. Kleine, braune, kugelrunde Augen, wie Weinbee-

ren, und lachen tun sie, lachen!« Was hätte er in diesem Augenblick nicht alles darum gegeben, kleine, braune Augen wie Gilbert zu haben, er, der große und blasse hatte, daß alle Frauen von ihnen träumten, vor noch gar nicht so langer Zeit. Holen wir ihr ihren Twinnings und sprechen wir nicht mehr davon!

Als er hinter der Bartheke war, um den Warmwasserhahn der Maschine über der Teekanne, die auf dem Sims stand, aufzudrehen, rief sie ihm zu: »Ober! Könnten Sie dem jungen Mann dort hinten nicht sagen, er soll ein bißchen weniger Krach machen mit seinem Dingsda? Man versteht ja sein eigenes Wort nicht mehr!« Aber der andere hatte sie gehört, er hatte sich umgedreht und sagte unnachahmlich: »Puppe!« und enfesselte dir aber sogleich eine derart heftige Windböe, daß sein Apparat in allen Farben aufblitzte. Da schrie sie, als ob sie auf der Straße inmitten der Autos jemandem auf der anderen Seite zuriefe: »Ach, da fällt mir gerade ein, Ober, stoppen Sie schnell! Ich bestelle den Tee ab! Es ist zehn vor fünf ... Wissen Sie, ich hatte im *Printemps* einen Pulli für Gilbert kaufen wollen, sie hatten die Farbe nicht da, aber sie sagten, daß im Lager ... Ich fürchtete, mich zu verspäten – aber meine Uhr geht vor, ich weiß nicht, was sie hat –, also hab' ich zu den Leuten da gesagt: ich kann nicht warten, ich muß zu meinem Mann, ich geh' schnell in die Bar rüber und komm' gleich wieder zurück, währenddessen haben Sie nachgesehen, ich fürchte, er läuft mir sonst weg ... kurzum, Sie verstehen ... und dann bin ich zu früh dagewesen, und jetzt sag' ich mir, wenn ich ganz schnell ins *Printemps* rüberginge? Auf diese Weise käme Gilbert zu seinem Pulli! Das wäre prima: man trifft eine Verabredung und sieh da, ich komme mit einem Pulli unterm Arm daher! Gilbert ist versessen auf Geschenke, das können Sie sich gar nicht vorstellen! Man möchte ihn beschenken, nur um ihm eine Freude zu machen, um die lachenden Äuglein dieses Pausbacks zu sehen ... Aber ich schwatze und schwatze. Ich lasse meine Pakete hier, nicht wahr. Sie behalten sie im Auge. Ich komme gleich zurück ...«

Sie knüpfte ihr Mäntelchen zu, schüttelte ihren Pferdeschwanz, hängte sich ihre Handtasche über den Arm. Sie wollte hinausgehen. Der Kerl am Spielautomaten schaute sie

verstohlen, taxierend an. Sie drehte sich um: »Daß ich nicht vergesse, Ober, wenn mein Mann kommt, bevor ich wieder da bin, halten Sie ihn zurück, er meint sonst, ich bin schon gegangen … sagen Sie ihm: das da sind ihre Pakete …«
»Gut«, sagte der Barman, »aber woran soll ich Ihren Mann erkennen?« Sie platzte los: »Sie sind komisch! Seit einer Stunde beschreibe ich Ihnen Gilbert in allen Einzelheiten, und Sie fragen mich … Ein Pausback in Ihrer Größe, kleine Ohren, ein Sportler eben! Und außerdem kennen Sie ihn ja … Wohlgemerkt, ich bin diskret, ich habe Sie nicht gefragt, mit wem er hierher kam, nicht wahr? Es ist besser, nicht zu wissen … ich habe eine Freundin, die immer zu mir sagt …«
Sie winkte mit jener Hand, an der keine Tasche hing, wie es die Königinnen im Film tun, um von einem Balkon herab ihr Volk zu grüßen, sowie die süßen kleinen Mädchen, wenn sie in den Zug steigen …
Als sie durch die Tür gegangen war, sagte der Bursche in der Lederkluft, bevor er wieder seinen Sturm losließ, im Brustton der Überzeugung: »Scheiß-Gilbert …«
Es war schon siebzehn Uhr fünfzehn oder sechzehn, als sie zurückkam. Atemlos, mit einer Tragetasche an der Brust, der Pulli natürlich, der Pulli. An der Bartheke stand ein Gast, der einen Bart trug, nein, das war er nicht. Sie blickte um sich: »Noch nicht da? Wo ich mich so beeilt habe; aber stellen Sie sich mal vor, Ober, die haben im Lager keinen gehabt! Da hab' ich vielleicht Krach geschlagen! Oh, da kennen Sie mich schlecht! Wenn ich mal loslege! Ich war wütend. Aber Ende gut, alles gut, ich hab' den Pulli, und Gilbert ist immer noch nicht da … Aber wie spät ist es denn schon? Siebzehn, fast achtzehn nach! Geht denn Ihre Zwiebel überhaupt? Gilbert ist die Pünktlichkeit in Person! Sie haben ihm doch wenigstens gesagt …«
Der Barman wusch hinter seinem Mahagoni Gläser. Ungerührt. Er antwortete nicht.
»Aber hören Sie mal, Ober, ich rede mit Ihnen! Sie haben Gilbert doch gesagt …«
Der amerikanische Spielautomat war außer Rand und Band. Der Spieler hatte ihn mit beiden Armen gepackt, und das lachte laut und schlug sich auf die Schenkel …

»Sie haben ihn doch nicht einfach so weggehen lassen!« rief die Kleine. Der Barman stellte ein Glas vor sich hin, dann zwei, dann drei. Er genoß kalt seine Rache, für alles, für die verfliegende Zeit, die Frauen, die anderswo hinschauen, die bittere Falte dort, wo er mit seinem Daumen darüberfuhr. Sie war hübsch, die Göre, aber was nützte ihm das. Ich seh' ihn vor mir, ihren Gilbert, ich seh' ihn, als ob ich dabei wäre ...
»Ich hab' ihn Ihnen doch so gut beschrieben, Ober! Alle Einzelheiten, seine kleinen Ohren ... Sie hätten es ihm doch sagen können!«
Er blickte auf und betrachtete sie lange. Der Gast am Tresen amüsierte sich verrückt damit, einen Strohhalm zu zerpitzeln, was heutzutage schwierig ist, wo sie aus Nylon sind, er trank einen grünen Chartreuse, dieser Bärtige, vermutlich stammte er aus den ehemaligen Kolonien ... dieses kleine, unwahrscheinliche Ordensband im Knopfloch ...
»Konnten Sie denn nicht ... konnten Sie denn nicht ...«, stöhnte sie, »und ich komme da wie eine Idiotin mit dem Pulli hier an! Warum haben Sie ihm nicht gesagt?«
»Ich hab' ihn nicht erkannt«, gestand er, während er seine Manschetten hochkrempelte, die dichten Haare seines Unterarmes streichelte und daraus eine Art schwarze Spitze machte.
»Sie haben ihn nicht erkannt! Bei Gott, wie ist das bloß möglich! Es sind ja kaum Leute hier ... ein junger Mann kommt herein, wie ich Ihnen gesagt habe, ein Pausback, mit lachenden Äuglein, und Sie erkennen ihn nicht? Oh, das können Sie mir niemals weismachen! Und er, er hat gedacht, ich sei weggegangen, natürlich! Er kennt mich, ich bin wie die Milchsuppe, ich laufe über! Sie sagen nichts?«
»Verzeihen Sie mir«, sagte der Barman, »ich habe Ihnen geantwortet, daß ich ihn nicht erkannt habe, Ihren Albert.«
»Gilbert!«
»Albert, Gilbert ... kurz und gut, ich hab' ihn nicht erkannt, das ist alles.«
»Trotz seiner lachenden Äuglein?«
Da verlor er gänzlich die Geduld und sagte mit einer männlichen Bosheit, die niemals in der dritten Person spricht und nicht fragt, was Madame serviert bekommen möchte, und die

sich, wenn es ihr Spaß macht, neben die Frauen hinsetzt und die noch verschiedene andere recht ordinäre Dinge tut, die ich mir vorstelle – als ob er selber der amerikanische Spielautomat mit orangenen, grünen, violetten und blauen Lichtern wäre –: »Trotz seiner lachenden Äuglein ... weil sie nämlich – wenn ich es Ihnen sagen soll – überhaupt nicht lachten, diese Moskito-Augen Ihres Gilbert, wie hätte ich ihn dann erkennen können; denn er war unausstehlicher Laune, Ihr Pausback, Madame, um fünf Uhr zwei, wenn Sie's genau wissen wollen!«

»Brigitte!« rief der junge Mann von der Tür aus. Da hob der Barman die Arme gen Himmel und sagte zu dem Bärtigen, weil man sich halt an irgendwen auf dieser Erde wenden muß, und sei es ein Belgier, der aus dem Kongo zurückkehrt: »Und die heißt auch noch Brigitte! Nein, diese Welt ist unmöglich!«

1962

DAMIEN SCHÜTTET SEIN HERZ AUS

»Als Kind putzte ich mir die Zähne mit einem ganz gerade geschliffenen Knochenstück, mit Borsten, die hart und dicht wie ein Kornfeld standen, bis meine Mutter mit dem Finger darüberfuhr, vorwurfsvoll bemerkte: ›Damien, das ist ja eklig, du hättest doch sagen können, daß deine Bürste ganz weich geworden ist!‹ und sie in eine Schublade der bemalten Kommode warf. Später, zu der Zeit, als ich noch gestreifte, lange Unterhosen trug, hatte man Geräte, die leicht gebogen waren, das heißt der Stiel – die Borsten waren in einzelnen Büscheln angeordnet, die reinste Plantage; auf der Rückseite befanden sich kleine Löcher in Rillen und farbige Streifen, schmal wie an den Unterhosen ... Das blätterte sehr schnell ab; jetzt beanstandete Mama, daß ich sie immerfort wechselte. Ich weiß nicht, warum man die Bürsten bei uns zu Hause nicht wegwarf. Die ganze Schublade war voll von lauter ausrangierten, der reinste Friedhof. Die von Tante Cäcilie bemalte Kommode war überhaupt ein Camposanto von Gegenständen: alles, was kaputt war, was man nicht mehr benützte, steckte man da hinein ... Dann kamen die aus Metall. Das war, als ich meinen Militärdienst beendet hatte. Die waren trist. Die anderen, die aus Knochen, die wurden gelb; jetzt sagte man zwar, die neuen würden nicht oxydieren, aber dafür alterten sie häßlich ...«

»Kann man denn schön altern?« fragte Caroline gedankenlos, aber sogleich biß sie sich auf die Lippe und warf dabei ihrem Onkel einen Unschuldsblick zu. Er lächelte sie an, wegen dieser Reinheit des Gesichts; er hatte sie gar nicht verstanden, so vertieft war er in seine Zahnbürsten.

»Ich habe«, fuhr er fort, »eine ... Dame gekannt, die eine Louis-XV-Bürste besaß. Als ob sie aus Silber gewesen wäre ... Aber tatsächlich war sie aus Silberdublee; die ist schließlich auch gelb geworden ...«

Caroline wußte nicht, was Silberdublee ist. Er erklärte es ihr. Sie war wirklich hinreißend; wie ein Junge stand sie da, ker-

zengerade, mit ihren winzigen Brüsten, in einem langen, langen Nachthemd in Zuckerhutform. Er aber hatte die gelben Flecken vor Augen, die mit der Zeit am Bürstenstiel auftreten, auch wenn er nicht aus Silberdublee ist, und rings um die Bürste im eigentlichen Sinn sah er diesen oben gespaltenen Ring, den man spreizt, um den Ersatzkopf einzulegen ...
»Weil nämlich, verstehst du, die große Umwälzung im Leben eintrat, als man auf die Idee mit den Ersatzköpfen kam ... Das war das Ende der Friedhöfe, begreifst du ... Wenn die kleinen Bürstenköpfe ihre Borsten verloren ...äh, das ist ein unangenehmer Augenblick, alle Tage spürst du's am Zahnfleisch, als hättest du Fisch gegessen ... dann warf man sie ganz einfach in den Papierkorb ... das war wie eine neue Bürste, aber immer derselbe Stiel, über Jahre und Jahre hinweg! Einerseits war das etwas traurig, immer derselbe, verstehst du ... er hatte seinen Glanz verloren; man hätte ja ohne weiteres einen anderen kaufen können, aber warum? Er war dafür vorgesehen, immer wieder verwendet zu werden; es gibt Dinge, bei denen ist es nicht die Geldausgabe ... sondern gleichsam eine Idee der Verschwendung. Bis man begann, sie statt lang und rechteckig nun rund und kurz zu machen, die Bürsten. Das war gerade vor Ausbruch des Krieges. Ich habe mir auch eine geleistet, man muß schließlich mit seiner Zeit gehen. Das fiel mit der Verwendung der Wildschweinborste zusammen. Damals waren die Zahnärzte der Auffassung, sie müßte einem das Zahnfleisch zum Bluten bringen, um es zu kräftigen. Fest bürsten ... Diese Bürste habe ich in Dünkirchen verloren ... Die, die ich nach der Ausschiffung in England gekauft habe ... was kicherst du da so in dich hinein?«
Caroline stürzte sich auf ihn und umarmte ihn: »Onkelchen, mein Onkelchen! Ich liebe dich ja so. Erzähl' mir doch weiter von deinen Zahnbürsten!« Er sah sie etwas verdutzt an. Machte sie sich über ihn lustig? Er rückte seine Krawatte zurecht, blickte auf seinen nikotinverfärbten linken Zeigefinger und dachte an eine Menge Dinge gleichzeitig, wie wenn man aus dem sechsten Stock herunterfällt. Vor dem Sturz klammerte er sich an seine Nachkriegszahnbürste. Sie war in oxydiertem Elektrisch-Blau. Man war zur Wildschweinsborste zurückgekehrt; solche hatte es während der Besetzung nicht

gegeben. Sei es, weil die Ardennen verwüstet waren ... oder vielleicht weil die Deutschen alles ihren Ehefrauen schickten ... »Kurzum, ich erinnere mich: meine erste extraharte Schweinsborste bekam ich gerade, als die Deportierten heimkehrten. Und dann fabrizierte man wieder längere, fast wie vor 1914, nur diesmal nicht aus Knochen, das Plastikmaterial war ja nun eingeführt worden! Die Gebrauchsgegenstände mußten sich der Entwicklung dieser Produktionsart anpassen ... Hübsch sieht das aus; die meine ist hellblau, genauer gesagt, malvenfarben, rotviolett ... sie ist durchsichtig, und in der Mitte des Stiels hat sie ein Grübchen, wo du den Finger abstützen kannst, wenn du die Zähne bürstest; sie biegt sich ein bißchen ... Nein, jetzt hat man das Auswechselsystem aufgegeben; die ganze Mode konzentriert sich auf den Stiel, und man fängt wieder an, sie wegzuwerfen, die Zahnbürsten; allerdings sind sie billiger als die aus Metall ... Wann hörst du endlich auf zu glucksen? Man hat es sich angewöhnt, den Stiel mit der Axt wegzuwerfen. Verstehst du, das ist typisch für die zeitgenössische Industrie ... nichts wird hergestellt, um von Dauer zu sein ... Die Billigkeit der Gegenstände ist nur eine Belohnung dafür, daß man sie wechselt. Man wirkt sofort als alter Herr, wenn man eine Hose mit Bügelfalte trägt, aber nun ja, Anzüge kosten ja auch nicht mehr die Welt. Zahnbürsten ...«

»All das erklärt mir nicht«, sagte Caroline, »warum du niemals geheiratet hast?«

Er wandte den Kopf, rutschte ein bißchen im Sessel hin und her, dessen Armlehne leise knackte, ließ einen vagen Blick über das schweifen, was seine Schwägerin albernerweise den *Salon* nannte, und konnte sich nicht den Gedanken verkneifen, daß man es diesen Röhrenmöbeln ebenso wie einer Zahnbürste ansieht, daß sie aus dem Jahr 1950 stammen. Sein Auge glitt von dem einen Lautsprecher der Hi-Fi-Anlage zum anderen, richtete sich aufs Fenster, das man nicht wie ein anständiges Fenster öffnen konnte, sondern das man mit einem Griff heben mußte, und verlor sich dann im Wintertag, in dem von unten schon der Widerschein des Leuchtschildes vom Herrenwäscheladen hochstieg.

»Und wie glaubst du, meine liebe Caro, werden die zukünftigen Zahnbürsten aussehen? Denn irgend etwas wird man ja erfinden müssen ... um den Handel in Schwung zu halten, und auch um die Leute ein bißchen zu amüsieren ... Hör mal, mein Fräulein, während ich mit dir spreche, bräuchtest du dir nicht gerade den Transistor ans Ohr zu drücken!«

Mein Gott, was die hübsch ist, diese Kleine! Sie richtete sich in den Kissen, die sie auf den Boden geworfen hatte, auf und rief im Ton der Entrüstung: »Du bist ein Monstrum, Monsieur, wenn du es wissen willst, ein Monstrum!« Er sah einmal mehr diesen eigenartigen kleinen Abstand zwischen ihren oberen mittleren Schneidezähnen. Genau wie die Spalte auf den Wechselbürsten, in dem Ring, den man spreizt ... Er dachte an die Jungen, mit denen sie ausging. Und gerade in dem Augenblick fragte sie: »Onkel, als du ein junger Mann warst ... hat man da wirklich Hosenträger getragen, wie es heute jedermann tut?«

Nun sprachen sie also von Hosenträgern, und Damien bemerkte, naserümpfend, die heutige Jugend sei reaktionär: die Abschaffung dieses lächerlichen Utensils hielt er für einen *Fortschritt*, wobei er dieses Wort besonders betonte, aber Caro meinte, dem sei ganz und gar nicht so: zunächst einmal sei Hosenträger nicht gleich Hosenträger, und wenn kein Firlefanz dran sei, wirke so was *männlich*, wobei sie ihrerseits die Betonung auf dieses Wort legte: »Und dir gefällt es also, wenn etwas *männlich* wirkt, wie du sagst?« Er glaubte vielleicht, sie zum Erröten zu bringen, aber sie entgegnete: »Warum denn nicht!« Sie war doch nicht etwa noch für Sokkenhalter? Das nicht; aber sie warf einen Blick auf die Füße des Onkels, dessen »Derby« immer lappelig zum Schuh hinunterrutschten, und kommentierte: »Seitdem es Lastex gibt! Obwohl, weißt du, das fehlt eigentlich noch im Herren-Striptease ...« Reine Provokation von ihr: der Onkel beruhigte sich mit der Vorstellung, daß die Kleine von solchen Dingen nur vom Hörensagen wußte. Er schlug einen sarkastischen und leicht gönnerhaften Ton an: »Ja eben, mein Kind, wenn du in den Nachtlokalen an der Pigalle verkehrtest, wüßtest du, daß diese Instrumente des Fin-de-siècle-Fetischismus dort gerade wieder in Mode kommen ...« »Oh!« rief Caro aus, »du wirst mir doch nicht weismachen, daß du

dort deine Abende verbringst, Damien! Ich habe dich da nie gesehen ...« Dieses kleine Biest. Sie beruhigte ihn: »Ach, weißt du, wir machen das lieber unter uns ... ich meine mit den Kumpeln ... zunächst einmal können einen Männerkleider täuschen, nicht nur wir mogeln – mit den Brüsten ... also erlaubt dieses Spiel, eine bessere Auswahl zu treffen ...«
Bei diesem Gespräch kam nichts heraus. Einerseits spurte er nicht, und andererseits wollte er nicht skandalisiert wirken. Man verliert so leicht den Kontakt mit der Jugend. Wenn man in seinem Alter den Anschein erweckte, als interessiere man sich zu sehr für junge Mädchen, was würde man da von einem halten? So hing er zwar an seinen Beziehungen zu seiner Nichte, doch fehlte ihm dabei jene Unbefangenheit, die er einem Mädchen gegenüber empfunden hätte, das man nicht schon als Kind gekannt hat. Das ist immerhin eine ganz natürliche Neugierde: die Zeit vergeht, aber man bewahrt in sich den Geschmack an der Jugendfrische. Nun, man darf sich nicht zu sehr in den Spiegeln betrachten. Bei Zahnbürsten fühl' ich mich wohler ... Er kam auf dieses Thema zurück.
»Weißt du ... die Zahnbürsten ... es ist vielleicht falsch von mir, alles mit Produktion, Warenkonkurrenz usw. erklären zu wollen ... Dahinter stehen auch Theorien, die sich gegenseitig bekämpfen ... Die Stomatologie ...«
»Natürlich«, sagte Caro in ernsthaftestem Ton, »es ist besser, man mischt nicht in alles den Marxismus hinein ...«

1962

SHAKESPEARE IM HÔTEL MEUBLÉ

Ich hab' Hotelzimmer satt. Nichts hat da Platz. Nicht einmal mein Shakespeare. Dreizehn Oktavbände; stellt man sie in den Spiegelschrank, muß man immerfort auf- und zumachen, vor allem, da man nie weiß, in welchem Band welches Stück steht. Also tut man sie auf den Kamin, aber man findet immer seltener Hotelzimmer mit Kaminen. Und außerdem sind da die Hoteliers! Was die Besuche betrifft, so sind es oft die Nachbarn. Nun, je nachdem. Man erfährt nie die Kategorie, wenn man ein Zimmer nimmt. Zunächst einmal war daran mein Vater schuld. Mit falschen Ideen hat er uns vollgepfropft, uns beide, François und mich, in Saint-Brieuc. Englischlehrer ist er, Papa. Mir ist es nie gelungen, Englisch zu lernen; wenn ich gesagt habe: die water-closets, if you please?, oder etwa zu einem Mädchen: Ihr pull-over, Mademoiselle, ist irr sexy!, dann ist meine Platte abgespielt, aber anscheinend habe ich eine glänzende Aussprache. So war ich recht froh, als Paul mir den Shakespeare überließ ... im Original hätte ich ihn nie gelesen ... Aber was hätte denn Paul beim Militär mit Shakespeare auch anfangen sollen, vor allem in diesem Krieg? Ja, und François, der hatte die Nase voll von Poitiers, von Papa, von seinen Erklärungen, wie man es anstellen müsse, damit man kein Kind kriegt. Der Alte möchte uns gern weismachen, er sei ein Don Juan gewesen. Ha, ha, kannst du dir Don Juan, sagte François, als Englischpauker vorstellen! Unangenehm an meinem Vater ist, daß er mir verrückt ähnlich sieht, man könnte meinen, ich bin es, der ihn gezeugt hat. Ich stelle mir vor, wie ich einmal in seinem Alter aussehen werde, mit diesem Bäuchlein ... daß ich einen Schnurrbart trage, das brauche ich allerdings nicht zu befürchten, so was ist mir zuwider. Genau wie bei diesem Stabsarzt, einem im Grunde rechtschaffenen Mann, der mich wegen meines Herzens untauglich geschrieben hat; anscheinend habe ich nur eine Herzkammer. Das hatte ich gar nicht gemerkt! Er hatte mich mit seinem Gummi-Dingsda abgehört, dann sagte er, Gott habe dem Menschen das Ohr gegeben, um zu hören, und als er seine Wange auf meine Brust drückte, da kitzelte mich dieser Schnurrbart, man sollte es den Ärzten nicht erlauben, aber schließlich war ich recht froh; denn ich und zum Militär! Die Herzkammer, solange ich den Hundert-Meterlauf ganz gut schaffe, und im Sommer Tennis, Pingpong in Paris ... François sagt, beim Militärdienst reißt man sich auch nicht das Bein aus, aber der hat ja Humor!, das war vor dem Krieg so. Er hatte nur eine Marotte: er wollte nichts mehr von Saint-Brieuc hören. Also nahm er einen Posten in der Lebensversicherung an und bereist nun das Gebiet um Toulouse, ich wünsche ihm viel Glück dabei. Ich meinerseits hatte so viel von Paris gehört, und Mama sagte, der Anwaltsberuf sei nicht schlecht, und werde man gar Staatsanwalt, hätte man ein angenehmes Leben. Ihr Mann fürchtete unter Hinweis auf meine Ähnlichkeit mit ihm, ich könnte mich zu sehr für Mädchen interessieren ... Direkt rührend, mein Papa! Aber er hat uns mit falschen Ideen vollgepfropft, Mama sagte es mir immer wieder: »Wenn du alles glaubst, was dein Vater erzählt!« Jedenfalls war es ein Fehler von ihm, uns dieses Vorurteil einzubleuen, man dürfe niemals eine Frau mit zu sich nach Hause nehmen; das sind ja vorsintflutliche Ansichten. Zunächst einmal verursacht das Unkosten, und es war beileibe nicht das Gewicht des Taschengeldes, das mich nicht schlafen ließ. Vor allem als ich noch auf der Universität war. Mit diesen Lehrbüchern für Internationales Recht, für Volkswirtschaft, und dann noch Shakespeare, ein toller Stapel auf dem *mantelpiece!* Auch so ein Wort aus meinem Wortschatz, sehen Sie. Obwohl vielleicht für jemanden wie Madame Simpson, zum Beispiel ... Oh, wo denken Sie hin! Mit der Herzogin hat das nichts zu tun. Sie ist in Marseille geboren, und ihr Mann, ein Kind der Liebe aus dem Ersten Weltkrieg, wurde von seinem Vater, einem Amerikaner, sehr spät anerkannt. Können Sie damit was anfangen? Ich will nur sagen, daß ich kein Lexikon brauchte, um mit Clotilde zu sprechen. Sie wollte, angeblich mit Rücksicht auf ihren Mann, nicht auf eine Studentenbude gehen, sondern irgendwohin, wo ich nicht wohnte, und wenn es auch ein Hotel wäre ... So transportierte ich halt eben meine Penaten vom Quartier Latin in eine Straße nahe der Folies-Bergère, was vielleicht nicht sehr praktisch für meine Vorlesungen war, aber nun ja: ich hatte, ohne es Clotilde zu erzählen, in einem Haus Logis genommen, in dem die meisten Leute nur für eine Nacht absteigen, mit einem hübschen, für den Shakespeare recht praktischen *cosy-corner*. Ich führte sie dorthin, nachdem ich zuvor die Jura-Schmöker hatte verschwinden lassen, alles in einen Wandschrank hineingestopft, als ob ... Sie verstehen mich. Das Zimmer gefiel ihr sehr gut, aber sie fand es seltsam, daß man es mit Shakespeare auf der Étagère des *cosy* vermietete. Da wurde ich etwas unruhig, vor allem als sie sich des Bandes mit *Macbeth* bemächtigte und mir dabei gestand, daß sie gern Tragödin geworden wäre, und sie begann zu lesen, mit Gesten, mit veränderter Stimme, sie war Lady Macbeth in Person, sie stieg in den schlafenden Palast hinab, sie rieb sich die Finger, um das Blut von ihnen zu entfernen. Ich sah schon kommen, daß sie, wenn sie die Seite umblätterte ... da erlaubte ich mir einen etwas zweideutigen Scherz: ich fragte sie, ob ich ihr vielleicht einen Bimsstein holen sollte! Da war die Nervenkrise da, aber immerhin ließ sie den Shakespeare in Ruhe. Ich habe sie daraufhin nie mehr wiedergesehen. So ist es eben mit den Frauen, sie sind es, die mich verlassen, ich meinerseits wäre eher geneigt, die Sache andauern zu lassen ...

Ich muß erklärend hinzufügen: ich hatte es mir zur Gewohnheit gemacht, an mich gerichtete Liebesbriefe, damit sie der Hoteldiener nicht liest, in die Übersetzung von François Victor-Hugo hineinzustecken. Nicht nach den Frauen, sondern nach dem Thema geordnet, die Eifersuchtsszenen zum Beispiel in den *Othello*, die Bitten um Geld, so was kommt gelegentlich vor, in den *Kaufmann von Venedig*, und so fort. Zu jener Zeit liebte ich vor allem die schon in voller Blüte stehenden Frauen ... In *Macbeth* lag ein Brief, der sehr kompromittierend war für eine Dame, die ... nun, das sind ihre Geschichten, ich will sie Ihnen nicht erzählen: Sie haben sonst eine falsche Meinung von mir. Ich war ja gezwungen, immer wieder zu wechseln, da meine Freundinnen nach ein oder zwei Monaten, manchmal schon eher, fanden, jetzt reiche es. Ich bin nicht der Typ, der sich festklammert, und ich konnte ihretwegen ja nicht Veronal schlucken. Ich sage mir, daß Papa im Grunde ... wahrscheinlich war ihm genau das widerfahren – wie man sich doch ähnlich ist! –, und darum also wirkt er wie ein Don Juan, wenn er von sich erzählt. Ich hätte allerdings auch eine Molière-Ausgabe bei mir aufstellen können, das nimmt weniger Platz weg ... aber zunächst einmal war ich an den Shakespeare ohne Hintergedanken gekommen, und außerdem hätte man, in nur zwei Bänden, diese Briefe sofort bemerkt. Nach Madame Simpson geriet ich an ein viel jüngeres Mädchen: sie studierte Pharmazie, sie spielte mir die große Liebe vor, ich nannte sie Ophelia, da steckte sie sich Blumen ins Haar, und ich legte ihre Briefe in *Hamlet*. Gut. Das dauerte noch keine drei Wochen, da sagte sie mit tief enttäuschter Miene zu mir: »Was für kleine Hände du hast!« Fürs erste stimmt das nicht, ich habe Hände wie jedermann, nicht wahr! Und dann erschien mir das als Vorwand ein bißchen kurz. Ich begegnete ihr einige Zeit danach im Pam-Pam an der Oper, mit einem Burschen, so einem Metzgertyp, sie drehte sich um und warf mir, mit einem Augenzwinkern zu ihm hin, einen Blick zu, als wollte sie sagen: »Na? Verstehst du jetzt?« Ja, was sich der allerdings für Pranken leistete! Anscheinend ist der ein großer Schriftsteller, er wird bei Julliard verlegt. Dann setzte sich die Serie fort ... ich will Ihnen keine Details erzählen, um so mehr, als bald danach diese Yvonne kam.

Ich war ins VII. Arrondissement ausgewandert, in die Nähe der Militärschule. Der *cosy-corner* war ein bißchen teuer pro Woche, und am Taschengeld fehlte es ja gerade. Es ist merkwürdig, Papa ist nicht, was man einen Geizkragen nennt, er hockt vielleicht etwas sehr auf seinen Groschen, aber das ist bei ihm mehr Prophylaxe, nicht wahr, er hatte auf diesem Gebiet so seine Ansichten: man darf jungen Leuten nicht zu viel geben, sonst gewöhnen sie sich daran, das lag so in der Richtung wie: im Winter keinen Pullover anziehen, um sich abzuhärten. Sich durchhungern, sagte der alte Herr, das kräftigt der Jugend den Magen. Aber manchmal ließ er sich erweichen, vor allem, wenn ich ihm sagte, die Moneten, die bleiben ja nicht an meinen Fingern kleben, also komme ich doch gar nicht dazu, mich an sie zu gewöhnen. Er hatte sich fast entschlossen, mir eine Vespa zu spendieren, so daß ich den größten Teil der Zeit, die mir die Uni nicht verschlang, damit verbrachte, Kataloge durchzusehen, Prospekte zu vergleichen. Gerade da entdeckte Yvonne, die indiskreterweise *Die Lustigen Weiber von Windsor* aufgeschlagen hatte, einen ziemlich eindeutigen, undatierten Brief von Madame Simpson, und wütend fragte sie, wer das sei, diese Clotilde. Ich mußte ihr, um sie zu beruhigen, von Madame Simpson erzählen, und sie wollte mir absolut nicht glauben, als ich ihr mein Ehrenwort gab, daß ich nicht den Onkel der Königin von England zum Hahnrei gemacht hatte. Wo war ich gleich noch? Ach ja, da lassen nämlich die Zeitungen, da sie nichts mehr über die Meerschlange zu vermelden haben, ein Riesenpalaver über die Jugend los, über dies und das, die wilden Parties, die Falschspieler, die Flipper, den Striptease, und was weiß ich, sie hetzen die Leute auf, so daß alle fünfzehn-, sechzehnjährigen Jungen an der Straßenecke schief angesehen werden, man beginnt, über Halbstarke zu reden, da sind zwei oder drei Burschen, die Mädchen in Stücke gehackt haben sollen, jetzt heißt es, die Eltern seien schuld, weil sie ihren Bengeln zu viel Piepen zusteckten, man interviewt ein oder zwei Mütter, die unglaubliches Zeug daherreden, das wird zu einem Gemeinplatz, und Papa schreibt mir, ich könne mir die Vespa an den Hut stecken, weil sonst hernach, wenn man mich guillotiniert, alle über ihn herfallen würden. Ich war so betroffen, daß ein Mann von seiner Intelligenz sich dermaßen auf den Leim führen läßt, daß ich die Unvorsichtigkeit beging, den Brief Yvonne zu zeigen. Innerhalb achtundvierzig Stunden hatte sie einen Stutzer mit einer Vespa gefunden, und die beiden knatterten zwischen der Rue César-Franck und Cambronne hin und her, daß mir das Stadtviertel verleidet wurde. Ich nahm eine andere Bude, nicht weit weg, im XV. Arrondissement. Als ich allein war, schlug ich aufs Geratewohl den Shakespeare auf und stieß auf König Lear: o ja, ich habe ganz verdammt mit den Gören von diesem alten Ekel da sympathisiert. Aber ich überlegte auch hin und her, was ich machen könnte, wenn er, das andere Ekel, um mich abzuhärten, anfangen sollte, mir den Geldhahn zuzudrehen. Inzwischen hatte ich einen Brief an *France-Soir* geschrieben, um diesem

seltsamen Knaben eins aufs Dach zu geben, der sich auf Kinderkriminalität spezialisiert hatte. Einen ausgefeilten Brief, mit ein paar Shakespeare-Zitaten, um den Anschein zu erwecken, als sei ich wer: Heinrich V., Erster Teil, mit Falstaff und allem übrigen, waren das etwa Halbstarke oder was? Aber stellen Sie sich mal vor, die haben das glatt veröffentlicht, und das löste gleich eine ganze Flut von Zuschriften aus: die Jugendlichen kamen da auf Einfälle, manche sagten: »Mein eigener König Lear ...«, und obwohl jemand einen etwas gewagten Scherz von mir *(toupie or not toupie)** übelgenommen hatte, gab das der Jugend einen gewissen Ton, weil sie in der britischen Dichtung so bewandert war.
Der Verwalter meines damaligen Hotels, ein großer, eher dikker Mann mit einem ziemlich blassen Krapfengesicht, hochte, in Schal und Pantoffeln, in seinem Büro im Zwischenstock und ließ jeden Abend einen ganz und gar unproportionierten Köter, so eine Art Langhaardackel, der ihm kaum bis zum Knöchel ging, auf das Trottoir pissen. Der Mann stürzte auf mich zu, als ich meinen Schlüssel ans Brett hängte, und es war da auch ein Brief aus Saint-Brieuc, von meiner Mutter. Er wollte mir klarmachen, daß sein Etablissement im Stadtviertel in anständigem Ruf stehe, und daß man über meinen Lebenswandel noch hinwegsehen könnte, solange meine Person keine Aufmerksamkeit erregte, aber daß jetzt, wo ich in Zeitungen schriebe. Was war denn los mit meinem Lebenswandel? Ich verstand nicht. Einfach daß ich bei mir Damen empfing, sagte er zunächst mal, der Wirt. Na und? Ich hatte mich bei ihm ja nicht als Mönch eingetragen, und Damen, na eben, dazu hätte ich doch das Recht, aber was sollte dieser Plural, ich befand mich in einer Periode der Stabilität, nach Yvonne war da nur Joséphine gewesen, das ging schon drei Monate. Während ich mit dem Mann sprach, juckte es mich auf einmal, ihr den Laufpaß zu geben, dieser Kleinen, bloß um mir zu beweisen, daß die Dinge nicht immer den gleichen Ausgang nehmen, aber darum ging es ja nicht. »Sie haben sich bei mir als Jurastudent und nicht als Journalist eingetragen«, sagte er zu mir, seinen Hund auf dem

* Wörtlich: »Kreisel or not Kreisel« (Anm. d.Ü.).

Arm, – was die für einen rührenden Bauch haben, diese Tierchen ... »Außerdem sind meine Gäste nicht verpflichtet, diese Person wiederzuerkennen, wenn sie kommt, das könnte ja auch eine andere sein ...« Für sein Aussehen war dieser Bursche ganz schön spitzfindig. Er wollte, das war ganz klar, zwei Fliegen auf einen Schlag treffen. Er gestand mir schließlich, daß sich die Polizei wegen meines Briefes an *France-Soir* für meine Existenz interessiert hatte, meine Verteidigung der Halbwüchsigen war ihnen unnatürlich vorgekommen. Man wollte wissen, mit wem ich verkehrte, ob Halbstarke zu mir kämen. Das war die Fliege Nummer eins: mein Nachbar hatte sich nämlich beklagt, daß es eines Abends laut zugegangen sei; ausnahmsweise waren wir zu viert, das war nicht viel, mit einer Flasche und Chips gemeinsam auf mein Zimmer gegangen, weil Agénor, von seiner Mieze flankiert, uns Verse vorlesen wollte, natürlich macht das Krach, wenn er mit erfundenen Wörtern den Speisewagen nachahmt, vor allem wegen des Tigers, ich verstehe nicht so recht, warum in seinen Gedichten immer ein Tiger vorkommt, er sagt, das sie eine Metapher. Kurz und gut, das hatte nicht das mindeste mit den Halbstarken zu tun; und plötzlich spitzte im Schmalzgesicht des Hoteliers das Ohr der Fliege Nummer zwei hervor: er legte mir nahe, zu heiraten, wohlgemerkt, er bestand nicht gerade auf Joséphine, aber wenn eben die Person ganz hier wohnte, könnten die Mieter nicht sagen, ich empfinge Damenbesuch, und gleichzeitig würde der Polizei der Boden für ihre böswilligen Verdächtigungen entzogen werden, kurz, der Mann sorgte sich derartig um meinen guten Ruf, daß einem die Tränen kommen konnten. Ich fühlte, wie ich schon so etwas wie sein Würstchen von Hund auf seinem Arm wurde. Gewiß, ich selbst hatte bereits daran gedacht: die Kleine studierte Politikwissenschaft, sie hatte nur eine Großmutter auf dem Lande, sie hätte vermutlich gern darauf verzichtet, ein eigenes Zimmer für sich zu bezahlen, aber da war eher ich derjenige, der auf seine Unabhängigkeit scharf war, immer noch wegen der Vorurteile von Saint-Brieuc. Das hätte Agénors Gedichte übrigens nicht leiser gemacht ... aber der Speisewagen war wirklich eine Ausnahme, plötzlich begriff ich die Fliege Nummer zwei: dieses dicke Schlitzohr wollte mir einfach das Zimmer für zwei Personen vermieten, mit einem Preisaufschlag. Nun, da hab' ich nicht gespurt, in meiner Empörung erzählte ich die Sache meiner kleinen Freundin, sie gab mir eine Ohrfeige, und wieder hatte man mich sitzenlassen, diesmal war's Joséphine. Und dabei hatte ich auf diesen Namen solche Hoffnungen gesetzt ...

Aber so kam ich auf die schlaue Idee, da es ja mit den Frauen nicht klappte, wenigstens die Universität sausen zu lassen. Der Erfolg meines Briefes über die Halbstarken, das Interesse, das man ihm bei der Polizei entgegengebracht hatte ... Warum sollte ich es nicht versuchen? So wurde ich, ohne es zunächst, des Taschengeldes wegen, herauszulassen, Journalist bei einer Zeitung, die aus politischen Motiven gegründet wurde, die undurchschaubar waren, zumal in ihr fast nur von Filmsternchen, von Brigitte und von Soraya die Rede war. Für einen Hungerlohn zwar, aber schließlich war ich ja Anfänger. Der Mann mit dem Pfannkuchengesicht schaute mich schief an. Er wagte es sogar, mir mit gleichgültiger Miene zu sagen: »Man sieht ja das Fräulein gar nicht mehr ...« Was konnte ihn das schon angehen? Ich war eben gerade in einer Keuschheitskrise. Aber das behielt ich für mich. Doch um das Gespräch abzubrechen, sagte ich zu ihm, zu dieser Waffel: »Wir sehen uns nicht mehr ...« Er konnte gar nicht bleicher werden als er eh schon war, aber er machte ein bescheuertes Gesicht, *von wegen* kleinem Preisaufschlag. Danach suchte er einen Vorwand – und das mit dem Laufburschen war für ihn ein gefundenes Fressen –, als ich diese Reportage über die Prostitution im Jaguar rings um die Madeleine schrieb. Die ersten beiden Artikel waren ein Bombenerfolg (50 Zeilen, da muß man ganz knapp sein, das ist die Art der Zeitung, sich kurz fassen, um das Publikum nicht zu ermüden, mit all diesen Ereignissen ...): daraufhin hatte man eine Doppelseite von mir verlangt, DIN-A3-Format, versteht sich. »Du kannst das bei dir zu Hause schreiben, aber ich muß es sehr früh morgens haben«, hatte mir der Chefredakteur gesagt, »solche Themen sind zu gewichtig, ich kann das nicht veröffentlichen, ohne daß Fantômas einen Blick drauf wirft ...« Bei der Zeitung nannte man Fantômas den Kommanditisten, der schon eine kleine Million in das Geschäft hineingesteckt hatte, und der es sich zur Regel gemacht hatte, den Fuß niemals am Nachmittag, wenn alle da waren, in die Redaktion zu setzen. So kam er immer am Morgen daher, zu Pferde, bevor er einen Ausritt in den Bois de Boulogne machte, seiner Linie wegen. Also: der Laufbursche kommt das Manuskript abholen, alles schlief noch, der Köter kläfft, der Hotelier steht im grau-rosa Schlafanzug auf, eine richtige Turteltaubenpastete. Er fragt, was los ist. Diesem kleinen Dummkopf – wir hatten Juni, und es war zufällig warm – war nichts Intelligenteres eingefallen, als in Shorts daherzukommen, mit den ganzen Davy-Crockett-Requisiten dran. Er fragt nach mir und kaut dabei *chewing-gum*. Das Schwollgesicht läßt sich die Frage wiederholen. Kein Zweifel, ich empfange jetzt Halbstarke! Was hab' ich nicht alles anhören müssen! »Der Laufbursche von Ihrer Zeitung ... sagen Sie bloß, für wen halten Sie mich eigentlich? Mit Laufburschen können Sie mir nicht kommen: seit wann haben Sie eine Zeitung? Sie sind bei mir als Jurastudent eingetragen ... nur das kenne ich, und außerdem habe ich keine Lust, jede Weile Polizeikommissare hier zu haben, weil ich an angebliche Studenten vermiete. Vielleicht sind Sie Kommunist?«

Daß die Frauen mich sitzenlassen, meinetwegen, aber daß mich die Hoteliers hinauswerfen, das ist zu viel: ich werde mir ein Atelier im Montparnasse-Viertel suchen. Wo ich meine Briefe herumliegen lassen kann, und die Zugehfrau ist mir dann schnuppe! Dort wird's eine Stellage für *Romeo und Julia* geben. Ich muß sie nur noch auftreiben. Ich meine Julia.

1962

DIE GESCHICHTEN

Eine Geschichte, eine Geschichte,
alles endet in einer Geschichte!
Henry Bataille

Da war ein armer Bursche ohne Schultern, ohne Kinn, der, weil er niemandem gefiel, auf die Idee kam, sich ein Motorrad zu kaufen, um Radau zu machen.

Da war eine Jungfer, die weder schön noch häßlich war, also bemerkte man sie schon lange nicht mehr im Staub der Tage zwischen ihrer Wohnung und ihrem Büro, bis sie über das Alter hinaus war, für das sich manchmal rohe Kerle interessieren!

Da war eine Stadt, in der alles rot-etikettierten Haushaltsgeräten ähnelte. Ein Stadtviertel ohne Kino und ohne Nutten, wie ein altes auf einem Stuhl liegengelassenes Einkaufsnetz.

Da war eine Epoche, in der die Algebra verrückte Fortschritte gemacht hatte, aber die Sitten auf der Stufe des kleinen Einmaleins stehengeblieben waren. Eine Epoche des Von-einem-Fuß-auf-den-andern-Tretens beim Warten auf den Autobus, eine Epoche von Plakaten für Seifen, die man niemals kaufen wird, von kleinen Erfindungen für den Haushalt, man hätte vor Rührung in Papiertaschentücher weinen können!, eine Epoche, in der die Nadel noch einige Zeit gratis mitgeliefert wurde, als bereits die Gefühle unsere Mittel überstiegen. Und seit langem schon wurden einem die pharmazeutischen Produkte nicht mehr von der Krankenkasse erstattet.

Da war eine Welt, in der einen nichts vom Außenlärm abschirmte, in der nichts den eingeschlagenen Nägeln standhielt, nichts mehr das Abwaschen oder das Ausbessern vertrug und in der das Zeremoniell des Sterbens so kostspielig war, daß man es immer noch vorzog zu leben. Und sei's auch wie eine Wäscheklammer auf einem eisernen Draht.

Im Tippelschritt leben, mit einem Lift, der außer Betrieb ist, einem undichten Dach, mit allem, was bloß noch mit Bindfa-

denstückchen zusammengehalten wird, und Leuten auf der Straße, daß man meinen möchte, die Krankenhäuser seien überfüllt. Überall trägt man Pakete, Pakete.
Die immer verspäteten Morgenstunden, die zum Schreien lange Arbeitszeit, die unerschwinglich teuren Abende, nicht der kleinste Zufallstreffer, und um sich die Augen aufzulokkern, hätte man gern die Fensterläden mit abstrakter Malerei übermalt, aber von wegen, dazu brauchte man die Erlaubnis des Eigentümers.
O zur Neige gehendes zwanzigstes Jahrhundert, in dem die Wörter den Sinn wechseln wie das Hemd und dennoch nicht die Fakten einzuholen vermögen, o sechzig Centimes vor dem nächsten Jahrtausend, Kleingeld einer Existenz, mit dem du dir nicht einmal einen Schnaps leisten könntest, vorausgesetzt, du hättest Lust darauf! O schartiges zwanzigstes Jahrhundert, liebe Suppenschüssel, die die Suppenteller überlebt! Eines Tages wird man es in den Museen ausstellen wie einen Métro-Fahrschein, eines Tages wird es den Neugeborenen unverständlicher sein als ein Sockenhalter an einem Elefantenbein, und sein Müllschlucker wird der Skamander einer Reißverschluß-Ilias sein. O zwanzigstes Jahrhundert ... Eine Geschichte! Mein Pferd für eine Geschichte!
Woraufhin dieser Junge glaubte, die Dürftigkeit seines Kinns mit dem Bartcollier ausgleichen zu können, aber weit gefehlt: die Barthaare suchten gemeinsam mit dem Kiefer das Weite. Er rieb sich gerade die Desillusion der Kinnladen, als er die Jungfer bemerkte, die im Begriff war, in die Fünfziger hineinzuschlittern, und er fand sie rührend und begann zu hoffen, sie würde nicht pingelig sein wegen seiner Schulter, da sie ja doch selber gar nichts hatte, weder Schenkel noch Busen, was einigermaßen den Blick auf sich gelenkt hätte.
Aber wie hätte sie verstehen können, daß dieser Bursche, vom dem zu sagen, er hätte ihr Sohn sein können, anstößig wäre, weil, um jemandes Sohn zu sein, dieser Jemand ein Viertelstündchen lang zwei gewesen sein muß ... wie hätte sie verstehen können, daß dieser Bursche plötzlich seine Tanzschuhprätentionen mir nichts, dir nichts auf ihre Schuhgröße herunterschraubte? Sie hörte nur das Motorrad – und nichts von diesem göttlichen, nur einen Augenblick lang währenden

Getöse in dem letzten Endes verzweifelten Auge, das sich auf sie richtete, nichts von dieser Rechnung ohne bekannte Größen, von diesem Bankhalten des Unglücks, von diesem Alles oder Nichts der Einsamkeit, nichts von diesem Poker mit leeren Händen, von dieser Überbietung des Links-Liegenlassens, die aus ihr ein herzzerreißendes Konfektionskleid machte, nichts von dieser Resignation des Mannes, der die Preisgabe seines Traumes in Traum verwandelt, nichts von ihrer beider Tragödie, ja nicht einmal ein Fünkchen flüchtiger Obszönität konnte bis zu ihr gelangen ... und schon wandte er den Kopf ab, gewöhnt, mein Gott, gewöhnt, wie wenn man sich die Haut abzieht, an diese Empfindung des Dahinschwindens, an diese Empfindung, wieder einmal eine Frau vergeblich angeschaut zu haben. Ihr wolltet doch, glaube ich, daß ich euch eine Geschichte erzähle?
Da er es sich ja gekauft und lange mit den Krümeln seines Lebens abbezahlt hatte, dieser traurige Vogel, nachdem er ziemlich unschlüssig gewesen war, was Marke, Preis, Abzahlungsmodalitäten betrifft, und der Satz verlegt, indem er nachahmt, was er beschreibt, ans Ende seiner selbst das lächerliche Akkusativobjekt, sein Motorrad ... da er es sich, wie man, ohne es zu verstehen, sagt, *spendiert* hatte, ein abscheuliches und dem zahnlosen Munde ähnliches Wort, sich diese Maschine spendiert hatte – man verzeihe mir diesen ergreifenden Jargon –, wäre es da denn nicht natürlich, wenn dieser stinkende Gegenstand hier, dessen Einfahrt in diese ungeordneten Sätze, am Rande eines Trottoirs, an einer Trambahnhaltestelle oder vielleicht, o Schicksal, auf dem Zebrastreifen, ich von langer Hand vorbereitet habe, wenn also besagter Gegenstand auf dieses unnütze, zu herabgesetzten Preisen im symbolischen Uniprix der Alltagsersparnisse eingekleidete Fleisch gleichsam wie ein Raubtier losspränge und ihm ins Gerippe oder in den Hintern bisse, wenn er das Täubchen schon nicht bumsen kann, und bei unserem jungen Miesbart, dessen Begehren sich aus dem Staube macht wie sein Kinn, diesen vagen, undeutlichen Wunsch, der das enttäuschte und sich sofort mit dem Mißerfolg abfindende Betteln hervorruft, in unfreiwilligen Mord umsetzte?
Oder, um mich kurz zu fassen, müßte nicht, damit das über-

haupt eine Geschichte wird, unser Held – wie Stendhal von Julien Sorel sagt –, wenn er Madame schon nicht überfahren kann, sie zumindest in den Straßengraben schleudern, so daß sie wenigstens einen Wadenbeinriß davontrüge? Und vielleicht ist das hier nur die Pause, in der ihr in eurer menschenfresserischen Unschuld der Platzanweiserin ein Erdbeereis abkauft, um ein wenig Festlichkeit diesem etwas flauen Abend zu verleihen, an dem, wer weiß, der Hauptfilm im zweiten Teil ...

Aber nein, laßt hier, o Leser, die ihr diese danteske Linie überschreitet, jede Hoffnung fahren. Das Motorrad dieses Burschen mit der mickrigen Schulter und dem zurückfliehenden Oberkiefer hat den notwendigen, aber törichten Reflexruck nach der Seite hin gemacht und ist seiner Beute ausgewichen, die dadurch mit der Angst davonkommt. Er ist vorbeigefahren, der reizlose junge Mann, und dies mit so viel Lärm, daß die Logik dabei ihr Latein verliert und diese Seiten ihren Sinn, und so wurde ihr selbst das noch verwehrt, der armen Jungfer. Sie wurde nicht einmal angerempelt von diesem ältlichen, ängstlichen Milchgesicht, das sie gar nicht gesehen hat. Wenn ich bereits die Wunde und den Schmutz vorbereitete und die Panik im Bauche dieses Unschuldsengels, weil er die Passantin zu Boden geworfen hat, wenn ich dieses ganze Drumherum der Dinge und diesen Kalender unserer Schmerzen und die enorme Schäbigkeit der Nippsachen und Waren konvergieren ließe, wenn ... ah! wenn ...

Nun, ihr habt genauso wie ich die Nase voll von der automatischen Ablösung der Adverbialsätze und vom obligatorischen Gleichmaß der Umstandsbestimmungen in der geschwätzigen Leere des Mundes, ah, euer Schnurrbart ist genauso irritiert und euer Zahnfleisch genauso scheel wie bei mir, ihr Kinder, die ihr mir zuhört und meine Prosa über euch ergehen laßt! ... Eine Geschichte, eine Geschichte! ... Ihr hattet nichts anderes verlangt als diese Aneinanderreihung von Gesten, Gedanken, mittels derer zwischen imaginären Gestalten der Film der imaginierten Ereignisse abläuft. Und wenn nur eine einzige Geschichte am Ende übrigbleibt, dann soll es diese hier sein, genauso wie sich zur Genugtuung des Geistes aus den Prämissen auch nur eine einzige Schlußfolge-

rung ergibt –, und dieser Junge mit dem zu kleinen Kinn möge diesem verblühten Fräulein wenigstens den Knöchel zerschlagen, wenn er schon nicht zu männlicherer Leistung fähig ist! Nicht, daß euch nicht ein Überfall, ein perfektes Verbrechen oder die serielle Musik irgendeines Abenteuers, in dem die Lust des Mannes und der Frau von Grund auf neu erfunden wird, lieber gewesen wäre, gewiß, und so gelangweilt ihr auch von Berichten über Party-Orgien sein mögt, hättet ihr es vielleicht notfalls doch von mir hingenommen, wenn ich auf irgendeinem unbebauten Gelände sechs oder acht Kerlen die Kerze gehalten hätte, während sie sich über die Naive hermachten ...
Aber daß ich euch an diesen Ort der zeitgenössischen Banalität kommen ließ und dort an der Ecke der Hauptsätze, in der Kniekehle der Parenthesen, am Scharnier der Ablenkungsmanöver den Trödel eines anonymen Paares und der Utensilien, die die Industrie in die variable Reichweite der Geldbörsen legt, aufstellte, – ah, eure Reaktion darauf kann ich mir schon vorstellen: sie wird genauso sein wie am Ende eines Schauspiels, das mit übermenschlichen Kräften ein Publikum ertragen hat, das trotz allem den Schauspielern, die, so gut sie nur können, die ihnen zugewiesene verrückte Rolle deklamieren, Achtung zollt wie auch den Musikern, die im Takt die Kakophonie des Komponisten spielen, sowie den Tänzern, deren unschuldige Beine nicht für die wahnsinnige Choreographie verantwortlich gemacht werden können ... und ihr werdet mich mit Geschrei, mit Protozoennamen, mit Schlüsselbunden und Transistorradios umbringen, wenn ich nicht auf der Stelle die Rechtfertigung für das Vorangegangene erfinde, wenn ich kein Feuerwerk mache aus dem Motorrad, den enttäuschten Träumen und dem fehlenden Kinn, wenn ich nicht deren hypothetische Stiele mit dem Eisendraht der Anekdote zu einem klassischen Blumenstrauß zusammenbinde, im Kasten des Souffleurs, der herauskommt, sich verbeugt und stirbt. Doch was macht's! Ich liebe das Gebrüll eines empörten Zuschauerraumes, und der Feuerwehrmann stürzt los, und die Platzanweiserin erbebt. Eine Geschichte, eine Geschichte, und gäbe es auch keine mehr auf der Welt!
Ich habe mir sagen lassen, daß in Marokko die bei Vollmond

gezeugten Kinder durchgebraten werden bis aufs letzte Stück und fein garniert. Habt ihr nicht durch das offene Fenster bemerkt, was für ein Licht in dieser Nacht herrscht? Alles hat die vollkommene Schönheit des Asphalts, den Glanz des Plexiglases, ein Joghurt-Aussehen um Mitternacht angenommen. Wir sind im vollen Slalom der Phantasie durch das Vorstadttor des Traums gefahren. Unmöglich, zwischen den vermiedenen Wörtern diesen jungen Mann wiederzuerkennen, dessen Schultern so ausladend sind wie der Schwachsinn, dessen halbinselförmiges Kinn einen wintersportlichen Kristiania schwingt und dessen Frechheit eigentlich nur mit den Völkerwanderungen verglichen werden kann: wenn er nicht auf einem Motorrad gesessen hätte, dessen Geknatter so sanft ist, daß ich mich in Charabotte am Fuße des Wasserfalls wiederfinde, wenn er nicht eine Ukelele-Melodie gesungen hätte, die ich bereits früher einmal an einem Sonntag auf einem Fußballplatz gehört hatte, wenn er sich nicht die bezaubernde Blume der Schüchternheit ins Knopfloch gesteckt hätte, dann hätte ich in ihm niemals, niemals den Möchtegern-Don-Juan erraten, dessen hypothetischen Besuch das Mädchen, das er nicht überfahren hat, unter dem blau-blauen Organdi des Alkovens jede Nacht, die Gott wieder auflöst, erwartet. Ihr seht ja, Herrgott noch mal, daß nichts so ist, wie es scheint, die Füße gehen nackt, alles ist Moos für sie, die Betten sind nur aus Liebeszärtlichkeiten gemacht, die suchenden Hände vereinigen sich. Es gibt nirgendwo mehr einen Füllfederhalter, dessen Kappe unter den Tisch gefallen ist. Es gibt keine ungleichen Handschuhe mehr, kein Schild mehr mit der Aufschrift »Ausverkauft« an der Kasse des Lebens. Alle Spiegel sind reif für das Porträt eines anderen, alle Haare sind voller Vögel, die Arme singen von einem Selterswasser, die Küsse nehmen kein Ende. Das ist die Stunde, in der sich alles zu einer geteilten Frucht öffnet ... Auch der Lieferant springt, vier Stufen auf einmal nehmend, die Dienstbotentreppe hinunter, nachdem er den Karton abgegeben hat.

Wie? Man versteht sich nicht mehr. Was sagt ihr? Was sagtet ihr? »Eine Geschichte, eine Geschichte!« Eine Geschichte ist nur dazu da, daß man sich in ihr verliert, und wenn das so ist, dann zerbreche ich eben die Zauberlampe Aladins, durchlöchere den fliegenden Teppich, setze die Gitarre in Brand. Fort mit euch, fort mit euch, die ihr die Gewichte und Maße überprüft, die ihr mit dem Zahn meine Worte aufknacken wollt, um ihren Kern freizulegen: die Geschichte, die erzähle ich mir selber, und euch alle schicke ich nach Hause, ihr Affenohren! ihr Traumdurchbohrer! ihr Eiergucker! Was könntet ihr denn von mir bekommen, außer daß ich schweige, und selbst wenn ich schweige, betrüge ich euch immer noch, ich lüge wie eh und je in dem, was ich allein verstehe. Und deine Fehlzündungen übertönen ihre Schreie, mein schönes Geknatter, o mein Motorrad, meine Seele! Es bedarf keiner Feen, damit es Feen gibt. Es bedarf keiner Wälder, damit in mir die Nachtigall singt. Es gibt keinen Hammer, der lauter hämmert als mein Blut. Und jede Geschichte ist meine Geschichte, in der mein Herz sich mit Heißhunger verzehrt.

1964

DER BLINDE

Seit zwei Tagen schon lagen die beiden Briefe – nach Marseille und nach Japan – herum. Ich bin achtundsechzig Jahre alt, oder beinahe, bin schwerhörig und lese Gedichte in Sprachen, die ich nicht verstehe. Das ist so, als ob man mit mir telefonierte: ich kann zwar den Sinn der Sätze erraten, aber bringe einfach nicht die Eigennamen zusammen. So weiß ich nicht, wer spricht und von wo. Vor allem, seitdem eine Menge kleiner Orte an den Selbstwählfernsprechdienst angeschlossen sind und Kléber »553«, Wagram »924« heißt. Um meine Geschichte zu datieren. Was sagte ich? Ach ja: wie kann man bloß in diesem Alter noch verliebt sein! *B... mag ja noch angehen.* Nun, ich bin's. Das kann doch nicht wahr sein! Ein schwerhöriger Verliebter! »Das ist besser«, sagt M. zu mir, »als wenn du blind wärest!« Darüber läßt sich streiten. Einstweilen lagen diese Briefe, es waren Briefe von ihr, seit zwei Tagen herum. Gestern abend sagte sie zu mir: »Aber du weißt doch, daß diese Breife eilen ... Aus Marseille erwarte ich Antwort, und Tokio, jetzt in den Ferien ...«
Nun denn heute morgen. Die Geschichte war die, daß Marseille zur Not ... Man frankiert mit dreißig Francs, alten, versteht sich. Aber Japan: erstens einmal geht's per Luftpost, man muß also aufs Postamt, abwiegen und sich sagen lassen, was es macht, und zweitens wird's kompliziert wegen der vier internationalen Antwortscheine: da lagen sie auf dem Briefumschlag wie vier Vorwürfe. Ich verwende solche Scheine nie, mag das Porto nach Massachussetts oder Kaschmir noch so hoch sein. Dabei komme ich mir immer vor, als hätte ich gestohlen. Ich lasse sie in einem Winkel liegen, sende meine Antwort ab oder auch nicht, und eines schönen Tages, wenn ich Ordnung mache, an einem jener Tage, an denen man Ordnung macht, Sie verstehen schon, schmeiße ich die Gutscheine in den Papierkorb mit dem Gefühl, ein Schuft zu sein. Aber das betrifft meine eigene Post. Jetzt muß ich mich entscheiden. Mit achtundsechzig Jahren seine Jungfräulichkeit

in Postgutscheinen verlieren! Japans oder Kenias wegen. Nicht ungewöhnlicher als verliebt sein.
Heute morgen also. Ich zog heimlich los. Mit den Briefen. Und den vier Bons. Auf der Treppe hätte ich sie fast fallen lassen, die Bons. So blieb ich stehen und nahm mit der linken Hand meine Brieftasche heraus. Das war nicht gerade bequem, mit den wegrutschenden Gutscheinen, den beiden Couverts. Ich stieg auf die Straße hinunter, die Brieftasche einfach so in der Hand.
Dort ging's nicht leichter. Die Brieftasche öffnen, die Gutscheine hineinstecken, ohne die Briefe auf die Erde zu werfen. In der Brieftasche befinden sich außer den Taschen mit und ohne Klappen auf der einen Seite kleine Fächer, wissen Sie, für Briefmarken, oder was weiß ich, die ich niemals benutze. Sie sind übrigens zu klein für die Gutscheine, die ich ins oberer Schlitzfach stecken wollte; dabei fiel etwas heraus. Es war das Photo von M., ein kleines, sehr charmantes Photo. Ich erwischte es und packte das Ganze zwischen die beiden Klappen der Brieftasche, zusammen mit den Banknoten. Ein richtiges Durcheinander, aber was machte das schon!
Als ich in die Rue de Grenelle einbog, von wo es noch ein ganzes Stück bis zur Post ist ... Die Gutscheine ließen mir einfach keine Ruhe. Ich wußte nicht mehr, wo ich sie eigentlich, Herrgott noch mal, hingetan hatte. Meine beiden Briefe hielt ich in der Hand. Ach ja, in die Brieftasche. Ich holte sie heraus, um nachzusehen. Da war das Geld – einen Tausender, alte Francs, ließ ich auf die Erde fallen, hob ihn wieder auf. Steckte die Banknoten wieder ein. Behielt die Gutscheine draußen. Mit den Briefen. Die Brieftasche verhedderte sich, als ich sie in die Innentasche des Jacketts zurücktun wollte ... So war's immer, mein ganzes Leben lang: ich schiebe die Dinge zwischen Futter und Weste, verliere Briefmarken, verwechsle Geldstücke, vergesse Briefe einzuwerfen, nun, das ist halt mein Wesen. Ich vergesse, was ich tue, ich bin mit den Gedanken sofort woanders.
Seit einer Weile sah ich auf der von mir aus linken Seite, von der Rue de Bourgogne her, einen – nun, seien wir höflich – nicht mehr ganz jungen Mann auf mich zukommen. Er ging ziemlich langsam und tastete sich mit einem Stock am Rand-

stein entlang. Ich verstand nicht gleich, daß es sich um einen Blinden handelte, aber der Stock war ja weiß. So etwas hat mich immer beeindruckt, vor allem, seitdem ich schwerhörig bin. Denn taub sein, das geht ja noch: aber wenn ich obendrein noch blind werden würde! Als ich ihn sah, der mich nicht sehen konnte, drehte sich die Angelegenheit um: und ich dachte mir gleich einen ganzen Roman aus, in dem die Hauptgestalt oder vielleicht nicht gerade die Hauptgestalt, blind wäre, aber einer von jenen Blinden, die sich, weil sie schon so lange blind sind, vielleicht seit immer schon, an ihr Gebrechen gewöhnt haben ... Kurzum, alle möglichen anderen Sinneswahrnehmungen, der Spürsinn, der Geruchssinn, vielleicht, aber vor allem das Ohr ... haben allmählich die Rolle des Sehens übernommen, so daß sie Leute wiedererkennen, sich in einer Menge Dinge, die wir gar nicht wahrnehmen, orientieren, sogar Dinge *sehen*, die wir mit unseren gesunden Augen nicht sehen. Der Roman würde von diesem Sehen handeln, das kein Sehen ist, von dem, was der Blinde weiß, die Leute um ihn herum aber nicht wissen, usw. Kurz, mein Gehirn arbeitete. Im Nu war ich bei den Peripetien. Es braucht nicht viel, und schon erfinde ich etwas. Die Frau des Blinden, er hatte natürlich eine Frau, sagte zu ihm: »Es ist besser, blind zu sein als taub«, und das schien ihm völlig einzuleuchten. Denn als Tauber hätte er nicht gehört, wenn das Herz eines Mannes in der Nähe seiner Frau zu laut klopfte, zum Beispiel. Und die Augen, was erfährt man durch sie schon darüber hinaus?

Der Mann kam auf mich zu, den Randstein mit seinem weißen Stock schlagend. Er hatte ein unrasiertes, weiß-grau schraffiertes Gesicht.

Ich, mit meinen Briefen und den internationalen Antwortscheinen in der Hand, verfolgte meine Geschichte weiter: verrückt, was mir alles in zwei Minuten durch den Kopf schießen kann! Vom ersten Augenblick an merkte ich, worauf ich zuging, im Roman, obwohl. Die Peripetie. Ja. Eines Augustmorgens wird er nämlich taub; die Peripetie. An einem Augustmorgen zunächst deshalb, weil wir gerade einen Augustmorgen hatten, und weiter, weil es im August in Paris nicht so viel Wagen, so viel Lärm gibt, so daß er zuerst glaubt, es sei die Jahreszeit. Ah, was für eine Tragödie! Blind sein und dann noch taub werden! Erst als Tauber fühlt er sich so richtig blind. Er kennt sich in nichts von all dem mehr aus, womit er sein ganzes Leben lang die Dinge, die Menschen gleichsam auseinandergehalten hat. Man kann sich einfach nicht vorstellen, was das bedeutet, die Nacht des Ohres. Wenn man nicht bloß, zum Beispiel, die Fähigkeit verliert, sich in Lauten zurechtzufinden, oder wenn man nicht nur anfängt, in Eigennamen herumzustottern ... Päng, päng. Er schlug an den Randstein. Nicht der Blind-Stumme des Romans, nein: der Blinde auf der Rue de Grenelle ... er ging an mir vorbei, ich drehte mich um und sah, wie er sich entfernte, päng, päng, der weiße Stock. Ich erreichte das Postamt.

Ehrlich gesagt: man stellt sich manches furchtbar kompliziert vor, was gar nicht so kompliziert ist. Die internationalen Antwortscheine, zum Beispiel. Das ist nämlich ganz einfach. Ich frage mich, warum ich das bis zu meinem neunundsechzigsten Lebensjahr für so schwierig gehalten habe. Ich frage es mich, ich frage es Sie. Man ist doch manchmal dumm, wirklich dumm. Um einen Brief per Luftpost nach Japan zu schikken, nun, dazu wendet man sich natürlich an den *Luftpost*-Schalter. Die Postbedienstete nimmt den Brief, wiegt ihn, man fragt sich einen kurzen Augenblick: was hat sie wohl daran auszusetzen, am Gewicht dieses Briefes? Dann macht sie auf einem Zettel eine kleine Rechnung. Die Antwortscheine haben Sie ihr nämlich zusammen mit dem Brief gegeben. Schau an, ich habe gar nicht nachgesehen, in welcher Währung das berechnet ist, in unseren Francs, unseren Centimes oder in ihren – wie heißen sie doch noch? Ich habe zwischen 1905 und 1910 Briefmarken gesammelt, damals stand *Yen* auf ihren Briefmarken, in Japan. Jedenfalls scheint die Dame im Umgang mit den Yen, den alten oder neuen, höchst bewandert zu sein. Sie sagt zu mir: »Drei Antwortscheine genügen, soll ich Ihnen den vierten in Briefmarken einlösen?« Blitzartig dachte ich: aber ich sammle doch keine mehr! Dann bemerkte ich in meiner linken Hand den Brief nach Marseille, ich sagte mir ... Wohlgemerkt, das war gar nicht schlecht überlegt; denn die Dame gab mir zwei Marken à dreißig Francs, ich meine dreißig Centimes, heraus. Eine einzige genügt für Marseille. Jetzt hatte ich Zeit und auch den Schaltertisch zur Verfügung: so steckte ich die übriggebliebene Briefmarke ganz ordentlich in den kleinen Schlitz der Brieftasche, in den die internationalen Gutscheine nicht hineinpassen. Der Japaner hatte sich das nicht richtig ausgerechnet, man brauchte für die Antwort gar nicht so viel, aber wenn schon! Letzten Endes.

Auf der Rue de Grenelle, in umgekehrter Richtung, versuchte ich mir den Punkt vorzustellen, an den ich mit meinem Roman gekommen war. Man weiß nicht, ob Zikaden sehen können. Auf jeden Fall können sie hören. Davon habe ich mich oft in der Provence in einem Garten oder auf einem Feld überzeugt. Irgendwo zirpt eine Zikade. Man kann sich bewegen, auf sie zugehen, sie zirpt weiter. Sie sieht einen nicht kommen. Aber dann, bei einer gewissen Entfernung, immer derselben, verstummt sie plötzlich. Man kann das Experiment zehnmal von vorn beginnen. Markieren Sie den Standort Ihrer Füße: Sie werden sie immer am selben Punkt zum Schweigen bringen. Auf diese bestimmte Entfernung hört sie ... Was das mit meinem Roman zu tun hat? Das *sieht* man nicht sofort, aber man braucht nur darüber nachzudenken, um es *herauszuhören* ...

Da kam der Blinde von eben wieder auf mich zu, aus der Richtung Rue du Bac. Freilich hätte es auch ein anderer sein können. Von weitem sah der Stock nicht weiß aus. Aber als er in Zikadenreichweite war, erkannte ich mit Sicherheit Stock und Mann wieder, hörte den Stock gegen den Randstein schlagen oder *erriet* es jedenfalls. Dasselbe, fast regelmäßige Geräusch wie eben. Hätte der Stock gesprochen, dann hätte ich die Wörter nicht voneinander unterscheiden können, aber am Rhythmus des Schlagens, zwei gleich starke Schläge, ein dritter schwächerer, zwei gleich starke Schläge ... daran war mein Mann wiederzuerkennen, wie an einem Schnurrbart, einer Warze auf der Nase. Wohlgemerkt, nicht ich bin der Blinde, nur hatte ich über Blindheit nachzudenken begonnen, Sie folgen mir doch? Jetzt, da er taub ist, wird er es nicht mehr wissen, wenn ihn seine Frau betrügt. Die Leute haben kein Herz mehr für ihn. Vielleicht noch der Geruch ... oder irgendeine Elektrizitätsschwankung in der Luft ...

Ich war gerade an meinem Blinden vorbeigegangen, als ich das Gefühl hatte, daß er mich rief. Weil ich bereits an ihm vorbei war, hatte ich seine Handbewegung nicht gesehen, nicht sehen können, und ich hatte kaum bemerkt, daß sein Stock nicht mehr schlug; ich konnte mich auch täuschen. Ich drehte mich um. Er hatte sich nach mir umgedreht und redete mich an, *als ob er mich sähe*: »Monsieur! Monsieur! ... sind Sie es? Ich meine Sie wiederzuerkennen ...«
Ich hatte keine Zeit, mich zu wundern, vielleicht rieche ich nach Milchkaffee, da begann er schon zu erklären; er streckte mir so etwas wie eine kleine Karte hin: »Ihnen bin ich doch eben, vor ein paar Minuten, in umgekehrter Richtung begegnet, ja? Dann haben also Sie, nehme ich an ... schauen Sie selbst ... das hier verloren?« Und er reichte mir das Photo von M., das ich wohl fallen gelassen hatte, als ich die internationalen Antwortscheine aus der Brieftasche zog. Ich war völlig verdattert. Wie denn, ein Blinder ... und er fügte hinzu: »Eine charmante Frau ... ist das Ihre Freundin? Sie haben Glück, in Ihrem Alter!«
Und schon war er davon, den Randstein mit seinem weißen Stock schlagend; ich sah ihm nach. Als er auf Zikadenabstand war, hörte das Klopfen auf, im Gegensatz zu den Nächten in der Provence, oder hörte jedenfalls auf, für mich wahrnehmbar zu sein. Plötzlich kam mir die Bizarrheit dieser ganzen Angelegenheit zu Bewußtsein, ich zog die Brieftasche heraus, weniger, um das Photo wieder hineinzutun als um etwas zu überprüfen ...
Nun ja, die *dazugekommene* Briefmarke war drin.

August 1965

TÖTEN IST KEIN SPIEL

Während der Festspiele in Avignon wird zur Stunde, da die Vorstellung im Cordeliers-Theater beginnt, in den Abendnachrichten ein Reiseruf durchgegeben, in dem Monsieur Hector Pellegrini, 47 Jahre alt, wohnhaft in der Rue du Petit-Musc, Paris 4^{e}, zur Zeit unterwegs in einem grünen Opel, amtliches Kennzeichen, ich hab's vergessen, gebeten wird, sofort nach Hause zurückzukehren. Der Ruf wird am Ende der Sendung wiederholt. Ein junger Mann, der sich zur Vorbereitung auf Quizsendungen im Rundfunk darin übt, sich die absurdesten Dinge zu merken, hört diese Wiederholung und erinnert sich schlagartig, dieses Kennzeichen auf dem Nummernschild eines in der Tat grünen, in der Nähe des Theaters auf dem Mittelstreifen in der Avenue geparkten Wagens gesehen zu haben. Er verläßt das Lokal, in dem er die Nachrichten gehört hat, stürzt zu diesem Auto, stellt fest, daß er sich nicht getäuscht hat, daß der froschfarbene Opel wirklich am Fuß einer Platane steht, schließt daraus, daß sich Monsieur Hector Pellegrini wahrscheinlich im Theater befindet, erreicht nicht ohne Mühe, daß der von ihm aufgeschnappte Reiseruf in der Pause über Lautsprecher durchgesagt wird, und stellt fest, daß ein Zuschauer zum Ausgang stürzt, zum grünen Opel, und seinen Motor in Gang setzt.

Als der junge Mann herantritt und, mit einer Belohnung rechnend, den Autofahrer über die Rolle in Kenntnis setzt, die er bei der Sache gespielt hat, tritt dieser brutal aufs Gas und braust mit einem solchen Tempo davon, daß der hilfsbereite Informant nur noch zur Seite springen und mit Verblüffung zusehen kann, wie der andere sich entfernt; er ruft dem Vierziger noch ein paar Beschimpfungen nach, so im Stil wie »Hurensohn« oder »Bastard«, aber das beeindruckt die Gestalt in keiner Weise.

All das wird von einer Beschreibung Avignons in einer warmen Nacht, in der Atmosphäre der August-Theaterabende

begleitet, und hineingewoben wird eine Geschichte, die dazu dienen soll, den Leser auf eine vollkommen falsche Fährte zu bringen, mittels eines Gesprächs zwischen Gangstern, die einen Banküberfall in Bordeaux vorbereiten. Ganz abgesehen von verschiedenen Abschweifungen über das Theater, in denen sich Hippie-Ideologie und japanische Dramatik miteinander vermischen.
Wir finden Monsieur Pellegrini auf der Nationalstraße wieder, wie er hin und her rätselt, was wohl in der Rue du Petit-Musc passiert sein mag, wo seine Frau mit zwei kleinen Kindern wohnt. Er nimmt einen englischen Autostopper mit, um sich mit jemanden unterhalten zu können. Doch diese Gestalt spricht kein Französisch. Hector setzt den Mann in Orange ab. Er steuert seinen Opel in einer Geschwindigkeit, für die der Wagen ehrlich gesagt nicht gebaut ist. Mehrmals streift er ums Haar einen Lastwagen, einen Jaguar, eine Platane. Und fährt bei Montélimar unter den Pfiffen der Polizisten quer durch eine Unfallstelle, an der drei ineinander verkeilte Wagen und Verletzte auf Tragbahren sein Tempo nicht verlangsamen können. Wenn ich nur wüßte, was Elisabeth angestellt hat? fragte er sich und drückte aufs Gaspedal. Gut. Ich werde nicht die Autostraße von Montélimar nach Paris beschreiben.
Alles mögliche kann einem Mann durch den Kopf gehen, der aus Gründen, die sich mir entziehen, die Festspiele von Avignon besuchte, während seine Frau, die er verrückt liebt, zusammen mit seinen kleinen Kindern in der Rue du Petit-Musc geblieben ist und wahrscheinlich jene Person ist, die dem Fernsehen den Reiseruf übergab, der ihn unerwarteterweise auch erreicht hat. Ein diesbezügliches Gespräch mit einem Tankwart bringt ihn auf die Idee, daß bei ihm zu Hause vielleicht ein Brand ausgebrochen ist.
Er kommt im Morgengrauen an der Porte d'Orléans an, fährt geradeaus zum Boulevard Saint-Germain hinab, biegt dort nach rechts ein, überquert die Sully-Brücke, überfährt auf dem Square Henri-Galli einen Clochard und kreuzt einfach so in der Rue du Petit-Musc auf. Das ist kein Film. Man könnte dem noch ein Liedchen vom Sonnenaufgang über dem linken Seine-Ufer hinzufügen, aber nein: schließlich befinden wir

uns ja bereits in der Rue du Petit-Musc, das heißt auf dem rechten Ufer. Halten wir uns lieber an die Tatsachen. Nur sind die Tatsachen nicht sehr handfest. Die Concierge sah Monsieur Pellegrini vorbeieilen, der sie fragte: »Was ist passiert?«, die Antwort aber nicht abwartete und mit Riesengeschwindigkeit die Treppe hinaufstürmte. Sie war darob noch ganz verwirrt, als der Mieter schon wieder herunterkam und sie anschrie: »Sie hätten mir doch gleich sagen können, daß meine Frau gar nicht da ist!« Sie hätte ihm gern gesagt, daß sie es nicht gekonnt hätte, weil sie es nämlich nicht wußte. Aber schon rennt er davon in Richtung auf ... In Richtung auf was eigentlich? Vermutlich hatte er einige Anhaltspunkte bezüglich dessen, was passiert sein konnte, da er ja nicht wieder in seinen Wagen gestiegen, sondern zum Postamt, das freilich zu dieser frühen Morgenstunde noch geschlossen war, und schließlich zum Polizeirevier gerannt war, wo man ihn wegen der Zusammenhanglosigkeit der Worte, die er von sich gab, sehr unfreundlich empfing. Unmöglich, aus ihm herauszubekommen, ob sich die beiden Kinder noch in der Rue du Petit-Musc aufhalten, oder ob er in seiner Wohnung eine Nachricht von Madame Pellegrini vorgefunden hat. Wie soll man unter solchen Umständen ein Protokoll aufnehmen? Worüber denn? Zumal man schon merkt, daß der Tag heiß werden wird, und der Wetterbericht uns darin nicht in Zweifel läßt. Was Monsieur Pellegrini über seine Frau erzählt, ist ziemlich zusammenhanglos, aber erlaubt keine Schlußfolgerung darüber, wie diese Dame ihre Zeit verbringt. Der wachhabende Polizist, der zu Hause erwartet wird und noch nicht entschieden hat, ob er seiner Frau Zwillinge verpassen wird, bekundet eine gewisse Ungeduld gegenüber diesem Individuum, aus dem man nicht einmal die Namen seiner Eltern herausbekommen kann, geschweige denn ihren jeweiligen Geburtsort. Er scheint den Verdacht zu haben, daß seine Gattin mit einem offenbar recht temperamentvollen Kerl nach Mers-am-Meer abgehauen ist. Doch selbst das ist nicht sehr einleuchtend und erklärt vor allem nicht, wer den Reiseruf losgeschickt hat, aufgrund dessen Monsieur Pellegrini seinen Parkettsitz verlassen und sich Geschwindigkeitsexzessen hingegeben hat. Die Concierge kann es nicht sein, die Kinder sind für eine solche Initiative noch nicht alt genug, und keiner der beiden an dem Seitensprung Beteiligten konnte vernünftigerweise den Wunsch verspüren, den Ehemann in Kenntnis zu setzen. Dieser ist übrigens, von irgendeinem Einfall gepackt, plötzlich so stürmisch auf die Straße hinausgestürzt, daß der Polizeibeamte davon überzeugt ist, dieser Monsieur Pellegrini werde einen Mord begehen. Nur der Stimme seines Mutes folgend, heftet er sich an seine Fersen ...

Ihn findet man, unweit des Reviers, in seinem Blute badend, auf der Fahrbahn liegen, aber es handelt sich nicht um einen Verkehrsunfall: schon eine oberflächliche Untersuchung beweist, daß der Polizist durch mehrere, aus allernächster Nähe abgefeuerte Schüsse, die ihn in der Herzgegend getroffen haben, getötet worden ist. Nun kennt aber niemand die Identität der Gestalt, die vorher kurz im Revier aufgetaucht war, deren Gespräch mit dem *Opfer* niemand gehört hat und von der man nicht einmal den Geburtsort der Eltern weiß. Man hätte zwar noch den Anhaltspunkt, daß all das die Folge der Durchsage eines Reiserufes am Ende der Nachrichten in *France-Inter* ist, man könnte die Spur zurückgehen, zwar nicht sofort, aber doch zumindest dann, wenn nach Ankunft der Vaucluser Lokalzeitungen in Paris jemand in ihnen von dem Vorfall hätte lesen können, daß in Avignon am Abend zuvor jemand, der den im Radio beschriebenen Wagen ausfindig gemacht hatte, über das Mikrophon des Theaters einen gewissen Monsieur Pellegrini hatte benachrichtigen lassen, er solle sofort in seine Pariser Wohnung in der Rue du Petit-Musc zurückkehren. Aber selbst dann hätten sich alle Fragen von neuem gestellt, einschließlich die des plötzlich auftauchenden absurden Gerüchts, der als Opfer seiner Pflicht gefallene Polizeibeamte sei der Liebhaber der Madame Pellegrini gewesen, die mit jemand anderem nach Mers auf und davon gegangen sei ... Zweifellos mußte der unglückliche Polizist in der letzten Dienstminute in arge Verlegenheit gebracht worden sein, die um so größer war, als er, von einer schlaflosen Nacht überanstrengt, nur noch an den ehelichen Empfang dachte, den er sich zu Hause erwarten konnte. Was für eine Idee war ihm da wohl durch den Kopf geschossen? Der zum Tatort gerufene Kommissar versucht, sich die letzten Gedanken des Dahingeschiedenen vorzustellen: dieser hatte ohne jeden Zweifel nichts von dieser ganzen Affäre verstanden und das Herumrätseln aufgegeben, *seine Zunge den Katzen überlassen …*

SEINE ZUNGE DEN KATZEN! Der Kommissar, der keine Vermutung unberücksichtigt lassen will, spreizt die Lippen des Toten, dessen Zähne zusammengepreßt sind. Doch unser Mann besitzt die Kraft eines Herkules. *Er preßt sie auseinander*, es gelingt ihm, die Kinnladen zu öffnen, er zieht die tote Zunge zu sich her. Ja was ist denn das, was ist denn das! Irgend etwas, gleichsam eine Inschrift, scheint den Zungenmuskel gezeichnet zu haben, auf den die Katzen allerdings keinen Appetit hatten. Man reiche mir eine Lupe! Es dauert ein bißchen, bis man eine findet: dann entziffert der Kommissar, der sich als scharfsinnig erwiesen hat, eine Art Hohltätowierung auf dem in Augenschein genommenen Organ. Aber er zieht zu stark am Muskel, das verzerrt die Buchstaben. Er bemerkt seinen Fehler, lockert seinen Griff ganz leicht und sieht, wie sich im Vergrößerungsglas die Schriftzeichen, die Wörter, der Satz, langsam wiederbilden: *Im Falle eines verdächtigen Ablebens ist unverzüglich der bekannte Schriftsteller Monsieur Georges Simenon wegen Mordes zu verhaften.*

Was in aller Morgenfrühe auch geschieht. Bleibt nur noch die Schuld des Literaten zu beweisen. Er wird es schwer haben, sich aus der Affäre zu ziehen; denn man darf nicht vergessen, daß der Ankläger vereidigt war.

Alles wurde noch komplizierter, als sich im Laufe der Untersuchung herausstellt, daß der während der Festspiele in Avignon durchgegebene Reiseruf nicht von einem grünen Opel, sondern von einem blauen Alpine sprach, dessen Eigentümer nicht in Paris, Rue du Petit-Musc, sondern in Enghien, Rue du Général-de-Gaulle wohnte und im übrigen Levillain und nicht Pellegrini hieß, eine Verwechslung, für die zuerst eine Erklärung gefunden werden mußte, bevor man den Tatverdächtigen vorübergehend auf freien Fuß setzen konnte. Das Auto ließ sich nicht mehr auffinden, und man konnte mit der Affäre auch nicht mehr besagten Hector Pellegrini in Verbindung bringen, der offenbar seinerseits nach Italien abgereist war. Das einzige unwiderlegbare Element war der Leichnam:

und hier wäre zu erklären gewesen, warum und wie er sich narbenartig in die Zunge eine Anklage eingeschnitten hatte, die in gar keiner Weise begründet schien, da ja der Schriftsteller drei unumstößliche Alibis beibringen konnte, denen zufolge er sich zur Tatzeit gleichzeitig in Biarritz, Montreux und Bourges aufgehalten hatte. Jedenfalls gab es da nur einen Ausweg, nämlich die Affäre zu den Akten zu legen und den Mord selbst als Justizirrtum zu betrachten, nachdem das Opfer, was für ein Spaßvogel! den Scherz doch ein bißchen zu weit getrieben hatte.
Aber die Affäre nahm plötzlich eine politische Wende, wobei ein hoher Beamter einer afrikanischen Macht in Verdacht geriet. Unter diesen Umständen mußte man sie schleunigst vergessen. Und so geschah es auch, nachdem die Journalisten der Sache schließlich müde geworden waren.
Leider entdeckte man auf dem Grab des Polizisten in einem Vorstadtfriedhof eines Morgens, daß während der Nacht eine unbekannte Hand mit demselben Instrument, mit dem die Zunge des Verblichenen eingeschnitten worden war, eine geheimnisvolle Inschrift »eingraviert« hatte – wie es die Spezialisten nennen werden –, die in der Lage gewesen wäre, die Regierung zu stürzen: *Töten ist kein Spiel*, wenn diese nicht schon über die Dienstbotentreppe das Weite gesucht hätte. Und Sie können sich das Hohngelächter vorstellen!

Ich freß dich gleich auf, sagte er und hielt Wort. Ein richtiger Kannibale. Sie versprach, zu seinem Frühstück wiederzukommen, zumindest mit dem, was von ihr übriggeblieben war. Aber als sie so gegen elf, elf Uhr zehn, es kommt auf die Uhr an, auftauchte, war er, vor Hunger krepierend, ausgegangen, ohne auch nur eine Nachricht an der Tür seines Appartements – mit einem Reißnagel, wie's unter anständigen Leuten üblich ist – zu hinterlassen. Ja, wen hast du denn da verschlungen, fragte sie reuevoll, als er gegen Abend heimkehrte. Und er: 'ch hab' sie nicht nach ihr'm Nam'n g'fragt. Denn er verschluckte auch die Silben, wenn das Essen auf sich warten ließ. Wobei er behauptete, er praktiziere die generative Grammatik. Das datiert jedenfalls die Angelegenheit.
Da er ihr bisher erst eine Schulter abgeknabbert hatte, war sie immer noch sehr appetitlich, mit diesem Ausdruck von Schwäche, den ihr das verlieh, auf der einen Seite. Aber da sie ihm ja immerhin vorwarf, nicht auf sie gewartet zu haben, meinte er, du wirst doch nicht etwa eifersüchtig sein? Von dies'm Mädch'n hab' ich nicht mal den G'schmack b'halten. Du, ja du bist zum Anbeißen.
Begnügte sich aber an jenem Tag mit den Überbleibseln vom Vorabend.
Freilich, als er von ihr gestillt werden wollte, stieß sie ihn unter dem Vorwand zurück, er sei doch über dieses Alter hinaus, aber das versetzte ihm einen richtigen Schlag, wie sagt man? Das verschlug ihm die Sprache. Er lief zum Spiegel, um sich in Ruhe anzuschauen, dann protestierte er: ich bin doch noch ganz jung. Auch wieder nicht so jung, ehrlich gesagt, er ging auf die Dreißig zu.
All das ist natürlich sehr relativ. Wie alt man ist. Was man liebt. Mit welchem Heißhunger man es tut. Er jedenfalls konnte keine vierundzwanzig Stunden ohne *Essen* bleiben. Man kommt daher, fest entschlossen, sich ein feines Kotelett herunterzuschneiden, nur haben sich unterwegs Gelegenhei-

ten geboten, die man sich nicht versagen konnte. Und das sättigte ganz schön.
Wohlgemerkt, Frauen träumen immer von einem Menschenfresser. Ich weiß sehr wohl, daß es vom Traum zur Wirklichkeit nur ein Schritt ist. Wenn man also einem begegnet. Nachher beklagt man sich. Nicht unbedingt, aber ... Man darf ihnen nicht allzusehr glauben. Sie kommen wieder darauf zurück, oder der Menschenfresser kommt darauf ... Na ja.
Nicht so sehr über den Ekel beklagen sie sich als vielmehr darüber, daß man es sieht. Aber glücklicherweise gibt es ja Modeschöpfer.
Oh, die Modeschöpfer, das sind ganz außergewöhnliche Leute! Viel toller noch als die Star-Coiffeure. Oder etwa als die Ärzte, die kosmetische Chirurgie. Das ist ja doch alles noch Mittelalter, Notbehelf, Provisorium. Aber die Modeschöpfer, Mamma mia! Nicht bloß in unseren kleinen Kannibalismusgeschichten – nur würde uns das zu weit führen, und außerdem brächte man sie in Schwierigkeiten; denn um klar zu sein, müßte man auf persönliche Fälle eingehen, und da kämen wir wer weiß wohin, das kann ich Ihnen versichern. Auch sie. Jedenfalls einige von ihnen ...
Die Kunst dieser Leute besteht darin, einen so weit zu bringen, daß man die Dissymmetrie, einen allzu gerundeten Rükken, ein zu kurzes Bein, nicht wahrnimmt; so etwas macht sie einem unerläßlich. Letzthin haben sie sogar Moden lanciert, die zur Folge haben, daß niemand von einer Frau, die keine Brüste mehr hat, sagt, ihr Liebhaber, das ist so ein richtiger Genießer – o nein! Ich frage mich, wie Frauen das eigentlich machen. Die würden sich ja morgen die Augen ausstechen, wenn man sie dazu aufforderte.
Anscheinend sind Frauenaugen etwas Köstliches. Dafür gibt es sogar Restaurants, behauptet man. Ich habe nie welche ausprobiert. Ich spreche davon nur vom Hörensagen. Ich habe einen Freund, einen Amateur, einen auf allen möglichen Gebieten sehr raffinierten Mann – er ist Bibliophiler, Speleologe, Champion im Go-Spiel ... es reicht schon! –, für den sind unter allen Vergnügen Frauenaugen unübertrefflich. Er sagt, natürlich sei, wenn man nichts Besseres habe, das männliche Auge nicht schlecht, vorausgesetzt, man verstehe es zu

akkomodieren ... er behauptet, den Augapfel eines jungen Burschen versucht zu haben, aber ich glaube, da gibt er an ... Nun, jedenfalls versichert er, das sei kein Vergleich mit dem Auge einer Zwanzigjährigen oder selbst einer etwas Älteren. Freilich muß man es zu würzen verstehen. Er fügt etwas Zitrone hinzu, um zu sehen, wie es sich zusammenzieht. Aber eines Tages gestand er mir, daß nach seinem Geschmack sechzehn Jahre das Beste ist: aber so was ist schwer zu kriegen, vor allem das Paar. Mit sechzehn Jahren hat das noch nicht allzuviel gesehen, verstehen Sie, es ist noch ganz träumerisch. Jeder hat halt seinen Geschmack. Den meinen erzähle ich nicht dem ersten besten. Man würde es sich weitersagen, und das könnte mir nur schaden. Und außerdem möchten die Damen nicht gern im voraus in Kenntnis gesetzt werden, sie wollen lieber selber entdecken, aber nicht sofort, wollen lieber Angst haben, ohne so recht zu wissen, wovor, woher. Ich lasse sie rechnen. Sie suchen zu erraten. Ich habe es nicht eilig. Ich vertraue ihnen sogar gewisse Grenzen meiner Vorlieben an: zum Beispiel, daß ich es überhaupt nicht mag, die Brüste meiner Gefährtinnen mit Sicherheitsnadeln zu durchbohren, wie man es noch zu Beginn des Jahrhunderts mit diesen Nadeln machte, mit denen die Ammen ihre Hauben im Gleichgewicht hielten. Also, ich rede eher beruhigend, auf die Gefahr hin, daß sie mich für einen Dummerjan halten, ich meine, für einen Typ ohne große Erfahrung. Ich habe gar nichts dagegen, wenn sie sich zunächst in die Irre führen lassen, ja mich sogar eine ganze Weile verachten. Und dann: ham!

Da war mal eine ... ich habe die Erinnerung an das Zimmer, das Sofa, die Tapeten behalten ... an der Wand hing ein Stich, *Der zerbrochene Krug* von Greuze, glaube ich ... eine schöne Person, wissen Sie, die auf den ersten Blick intakt aussah ... Sie sagte zu mir, einfach so, ich glaubte schon, Sie haben keine. Zähne, meinte sie. Und dann, plötzlich, mich duzend: ich war schon ganz wütend, weißt du. Willst du mein Ohr haben?

Nun springe ich nicht unbedingt auf das, was man mir anbietet. Ich liebe es, mich langsam heranzumachen. Zuerst ein Brüstchen, und dann ... Man muß es fertigbringen zu sagen: verschieben wir es auf ein anderes Mal. Man darf die Plätzchen nicht alle auf einmal in sich hineinpampfen. Übrigens ist das ungezogen. Wenn man auf sie hörte, was würde man manchmal danach von ihnen zu hören bekommen ... ah, Vorsicht, Vooorsicht! Ich habe eine gekannt, das ist schon einige Jahre her, die ließ sich die Füße abknabbern unter dem Vorwand, ihre Schuhe seien zu klein. Sie hatte schon nicht mehr viel Zehen, als ich ihr begegnet bin, aber was für mich übrigblieb, das war ein richtiger Festschmaus! Wenn ich daran denke, erscheint mir jedes Essen fade. Dabei habe ich schon königliche Stücke gekostet. Das Dumme bei Schlemmern meiner Art ist, daß sie sich nicht beschränken können. Die Kunst besteht darin, rechtzeitig aufzuhören, damit das später, wenn man dem kleinen feinen Souper, das man sich einverleibt hat, in Gesellschaft begegnet, wie ein Geheimnis unter uns bleibt, und auch die Blicke, die man wechselt, die nämlich bedeuten: du bist mir doch nicht böse? und sie: du bist ja verrückt, du weißt doch, daß es etwas gibt, was ich nicht mehr sehen kann, ohne an dich zu denken, wie du da ausgeschaut hast, als du es machtest ...

Ah, die Unbekannten, die man niemals wiedersehen wird! Unmöglich, ihnen gewisse Fragen zu stellen. Wie sie wohl die Sache ihren Männern, ihren Ehemännern meistens, nicht wahr, erklärt haben? Wenn sie gesagt hätten: Ich habe einen Menschenfresser getroffen, verstehst du ... würde niemand ihnen glauben, oder aber jemand, der selbst einer ist, natürlich. Ich hab' mal eine Freundin gehabt, die gestand mir, aber lange, sehr lange danach, daß sie bei mir zuerst geglaubt hatte, ich wüßte nicht Bescheid, sie sei meine erste, also provozierte sie mich, aber dann verstand sie an der Art und Weise, wie ich das getan hatte, plötzlich, daß das verdammt keine Jungfräulichkeit war, da ging sie in die Küche und heulte, sie hatte sogar gemeint, ich hätte sie aufziehen wollen. Wir treffen uns von Zeit zu Zeit, wir feiern sogar schon Jahrestage, obwohl weder sie noch ich weiß, ob es im Dezember oder im August gewesen war. Der eine fragt den andern: Bist du am Samstag frei? Sag bitte nicht nein: denn letztes Mal, du erinnerst dich doch, war es die Schulter ... Woran ich mich jedenfalls erinnere, ist, daß sie gerade richtig gebraten war, selbst für mich, der die Frauen noch blutig liebt.

Merkwürdigerweise gibt es überhaupt keine Literatur über diese Art von Geschmack. Das liegt wahrscheinlich daran, daß in dieser Branche Geheimhaltung Ehrensache ist. Und Schweigen schafft Bande, nicht wahr? Manchmal errate ich es, wenn ich einen Herrn und eine Dame sehe, die sich irgendwo begegnen, auf einem Métro-Bahnsteig, in einem Selfservice-Restaurant oder in einer Silvestermesse ... Diese Art, sich wiederzuerkennen, ohne sich jemals gesehen zu haben, dieser bestimmte Blick, dieses gewisse Lächeln, ein ganz spezielles Interesse auf beiden Seiten – es ist wie ein unbeweglicher Tanz, eine gegenseitige Faszination, ohne daß etwas gesagt wird, aber dieses Zittern der Lippen des Mannes, und dann sofort ... aber Mund halten! Kurz, es ist der reinste Stummfilm, Sie wissen schon: Man hält die Finger wie einen Strauß vor den Mund, um zu sagen: wie schön sind Sie doch!, aber gleichzeitig bekommt ihr Ausdruck etwas Fasziniertes, es ist zuerst, als wollte sie einen Schal, einen fehlenden Schal hochziehen, dann zum Beispiel scheint die Hand die eine oder die andere Brust darzubieten, und er wiederum scheint zwischen der anderen und der einen zu wählen, er zündet sogar diskreterweise eine Zigarette an, um sie gleich wieder auf die Erde zu werfen, sie auszutreten. Gewisse Gesten genügen, um zu verstehen. Ich habe nicht vergessen, könnte sie sagen, oder er: Das war aber gut, wissen Sie. Leute, die schon einmal ... ja? Aber nein, nein, nein. Und doch täusche ich mich da nicht. Der Mund des Mannes. Wie ihm die Erinnerungen kommen, wie er verstohlen seine Lippen berührt, um auf ihnen die Spur eines anderen Males wiederzufinden, und dieses Grausam-Wilde, das die Frauen so schrecklich gern haben. Beim Öffnen der Zähne, beim flüchtigen Auftauchen der Zunge möchte man meinen, irgendeiner Weihezeremonie beizuwohnen. Das ganze Gesicht erinnert sich, und ein gewisses langsames Hin- und Herwiegen teilt sich allmählich dem ganzen Körper mit, es ist kaum wahrnehmbar, wird aber langsam stärker, und das Begehren ähnelt verteufelt der Angst. Als ob dann bei beiden das tiefste Wesen mit dampfenden Nüstern das wiederfände, was einmal war. In der modernen Wissenschaft bezeichnet man, ich weiß nicht so recht was, ineinander verwickelte Drähte, ein Ensemble von Spu-

ren als *Datenspeicher*. Aber dann schauen Sie sich mal die Lippen an, wie die beben, mit ihren kleinen Furchen, was das für ein Datenspeicher ist.
Diesmal, sagt er, werde ich dich ganz auffressen, alles, was sie mir von dir übriggelassen haben, diese Schweine. Ich sage, er sagt. Er sagt nichts. Ich aber stelle es mir vor, ohne Worte, das ist noch schlimmer. Und sie, die ihn kennt, sie weiß ja, daß das nicht bloß Angabe ist, ich werde dich.
Er hat Wort gehalten. Oder fast. Was ist denn von ihr schon noch da! Bei den Röcken, die man jetzt macht. Heutige Frauen halten nicht lange. Laß doch noch was übrig, sagte ich, iß nicht alles auf. Zeig, was für weiße Zähne du hast. Ach, den kenne ich, den Trick mit den weißen Zähnen. Mit dieser Tour versuchen die gerissenen Biesterchen, etwas fürs Ehebett aufzubewahren. Aber diesmal habe ich gar nichts übriggelassen. Ratzeputz aufgegessen. Du bringst mich ja um, stöhnte sie. Allerdings! Ich habe sie sterben lassen. Ich habe offenbar immer zwei Bissen auf einmal in den Mund gesteckt. Als ich wieder auf der Straße stand, fühlte ich mich gar nicht befriedigt, wie wenn man eine Mahlzeit zu hastig hinuntergeschluckt hat und der Magen noch keine Ruhe gibt, man hat ihm nicht das ganze Programm serviert ... Man sagt sich: eigentlich hätte ich Lachs auf Toast nehmen sollen ... Auf der Straße gab's nur Vogelscheuchen. Aber man darf sich nicht zu heikel zeigen, und wie heißt doch das Sprichwort: Einem hungrigen Magen ... Mademoiselle, hätten Sie nicht einen kleinen Augenblick für mich ... Sie streckte mir die Zunge heraus, ein ungezogenes Mädchen, aber sie wußte nicht, was sie da tat. Ich hatte wahnsinnige Lust darauf. Die Zunge eines Mädchens, das einem nicht einmal gesagt hat: Für wen halten Sie mich eigentlich, Monsieur ... Sofort, kaum daß man diesen frischen, brennenden Mund berührte, knacks! Sie wird nie mehr mit jemandem sprechen. Sie wird sich immer an mich erinnern.
So weit war ich mit dieser Beschreibung eines imaginären, völlig frei erfundenen Lasters gekommen. Da wollte ich diese Seiten noch einmal durchlesen und stellte mit Überraschung die mangelnde Beachtung der üblichen Syntax, die geringe Berücksichtigung der Wahrscheinlichkeit, den ständigen

Wechsel von der ersten zur dritten Person und umgekehrt fest. Und den wiederholten Ersatz von *Man* durch *Ich* und andersherum. Das war nicht das Ergebnis irgendeines Beschlusses von mir: die Unwahrscheinlichkeit hatte etwas mit einer bestimmten Form des *Französischfehlers* zu tun. Und seinen Konsequenzen. Mein herumschweifender Geist übersprang einfach die Verknüpfungen des Satzes, die Logik des Schreibens wie des Sprechens, so daß ich es schließlich als unnötig empfand, die angefangene »Novelle« fortzusetzen; sie sollte sich meines Erachtens von jetzt an auf Kirchenfensterfragmente beschränken, auf denen das Leben einer Heiligen, oder das Martyrologium eines Apostels, nicht mehr in seiner Kohärenz zu lesen sein, sondern nur noch hier und da in den Farben eines zusammenhanglosen Mythos auflodern sollte. Der Autor ...

Schauen Sie, mit welcher Leichtigkeit man hier von der realistischen Erzählung in ihr Gegenteil übergeht, falls der Leser überhaupt ein Wort davon verstehen kann. Aber nicht darum geht es; denn *Ich* ist, während es das Vorangehende korrigierte und hier und da aufs Korrigieren auch lieber verzichtete, allmählich in Reflexionen über die erotische Literatur hineingeraten.

Wo beginnt im Schreiben, das heißt also nicht in der Praxis, sondern in der Rede, das erotische *Genus?* Ich unterstreiche das Wort *Genus*, damit *man* endlich aufhört, sich seiner weiterhin zur Bezeichnung einer Schreib*weise* zu bedienen, und es statt dessen im eigentlichen, das heißt im Sinne von Genus femininum oder Genus masculinum versteht, nämlich als eine Seinsweise, die durch ihre sexuellen Attribute (ihre Orthographie) und deren Verwendung charakterisiert ist. Die ganze Verwechslung zwischen Erotik als Verhalten und Erotik als Beschreibung geht auf eine polizeiliche Anmaßung zurück, das Privatleben bevormunden zu wollen, das heißt per definitionem einen Bereich annektieren zu wollen, den kein Gesetz dem Staat überantworten kann – das Wort *État* hat man ja bereits mit einem Kapitalbuchstaben geadelt (wobei es seine Würde wohl daher bezieht, daß es wie gerufen an die *Kapitalstrafe*, die Todesstrafe, erinnert, wie man die Form von Mord bezeichnet, deren Monopol besagter Staat in Beschlag zu nehmen sich anmaßt). Aber man muß seine Wörter beständig zurücknehmen, sehen Sie.

Was ich mir zu definieren vornahm, war oder, genauer gesagt, ist die Grenze zwischen dem, was eine Mißbrauch treibende Sorte von Kritikern, welche nicht von der Qualität des Geschriebenen, sondern von ihrem eigenen Anspruch ausgehen, jede Rede im Namen dessen zu bevormunden, was ihrer Meinung nach nicht mehr unter die Romanschöpfung oder irgendeine andere Form von Poesie fällt, sondern in den Bereich des Vergehens, ja des Verbrechens, das sie mit dem Namen Obszönität qualifizieren ... Was ich mir zu Beginn dieses Satzes zu definieren vornahm, ist die Grenze zwischen der Macht des Sagens und der Macht des Verbietens durch die rein abstrakte Erfindung des Begriffs »Obszönitäten« – um die Dinge abzukürzen und aus dem Labyrinth herauszukommen, in welchem wir uns im Tête-à-tete mit dem, was die moderne Form des Minotaurus ist, eingeschlossen glauben. Aber der Gang des Denkens folgt dunklen Gassen oder solchen, die plötzlich von einem blendenden Licht in eine andere Richtung gelenkt werden, und man stößt mit der Stirn gegen die Mauern, wie man in ein mit Blättern getarntes Loch fällt ... ah, ich komme da einfach nicht heraus, und Sie auch nicht. Ich suche den Weg einer einfachen, linearen Sprache, aber alles bringt mich davon ab in diesem dunklen Reich, in dem ich Leute höhnisch lachen höre, wenn sie mich auf meine Finsternis einschlagen sehen! Ich muß Schritt für Schritt mit dem antworten, was ich zu sagen *beabsichtigte*, im Rückwärtsgang zu dem, was ich schreibe.

»Erotik« im polizeilichen Sinne des Wortes ... also gerade diesen Gebrauch des Ausdrucks lehne ich ab, aber nun zwingt mich eine merkwürdig eiserne Hand, eben diese Verwendung des Wortes näher ins Auge zu fassen, mich mit der Sprache gegen seine repressive Bedeutung zu wehren und das Wort dabei doch so zu verwenden, wie man es schließlich allgemein tut, damit möglichst viele es verstehen ... Nein, diesen Satz werde ich ebensowenig zu Ende führen wie all jene, die ich angefangen habe, seitdem ich von der auf menschliche Gestalten konzentrierten Erzählung abgewichen bin und mir vorgenommen habe, eine gewisse Sprachzitadelle einzureißen, in der sich die Mißbrauch treibende Macht des Ochsen verbirgt, der die Kastrierung dessen, was *ihm* fehlt, zum obersten Gesetz erheben will.

Charakteristisch für Erotik im Sinne von menschlichem Adel sind also nicht einzelne in ihrer Verwendung mehr oder weniger deformierte Wörter – wie man zum Beispiel auch in Flüchen den Namen *Dieu* (Gott) in *bleu* verkleidet –, charakteristisch für sie ist vielmehr ihre Freiheit, die Dinge bei ihrem Namen zu nennen. Das ist nicht ihr einziges Charakteristikum. Sie ist eine Form des Lyrischen und begnügt sich nicht damit, das abzubilden, was die heutigen Menschen wie alle anderen lebenden Spezies nach ihrem Belieben tun, sofern sie jedenfalls nicht gänzlich jenen Sinn für Unschuld verloren haben, der die Zeiten vor dem Sündenfall charakterisiert. Nein. Sie können, wir müssen, ohne uns deswegen zu schämen, sowohl dem Bild dessen, was wir tun, ins Auge sehen als auch den Möglichkeiten dieses unseres Körpers, über den wir während einer für jeden ungleich begrenzten Zeit verfügen, gewiß ... aber gehört allein das zur Erotik? Wo beginnt sie? Das ist die Frage, die man sich zu stellen scheut, da man die schlichte und einfache Konstatierung einer Tätigkeit, ohne die wir auf das Leben von Kastraten reduziert wären, mit jener lyrischen Sicht verwechselt, die sich – in diesem Bereich weniger als anderswo – nicht mit der Aufzählung dessen, was ist, begnügt, sondern die erfindet, und die als eine profanierende Modalität des Blickes betrachtet werden muß, den der Geist der Wissenschaft auf die Natur richtet, um sie in ihrem Gang zu vergewaltigen, um der Träumerei den Weg zur Realität zu öffnen.

Ich möchte sagen, daß es meiner Meinung nach nur dann Erotik gibt ... daß die wahre Erotik in ihrem grandiosen Wesen erst jenseits der Nachahmung beginnt, daß sie ihren großartigen Namen erst von dem Augenblick an verdient, da sie über das schon Bestehende hinausgeht, der Phantasie Bereiche eröffnet, denen jegliche Grenzen fremd sind, und in die Geister den Sinn für das Unbegrenzte einführt, ja ihnen den Taumel des Unmöglichen verschafft. Mehr noch: daß das Unmögliche ihr Reich ist, und daß es wirkliche Erotik nur dort gibt, wo jegliches Maß, in der Kraft und dem Sturz, in der

Lust und dem Schmerz, überschritten, wo über das für die Seele wie für den Körper noch Erträgliche hinausgegangen wird – oder, um gar einen geheimen Gedanken auszudrükken, daß die Erotik darauf abzielt, exemplarisch auf den Gefilden des Unmöglichen den Zugang zu den künftigen Möglichkeiten, deren undefinierbare Herausforderung in einem jeden von uns schlummert, weiter und immer weiter hinauszuschieben.

O ihr meinesgleichen, die ihr zu Millionen, ohne es zu wissen, die potentiellen Jules Vernes der außerordentlichen Abenteuer des Menschen seid! Es wird mir nie gelingen, euch den zehnmillionsten Teil des verbotenen Wissens zu sagen, das wir, ihr und ich, auf diesem Weg zum Tode tragen, den man mit dem unauslöschlichen Namen des Lebens bezeichnet ... o ihr, die ihr die Augen von dem abwendet, was ihr ja doch wißt!

DAS WORT FÜRS GEGENTEIL

Im Bett, in einem riesengroßen Bett, ist es aufgewacht, ein kleines, verlorenes Mädchen. Nicht sogleich, noch hängen an ihm ein halb erloschener Traum, steckengebliebene Worte. Ein so großes Bett ist etwas Ungewöhnliches, man bewegt sich darin langsam, es ist warm und zart, und dennoch ist es, als wäre man draußen, auf einer Wiese vielleicht, irgendwo, um zu spielen oder ins Gras einzutauchen, welcher Augenblick des Jahres? einer von diesen Sommern, wie es sie nicht mehr gibt, scheint es. Alle sagen, daß es keine Sommer, keine Jahreszeiten mehr gibt. Ein phantastisch großes Bett, sich sanft darin ausstrecken, ausrecken, die ganz feinen, feinen, feinen, feinen Laken, die Wange fühlt sich in ihnen zu Hause, ich verstehe nicht, was mit dem Bett geschehen ist, daß es so weich, so groß geworden ist, man versinkt darin, fühlt sich so wohl, daß man von neuem einschläft. Nicht gänzlich, weil so viel Süße zugleich auch aufweckt. Nach und nach. Die Lust, es hinauszuzögern, bis ... Zu versinken. Aber es ist nicht dasselbe wie sonst, dieses Bett. Dennoch. Oh, wenn man aufwacht, ist das wie nach einer Reise. Die Schals über dem Arm, der Schleier um den Kopf, das kleine Taschentuch, auf dem Kopfkissen des Zugabteils diese derbe Stickerei, die sich im Gesicht abdrückt. Noch ist tiefe Nacht, man hört die Straße nicht mehr, wo bin ich gestern gewesen? Seltsam. Vielleicht schlafe ich noch. Ich erinnere mich nicht mehr, der Traum ist schuld daran. Und doch hab' ich den Traum vergessen. Nur eine lachsrosa Farbe ist von ihm übriggeblieben. Alles war schwarz oder grau gezeichnet, aber es gab da diese lachsrosa Farbe, ich kenne nicht das Fenster oder das Zimmer oder was es sonst war, ein Stückchen abgeblätterter Farbe, außerhalb der Dinge. Der große Ledersessel hatte seinen hellen Glanz verloren: wie jemand, der die Melodie eines Liedes sucht und sie nicht mehr wiederfindet.

Das kleine Mädchen liegt in der stummen Nacht, einem großen, großen Mantel aus Otterfell. Oder vielleicht nur aus

Samt. Die Kleine streckt ihren Kinderarm aus, als suchte sie ihre Spielsachen, ihre Gedanken, ihre Träume. Sie weiß, daß sie eine sehr hübsche kleine Falte am Handgelenk hat, auf dem Rücken des Handgelenks. Wie die Puppen. Jemand hat es ihr gesagt. Wer – ja das ...! Sie liebte ihre lockigen blonden Haare. Plötzlich eine Angst: und wenn sie sich verändert hätten, während sie schlief, und sie blauschwarz wären, wenn Mama die Vorhänge zurückzieht? Oh, nicht wirklich schwarz: allenfalls braun. Auch nicht schlecht, braun. Die Nacht atmet. Es ist die Stunde, da das Zimmer im Spiegel über dem Kamin einen Goldpunkt zeigt. Gleichsam ein Leberfleck. In der linken Ecke, wo der kleine Blumenstock steht. Dieser Goldpunkt im Spiegel ist allein ihr Geheimnis. Niemand hat ihn jemals gesehen. Wer hätte ihn schon sehen können, da er ja dort erst aufleuchtet gegen ... nun, sie weiß nicht, zu welcher Zeit genau, aber wenn durch die zum Nachbarzimmer geöffnete Tür am frühen Morgen ein bißchen Licht hereinfällt, funkelt der Goldpunkt ein paar Minuten lang strahlend, und dann erlischt er. Unmöglich hernach, zu wissen, was ihn auslöst, diesen Punkt. Sie hat sich vorgestellt, daß es der Kupferbeschlag auf dem Wandschrank im Nachbarzimmer ist; denn sie weiß, daß die Tür offensteht, zur Linken des Bettes, aber das ist nicht sicher, und um nachzusehen, müßte sie rechtzeitig aufwachen, aufstehen zu einer Stunde, in der kleine Mädchen noch nicht aufstehen. Wie weich ist doch dieses Laken, oder ist sie selber so weich? Sie, die sich aufrichtet, um besser zu sehen. Es muß sehr früh sein, weil dieser Punkt noch nicht den vollen Glanz des Morgens hat. Die Nacht atmet. Ein ruhiges, tiefes Atmen, kaum wahrnehmbar. Und dennoch nahe. Man könnte sie berühren, dort, wo sie atmet, die Nacht. Das kleine Mädchen streckt die Hand aus. Ich strecke die Hand aus, um mich aufzurichten, um besser den Goldpunkt zu sehen. Ich stütze mich auf die Hand, ganz sacht, obwohl ich nicht fürchte, jemanden aufzuwecken. Ich muß ganz leise lachen. Ganz leise? Ja, natürlich, um ihn nicht zu wecken. Ihn wecken, wen? Den Jemand. Die Nacht atmet, man möchte meinen, sie liegt im Bett, ganz nah, und doch weiter weg. Die Nacht schläft. Sie hat vielleicht lange schwarze Haare, die ungekämmt auf ihre Schultern herabfallen. Sie atmet etwas stärker, dann erlischt das. Und ich merke, daß ich ganz vergessen habe, was das Schlafzimmer ausfüllt, die Möbel, der Teppich, die Spielsachen. Alles ist übrigens nur Spielzeug, man müßte sich erinnern, man weiß nicht mehr, welches man herausgeholt hat, welches Buch auf dem Tisch liegt, auf welchem Tisch, wo, nur eines kann noch das Zimmer möblieren: ein Goldpunkt.

Die Kleine hat sich aufgerichtet und dreht sich – ihr zarter, furchtsamer Körper – ein bißchen nach links: die Fenster liegen auf dieser Seite. Zwei Fenster. Nichts dringt noch durch die Rolläden. Die Nacht wird nicht so bald gestört werden. Sie schläft, ein großes Mädchen mit schwarzen Haaren, in einem ärmellosen Hemd, und oben ein durch den Hohlsaum gezogenes Bändchen, blau, nehme ich an. Jedenfalls stellt sich so das kleine Mädchen die Nacht vor, wenn sie ihre Sterne ausgelöscht hat. Die Nacht schläft. Sie atmet leise. Das muß mein Ohr sein. Die Kleine drückt auf ihr Ohr, schließt es, öffnet es. Ja, das war es wohl. Sie hört das Atmen der Nacht nicht mehr. Sie legt behutsam den Kopf auf ihre Schulter, sie streichelt den Arm mit ihrer Wange. Ach, da hat ja die Nacht wieder tief zu atmen begonnen wie im Traum. Ich will nicht schlafen. Ich will den Goldpunkt sehen.

Die Nacht atmet. Sie träumt wahrscheinlich. Sich nicht bewegen. Nicht die Nacht aufwecken. Ich fühle mich neben ihr wie eine große Schwester, die sich hütet, sie aus dem Schlaf zu reißen. Ich sage ihr Dinge, ohne sie auszusprechen. Mit zusammengepreßten Lippen. Weil die Worte mir sonst entwischen könnten, weil sie ihr Vogelgezwitscher machen und die Nacht aufwecken könnten. Ich will mich so verhalten, als läge sie im Bett, etwas weiter weg, es ist ja so riesig groß, neben mir, dort, ich strecke meine Hand aus, um sie zu berühren, leicht, ganz leicht, die schlafende Nacht, eine zarte Liebkosung für die Nacht, als wäre man im Eisenbahnzug oder am Strand, um die Mittagszeit oder oder oder … Die Nacht atmet, und ich strecke die Hand nach meinem Traum aus. Ich weiß schon, daß man die Nacht nicht berühren kann. Aber man kann träumen, daß man sie berührt. Ich würde ihr gern ein stummes Küßchen auf die Stirn drücken, meiner geliebten Nacht, meiner imaginären Nacht. Ich strecke die

Hand aus. Was ist das? Nichts. Ideen. Das kleine Mädchen hat dennoch seine Hand ein bißchen zurückgezogen.
Die Nacht schläft. Tief. Ganz tief. Ohne zu wissen, daß da im Spiegel ein Punkt glänzt. Sie hat ihr Nachtgewicht, das im Dunkel lastet, als ob das Bett, dort, weiter links, unter diesem Gewicht versänke. Sie atmet, und sogar das Atmen gibt eine Klage von sich, einfach eine Klage, einen Seufzer. Die Nacht seufzt ... Was sage ich? Seit wann atmet die Nacht? Es sind die Personen, die ... Plötzlich hat sich die Nacht im Bett umgedreht, ihr großer, schwerer Körper, und versinkt, und die Kleine weiß nicht mehr, was in ihr selber vorgeht, sie fürchtet sich, sie fürchtet sich vor der Nacht, das ist zu dumm, sie streckt die Hand der Nacht entgegen ... Der Nacht, die niemals den Goldpunkt gesehen hat.

*

Ich schlafe. Ich schlafe, ohne etwas anderes zu wissen. Ich schlafe. Was ist der Traum, und was ist das Gegenteil des Traums? Wenn man darüber nicht nachgedacht hat, glaubt man, diese Frage sei leicht zu beantworten. Man wird zum Beispiel sagen: Der Traum, das ist das Gegenteil des Lebens. Als ob die Toten träumten! Wohlgemerkt, sie träumen vielleicht, aber wir, wenn wir träumen, sind wir dann etwa Tote? Oder aber man könnte es umgekehrt ausdrücken, das würde richtiger erscheinen: Leben ist das Gegenteil von Traum. Aber das wäre auch nicht richtiger, einerseits gibt es Wachträumer, und andererseits, lebt man denn nicht, wenn man träumt? Und was wäre das im übrigen für eine Sache, die das Gegenteil einer anderen wäre, ohne daß diese andere ihr Gegenteil wäre?
Irgend etwas ist das Gegenteil des Traums, wozu der Traum seinerseits das Gegenteil ist, aber was? Man müßte das Wort haben, das sich so dem Traum entgegensetzt. Vielleicht kennen manche Leute dieses Wort. Ich kenne es nicht. Ich habe kein Wort, um das Gegenteil des Traums zu benennen, kein Wort, das sein Gegenteil zum Ausdruck brächte. Ich habe kein Wort in mir, um ... Ich suche eines. Aber es genügt, mit denen, die zunächst zu passen scheinen, ein bißchen zu spielen, und schon sehe ich: das klappt nicht. Ich finde andere

Wörter: die einen ähneln dem Zustand, der nicht der Traum ist, *aber man kann sie erträumen.* Andere sind wie schwere Gegenstände oder wie Murmeln, die über den Fußboden davonrollen, unter den Schrank. Wenn überhaupt ein Schrank da ist; denn in diesem Zimmer hier, in dem ich schlafe, das heißt in dem ich eingeschlafen war!, steht, stand, ich erinnere mich genau, nicht der Schatten eines Schrankes. Leichte, nicht faßbare Wörter. Übringens kann ich, auch wenn ich mich noch so bemühe, meine Hand nicht heben, vermag weder schwerelose Wörter noch die schweren Wörter zu erhaschen, die weiß Gott wohin davonrollen, lautlos, lautlos: die reinsten Staubflocken. *Ich* bin ins Dunkel gerollt, und träumt denn ein Blinder immerfort, einfach weil er das Licht nicht sieht und nicht sieht, was das Licht aus dem macht, was er nicht sieht? Ich bin ins Dunkel gerollt mit meinem Atmen, das nicht die Worte findet, um zu sagen, was es zu sagen hätte oder was zu sagen es um jeden Preis verhindern wollte. Ich habe das Gefühl, Gefangener dessen zu sein, was ich sage, wenn ich nicht auch das Gegenteil davon zu sagen vermag. Wie soll man wissen, was geschieht, wenn man von dem, was nicht geschieht, keinen Begriff hat? Zum Beispiel heute. Ich meine, heute nacht, bevor ich eingeschlafen bin, habe ich irgend etwas erfahren. Aber was denn bloß!

Es ist etwas Schreckliches geschehen. Und ich weiß nicht mehr, was. Wenn ich sein Gegenteil benennen könnte, würde mir wieder einfallen, was geschehen ist. Irgend etwas Schreckliches. Und ich weiß nicht mehr, was. Ich versuche, die Sache mit Hilfe dessen, was an ihr schrecklich war, zu rekonstruieren. Es gelingt mir nicht. Ich bringe nur meine Lippen zum Beben. Ich möchte meine Finger an meine Lippen führen, um ihre Trockenheit und dieses Gefühl der Angst wegzustreifen. Es gelingt mir nicht. Ich müßte herausbekommen, weswegen das schrecklich war. Und wenn ich mich dem dann annähere, beginne ich, beginnen meine Lippen zu zittern. Ich müßte meine Arme nach rechts, nach links werfen, um den Weg meiner Gedanken wiederzufinden. Alles geschieht so, als ob meine Arme tot wären, als ob die Befehle, die ich ihnen gebe, nicht befolgt würden, als ob der schlafende Mann eine unbestimmbare Masse in der Tiefe des Bettes

wäre, an der sich nichts voneinander unterscheiden läßt, die Beine, die Schultern, und das ist so wie auf diesen Zeichnungen, mit denen gymnastische Übungen erklärt werden: da ist die Ruhestellung, der schwarz gezeichnete Körper, dann das, was sich aufrichtet, die Arme, die Bewegungen des Halses, des Kopfes, all das ist punktiert dargestellt, alle Gesten, Kreisbewegungen, die Streckung, die Rumpfbeuge …
Ich schlafe. Die Masse. Da ist nur das Gepunktete, das lautlos Gesten ausführt. Durchsichtige. Mit Pfeilen. Die sukzessiven Stellungen. Ein gebeugter Ellbogen. Ein Knie. Wo ist das? Eine Nacht, die dem Tag ähnelt. Eine seltsame, klare Nacht, in der niemand zwischen den gepunkteten Linien existiert, und doch begrenzen die gepunkteten Linien die Bewegungen des Denkens. Aber was geht denn vor, wenn ich nicht schlafe? Wer bin ich? Wie sehe ich aus? Ich habe das Gefühl, blind zu sein. Nicht jetzt. Nein, nein. Ich sehe alles in seinem gymnastischen Detail. Die Bewegungen. Die Posen. Die Nummern, die die Übungen unterscheiden. Ich sehe alles mit einer Genauigkeit, mit einer fast schmerzhaften Genauigkeit. Den athletischen Umriß der Muskeln, den mir die schematischen Darstellungen gezwungenermaßen verleihen. Aber was sehe ich, wenn ich nicht schlafe? Sehe ich dann überhaupt? Ah, wenn es doch immer Nacht sein könnte, schlafen, nicht wissen, die Augen nicht öffnen, nicht entdecken, daß ich blind bin. Mich an das Wort für das Gegenteil halten.
Ich durchquere ein Land, das bergauf geht. Und das bergab geht. Das immerfort bergauf und bergab geht, ein Land, das auf seinen Höhen und in seinen Niederungen gleich schlecht beleuchtet ist, ein Land ohne Farben oder, genauer gesagt, mit einer Erd- oder Zementfarbe über allen Dingen. Man erwartet mich irgendwo. Leute. Ich werde zu spät kommen. Weil das Land manchmal, nachdem es bergauf gegangen war – und ich merke das oder merke das nicht –, in Rückwärtsrichtung bergab geht, ich muß dann die Strecke zweimal zurücklegen. Oder öfter. Man sieht wenig Menschen hier, es ist ja auch Winter, die Passanten sind wohl mit den Blättern von den Bäumen gefallen. Dennoch grüßt mich von Zeit zu Zeit jemand. Ich antworte. Ich weiß nicht, wer es ist, aber ich antworte. Hier gilt es sicher als unhöflich, wenn man jeman-

den, der des Weges kommt, nicht grüßt. Wie eine Beerdigung. Ich habe vergessen, zu wem ich gehe, aber was macht das schon aus? Wichtig ist nur, daß ich zu jemandem gehe. Schwierig wird es freilich werden, wenn ich schon fast dort bin und nach dem Weg fragen muß, das Haus von Madame X. ... bitte schön? Wie soll ich zu der Dame gelangen, ohne ihren Namen zu kennen? Ich bin nicht einmal ganz sicher, ob es eine Dame ist, vielleicht ist es eine Institution, ein Museum, daran erinnere ich mich wirklich nicht! Während ich diese leere Gegend durchquere, mit so wenig, wenig Fußgängern und niemals einem Automobil (seltsam, es war mir gar nicht aufgefallen, niemals ein Automobil? Vielleicht hat man sie noch nicht erfunden ...), da hat mich doch glatt ein Mann angerempelt, was will er von mir? Nichts, er hat es anscheinend nicht gemerkt. Ich bin sein Nichtvorhandensein von Automobilen. Also müßte ich ihm nachlaufen, ihn fragen, was das bedeutet: aber da er es ja nicht gemerkt hat, hat es keinen Sinn, Scherereien zu suchen, zumal da er recht kräftig aussieht, es lohnt sich nicht, Schlägen entgegenzugehen. Während ich durch ein Dorf oder vielmehr durch einen größeren Marktflecken schlendere, bemerke ich, wie alles gleichsam versteinert ist. Als ob man sehr gefroren hätte, vor langer Zeit, so daß man sich nicht mehr davon erholt. Dennoch bewegt sich eine Silhouette, die ein Kleid anhat, das muß eine Frau sein. Nicht jung; mager und grauhaarig. Ohne Hut, mit einer Art schweren Schürze, die in der Taille Falten bildet. Strähnen im Gesicht. Das ist nicht die Frisur, das kommt von der Arbeit. Sie streift sie zurück. Sie hat gerade gewaschen, das kann man erraten. Der Schubkarren neben ihr mit noch nasser Wäsche, sie hatte auf einer Leine, die sie zwischen zwei Bäumen gespannt hatte – vielleicht sind es gar keine Bäume, sondern Pfosten (in dieser Jahreszeit!) –, Hemden, Laken aufgehängt, die der Wind nur mit Mühe hin- und herschlagen konnte. All das immer noch aus Zement. Mit großen Falten. Das fließt noch. Eine arme Frau, der die Hände, die angeschwollenen Knöchel weh tun. Ich habe Lust, mit ihr zu sprechen. Da sind Sie also einfach so zum Waschen hierhergekommen, Madame? Sie ist nicht erstaunt, sie antwortet: »Sie sehen ... meine Hände sind aufgesprungen, diese ganze Wäsche ...« Ich hätte ihr gern ein freundliches Wort gesagt, aber schon drehte sie mir den Rücken zu, ganz ihrer Aufgabe hingegeben. Übrigens hatte ich bereits ein paar Schritte getan, ich hätte zurückgehen müssen. Das ging bergauf und bergab, so daß man sehr schnell nicht mehr sieht, was man hinter sich gelassen hat. Mir kommt der Gedanke, daß das Leben genauso ist. Ah ja, das Leben ist genauso. Nur im Traum begreift man es.

*

Die Kleine fühlt sich in ihrem Bett so wohl, daß sie sich nicht entschließen kann, aufzuwachen oder wieder einzuschlafen. Sie hört das Atmen der Nacht nicht mehr. Wie wenn der Wind sich gelegt hat. Sie will sich nicht zu sehr bewegen, weder im Bett – aus Furcht, sie könnte herausfallen, das Bett könnte zu Ende sein – noch in den Träumen, weil diese sie wer weiß wohin fortziehen könnten – und so findet sie nur in der Vergangenheit Zuflucht. Oder in der Zukunft. Als sie noch ganz klein war. Oder wenn sie groß sein wird. Aber sie erinnert sich nur undeutlich an das, was war, und vermag sich nicht vorzustellen, was sein wird. Die Gegenwart bleibt übrigens mild und sanft, man hat keine Lust, sich von ihr zu entfernen. Außerdem könnte man vielleicht an Ort und Stelle schlafen. Während alle Uhren stillstehen. Ohne in die frühe Kindheit zurückzufallen, aber auch ohne zu altern. Bei diesem Wort schaudert der Kleinen. Sie hatte niemals gedacht, daß es so geht, daß man immerzu altert, unablässig, nur altert. Der Mund, auf den man die Finger legt, altert. Die Finger auch. Die kleine Schulter. Stellen Sie sich das mal vor: man braucht nur lange genug zu schlafen, und man wacht als schon Erwachsene auf, oder schlimmer noch, als ganz alte Frau. Trotzdem lacht sie ein bißchen im stillen, weil das so unwahrscheinlich ist: im Nachthemd aufwachen als ganz alte Frau! Würde das Hemd ganz kurz sein, zu eng? und ich, dick oder mager? Würde sie ein bißchen in die Vergangenheit zurückkehren, wäre sie noch meine kleine Hübsche, wie ihr Vater zu ihr sagt, für eine ganze Weile noch. Zum Beispiel wenn sie in die Schweiz zurückkehrte, an diesen launenhaften See mit seinen vielen Biegungen und großen Taschen, um den

Waldhang hinaufzusteigen, zum Hotel, zu den Hotels, die plötzlich inmitten der Felder in einer Mulde hoch oben im Gebirge eine Straße bilden, zwischen den einzeln sich abzeichnenden Tannen, den Herden, die man auf den Hängen wogen sieht ... und dort hinten sehr fern, man wird mir nie erlauben, da hinzugehen, die schwarzen, schneebedeckten Felsen, auf die sich manchmal die Sonne setzt, um Atem zu holen. Wenn es nicht regnet ... Oder auch diese große Stadt, in der ich nicht mehr spielen werde, am oberen Ende der breiten Straße, auf diesem Platz mit der Statute eines Generals ... wir sind umgezogen, und ich werde in einer Musikschule Klavierstunden nehmen, an einem anderen, kleineren, abgeschlosseneren Platz, der Hundeplatz heißt. Ich hatte mich niemals gefragt, warum. Er hieß einfach so, und dann hab' ich einmal ein Hündchen gesehen, das vermutlich entlaufen war, das seinen Weg nicht wiederfand, und es rannte, blieb stehen, wunderte sich, lief wieder zurück ... Da habe ich bemerkt, daß ich zum ersten Mal, seit ich die Czerny-Etüden spielte, zum ersten Mal einen Hund auf dem Hundeplatz gesehen habe. Das brachte mich in bizarre Verwirrung.

Plötzlich sagte ich mir: Aber wie ist das doch lange her, seit dem Hundeplatz! Was ist danach alles geschehen, – ich konnte es nicht wissen, da es damals ja die Zukunft war, aber jetzt, wo es die Vergangenheit ist ... Ist es die Vergangenheit oder die Zukunft, wenn ich träume? Es kommt darauf an, in welche Richtung ich den Kopf neige. Jetzt scheint mir, daß der Weg von zu Hause bis zum Hundeplatz unendlich, unermeßlich lang geworden ist, weil ich, als ich zur Schule am Hundeplatz ging, *zur Zunkunft hin* ging, so wie das Wasser zum Meer fließt. Bringen Sie es mal dazu, daß es stromaufwärts fließt! Wenn ich jetzt vom Hundeplatz träume, dann ist das eine enorme Reise! Bis ich dort ankomme. Ich bringe es nicht jedesmal fertig. Dabei wäre ich gern jede Nacht dahin zurückgekehrt. Vielleicht wegen dieses kleinen Kläffers, der sich verirrt hatte.

Ich will versuchen zu träumen, daß ich ein großes Mädchen bin. Nicht zu groß allerdings. Ich finde Mädchen nicht hübsch, die die Statur von Männern haben. Das ist nur für Männer gut. Träumen, daß ich ein großes Mädchen bin, würde eine Menge angenehmer Dinge erlauben, all das, was kleinen Mädchen verboten ist. Aber das ist ja gerade das Bizarre: ich kann nicht mehr wiederfinden, was mir verboten ist. Macht nichts, Hauptsache, man wird erst mal groß, dann ergibt sich alles übrige schon von alleine. Wie das doch ganz anders sein muß, eine Welt, in der die Dinge nicht zweigeteilt sind in das, was nicht verboten ist, und das, was verboten ist! Das heißt, verbotene Dinge gibt es immer. Das wäre ja auch zu schön. Aber wenn man groß ist, tut man gar nicht die Dinge, die verboten waren und es nun nicht mehr sind, doch man tut andere, die selbst dann verboten sind, vielleicht nicht alle, aber. Verbotene Dinge, ah, die sind gut. Es wäre schade, würde es keine mehr geben, wenn man groß ist. Sicherlich gibt es dann solche noch, und man tut sie auch. Verbotene Dinge tun heißt träumen. Oder sogar schlafen. Weil Schlafen nicht verboten ist, aber wer würde einem dies oder das verbieten, wenn man schläft ... Wenn ich groß bin, wird es immer noch Leute geben, die zu mir »meine kleine Hübsche« sagen, aber das wird dann nicht mein Vater sein. Ich werde nicht mehr zum Hundeplatz gehen, weil mir das Klavierspielen im Grunde die Finger ermüdet. Ich habe Musik gern. Aber ich hätte vor allem gern, daß man sie mir vorspielt. Nicht nur im Konzert. Da wäre ein großer Junge, der zu mir käme und sich ans Klavier setzte. Oder aber ich ginge zu ihm. Er würde so schöne Dinge spielen, daß ich Lust hätte, ihm die Hände zu küssen, und ich würde seine Haare berühren, er hätte sehr viel Haare: natürlich, als Pianist. Ich weiß nicht, wann das sein wird, es wird mindestens noch zwei oder drei Jahre dauern. Was bis dahin alles passieren kann, das Bett ist so groß, die Laken sind so weich, ich bin so klein, man hat mir so viele traurige Geschichten erzählt. In zwei oder drei Jahren wird sich alles verändert haben, die Augen, die Farben, es werden so viele Leute auf der Straße herumlaufen, daß man sich nirgendwo mehr hinsetzen kann, man wird Wörter sagen, die anders sind als die Wörter, man wird seine Zeit verloren haben, da ja nichts mehr den Dingen ähnlich sein wird, die man gelernt hat, alles wird wie eine abgestandene Flasche sein: die Musik und die Geographie. Ich frage mich, was ich in diesem waldartigen Bett eigentlich tue. An die Zukunft denken ist albern. Zuerst müßte ich wissen, warum ich in diesem Bett liege und ob es ein Bett ist, wie man aus ihm herauskommt oder ob man für immer darin bleibt, ob das für immer Gegenwart ist. Vor einiger Zeit hat man mir eine Uhr geschenkt, und dann ist sie stehengeblieben. Vielleicht ist alles so, vielleicht bin auch ich stehengeblieben, so daß mir deshalb das Bett so maßlos groß erscheint, ich komme darin nicht voran, es ist immer heute ... Mein Gott! was atmet da so? Hat etwa die Zeit wieder zu schlagen begonnen? Ich müßte meinen Weg wiederfinden. Ich finde meinen Weg nicht wieder. Ich weiß nicht, ob ich nicht dem Ort, zu dem ich gehe, den Rükken zukehre oder ob nicht etwa der Ort, zu dem ich gehe, mir den Rücken zukehrt. Was atmet da so im Wald? Ein Tier, eine Herde vielleicht, eine Quelle, ein Hund, der seinen Herrn sucht, jemand, der seit wirklich allzu langer Zeit auf etwas wartet, das sich nicht einstellt, oder ich habe mein Rendezvous verpaßt, oder ich habe mich im Weg geirrt, oder ich habe die Zeit verstreichen lassen, oder ich habe meine Lektion vergessen, ich habe meinen Kopf nicht mehr, man hatte mir zwar gesagt, ich sollte mich erinnern, aber an was? an was bloß? ich erinnere mich nicht einmal an mich selbst, an sie, sie, die mir manchmal in den Spiegeln zulächelte, auch sie erinnert sich nicht mehr an sich, sie erkennt sich nicht mehr wieder, sie fühlt sich wie eine verlorene Melodie, ein Lied, das man zu kennen glaubte und dann ... sie kehrt um, um sich wiederzufinden, und dann sind es nicht ihre eigenen Leute, die Welt ist ganz durcheinandergebracht von den Spuren der anderen, den Spuren, die große Füße in die Erde eingedrückt haben, wie bringt man es fertig, zwischen ihnen zu gehen, zu laufen, wo könnte man nur seine nackten Füße hinsetzen. Manchmal verdrehen sich einem die Schultern in den Federn des Bettes. Alles gerät durcheinander, man weiß nicht einmal mehr, ob aus Lust oder aus Angst.

*

Ich schlafe. Ich schlafe, ohne mich irgend etwas zu fragen oder ohne etwas zu begreifen. Ich schlafe. Ich bin mir nur bewußt, daß ich einen viel zu großen Platz einnehme. Ich kann dafür niemanden um Verzeihung bitten. Vermutlich liege ich flach auf dem Rücken, den Kopf hintübergeneigt, oder auf der Seite, die Nasenlöcher gen Himmel geöffnet. Ich bin riesig. Nicht riesig, man sagt da anders. Wenn ich mich bewegte, würde die Welt erbeben. Eine schlafende Kraft von solcher Stärke ist etwas Unerklärbares. Ich spüre undeutlich die Existenz meiner Beine, sie bewegen sich dort unten, ganz von allein, ohne mich, wie wenn man sich in einem tiefblauen Wasser auf dem Rücken dahintreiben läßt und sich allmählich vom Schlaf übermannt fühlt. Als letztes schlummern die Glieder ein. Oder vielleicht die Haare, die der Gischt der Wogen fortträgt, die Kindheit der Haare. Leichte Gräser der Gedanken. Schon gehört der Körper der Unbeweglichkeit der Träume, die ihn Göttern ähnlich macht, wie man sie, von ihren Sockeln herabgestürzt und vom Moos der Zeit verschlungen, in verlassenen Parks herumliegen sieht. Ich stelle mir die Frauen vor, die an ihnen vorübergehen. Woran denken sie angesichts dieser steinernen Kerle mit den weißen Augen? Die einen ... aber anderen gibt die Einsamkeit – oder zumindest glauben sie es – freie Bahn, und zerstreut streicheln ihre Hände, den Kopf anderswo, diese entthronten Herkulesse und Narzisse. Alle Passantinnen meines Lebens verschmelzen, nach und nach einander ähnlich geworden, mit dem unwillkürlichen Ablauf der Jahreszeiten. Ich erinnere mich kaum an sie. An die eine oder andere Hand. Diese lange Geschichte des Mannes, und er verwittert immer weiter und weiter. Die Passantinnen unterscheiden sich jetzt so wenig voneinander. Irgend etwas ist jedoch in dieser Brust vor sich gegangen, in der es keucht und erlischt. Keucht und erlischt. Mein ganzes Leben, zumindest das Leben davor. Das danach schwimmt wie die Haare dahin. Das Leben vor der Begegnung mit e., meiner kleinen e., und alles ist nur mehr Erinnerung außer diesem winzigen Buchstaben, der auf allem geschrieben steht.

Da liege ich nun, ein von der Schmiede seines Herzens betäubter Gulliver, auf diesem Rücken ausgestreckt, auf diesem breiten Rücken, der der Vergangenheit ähnelt, in diesem feinen, unendlich feinen Spinngewebe des Schlafes, das dennoch so stark ist, daß die ganze gewaltsame Kraft meines Körpers nicht ausreicht, es zu zerreißen. Ich möchte mich erheben und diese durchsichtigen Fäden aus Glas oder Tränen von mir abstreifen, möchte den Himmel meiner Stirn wiederfinden, die Wolken durchqueren und das Licht in jenen Gefilden sehen, in denen die Blicke rein sind. Ich möchte wieder mit Leichtigkeit sein, mich rühren, mich bewegen können, möchte die Kraft der Hüften, das Gehen wiederfinden, das gestern noch kein Problem war. Ich würde dann über das Land gehen, durch die Vorstädte, die Avenuen mit den großen Augen aus Glas und Tüll, aber wie könnte ich mich in diesem Zustand, so gänzlich nackt, zwischen den Menschenmengen und den menschenleeren Orten bewegen, selbst wenn ich so schnell ginge, daß ich dem Skandal keine Zeit ließe? Wohin übrigens sollte ich mich begeben, wem mich ergeben, und plötzlich fühle ich mich aufgrund dieses Wortes wie eine belagerte Festung, eine besiegte Armee ... Wo sollte ich die suchen, die eben noch da war, die aber die Winde, die Leute, die zerstörende Kraft der Tage, vermutlich in unbekannten Gegenden aufgefunden haben ... und der Zweifel legt sich auf die Brust, was wohl aus e. geworden ist, hat man sie wie ein Blatt mitgezogen in das Stroh, in den Staub, in die namenlosen Gäßchen, in die Speicher der Erinnerung, zu den Bushaltestellen im Morgengrauen, den Eisenbahnen in der Nacht? Wie könnte ich zu ihr gelangen, die Kulisse verändert sich bei jedem Schritt, dreht sich um sich selbst, eröffnet neue Perspektiven, wie eine Serie schwarzer Postkarten, die man fallen läßt und wieder aufsammelt, wobei ihre Ansichten jedesmal einen unerwarteten Sinn annehmen? Ich gehe Straßen hinauf, die gleichzeitig Lyon und Versailles ähneln, aber es ist anderswo, die Einbiegungen führen mich auf meine Spuren zurück, an den Kreuzungen vermeide ich es, die schon einmal zurückgelegten Wege einzuschlagen, da sind plötzlich Bodenunebenheiten, eingestürzte Mauerteile, unbebaute Areale, Bretterzäune, an denen die zerfetzten Plakate irgendeinem Weggang nachweinen, einem Bärenführer, der sich im Jahrhundert geirrt hat, kleinen Schornsteinfegern in einem Film aus der Zeit vor dem Kino, dem Sackhüpfen im Louvre-Museum, dem Satyr der Untergrundbahn ... Es ist zu bemerken, daß die Worte nicht aus den Mündern kommen, die man so ziemlich überall auf der Strecke im Gesicht der sogleich wieder vergessenen Komparsen sich öffnen sieht: die Worte sind heute nacht wie der Text einer Pantomime; vielleicht wurde er vor sehr langer Zeit geschrieben oder in einem Musikkasten gespeichert, der sich inmitten eines auf der Schutthalde abgeladenen Schrotthaufens von selbst in Gang gesetzt hat, am Rande einer Vorortstraße, wo man eine zerstückelte Frau gefunden hat, vor wieviel, vor zwölf, dreizehn Jahren, ich kann nicht mehr zählen, meine Finger haben den Kopf verloren.

Aber wenn ich in dieser Gegend herumkreise, werde ich niemals, niemals die kleine e., meine Liebe, wiederfinden, und ich verliere vergebens meine Zeit und meinen Lauf, niemand weit und breit hat sie hier vorbeikommen sehen, meine kleine e., niemand versteht, wovon ich spreche, man lacht mir ins Gesicht, man antwortet mir nicht, man zuckt nur mit den Achseln: was wird aus mir werden, wenn ich sie nicht wiederfinde, wenn ich mich in der Richtung täusche, wenn sie in dieser zweispännigen geschlossenen Kutsche saß, die mir begegnet ist, ohne daß ich sie bemerkt hatte, aber da waren dunkelgrüne Vorhänge hinter den Scheiben, eine Hand hat sie hochgeschoben, ich glaubte den Amethystring am kleinen Finger wiederzuerkennen, doch auf das Pflaster war nur eine Orangenschale gefallen, und nichts stand auf ihr geschrieben, keine Klage, kein Rendezvous …

Als wir das letzte Mal zusammen waren, war das wohl sehr früh am Morgen, und nichts deutete darauf hin, daß wir uns trennen würden. Kein Zweifel, e. hörte mir ein bißchen ungeduldig zu. Wir mußten sehr schnell gehen, und ich hielt Reden, die man eigentlich nur in einem Schlafzimmer mit gedämpftem Licht verstehen kann, in dem tiefe, weiche Sessel stehen und auf dem Tischrand eine Tasse, aus der man nie mehr den für immer erkalteten Kräutertee trinken wird. Warum denn hatten wir es so eilig anzukommen, ohne zu wissen, wo? Da waren Bänke, auf die wir uns hätten setzen können, um den Wörtern Gelegenheit zu geben, im sanften, durchsichtigen Ohr Sinn anzunehmen, anstatt es bloß zu durchqueren, ohne einen Schatten zu hinterlassen. Oder aber ich hätte geschwiegen, um besser in mir zu fühlen, wie meine Seele von der Ausstrahlung erfaßt wurde, die in meiner

Handfläche und in meinen Fingern die Berührung des so schwachen und doch so starken weiblichen Armes hervorrief. Ich kann aber einfach nicht verstehen, wie wir uns getrennt haben, was uns getrennt hat, und da gehe ich nun durch die Welt, jeden Augenblick dem Trugbild e.s ausgeliefert: es erscheint mir in allen Frauen, deren Gesicht mir verborgen ist, in allen Türen, die sich öffnen, in einem plötzlichen Schrei, der mich erstarren läßt, in den unverschämten Armen eines Liebhabers, auf Balkonen, durch die Spiegel eines Cafés hindurch, in einem öffentlichen Park, auf der Rolltreppe eines Kaufhauses, wo es in entgegengesetzter Richtung nach unten fährt, während ich hinauffahre und seiner erst gewahr werde, wenn es bereits in der unteren Etage verschwindet, und vor mir lese ich: *Vorsicht, diese Treppe kann die Pfoten Ihres Hundes verletzen.* Ah, wie bin ich erschöpft von Irrtümern, von Illusionen, die allzu schnell zerstört werden.

Seit ich auf der Suche nach e. in alle Himmelsrichtungen laufe, entferne ich mich in Wirklichkeit (... welch seltsames Wort!) nur immer mehr von ihr. Einen Augenblick lang habe ich sogar gedacht, ich bräuchte, um ihr zu begegnen, um sie auf mich zukommen zu sehen oder um sie zu überraschen, lediglich immer nur die entgegengesetzte Richtung einzuschlagen, und dann wurde mir das Wahnsinnige dieser Überlegung klar, obgleich ich überhaupt nicht verstehen kann, inwiefern sie nicht stimmt, warum sie logisch falsch ist. Dann setze ich meinen Weg irgendwie fort, und ich fühle mich müde – eine bittere Müdigkeit –, wenn ich durch Genreszenen gehe, die sich mir auf lächerlichen Gemälden bei jedem Schritt darbieten, Husaren, die eine Garnisonstadt unter Napoleon I. verlassen, Damen aus den Pariser Markthallen, die dem Präsidenten Deschanel auf der Freitreppe des Elysée-Palastes Blumen überreichen, Meßdiener, die vom Bischof dabei ertappt werden, wie sie den Meßwein trinken ...

Oder aber ich finde Bilder aus der Vergangenheit wieder, die nicht in meinem Gedächtnis waren, wie Postkarten, die man fürs Album beiseite gelegt hatte – Sie wissen schon, das braune Leinenalbum mit einer präraffaelitischen Dame auf dem Umschlagdeckel, die in einem karminroten, gelb geblümten Kleid am Rande eines Parks ihr Stundenbuch liest ... –, und niemals im Leben hatte man Zeit, sie einzuordnen, aber eines Tages entschließt man sich dazu, nimmt das Album, und da sind dann die leeren Seiten, die Schlitze im Karton – das ist nicht eigentlich Karton, wie soll ich es nennen – mit den Abschrägungen an den vier Ecken für die Ecken der Postkarten, aber wo sind bloß die Postkarten? Sie sind in den Schubladen verstreut, man müßte alles auf den Kopf stellen, aber würde man sie selbst dann finden? Da hatte man unbeschriebene aufgehoben, weil es Kunstpostkarten waren, und solche, die man bekommen hatte, dieses Drucheinander von Leuten, die man kannte, wer ist das, Micheline? oder Joseph. Selbst solche, die schon frankiert waren, sind abhanden gekommen. Manche hat man nicht nachgesandt. Wieviele *Liebe Küsse* sind an vorübergehenden Adressen verlorengegangen! Italienische Landschaften. Eine Krabbenfischerin. Und die Karten der Witzbolde, die die Zunge herausstrecken oder die Hose herunterlassen. Da war die ganze Königsfamilie Rumäniens, man fragt sich, warum. Was für eine Gesellschaft hätte man, wenn man alles aufgehoben hätte! Nicht wegen der Abbildungen auf den Karten, sondern wegen der Aufschlüsse, die die Auswahl dieser Sujets uns über die damaligen Freunde, über die Familie hinterlassen hätte – was für eine Gesellschaft für die Tage, an denen man der Leute aus Fleisch und Knochen überdrüssig ist! Aufschlüsse auch über die Reisen in Länder, die nicht mehr existieren.

Ich versuche, in das Leben der anderen einzudringen, da ich ja e. in meinem eigenen nicht mehr finde. Durch die Tür der Postkarten, durch diese in den anderen offenbar gewordene Vulgarität, die mir die Befangenheit nimmt und mir erlaubt, mir etwas x-Beliebiges über sie auszudenken. Aber wer weiß, in welchem Haus an der Grenze zwischen dem Falschen und dem Wahren, dem Tragischen und dem Absurden meine kleine e. sich verbirgt, sobald sie mich wahrzunehmen glaubt; denn allmählich habe ich den Eindruck, daß sie vor mir flieht, daß sie mir immerfort über den Weg gelaufen ist, aber in schnellstem Tempo, jeweils den Umstand ausnützend, daß meine Aufmerksamkeit von einem Messerschleifer, einem Automobil, das in die Auslage eines Juweliergeschäftes hineinrast, von einem Maroniverkäufer abgelenkt wird. Das erklärt vielleicht dieses Zwitschern der Vögel in meinen Ohren, als ob man dieses Spiel spielte, dessen Namen ich vergessen habe, falls ich ihn jemals wußte, in dem man den Platz wechseln muß, während der andere mit verbundenen Augen einem den Rücken zuwendet. Haben Sie es niemals mit einem Vogel gespielt? Ich auch nicht. Mein Gesprächspartner schaut mich verständnislos an. Er ist ein dicker Mann mit rosigem Teint, mit sehr wenig Haaren überall, zumindest an den Stellen, die er vorzeigt, mit einer schönen gestickten Weste, die die Plünderung des Winterpalastes in Peking darstellt, und einer ihm eigenen Art, sich für eine Uhr zu halten, er läutet alle Viertelstunden. Ohne Vogel. Dann setzt er seine schwarze Brille auf, was bei ihm Verlegenheit bedeutet. Ich wollte mit ihm gerade über ein Schild sprechen, das ich in einer Metzgerei gesehen habe, da kommt er mir zuvor, das heißt, er überfährt mich, mit diesem Ton der Entschuldigung von Leuten, die einen durchschaut haben: »Sie sind auf der Suche nach Madame É.?« fragt er. Ich bin so geistesgegenwärtig, ihm zu antworten: »Nach Madame É.? Keineswegs. Ich suche e., haben Sie sie vielleicht hier im Viertel gesehen?« Er gibt überstürzte Erklärungen ab, er habe nicht gedacht, daß er mich beleidigen würde, Madame É. könnte ja womöglich mit mir gesprochen haben, er sage Madame É., um mir über meine Befangenheit hinwegzuhelfen; der Grad an Intimität, den er mit ihr gehabt haben mochte, berechtigte ihn ja kaum, sie e. zu nennen, ganz klein geschrieben, als ob ... Da werde ich böse, e. e. nennen, bedeutet nicht, daß man bei ihr die Grenzen der Vertrautheit überschritten hätte. Ihr dagegen ostentativ einen Großbuchstaben verpassen, das ist verdächtig. In meiner Stimme schwingt wohl etwas Bedrohliches mit, weil der Quidam sich mit einem Radiergummi entschuldigt, der ihn schlecht ausradiert, Spuren der Weste bleiben in der Luft zurück, ein Schuh mit Gummizug, und dann die rechte Hand natürlich, die sich nicht selber reinigen kann.

Ich sehe ihn nicht mehr. In meinen Augen existiert nur e.: e. tanzt, e. kommt hinter einem Sessel hervor, e. entwischt und lacht mit diesem Lachen, das niemandem gilt, e. verwandelt alles, worauf sich ihre Hand legt, alles, was einen Augenblick lang ihren Duft trägt, in Feuer, e. e. e. e., sie vervielfacht sich eher, als daß sie sich wiederholt, e. blau, e. gelb, e. weiß, e. schwarz … ich sehe sie, ohne sie zu sehen, sie hüpft in meinem Auge, rutscht auf dem Geländer der Treppe hinunter, aber da ist gar keine Treppe, sie macht sich über mich lustig, weil ich sie nicht erreichen kann, da ist keine Treppe, kein Geländer, weder um hinauf- noch um hinunterzugelangen noch *um die Pfoten meines Hundes zu verletzen.*

*

Die Kleine kann sich nicht mehr erinnern, *wen* sie soeben verlassen hat, es ist unendlich lange her, gerade ein Augenzwinkern lang, sie hat ihn verlassen, Gott weiß wie: vielleicht als sie sich hinauslehnte, um zu sehen, wie ein neues Geldstück aus dem Fenster fiel, oder eher noch, als sie sich im Heu ausstreckte, es war dieses Jahr oder das vorige, jedenfalls zur Jahreszeit des Heus, der Heugabeln, der Heuböden, der Leitern. Und wen auch immer sie verlassen hat, sie hat ihn wie einen Handschuh abgestreift, und man weiß nicht mehr, wo er hingefallen ist; wäre er auf den nackten Fußboden gefallen, würde man das sofort sehen, da er doch glänzt, er muß auf den kompliziert gemusterten Teppich hinuntergerutscht oder in einem Winkel des Sessels liegengeblieben sein, die Gerissenheit der Taschentücher nachahmend. Er sagte, er könne ihre Hand nicht loslassen, er würde sie an ihrem Kleid zurückhalten, er würde niemals des Schlafens wegen auf seine Augen verzichten – doch das verstand sie nicht so, wie man es hätte verstehen müssen –, auf seine Augen, auf ihre Augen, egal, aber er sagte es so, wie man das Bewußtsein verliert. Wie sah er aus, war er alt, war er jung, und um was bat er sie manchmal so inständig, daß sie sich für die Heilige Jungfrau in Lourdes hätte halten können, wenn man Krücken um sie herum aufhängt. Am schwierigsten war es, sich zu erinnern, wie er aussah, fast so schwierig, wie herauszubekommen, wie viele Kornblumen in einem Kornfeld stehen: da ist immer noch eine, die sich versteckt. Klatsche, klatsche in deine Hände, mein kleiner Freund ist weggegangen, mein kleiner Freund, weg, weg, ich weiß nicht wohin, Forellen fischen oder den Wolf jagen, und ich weiß nicht mehr, wie er aussieht, aber schon überhaupt nicht mehr, er ist weggelaufen, mein kleiner Freund, vielleicht in den Krieg ... ah, was für ein Pech für ihn, wenn er nicht heimkehrt, und selbst wenn er heimkehrt, wird er sehr alt sein, und ich werde zu ihm sagen: Großvater, Großvater, tritt ein und setz dich ... und er wird zu mir sagen: sieh mich gut an, aber ich hätte schon zu viel mit diesen meinen Augen zu tun, um alle anderen zu sehen. Er wird eifersüchtig sein, aber ich werde ihm sagen: Warum bist du so lange durch andere Länder gezogen, Großvater, Großvater? Bei diesem Wort wird er leise weinen, und wer weiß, vielleicht gefällt er mir, wenn er weint ... ah, das Bett ist weich und frisch, wie es die Blumen sind, auch wenn man sie nicht sieht.

Das Leben ist so lang und so kurz gewesen, wie manchmal ein bitterer Sonntag. Ich werde meiner Umgebung nichts davon erzählen. Ich werde nur mir selber ganz leise etwas davon sagen. Und von dem, was anders war, als man es sah. Niemand anderer weiß wirklich etwas, weder was aus einem wird noch was man geträumt hat. Aber jeder beliebige behauptet, einen zu kennen. Ah, kümmern wir uns nicht um den, der sich unbedingt einbilden will, daß man ihn liebt oder nicht liebt! Handelt es sich wirklich darum von Jahr zu Jahr? Wenn man jemandem jemals bis in die Tiefe des Schlafes folgen könnte ... Man könnte *Ihnen* folgen.

Es ist merkwürdig, wie sehr man innerhalb so kurzer Zeit – nicht einmal der Zeitdauer einer Kindheit – leiden, lieben und schweigen lernt. An manchen Tagen erinnere ich mich plötzlich an all das, was ich von den anderen Menschen vergesse. An all das, was man mir, wie ich entdeckt habe, verbirgt. Und Sie schauen mich an, als spielten Sie mit einer Puppe!

Ich aber habe dieses vom Regen verwaschene Gesicht, und niemand entdeckt in ihm jemals die Tränen.

Wenn Sie jedoch gelegentlich mit Ihren indiskreten Fingern mein Herz berührten, würden Sie sie vielleicht zurückziehen, aus Angst, meine Geheimnisse teilen zu müssen. Vielleicht könnten Sie nicht mehr schlafen, weil Sie mein Herz schlagen hörten. Manche Kinder sterben an dem, was sie verschwiegen haben. Und wie viele gibt es, jung oder alt, für die, ohne daß man weiß, woran es liegt, Leben immer nur Überleben ist.

Zum Beispiel diese Nacht heute. Ein bißchen dunkler, aber. Eine Nacht wie irgendeine andere, möchte man meinen, und wenn ich Ihnen erklären müßte, warum, könnte ich es nicht. Diese Augustnacht, mild wie irgendeine andere. Scheußlich wie irgendeine andere. Und nicht mehr und nicht weniger.
Ich werde diese Nacht nicht erzählen, in der meine Träume sich letzten Endes nicht sehr von denen einer anderen Nacht unterscheiden. Meine Hände werden besser als die Dunkelheit mein Gesicht verbergen. Nichts ist imaginär in den Abenteuern des Schlafes. Nur erlöschen sie für die einen so, wie sie gekommen sind. Andere bleiben durch sie verwundet und bewahren die Erinnerung an sie. Andere, und ich bin einer von ihnen, hören, ich weiß es, in der Ferne das Getöse, zu dessen Echo sie von da an werden. Sagen Sie meinetwegen, daß das leere Worte sind. Aber bitte schön.
Erkennst du meine Stimme nicht, du, der du mich suchst? Du weißt nicht, was ich weiß, daher schlägst du vergeblich auf die Finsternis dieser Nacht ein, um mich zu erreichen. Ich aber behalte den Schmerz für mich, solange er nicht laut beim Namen genannt worden ist. Hältst du mich immer noch für ein kleines Mädchen? Aber sollte denn das Leid eines Kindes weniger grausam sein als ein anderes? Ah, wie seid ihr doch alle kindlich!
(Ich weiß nicht, ob die Kleine ihre stummen Worte hört. Ich weiß nicht, ob diese Nacht ihr beim Morgengrauen unerbittlich recht geben wird. Ich kenne nicht den tausendsten Teil dessen, was diese nicht-ausgesprochenen Wörter bedeuten. Oder bedeuten würden. Wir befinden uns in einem stillen Land, in dem alles schlummert. Was ist hierzulande letztlich schon ein Verbrechen, oder zwei? Von der Art jener, die in den Zeitungen mit ein paar kleingedruckten Zeilen erledigt werden. Nicht einmal ein Brand ist ausgebrochen, oder wenn doch, kann man ihn eigentlich nur ein Feuer nennen ... Sogar die in Gang befindlichen Dramen sind heute Nacht in den verrückten Seelen größtenteils erloschen. Der Mond scheint nicht, kaum ein paar verstreute Seufzer hier oder dort. Alles verläuft so, als ob das Universum für morgen irgendeine seltsame und zärtliche Symphonie vorbereitete. Als ob wir alle

gleichzeitig von einer göttlichen Inspiration heimgesucht werden würden, und schon stieg eine Andeutung von Musik zu unseren zitternden Lippen empor ... Schon präludieren die Geigen.)

*

Überall habe ich wie einen Goldfisch das e. meiner Jugend gesucht, ohne es jemals zu finden. Überall habe ich gesucht, ich habe nur die langen Phasen des Unglücks gefunden, von denen die Zeit einen heilt. Und doch waren wir beide zusammen, gestern oder soeben noch, aber nichts habe ich gefunden, nichts als dieses schwere Herz, das ich in mir trage, das mir von e. spricht, das mir von ihr spricht. Dieses durch und durch gemarterte Herz, das schläft, ohne zu schlafen, und stirbt, ohne zu sterben. Wie ist es möglich, das Leben zu überleben? Wenn nichts dem ähnelt, was man sich erträumt hat, der Liebe, die man hat, der süßen Hoffnung, die man in der Finsternis besang, und die eitle Sonne ähnelt nur mehr der Grausamkeit der anderen Wir-selber.
Wie lange habe ich doch geglaubt, der Tag würde kommen, an dem alles ein Fest sein würde. Wie lange habe ich doch geglaubt, die Burg der Klagen würde endlich einstürzen ... Und Unterpfand dafür war meine ganze Liebe zur Zeit und zu den Dingen. Ich erwartete den Verfall meiner Augen lediglich vom physischen Schicksal. Niemals hatte ich mir vorgestellt, dieses Herz außerhalb meiner selbst könnte mir entrissen werden, meine Finger könnten aus der Verknotung mit ihren Fingern gelöst, das Geräusch ihres Schattens aus meinem Weg ausgelöscht und die teure, verirrte Stimme vom Wind der Distanz verjagt werden.
Was sage ich? Welche Ziegen-Wörter grasen mich da ab, bewohnen mein Ohr? Ich brauche nur aufzuwachen, mich nackt auf diese Füße meiner Macht zu stellen, die Vorhänge zurückzuziehen, das Licht auf die innere Geographie unseres Lebens hereinscheinen zu lassen. Wenn e. nicht da in den verborgenen Falten des Schlafes ist, so deshalb, weil sie sich weiß Gott wo aufhält, in diesem oder jenem Zimmer unseres Lebens. Sie wäscht sich die Haare, sie zählt die in den Schrank eingeordneten Bettlaken, will sie etwa gerade das auswählen,

das sich versteckt? Sie hat den Augenausdruck, den sie hat, wenn sie sich anzieht, sie ist sich unschlüssig angesichts der Farbe ihrer Kleider, oder aber sie hat sich, wie ich es oft tue, in einen Winkel zurückgezogen, in dem sie, ohne mich damit aufzuwecken, die Seiten eines Buches umblättern kann, und das ganze Wasser des Himmels ruht in ihren blauen Blicken. Ich brauche nur aufzustehen, den Arm auszustrecken, sie wird zu mir sagen, oh, du hast mich erschreckt ... brauche nur diese Parenthese-Arme um e. zu schließen ... aber wo soll ich sie suchen? Es herrscht ein trübes Wetter, das alles grau in grau erscheinen läßt: ich trat in ein Kaufhaus ein, ging von Abteilung zu Abteilung, im Glauben, sie bei den Morgenröcken zu finden, die dieses Jahr so duftig sind, oder beim Porzellan, sie sieht sich furchtbar gern Porzellan an, oder ... Überall fragte ich die Verkäuferinnen, die Aufseher: *Haben Sie vielleicht e. gesehen?* Sie ließen es mich noch einmal sagen, sie lachten oder erschraken, weil ich offenbar ziemlich erschreckend aussehe, wegen meiner Angst ... Nein, niemand hatte meine kleine e. gesehen, die meisten schienen nicht zu verstehen, wovon ich sprach, von wem, einige schüttelten den Kopf und sahen mich mitleidig an.
Vielleicht bin ich ein Verrückter. Sie, e., sagte mir das so oft und schaute mich dabei sehr ernst an: »Ich versichere dir, und das ist kein Scherz, du bist ein Verrückter ...« Vielleicht habe ich es schließlich geglaubt.
Und wenn ich ein Verrückter bin, worin besteht dann meine Verrücktheit? Vielleicht darin, daß ich dem aus dem Wege gehe, was mir große Angst gemacht hat, dem, was ich einen Augenblick lang, soeben noch, wußte, und dem ich ausgewichen bin, das ich vergessen habe, vergessen ... Es muß da irgendwo etwas passiert sein, und ich meinerseits hielt das Ereignis auf, mit der ganzen Kraft meiner Schultern, mit meinen gespannten Lenden, meinem gewölbten Rücken, und mit meinem Hintern, meinen gespreizten Schenkeln, meinen gebeugten Knien, meinen physisch in die Erde verkrampften Füßen, ich schob das Ereignis beiseite, ich glaubte, es aufzuhalten, beiseite zu schieben. Was für ein Ereignis? was für ein ... ah, der Schweiß des Himmels liegt auf mir, der Wind schlägt die Türen zu ... Was ist passiert, was ich nicht mehr

weiß? Wahrscheinlich hat sie recht, meine kleine e., *ich bin verrückt*, von dieser schrecklichen Art von Verrücktheit, die man nicht ins Irrenhaus sperrt.
Ich hatte in einem Bahnhof auf sie gewartet, einem großen Bahnhof, der seit dem Zweiten Kaiserreich immer noch rußschwarz war. Auf gut Glück, da mir ja schließlich nichts bewies, daß sie kommen würde, oder daß sie da war. Die Bahnhofshalle durchqueren. Vielleicht war sie gekommen, um einen Zug zu nehmen oder auf einen zu warten, auf irgendeinen zu warten, oder nein, sie ist mit dem Eilzug aus einer fremden Stadt angekommen ... ich war mir in nichts sicher. Alle möglichen Reisenden, Damen mit Handgepäck, junge Leute, stürzen auf mich zu, um die verschiedensten Auskünfte bei mir einzuholen, dabei hatte ich doch gar keine Eisenbahnermütze auf dem Kopf, aber so ist es immer und überall ... an mich wendet man sich, mich fragt man nach dem Weg, der Uhrzeit, dem Fahrkartenschalter. Es mußte da ein Riesenlärm ringsherum herrschen, der noch verstärkt wurde durch die Ankunft eines Vorortzuges, das Eilen der Reisenden zum Ausgang, das Spektakel der Karren, die Ausrufe der Gepäckträger, aber ich höre nichts, das war für mich der reinste Stummfilm, eine junge Frau in einem Bolerojäckchen und mit einem Muff wird von den Photographen bedrängt, wer ist sie? Ein Filmstar oder die Heldin einer Kriminalaffäre? Plötzlich nehme ich e. wahr, von hinten, ihr Taftkleid, ihren Gang, ich eile, überhole sie, schon packte ich sie an der Schulter, aber sie ist es nicht, ich stammle fadenscheinige Entschuldigungen. Ah! Da ist sie ja! Aber ein Sodat ist zwischen uns getreten und küßt sie. Ich wollte brüllen. Kein Ton kommt aus mir heraus. Und es war gar nicht meine kleine e.! Gott sei Dank, es war nicht e.! Da war übrigens auch kein Bahnhof. Eine irre Sonne brennt herunter, so daß alles sich nur mehr durch seine Schatten abgrenzt, am Strand, mit den großen rot-weißen Sonnenschirmen, den halbnackten Leuten im Sand, ich jage von einer Illusion zur anderen, aber nirgendwo, wenn ich an die Frauen herantrete, die sich erstaunten Blickes oder mit einladendem Lächeln nach mir umdrehen, ähnelt, von nahem besehen, irgendeine von ihnen meiner e. Ich hätte meinen Pa-

namahut aufsetzen sollen, es brennt einem auf die Stirn, die Augen. Meinen Panama? Habe ich denn einen Panama? Seit langem schon trägt niemand mehr einen Panama, das weiß man doch; kaum habe ich das gedacht, da führen alle Badende in gestreiftem Badeanzug wie auf ein Kommando die Hand zu ihrem Panama. Wen grüßen sie? Ich habe die Frau nicht sehen können, wegen des Wirbels, den diese Herren auf Urlaub um sie herum aufführen ... ich habe die Frau nicht sehen können: war es diesmal e., ja oder nein?

*

Ich war die einzige Frau inmitten eines großen blauen Saales. Er war heute blau, weil das Gewitter, das ihn bis dahin schwarz und golden färbte, alle Wolken verjagt hatte. Es war eine Schule, in der man lernt, glücklich zu sein; all ihre Plafonds und all ihre Wände sind aus Glas, und es herrscht in ihr nur die Laune des Himmels. Ich saß ganz unten, genau in der Mitte, wie eine im Stich gelassene Puppe, und auf den rundum laufenden Sitzreihen ... nein, es genügt nicht, zu sagen »rundum laufend«, weil da nicht jeweils eine Sitzreihe über der anderen lag, die Reihen verliefen ohne Unterbrechung ... es genügt nicht, zu sagen »ohne Unterbrechung«, sie gingen unmerklich ineinander über, in einer langen, fortlaufenden Spirale ... es genügt nicht, zu sagen »fortlaufend«, weil die Spirale mit sich selbst spielte, es genügt nicht, zu sagen »spielte«, das war kein Spiel, sondern das war das Atmen der Richter; denn alle, die in dieser ungeheuren Schnecke zu Gericht saßen ... aber die Schnecke atmet nicht, sie rollt sich ins Schweigen ein, sie verschwindet in sich selbst, das war keine Schnecke, eher eine Orgel oder ein riesiges Akkordeon, all diejenigen, deren Atmen das Akkordeon war, saßen da, um mich zu richten, da war keine Musik, da war nur die Tatsache, daß ich vor Gericht stand. Mit welchem Recht sitzen sie alle über mich zu Gericht? Wofür, weswegen richten sie mich? Das spielt sich über mir ab, die Augen – eine Kette von Augen – starren mich an, und das dreht sich, und das dreht sich zu mir her wie eine endlose Befragung, eine Frage, die man mir nicht gestellt hat, auf die ich aber antworten soll ... Ich verstehe nicht, was man von mir will, und auch nicht, was ich von mir selber will. Worum geht es? Offensichtlich habe ich etwas getan, was ich nicht hätte tun dürfen, aber alle scheinen Bescheid zu wissen, nur ich allein verstehe nicht, und der ganze Raum über mir, eine auf den Kopf gestellte Tüte, dröhnt von Gemurmel, von Vorwürfen. Irgend etwas ist passiert, was jedermann weiß, nur ich nicht. Niemand will das glauben, niemand kann sich auch nur im Traum vorstellen, daß ich es nicht weiß, daß ich es nicht weiß, wenn alle es wissen, ich werde mein Examen nicht bestehen, beschämenderweise, beschämenderweise ... Ich habe die Augen geschlossen, um meine Schande nicht zu sehen, doch das dient zu nichts; denn sie sitzt drinnen in mir. Seit langem schon trage ich sie wie ein für mich zu schweres Kind, das seine Beine bewegt, mich mit seinen Fäusten schlägt. Und sobald ich die Augen wieder öffne, sehe ich über mir die große durchsichtige Kuppel und den blauen, blauen, blauen, blauen Himmel wie eine Anklage. Wie das Schweigen. Eine Aufforderung. Aber worüber schweigt man sich aus? Wessen klagt man mich an, ohne ein Wort zu sagen? Was wirft man mir durch Zeichen vor, ohne überhaupt Zeichen zu geben; da ist nichts als die Unbeweglichkeit der Richter, die nicht wirklich Richter sind, die nicht wirklich unbeweglich sind, man möchte meinen, sie wiegen sich unmerklich hin und her, oder es sind vielleicht gar nicht sie, es ist der Saal, es ist der Himmel, und auch ich schwanke hin und her, nur weniger, weil ich mich im Mittelpunkt befinde, auf der Erde sitzend, die Hände zu beiden Seiten auf dem Boden, bald stützt mich die eine ein bißchen mehr, bald die andere, und dann wieder die andere, die eine meine ich, die andere, ich meine die andere. Abwechselnd. Hier werde ich niemals lernen, glücklich zu sein, wegen des Hin- und Herschwankens nicht nur meiner Schultern, meines Kopfes, meiner Arme, nein, wegen des inneren Schwankens, des Zweifels – er ist das Kind, das ich in mir trage –, wegen der kleinen Füße des Zweifels, wegen seiner verzweifelten Fäuste. Irgend etwas mußte passiert sein. Man verheimlicht es mir, oder ich habe es vergessen, ich weiß nicht. Oder vielleicht passiert erst jetzt etwas, und ich werde es hernach verstehen, es ist noch zu früh, als daß es in mir Sinn annehmen könnte, zu früh? Oder zu spät, wer weiß. Viel-

leicht wird es nur wie ein Gewitter vorüberziehen, sich vorbereiten, und gleich werden sich meine Augen öffnen, alles wird schwarz und golden in mir sein, alles wird zerrissen, keuchend, verständlich sein. Verständlich? Seltsames Wort. Unverständlich.
Unverständlich.
Halt, das bullert stotternd wie ein Wasser im Sand, das stammelt die Sprache der Quellen irgendwo, man hat sie mir nicht beigebracht, in der Schule habe ich nur Englisch gelernt. Doch wie viele Engländer gibt es auf dieser Welt, und wie viele Quellen? Ich möchte wetten, es gibt mehr Quellen auf der Welt als Engländer, die aus ihnen trinken könnten, und im übrigen mögen sie lieber Starkbier, die Engländer braucht man nicht zu bedauern. Aber ich, ich, die ich hier unten sitze, am untersten Ende der Welt, wo die verborgenen Dinge rumoren und Blasen bilden, gerade so lange, wie man braucht, um Blasen zu bilden, gerade so lange, bis sie platzen, wie wenn man die Lippen plötzlich öffnet und der Mund dabei pa, pa, pa macht ... ich höre zu, wie die Blasen platzen, ich versuche, das Drama zu verstehen, das sie ausdrücken mit ihren Wörtern, die immer nur aus ein und derselben Silbe bestehen, aber deren Sinn vielleicht variiert, je nach der Schnelligkeit und der Zahl der Wiederholungen *papapapapapapapa* ... oder pah-pah-pah-pah ... ich höre zu, wie die Blasen platzen, ich versuche zu erraten, was sie sagen, über ein Ereignis, das sich soeben zugetragen hat, und niemand weiß bisher etwas anderes davon als ihr Entsetzens-po-po-po-po – pap-pap – apapap – papa-papapapapapa ...
Aber wie könnte ich für etwas Verantwortung tragen, wovon ich nichts weiß, wovon ich nur diese Panik der tiefen Worte kenne, diesen Anteil an gepiepsten Ängsten, diese Versickerungen eines unterirdischen Denkens? Weswegen macht ihr mir den Prozeß? Plötzlich ...
Plötzlich kommt mir von anderswoher, ich weiß nicht, von woher, als ob eine Tür nachgibt, die Vorahnung einer nahen oder näheren Anwesenheit, einer undeutlichen und aufdringlichen Annäherung, einer Bedrohung, der zu entfliehen um so schwieriger ist, als ich nicht weiß, *woher* sie kommt, als sich um mich herum alles verfinstert hat und ich vor mir die-

ses Atmen wiederfinde, von dem ich mich entfernt zu haben glaubte, dieses Zittern eines sich auf mich zubewegenden unbekannten Wesens, und ich drehe mich in einem schmalen Durchgang im Kreise herum, weiche in weiß Gott was für einen Korridor aus, auf irgendwelche Treppenflure, in irgendwelche Engstellen, ohne daß ich im Dämmerlicht zu erraten vermag, ob lediglich mein Entsetzen diese Schattenbewegung erzeugt, von der ich mich verfolgt glaube ... Das sind diese Eingeweide der verfallenen Häuser von einst, in denen man die hohen Säle beschnitten hat, um Loggien einzubauen, in denen man Salons mit rissigen Holzvertäfelungen aufgeteilt hat, um diese Korridore anzulegen, die alle Augenblicke ihre Richtung ändern, und die Wände schwitzen Schwefel aus, als ob diese Kulissen der Großhandelsläden die Zugänge zu einer modernen Hölle präfigurierten. Und plötzlich taucht vor mir die vergrößerte Silhouette des Verfolgers auf, an einer Biegung dieses jämmerlichen Weges, wo zwei Stufen mich beinahe in die Arme eines riesenhaften Schattens hätten fallen lassen ... ich bin in den ersten finsteren Gang gelaufen, der sich zu meiner Linken geöffnet hat, und in einem Büroraum ohne Tageslicht gelandet, in dem die Wände ganz aus halbgeöffneten Einbauschränken bestanden. Nachdem sich zu beiden Seiten gleichzeitig seine Türen langsam wie Spiegel geöffnet hatten, war ich wohl nahe daran, vor Schrecken ohnmächtig zu werden, als mich eine Stimme, die ich wiederzuerkennen glaubte, bei meinem Namen rief ...

Ich öffnete die Augen in einem so dunklen Universum, daß ich kaum begreifen konnte, daß ich in diesem großen Bett lag, über dessen Weichheit und Riesenhaftigkeit ich mich vorher in dieser Nacht, so schien es mir, gewundert hatte. Da nun verstand ich, woher dieses Atmen kam, dieses Keuchen, von dem ich mich in den Korridoren eines Traumes verfolgt geglaubt hatte. Und dieses *wirkliche* Atmen von jemandem in meinem eigenen Bett ließ mich vor Schauder erstarren.

Ich konnte mich nicht mehr bewegen. Ich war wie ein hypnotisierter Vogel in diesen Bettlaken, die, so schien mir, ein Körper bewegte, der sich mir ganz langsam näherte. Dessen

Last ich immer schwerer werden fühlte. Der Verfolger aus dem Traum kam auf mich zu, in dieser noch nicht recht wach gewordenen Welt, in der ich geglaubt hatte, ihm entwischen zu können. Und da mir der Sinn von all dem entging und gleichzeitig wieder deutlich wurde, hatte ich plötzlich das seltsame Gefühl, daß ich *in die Zeit* hinein fiel.
Ich fiel, ich fiel. Ich fiel durch meine Existenz hindurch wie in einen Brunnen, ich hatte mich meiner Kindheit entledigt, so, wie man seine Haare aufknotet, ich fühlte die seltsamen Verwandlungen meines Körpers, und man hätte meinen können, das dunkle Wesen, das auf mich zukam, durchquerte zwischen mir, zu mir hin die Epochen seines eigenen Lebens. Wie erriet ich in ihm diese Mutationen des Körpers und der Seele, wie spürte ich in ihm zugleich das Klopfen des Herzens und das Keuchen des Alters und begann so durch ihn die Veränderungen meines eigenen Fleisches zu empfinden und die Verzweiflung des Alterns? Ich wußte, er würde mich mit seiner Hand berühren, ich ahnte dort unten schon seine Beine, ich konnte nicht einmal schreien, ich war seine Beute. Ich warf meinen Kopf in die Kissen zurück, ich dachte: das ist der Tod, ja, das ist der Tod, und lächerlicherweise riß ich in dieser undurchdringlichen Nacht meine Augen weit auf und starrte auf das Ende meines Lebens.
Da erkannte ich die Stimme wieder, die, wie immer, ganz leise sagte: »e., meine kleine e., schläfst du oder schläfst du nicht?«, und ich sah, daß das Transistorradio angestellt war, dessen fahles, unbestimmtes Licht neben dem Bett auf mich fiel. Mein Gott, mein Gott, bist du es, bist du es? Er antwortete nicht, drückte einen Kuß auf meine Stirn und, die Haare von meinem Ohr wegstreichend, sagte er: Hör hin ...
Es dauerte etwas, bis die Stimme zu mir gelangte, deutlich wurde, dann schwoll sie an, drang in mein Bewußtsein ein und in das Zimmer, eine matte Stimme, die zwischen die Wörter einen Abstand von Schritten setzte, etwas wie Staub, die Unwiderruflichkeit des Ereignisses. Worte, die weder zur richtigen Zeit noch am gewohnten Platz kommen. Eine Nachricht, die offenbar vorher schon bekanntgegeben worden ist. Die man wiederholt, als ob man befürchtete, sie könnte mir entgangen sein. Die man unbedingt von neuem

durchgeben muß, weil sonst all jene, die sie nicht gehört hätten, aufwachen würden, ohne jemals mehr die Welt zu verstehen, in der sie die Augen wieder öffnen werden. Ich hatte keine Angst mehr, oder vielmehr, ich hatte Angst *vor etwas anderem.* Nicht vor diesem lebenden Körper, der mein Bett teilte, dessen Anwesenheit für mich jetzt etwas ganz Natürliches war, sondern Angst wegen dieser Stimme, wegen dessen, was sie uns beiden gemeinsam sagte. Er, der Mann, nahm mein Handgelenk in seine Finger, und durch sie wußte ich alles, was er dachte, wie ein Echo meiner selbst. Ich hatte Angst, und er mit mir, vor denselben Dingen, Angst, zu verstehen. Wir befanden uns in diesem letzten Augenblick, in dem man noch wünschen kann, daß man sich täuscht, daß man das Opfer einer Fata Morgana des Ohres ist, in dem man nicht recht weiß, ob man das, was man hört, zu hören glaubt, nicht etwa bloß erfindet. Man hat zwei oder drei Wörter verpaßt, den Anfang des Satzes und vielleicht das, was ihm vorausging … vielleicht ist man das Spielzeug einer Zweideutigkeit, einer übersprungenen Negation, und das Gegenteil wäre gesagt. Ja, ja, es muß das Gegenteil-Gesagte sein. Wie die Träume, die das Gegenteil von dem sind, was nicht Traum ist, oder das Umgekehrte. Wenn man die Kraft dazu hätte, wäre niemals etwas das, was es sein wird, was es ist, was es wahrscheinlich schon gewesen ist …

Aber da weiß ich nun durch deine zusammengepreßten Finger, daß deine Angst die meine ist, daß du das gleiche gehört hast wie ich, daß sich damit die Chancen, ich könnte mich getäuscht haben, verringern, daß die Hoffnung unwahrscheinlich wird. Deine Finger machen auf meinem Handgelenk die Rechnung, die Kalkulation der Unwahrscheinlichkeiten. Ich frage mich, was denn so klopft, dein Herz oder das meine, dein Herz und das meine? Dieser Atem, der zwischen der Welt und dem Ohr zu mir sagt: *meine kleine e.*, und ich presse mich an dich wie ein Kleinbuchstabe am Ende der Zeile, der fast keinen Platz mehr auf dem Papier hat … das also geschieht, geschieht uns, uns beiden, ich schmiege mich an dich, um sicher zu sein, daß du da bist, wie alle Nächte, fast hätte ich zu dir gesagt: *nimm mich in deine Arme*, aber du hast mich schon genommen, du schließt mich in deine Arme ein, man könnte meinen, du schaffst mir mit deinen Armen, mit deinen Schultern einen Unterschlupf für den Augenblick, in dem die Zimmerdecke auf uns herunterkrachen wird. Ein Schatten streift in der Blässe der Wörter an meinen Augen vorbei, es ist deine Hand, die sich auf die Suche nach einem anderen Sender macht, um die ausgesprochenen, wiederholten, wiederaufgenommenen Sätze zu verifizieren ... und sie geht durch Brocken von Musik, durch lächerliche, plötzlich abstoßend wirkende Gesänge hindurch ... dann das Pausenzeichen der Unglücke, zweimal, nach kurzer Unterbrechung wiederkehrend, als ob ... Zweifelt der Sprecher an seiner Rede? Das Schweigen ist gebrochen, die Sätze, dieselben Sätze:

Radio Prag zufolge haben gestern abend, 20. August, um 23 Uhr 30 sowjetische, ostdeutsche, bulgarische, polnische und ungarische Truppen ohne vorherige Warnung die tschechoslowakischen Grenzen überschritten. Armee und Sicherheitskräfte haben nicht den Befehl erhalten, sich ihrem Vormarsch zu widersetzen ... Die sowjetischen Panzer sind in den ersten Stunden des 21. August in Prag eingerollt ...

TASS-Meldung vom 21. August 1968.

Männer aus der Regierung und der Kommunistischen Partei der Tschechoslowakei haben die UdSSR und die anderen verbündeten Staaten gebeten, dem tschechoslowakischen Brudervolk militärisch zu Hilfe zu kommen ...

Prawda, *22. August.*

1970

»Seit vielen Monaten schon wußte ich, woran ich war, und kannte den tiefsten Abgrund ...«
Wer spricht? Nun, das bleibt Ihrem Belieben überlassen. Ich bin es gewohnt, in der ersten Person zu sprechen. Sie nicht? *Ich* zu sagen, ist jedenfalls am einfachsten: der Leser kann dann damit machen, was er will.
Lassen wir also die Anführungszeichen weg: seit Monaten kannte ich ... Eine Freundin sagte dieser Tage zu mir am Telefon: *Ah, was für eine Erfindung ist doch die Einsamkeit* ... ja. Dabei kann man sie aber immer noch für einen Fortschritt halten gegenüber jenem Schweigen, das man mitten unter lauten, geschwätzigen Leuten mit sich herumträgt. Schlimmer noch ist, daß man in ihrer Gesellschaft gezwungen ist, den schwarzen Grund des Brunnens mit Worten wie mit Blattwerk zu verdecken. Man kann auf verschiedene Weise schweigen. Man kann auf verschiedene Weise allein sein.
In den letzten Wochen war ich von der Welt abgeschlossen. Wegen des Schmerzes, der sich irgendwo im Menschen einnistet und zu seiner großen Sache wird, so daß die Zeit kein Gewicht mehr hat, die Tage vergehen und die Nächte. Alles nimmt das Zweideutige der Träume an. Der Träume? Es ist gar nicht so sicher, daß es sich um Träume handelt. Es ähnelt dem Leben. Eine lange Geschichte. Und dann nicht nur dem Leben im allgemeinen: dem meinen. Meinem Leben, diesem Leben, das mir den bitteren Geschmack hinterlassen hat, den ich so gut kenne. Man höre doch endlich auf, mir mit diesem Leben in den Ohren zu liegen, mir zu erzählen, wie großartig es war, man öde mich nicht mehr mit meiner Legende an. Dieses Leben, das einem schrecklichen Spiel gleicht, in dem ich verloren habe. Das ich von Grund auf verpfuscht habe.
Wieso? Da erhebt sich schon wieder Protest. Aber schließlich weiß ich doch, wovon ich spreche. Ich weiß es besser als

Sie, ich bin und war nicht die Gestalt, zu der Sie mich unbedingt machen wollen. Ich habe mein Leben verpfuscht, und das ist alles.

*

Diese Art Schmerz, den ich fühle, den ich tief in mir herumtrage, erlischt manchmal, schläft ein: man möchte meinen, irgendein Lied wiegt ihn ein, besiegt ihn, überwindet ihn, ein Lied, das zwar vergessen ist, das aber wiedererwacht, ein Lied aus meiner Kindheit, und ich versuche, seine Worte, seine Melodie wiederzufinden ... Woher kommt es? An welche Erinnerungen ist es geknüpft? Ich höre es in diesem alten Dekor, in dem der schwarze Kasten eines schäbigen Klaviers schlummert, an das sich meine Großmutter bisweilen ganz gern setzte, um zu zeigen, daß sie einmal Klavier spielen konnte, und sie hatte sich ein paar Schlager aus ihrer Jugendzeit gemerkt und sie in ihren Fingern behalten. Man hätte wirklich glauben können ...
Später, als ich so alt war, daß ich Nerval lesen konnte, dachte ich unwillkürlich immer wieder an ein ganz bestimmtes Lied von ihm, und es fielen mir daraus folgende Verse ein, wissen Sie:

Da ist ein Lied, dafür schenkte ich gern
Den ganzen Rossini, Mozart und Weber,
Ein Lied, uralt, voller Sehnsucht und Tod,
Für mich allein hat es geheimen Zauber!

(Il est un air pour qui je donnerais
Tout Rossini, tout Mozart et tout Wèbre,
Un air très vieux, languissant et funèbre,
Qui pour moi seul a des charmes secrets!)

Und doch, wenn ich mich an das Klavier erinnere, dann ähnelt das durchaus nicht dem Lied, von dem in diesen Versen die Rede ist. Ich höre in mir eine Melodie aufsteigen, wie sie junge Mädchen so in den sechziger Jahren des vorigen Jahrhunderts spielten oder sangen, ungefähr ein Jahrzehnt, nachdem sich Gérard erhängt hatte. Ich sehe auf dem Klavierpult das gedruckte Lied mit einem Umschlagdeckel, auf dem ein

Stich zwei junge Mädchen darstellt: das eine spielt Klavier, das andere steht dahinter und singt, – junge Mädchen aus der Welt der Madame de Ségurs:

Da ist ein Lied, sanft und zärtlich zugleich,
Man spielte es uns beim Schlafengehn vor.
Wir wollten es Abend für Abend hören:
Ich hab' seinen Klang noch ganz fern im Ohr.

Die Worte des Liedes sind mir entfallen;
Wir sangen es und schliefen dabei ein.
Es war ein Walzer in schwungvollem Rhythmus:
Sein Name sollte »Abschiedswalzer« sein.

(Il est un air à la fois doux et tendre,
Qu'on nous jouait avant de s'endormir.
Et nous aimions chaque soir à l'entendre:
J'en ai gardé le lointain souvenir.

Je n'en sais plus les paroles qu'on chante
Et nous chantions jusqu'à fermer les yeux.
C'est une valse à l'allure entraînante:
Nous l'appelions »La Valse des Adieux«.)

So ungefähr mußte das heißen, oder füge ich die Wörter nach meiner Weise neu zusammen? Was tut's! Den letzten Vers jedenfalls erfinde ich nicht. *Sein Name sollte »Abschiedswalzer« sein ...*

*

Warum war mir an jenem Abend die *Melodie,* aber wirklich die Melodie dieses Walzers wieder eingefallen und hielt mich in Bann, bis ich durch ihr ständiges Wiederholen einzuschlafen begann, an diesem Ort, der zum Schlafen so wenig geeignet war; ich befand mich ganz zufällig dort, ich weiß nicht, wie ich hingekommen war, mit der ganzen Inkonsequenz der Träume, der Verwirrung der Worte, einem gewissen Gefühl, mich zu verlieren, und es war keineswegs ein Wald, ich war mitten in Paris, mitten im Herzen, mitten im Bauch von Paris. Das ist ganz wörtlich zu nehmen; denn ich war in einer Kneipe unweit der Apsis der Saint-Eustache-Kirche, ich weiß nicht mehr recht, wann, und stützte mich auf die Theke, oder zumindest schien mir das alles so wegen des Aussehens der Leute, neben denen ich da stand und die wie Karnevalsgestalten aus einer anderen Zeit wirkten. Angefangen mit diesem großen blonden Burschen in seinem blauweiß gestreiften Kittel, seiner Pudelmütze und der Peitsche, die er hielt, als ob es noch Pferde im Viertel der Hallen gäbe. Deswegen war mir soeben Nerval eingefallen. Hierher, so ungefähr, mußte er in der Nacht vom 25. auf den 26. Januar 1855 gekommen sein. Paris lag im Schnee wie eine Kulisse des Châtelet-Theaters, es war strenger Frost, und Gérard konnte nicht ewig in dem Lokal bleiben, in dem er zu Abend gegessen hatte ... wo war er in dieser Nacht herumgeirrt, bei 18 Grad minus, wenn man denen Glauben schenken darf, die auf das Thermoskop geschaut hatten? Es dürfte lange gedauert haben, bis er in die Rue de la Vieille-Lanterne kam, man tötet sich nicht so ohne weiteres. Selbst wenn tief in einem das Gefühl verankert ist, daß man sein Leben verpfuscht hat ...

Heute abend übrigens sind wir im September, in einem schönen, milden Herbst, man hat Lust, sich die ganze Nacht hindurch auszulaufen, die Leute im Lokal ihre Zwiebelsuppe oder ihre Muscheln alleine essen zu lassen, diese Leute, die wie Masken wirken, was vielleicht auch von der neuesten Herrenmode herrührt, von ihrer Frisur, den mehr oder weniger langen Haaren, die manchmal bis zu den Schultern fallen, oft unter barocken Hüten, den Koteletten, kurz, dieser ganzen Romantik, die vielleicht nur so eine Vorstellung ist, die ich mir von den Dingen mache ... *Den ganzen Rossini, Mozart und Weber* ... Was sind das für Obsessionen? Auf der Straße draußen finde ich allerdings das Paris dieses Jahres 1972 wieder ... das Paris, dem man die Hallen aus dem Bauch herausgeschnitten hat, mit dem Massaker an Baltard*, die mit Plakaten bedeckten Eisengitter, die nun aussehen wie eine Ausstellung von Kinderzeichnungen, von konventionellen Malern, von Protestlern (wie man heutzutage sagt), und ein Pflasterstreifen, der mit nichts, was es da früher gab, eine

* Anspielung auf den Abriß der von Victor Baltard erbauten Pariser Markthallen (Anm. d. Ü.).

Ähnlichkeit hat ... die Überbleibsel, die Spuren eines verlassenen Stadtviertels mit seinen Häusern, deren Fenster zugemauert sind, mit plötzlich hell erleuchteten Winkeln, mit langen dunklen Straßen ... Ich weiß es zwar: aber in welchem Jahr sind wir eigentlich? Wenn es nicht so schön, so mild, so sanft wäre ...

»Wo gehst du denn hin, Opa?« redete mich eine junge, aber kräftige Stimme an, und ich hebe die Nase zu dem mir nun schon so vertrauten Burschen hoch. Es ist der Typ von vorhin in der Kneipe, der Junge mit der Pudelmütze und der Peitsche. Wir hatten ein paar Worte über die Muscheln gewechselt, man ist sich nicht mehr unbekannt. Ich überlege: wohin gehe ich eigentlich? Das ist eine Frage, die sehr schwer zu beantworten ist. Ich gehe nicht in die Rue de la Vieille-Lanterne, übrigens existiert sie nicht mehr, diese Straße ... welch seltsame Idee! Er sagt weiter noch, der Bursche, – und ich habe den Eindruck, wenn er spricht, daß ihm gleich die Kleider platzen werden –: »... Vielleicht kann ich dich ein Stück mitnehmen, Kamerad ... wenn du's weit hast und es für mich kein großer Umweg ist ...«

Es kommt mir in den Sinn, daß er sein Pferd wohl irgendwo angebunden hat und daß er mich hinten aufsitzen lassen will, und plötzlich fühle ich, daß ich gleich in Lachen ausbrechen werde, ich sage: »Oh, mein Junge, ich möchte dich nicht von deinem Weg abbringen, und außerdem ...« Wohlgemerkt, ich weiß nicht, und es ist ja auch ... Der andere hat offensichtlich den Eindruck, daß ich mich bitten lasse, daß ich in Wirklichkeit ... da läßt er seine Peitsche knallen und fängt mit der Hand das Ende der Schnur ein, fragt dann: »Vielleicht bin ich aufdringlich, aber wenn du sowieso nach Hause gehst, vielleicht wohnst du hier im Viertel ...« Der Gedanke, hier, wo wir sind, zu wohnen, bringt mich richtig zum Lachen. Was soll ich mir einfallen lassen? Denn es würde mir schon Spaß machen, das Pferd. »Nein«, sage ich, »ich wohne keineswegs hier, und außerdem muß ich anderswohin ... Vielleicht ist es doch dein Weg? Ich muß nach Rungis* ...« Wie

* Seit 1969 neuer Standort der Pariser Markthallen, 7 km südlich von Paris (Anm. d. Ü.).

kam ich darauf, Rungis zu erfinden? Als ob man ganz selbstverständlich von den Hallen, nicht wahr ... Oh, da ist er ganz vergnügt, Rungis ... da muß er ja gerade hin, nach Rungis, komm, Kamerad, ich binde nur eben meinen Gaul los, und dann nehme ich dich in meinem kleinen Zweisitzer mit ...
Wegen des Gauls gingen wir auf die andere Seite der Halle, die noch steht, und mein Gefährte ließ mich in einen gewaltigen himmelblauen (soweit ich es beim Mondschein beurteilen konnte) Lastwagen einsteigen, rief *hühott!*, und wir fuhren los.
Es fehlt mir an Erfahrung mit dieser Art von Fortbewegung, muß ich sagen, aber ich kam mir in dieser absolut leeren Stadt wie der Herr der Schöpfung vor. Währenddessen hatte mein Gefährte zu erzählen angefangen: vom Leben der Lastwagenfahrer, von den Gefahren der Straße, den nächtlichen Unfällen, den gewerkschaftlichen Besonderheiten dieses Berufsstandes; er erging sich in einem derartigen Redeschwall, daß ich mir vorkam, als machte ich eine Reportage, von der ich aber leider, wie ich fühlte, nur allzu wenig behalten würde ... niemals würde ich meinen Artikel zustande bringen können, vor allem, da mein Chauffeur in all das persönliche Details über sein Privatleben, die Risiken der Reise, die Begegnungen, die Beziehungen zu seinen Kollegen, die Gefahren der Nacht mit hineinmischte ... Er fügte seltsame Geschichten von LKW-Fahrer-Versammlungen an bestimmten Treffpunkten, Waldschneisen, hinzu: über all dem lag ein bizarres Licht, das durch die unterschiedliche Beleuchtung der Straße etwas Irreales bekam, zumal da in dieser Einsamkeit, die zuerst blau gewesen war, alles allmählich, je mehr man sich Rungis näherte, eine Orangefärbung annahm, ich weiß nicht, für welches Reimspiel, in dem sich zunehmend Ungetüme von der Größe des unseren begegneten, die in entgegengesetzter Richtung unterwegs waren und uns beim Vorbeifahren Zeichen der Komplizenschaft zu geben schienen.

*

Ich hatte erwartet, in den neuen Markthallen so etwas wie ein Überleben dessen wiederzufinden, was ich in den dreißiger Jahren in Paris so gut gekannt hatte, als ich Journalist war und jede Nacht von der Rue Montmartre zum Plaisance-Viertel fuhr, in einem dieser Sammeltaxis, die uns jeden Abend in der Nähe des Châtelet auflasen und in denen wir Stammgäste waren. In Wirklichkeit gab es nichts dergleichen in Rungis, in dieser ungeheuren Lichtflut, in der die Tausch- und Kaufgeschäfte abgewickelt wurden, und alles schien eben dadurch in eine übernatürliche Stille getaucht, die vielleicht ganz und gar keine Stille war, sondern eine Art Lärmbetäubung, wie auch das Orangefarbene des Lichts nur eine grelle Blendung war.

Mein Fahrer hatte mir gegenüber eine auffallende Diskretion gezeigt hinsichtlich der Gründe für meine Fahrt nach Rungis, was zum Teufel ich dort wollte, und wir hatten uns, das war mir nicht entgangen, mit einem gewissen Zögern seinerseits getrennt: zu welchem Handel mochte ich wohl hierhergekommen sein, wo ich doch anscheinend keinen Grund hatte, mich in das Leben der Hallen zu mischen, und dann begab ich mich ja auch auf die Straße, die aus der Ortschaft Rungis hinausführt, und es war sicherlich schon weit nach zwei Uhr morgens. Ich fragte mich das auch, und in welches Abenteuer ich mich da stürzte, wo ich meine Nacht beenden, zu laufen aufhören, wo ich zum Schlafen kommen würde, oder was sonst? Ich war immer ein Nachtschwärmer, aber das überstieg wirklich das Maß, und dennoch konnte ich mich nicht entschließen, jetzt Schluß zu machen. Ich hatte nicht einmal darauf geachtet, daß ich mich, als ich aus dem blauen Lastwagen ausgestiegen war, ganz selbstverständlich in die der Vernunft entgegengesetzte Richtung begab und mich von Paris noch weiter entfernte, ohne dabei ein bewußtes Ziel in meinem Kopf zu haben, in dem tausenderlei Phantasmagorien durcheinanderwirbelten. Denn durch die Einsamkeit war ich wieder in ein vages, trauriges Träumen versunken, in dem ab und zu wie das Rauschen einer Quelle die wirre und manchmal verfälschte Melodie des *Abschiedswalzers* murmelte.

Ich verspürte keine Müdigkeit. Was zumindest merkwürdig war, wenn man bedenkt, daß ich die beiden vorangegangenen Wochen krank gewesen war. Keine körperliche Ermüdung, vielmehr sogar ein außerordentliches Gefühl physischer Verfügbarkeit. Ich wußte zwar, daß das später kommen würde, aber wollte nicht daran denken, behielt vielmehr meine ganze Leidensfähigkeit für etwas anderes, für jene Angelegenheit, die mich quälte und über die ich *seit vielen Monaten* nicht sprach. Schon gut, ich fange meine Geschichte nicht wieder von vorn an. Ich versuchte sogar, dieses Gefühl des *Abgrunds*, von dem ich gesprochen habe, in mir durch eine kleine Freude auszulöschen, die mir am späten Nachmittag eine Freundin gemacht hatte, als sie mich von der Frankfurter Buchmesse aus angerufen hatte. Eine Freude der Eitelkeit zwar, aber doch eine Freude. Vor nunmehr fünfzig Jahren habe ich am Chemin des Dames so etwas wie einen Roman geschrieben oder vielmehr zu schreiben begonnen, der seit jener Zeit kaum Erfolg hatte.* Und da wird nun die deutsche Übersetzung dieses Buches offensichtlich in einer Weise aufgenommen, wie es mit dem Originaltext nirgendwo geschehen ist. Offenbar kamen in der Ausstellungshalle junge Leute, Studenten, in der Meinung, mich anzutreffen, zum Stand meines Verlegers und fragten beständig nach mir. Ich dachte an die Zeit zurück, da ich diesen Unglücksschmöker schrieb, im kleinen Unterstand, in den ich mich, der Beschuldigung meines Obersten zufolge, absichtlich verkrochen hatte, um durch die Gefährlichkeit dieses Ortes zu verhindern, daß er mit mir seine Schachpartie spielte. Ich dachte auch an dieses Liederbuch,** das ich etwas später bei einem gefallenen jungen Deutschen gefunden hatte, dessen weitgeöffnete Augen mich seitdem immer in meinen Träumen verfolgt haben, Augen wie ein Protest gegen das, was sie in der letzten Minute vermutlich in seinem Innern sahen. Und ich, der ich nichts anderes tun konnte, als dieses Buch weiterschreiben, das letzten Endes unnütz war, da sich ja doch niemand dafür interessierte … so vergeht das ganze Leben, und eines schönen Tages passiert es, daß in Deutschland, stellen Sie sich vor, in Deutschland … Daran dachte ich wieder, als ich in der Nacht auf Fontainebleau zuging.

* *Anicet oder das Panorama, Roman* (1921); die deutsche Übersetzung erschien 1972 im Verlag Werner Gebühr, Stuttgart (Anm. d. Ü.).
** *Deutsche Chansons (Brettl-Lieder), von Bierbaum, Dehmel, Falke, Finckh, Heymel, Holz, Liliencron, Schröder, Wedekind, Wolzogen*, Leizig, im Insel Verlag, 1918 (Anm. d. Ü.).

Warum Fontainebleau? Ich könnte ebensogut Avignon sagen ... Und da war mir das Lied, *sanft und zärtlich zugleich,* entfallen, ich konnte den *Abschiedswalzer* nicht einmal mehr *richtig* flüstern.

»Ja wie gibt's denn so was, Opa, was treibst du denn da auf der Autostraße? Die ist doch für Fußgänger verboten, und wenn dich die Polizei erwischt, was dann! So was Unvernünftiges; wo willst du eigentlich hin? Du hast doch deine Heia in Paris, oder?«

Der blaue Lastwagen war fast über mir zum Stehen gekommen, zumal er noch etwas gerutscht war, und mein Bursche sprach von der offenen Tür aus zu mir: »Los, steig ein. Ich fahr' sowieso in deine Richtung, nach Paris willst du ja eh nicht zurückkehren. Sieh mal, jetzt hätt' ich dich um ein Haar überfahren! Du kannst mir doch ruhig sagen, wo du hinwillst, ich erzähl' es nicht weiter.« Dann unterbrach er sich, weil ich lachte, wie ein Verrückter lachte: »Was gibt's da zu lachen? Was ich dir da sage, ist verdammt ernst. Noch ein Stück, und ich hätte dich überfahren!«

Er konnte natürlich nicht verstehen, daß ich eben darüber lachte, gerade darüber. Ja, mein Junge, sage ich zu ihm, ich bin eben ein Pechvogel: noch ein Stück, und du hättest mich überfahren ...

Und er: »Du bist wohl übergeschnappt! Deswegen mußt du lachen?« Es schüttelte ihn. »Da läuft's einem ja kalt über den Rücken, kuck mal, ich krieg' direkt 'ne Gänsehaut. Los, komm rauf!«

Kein Grund, nicht hochzuklettern, ich fand mich auf meinem Sitz wieder, das Kissen hatte noch die Form meines Hinterns behalten. Man kehrt, sozusagen, heim. Als ich ihm, um Ruhe zu haben, gesagt hatte, daß ich nach Fontainebleau wollte, was eine gewisse Evidenz hatte, obwohl ich nirgendwohin wollte, junger Mann, nirgendwohin als geradeaus ... aber wie hätte ich ihm das begreifbar machen können! Also Fontainebleau, aber selbst damit er Fontainebleau schluckte, mußte ich noch einen Vorwand finden, mir etwas ausdenken. »Du brauchst nicht in die Stadt hineinzufahren, laß mich einfach am Obelisken aussteigen, von dort sind es dann nur noch ein paar Schritte.«

»Was ist da nur noch ein paar Schritte?«, fragte er, der Mann mit der Pudelmütze, »was du mir da schon wieder erzählst!« Aber nein, das heißt: ja, – um es dir jetzt zu erklären, mein Lieber ... in Fontainebleau wohnt eine Dame, die sehr nett zu mir ist, sie wird mich nicht auf der Straße stehen lassen. »Glaubst du?« sagt der andere und kratzt sich an der Pudelmütze, »weil man dem Opa zu dieser Stunde nicht öffnen wird, nicht einmal eine junge Dame! Sie schläft nämlich, und dann sagst du doch, daß ihr Haus riesig groß ist« (Ich habe nichts gesagt, das möchte ich feststellen!), »also wird sie dich gar nicht kommen hören. Wie willst du's anstellen, da hineinzukommen?« Wir fuhren weiter, und ich sagte: »Nun, ich werde mein Pferd vors Tor führen, und wenn sie sieht, daß es sein Hufeisen verloren hat ...« Doch er verstand jetzt überhaupt nichts mehr. »Dein Pferd?« »Aber ja, mein Junge, bei dieser Dame ist ein Pferd soviel wie ein Paß. Sie ist eher etwas klein, zugegeben, aber eine große Reiterin ... sie und die Pferde ...« »Was du mir da für Geschichten aufbindest«, sagte er, »und wo ist denn überhaupt dein Pferd?« Er hatte wohl vergessen, wie er einige Zeit zuvor von seinem Pferd gesprochen hatte. Plötzlich hält er seinen Wagen an. »Erlaubst du? Ich muß mal dringend pissen, das wird 'ne wahre Sintflut geben!« Er sprang hinunter und lief mit einem gewissen Schamgefühl etwas nach vorn in den Straßengraben. Ich steige auf meiner Seite aus, um mir die Beine zu vertreten. Und dann krieche ich plötzlich ins Dickicht, gehe in Dekkung, ich habe Bedürfnis nach Einsamkeit. Ich höre, wie der andere, zu seinem Lastwagen zurückgekehrt, sich wundert und nach mir ruft: »Wo bist du, Opa? spiel doch nicht den Verrückten!« Er sucht eine Weile die Umgebung ab. Er kam ziemlich nahe an mir vorbei, ich hörte sein Atmen, dann geriet er gleichsam in Wut. »Also wenn's dir Spaß macht! So was hab' ich doch noch nicht erlebt, alte Kerle wie den da!« Und er stieg wieder auf seinen Sitz, rief noch einmal irgend etwas, schlug dann seine Tür zu, das Ungetüm sprang los, als wollte es mit einem Satz in Lyon sein, Marseille, was weiß ich? Stille, der Glanz der Stille ...

*

Es ist ein wunderbares Haus, gleich am Anfang von Fontainebleau, ein ganz einmaliges Haus. Ich werde nicht beschreiben, wie es in der Nacht in seinem Park daliegt. Alle waren aufgewacht und empfingen uns, mein Pferd und mich ... Man hatte Isidor, bis er einen Hufschmied für seinen Fuß bekam, eine Decke mit großen gelben Karos übergeworfen, die ihm das Aussehen eines alten Gentlemans gab, der gerade in seinem Sessel die *Times* liest, die Brille rutscht ihm herunter, und von Zeit zu Zeit ertönt ein *Hatschi!*, das einem, wenn man Pferd ist, plötzlich Wolken vor die Nüstern setzt, wie auf Comic strips. Isidor, benimm dich, du bist bei feinen Leuten.
Wir befanden uns im Eßzimmer, an dessen hohen Wänden viele Gemälde großer Meister hingen, aber ich hatte nur Augen für ein Porträt von Balthus, ein ganz schlichtes Porträt, das die Mutter unserer Gastgeberin in einem kahlen Raum darstellt. Das war eine außergewöhnliche Frau, ich hatte sie gut gekannt, sie war sehr großzügig, und 1939 hatte sie meiner Frau und mir geholfen, als wir mit der *Normandie* nach New York reisen wollten. Ihre Tochter sieht ihr gar nicht ähnlich, sie ist wie ein Silberfisch, von überraschender Lebhaftigkeit. Ihre Versessenheit auf Pferde steht ihr, wie man es von einem Kostüm sagt. Sie hatte Isidor eine Metze Hafer bringen lassen und vergewisserte sich unablässig, ob er es auch richtig warm hatte, ganz so, als handle es sich um einen alten Hausfreund, der sich in den Wäldern verlaufen hatte. Ich war etwas verlegen, weil ich zu so ungewöhnlicher Stunde so viele Menschen geweckt hatte, aber es war mir keine andere Wahl geblieben. All das, samt Isidor, der in seinem Schaukelstuhl eine dicke Zigarre rauchte, wirkte wie ein Bild von Grandville. Doch alle erschienen unsere Erlebnisse für etwas ganz Natürliches zu halten, und *ich* mußte jedem erklären, was unser Abenteuer an Bizarrem hatte, man hörte mir freundlich zu, obwohl der Bericht von meiner Nacht, mit den Markthallen, Gérard de Nerval und allem übrigen ... doch mich hatte ein bestimmtes Gefühl ergriffen: dieses Haus war, auch wenn es mindestens ein Jahrhundert älter war, das Haus des *Abschiedswalzers*, nicht wie ihn meine arme Großmutter spielte, aber wie sie sich ihn wohl vorstellte, kurz, das Haus der großen Mädchen, die man auf dem Musikalbum sah, und

in einem seltsamen Zusammentreffen bemerkte ich zum ersten Mal, wie verwandt doch die perverse Welt der Kinder in der Malerei von Balthus und in den *Musterhaften Mädchen* von Madame de Ségur ist.
Jedenfalls hatte ich das Gefühl, Unordnung hereingebracht zu haben in dieses Louis-XV-Gebäude, das ganz beladen war mit wundervollen Gegenständen auf den Bücherregalen, den Tischen, überall, als ob sie die Stille verkörperten, die Isidor mit seinem Pferdegerede durchbrach. Ich mußte jedermann erklären, daß all das nur ein Traum war, wie das Leben überhaupt, das absurde Leben der Nächte und der Tage, aber niemand achtete auf das, was ich sagen mochte, und ich hörte sogar, wie jemand Isidor fragte, ob er nicht eine Tasse Tee wollte, einen ganz leichten, oder aber einen dunklen, fast schwarzen …

*

Ah, Gott der Unterwelt! Ich vertue mein schönes Alter damit, den Leuten irgend etwas erklären zu wollen. Einmal sage ich ihnen, daß alles nur ein Traum ist, und dann wieder, plötzlich, daß im Gegenteil die Träume selber die Welt sind, in der wir leben, das Leben sind, mit einem Wort, dieses Hundeleben. Wem versuche ich damit etwas vorzuspiegeln? Den anderen oder mir selbst? Weder ihnen noch mir. Sondern dem, was uns allen bevorsteht, dem *Unausweichlichen.* Ich versuche, meine Blicke, Ihre Blicke von dem abzuwenden, was ich letzten Endes in den auf die Ungerechtigkeit starrenden Augen jenes großen toten Kindes gelesen habe, einstmals, in den Schützengräben um das Fort de la Malmaison. Aber dieser Junge hatte *die Sache* erst in der letzten Minute gesehen, in der Minute, an der man stirbt. Das, wovon ich mich, Sie abzulenken versuche, ist keine Augenblicksangelegenheit. Es ähnelt vielmehr diesen langen Krankheiten, die diejenigen, die von ihnen befallen sind, das Ende herbeisehnen lassen. Nichts ist schließlich normaler als der Schmerz. Das Seltsame ist, daß man es manchmal vergißt. Und weil einem dieser Zustand der Unbewußtheit gefällt, haben die meisten Menschen das Gefühl, daß dieser Zustand etwas Natürliches ist und daß umgekehrt das Bewußtsein vom Übel, das man in sich trägt,

eine Krankheit ist, die man vertreiben muß. Daher diese Schreie, diese Proteste, auf die ich stoße, wenn ich so spreche, wie es mein trauriges Herz mir sagt, daher auch diese Anmaßung, mit der man mich zu einem beständigen Optimismus verpflichten will. Ich kenne nichts Grausameres in dieser schäbigen Welt als Leute, die Optimisten sind, nur weil sie es so beschlossen haben. Es sind Wesen von schreiender Bosheit, man könnte schwören, daß sie ihre Sendung darin sehen, die blinde Herrschaft der Dummheit durchzusetzen. Man sagt mir meistens, Optimismus sei eine Pflicht, weil wir, wenn wir die Welt verändern wollen, zuerst einmal glauben müssen, daß das überhaupt möglich ist. Mir scheint, diese Beweisführung fällt unter eine jener Kategorien des Falschen, die Aristoteles schon längst entlarvt hat. Ich werde mir nicht die Mühe geben, zu suchen, mit welchem falschen Syllogismus ich es hier zu tun habe. Ich weiß jedoch, daß, wenn *Sie* die Welt verändern wollen, Sie es nicht ohne die mächtige Hilfe derer tun werden, die sich nicht die im vornherein beschlossene Praxis der Verblendung zur Verhaltensregel gemacht haben. Ich glaube an die Macht des Schmerzes, der Verwundung und der Verzweiflung. Überlassen Sie doch den Pädagogen des »Alles ist in Ordnung« diese Philosophie, die in der Praxis des Lebens gänzlich widerlegt wird. In den Niederlagen, glauben Sie mir, liegt mehr Kraft für die Zukunft als in vielen Siegen, die sich meist nur in stupiden Trompetenstößen erschöpfen. Gerade aus dem Unglück der Menschen kann ihre Zukunft erblühen und nicht aus dieser Selbstzufriedenheit, mit der man uns beständig betäubt.
Welcher Zusammenhang, so wird man mich sicherlich fragen, besteht zwischen dem, was ich hier behaupte, und dem Vorangegangenen? Wenn Sie es nicht sehen, dann suchen Sie doch, es zu verstehen. Was ich noch an Leben vor mir habe, ist zu kurz, dessen bin ich sicher, als daß ich Sie davon überzeugen könnte, wie schrecklich schädlich der Geist der Zufriedenheit mit sich selbst und den anderen ist. Wie könnte ich Sie von der Illusion abbringen, daß Sie von Sieg zu Sieg eilen? Es ist aber unbedingt notwendig, zu sehen, daß dem nicht so ist. Wenn ich weder die Zeit noch die Kraft habe, die ich brauchte, um Sie davon zu überzeugen, so verzeihen Sie es

mir, aber denken Sie daran, daß meine Schwäche dazu dienen kann, den lügnerischen Schein der Stärke, des Taumels, der Sie beim geringsten Erfolg ergreift, zu entlarven. Ich meinerseits habe in mich geschaut und den tiefsten Abgrund gesehen. Ich sage Ihnen nichts anderes in diesen Tagen, in denen die Schönheit des Herbstes uns an den Frühling glauben lassen könnte. Ich sage Ihnen nichts anderes, als daß man es verstehen muß, dem Unglück ins Auge zu blicken, und daß man es nicht in sein Gegenteil verkleiden darf. Ich sage es Ihnen, die Sie noch Zeit haben, um aus dieser Lehre meines Lebens und meiner Träume Nutzen zu ziehen. Ich sage es Ihnen, indem ich die Träume und das Leben mische, damit Sie besser lernen können, sie hernach wieder zu trennen. Denn im Leben gibt es gewiß einen gefährlichen Quotienten an Träumen, aber andererseits muß man in den Träumen sein Leben lesen und über sein Leben hinaussehen können. Über sich selbst hinaussehen.

Ich weiß aus Erfahrung, daß das schwierig ist und daß es oft weh tut. Wenn Sie wollen, daß ich mich wenigstens einer Sache rühme, dann sage ich Ihnen, daß ich von diesem meinem verpfuschten Leben immerhin einen Gegenstand des Stolzes bewahre: ich habe gelernt, wenn es mir weh tut, nicht zu schreien.

Das hat mir dieser Tage sehr geholfen.

Oktober 1972

Louis Guilloux

Louis Guilloux wurde 1899 als Sohn eines Schuhmachers in der Bretagne geboren und starb 1980 in seinem Geburtsort Saint-Brieuc bei Finistère, wo er meist auch gelebt hat. Für sein umfangreiches Gesamtwerk, dessen erstrangige Bedeutung in der französischen Literatur des 20. Jahrhunderts immer stärker hervortritt, erhielt Guilloux 1964 den französischen Nationalpreis der Literatur und 1978 den Großen Literaturpreis von Nizza.

Coco Perdu

oder Der unerwartete Abschied

Erzählung. Band 5245

Guilloux erzählt von einem einfachen Rentner, der den Lebensabend mit seiner offenbar viel jüngeren Frau in einer kleinen Stadt verbringt. Eines Tages will seine Frau für unbestimmte Zeit nach Paris, und Coco bleibt allein zurück, etwas hilflos, um die Sicherheit seiner Alltagsgewohnheiten gebracht. Er wartet auf einen Anruf oder auf eine briefliche Nachricht, doch der Brief kommt nicht. Coco stellt fest, daß seine Frau ihr ganzes Erspartes mitgenommen hat und ihn folglich wohl für immer verlassen hat...

Die Tragik, auf die diese Erzählung hinausläuft... Guilloux dämpft sie auf das Maß des einfachen Helden zurück, der weder zerreißende Verzweiflung noch heroischen Kampf kennt... unsentimental, ohne Pathos und mit den einfachsten Mitteln.«

Frankfurter Allgemeine Zeitung

Das Volkshaus

Roman. Band 5326

Ein »zärtlicher Realist« ist Louis Guilloux in der Frankfurter Allgemeinen Zeitung genannt worden; seine »tiefe humane Anteilnahme« zeigt sich auch in diesem Roman, der zu den bedeutendsten Werken der Weltliteratur über das Leben der arbeitenden Bevölkerung gehört.

Fischer Taschenbuch Verlag

fi 160/1

Arnold Zweig

Arnold Zweig, 1887 in Glogau geboren, studierte Germanistik, Philosophie, Geschichte, Psychologie, Kunstgeschichte und Nationalökonomie in Breslau, München, Berlin, Göttingen, Rostock, Tübingen. Nach der Teilnahme am Ersten Weltkrieg in Serbien und Frankreich lebte er 1919–1923 als freier Schriftsteller am Starnberger See, dann in Berlin; emigrierte 1933 nach Palästina. Mitarbeit an zahlreichen Emigrantenzeitschriften. 1948 Rückkehr nach Berlin (DDR), wo er 1968 gestorben ist.

Der Streit um den Sergeanten Grischa
Roman. Band 1275

Junge Frau von 1914
Roman. Band 1335

Erziehung vor Verdun
Roman. Band 1523

Das Beil von Wandsbek
Roman. Band 2069

De Vriendt kehrt heim
Roman. Band 5785

Die Zeit ist reif
Roman. Band 5827

Fischer Taschenbuch Verlag

fi 122/3

Elias Canetti
Nobelpreisträger

»Canetti verfügt noch über jene Magie, die wesentliche Botschaft der Menschen und Dinge zu hören, und es geschieht dies ohne Mystik, da er imstande ist, sie von innen her zu verstehen. Seine Kunst ist eine sorgfältig versteckte Kunst des Erkennens.«
Wolfgang Kraus

Das Gewissen der Worte
Essays. Band 5058

Die Blendung
Roman. Band 696

Die Fackel im Ohr
Lebensgeschichte 1921 bis 1931
Band 5404

Die gerettete Zunge
Geschichte einer Jugend
Band 2083

Die Provinz des Menschen
Aufzeichnungen 1942 bis 1972
Band 1677

Die Stimmen von Marrakesch
Aufzeichnungen nach einer Reise
Band 2103

Masse und Macht
Band 6544

Der Ohrenzeuge
Fünfzig Charaktere
Band 5420

Dramen
Hochzeit / Komödie der Eitelkeit / Die Befristeten
Band 7027

Fischer Taschenbuch Verlag

fi 185/1